I0573487

EIN HELD FÜR DEVYN

Delta Team Zwei, Buch 6

SUSAN STOKER

Besuchen Sie Susan im Netz!
www.stokeraces.com
facebook.com/authorsusanstoker
twitter.com/Susan_Stoker
bookbub.com/authors/susan-stoker
instagram.com/authorsusanstoker
Email: Susan@StokerAces.com

SUSAN STOKER

Zuflucht für Alaska (9 Aug)
Zuflucht für Henley (3 Jan 2023)
Zuflucht für Reese
Zuflucht für Cora
Zuflucht für Lara
Zuflucht für Maisy
Zuflucht für Ryleigh

Die SEALs von Hawaii:
Die Suche nach Elodie
Die Suche nach Lexie
Die Suche nach Kenna
Die Suche nach Monica
Die Suche nach Carly (11 Oct)
Die Suche nach Ashlyn
Die Suche nach Jodelle

Die Delta Force Heroes:
Die Rettung von Rayne
Die Rettung von Emily
Die Rettung von Harley
Die Hochzeit von Emily
Die Rettung von Kassie
Die Rettung von Bryn
Die Rettung von Casey
Die Rettung von Wendy
Die Rettung von Sadie
Die Rettung von Mary
Die Rettung von Macie
Die Rettung von Annie

Mountain Mercenaries:
Die Befreiung von Allye

Die Befreiung von Chloe
Die Befreiung von Morgan
Die Befreiung von Harlow
Die Befreiung von Everly
Die Befreiung von Zara
Die Befreiung von Raven

Ace Security Reihe:
Anspruch auf Grace
Anspruch auf Alexis
Anspruch auf Bailey
Anspruch auf Felicity
Anspruch auf Sarah

SEALs of Protection:
Schutz für Caroline
Schutz für Alabama
Schutz für Fiona
Die Hochzeit von Caroline
Schutz für Summer
Schutz für Cheyenne
Schutz für Jessyka
Schutz für Julie
Schutz für Melody
Schutz für die Zukunft
Schutz für Kiera
Schutz für Alabamas Kinder
Schutz für Dakota

Eine Sammlung von Kurzgeschichten
Ein langer kurzer Augenblick

Devyn saß auf der Couch in ihrer Wohnung und versuchte, Troy »Lucky« Schmidt zu ignorieren. Es war allerdings nicht einfach, einen Mann wie ihn zu ignorieren. Vom Moment ihrer ersten Begegnung an hatte Devyn sich zu ihm hingezogen gefühlt. Aber damals war sie nicht in der Stimmung gewesen, sich von einem hochkarätigen Soldaten der Spezialeinheit anmachen zu lassen, der wahrscheinlich mit einer Million Frauen geschlafen hatte.

Aber nachdem sie ihn und die anderen Teamkameraden ihres Bruders besser kennengelernt hatte, war ihr klar geworden, dass Lucky kein Casanova war. Sie war einfach davon ausgegangen, dass er jedes Wochenende eine andere Frau hatte, weil er so verdammt gut aussah. Mit seinen fast ein Meter neunzig hatte er genau die richtige Größe. Devyn liebte ihren Bruder, aber dieser Mann war ein verdammter Riese. Mit ihren ein Meter achtzig war sie selbst nicht gerade klein, und Lucky würde perfekt zu ihr passen.

Davon abgesehen hatte er dieses ganze groß-dunkel-gefährlich-Ding absolut im Griff. Schwarzes Haar, haselnussbraune Augen und ein mystischer Blick, der höllisch faszinierend war. Und sein Bart zog sie umso mehr an. Sie wusste nicht, warum sein Bart sie so anmachte, sie wusste nur, dass er es tat. Normalerweise fand sie Bärte eklig. Sie waren wie Petrischalen, die Keime und Speisereste anzogen. Aber Luckys Gesichtsbehaarung war gepflegt. Sein Bart war nicht zu lang und nicht zu kurz. Und er war voll, nicht wie bei diesen Typen, die aussahen wie Fünfzehnjährige, die versuchten, sich einen Bart wachsen zu lassen.

Und dann waren da noch seine Muskeln ...

Sie hatte ihn ein- oder zweimal mit ihrem Bruder trainieren sehen, und mein Gott, der Mann war gut gebaut. Sie war nicht gerade überrascht, da er als Soldat der Spezialeinheit in Topform sein musste, aber jedes Mal, wenn er sich bewegte, spannten sich seine Muskeln an. Und dann dieses V, das auf seine Leiste zeigte. Devyn musste sich sehr beherrschen, ihm nicht die Kleider vom Leib zu reißen, um nachzusehen, was er in der Hose hatte.

Alles zusammengenommen konnte das ihrer Meinung nach nur bedeuten, dass er regelmäßig Sex haben musste. Er war verdammt schön und alle Frauen rund um den Armee-Stützpunkt in Fort Hood würden sich die Finger nach ihm lecken. Mit seinem guten Aussehen und dem Spitznamen Lucky hatte er mit Sicherheit regelmäßig Glück.

Aber je mehr Zeit Devyn mit ihrem Bruder und seinen Freunden verbrachte, desto mehr wurde ihr klar, dass Lucky anders war, als sie gedacht hatte. Sie hatte ihn in eine Schublade gesteckt ... auf wenig schmeichelhafte Weise. Sie hatte deswegen ein schlechtes Gewissen. Andererseits hatte sie nicht vorgehabt, überhaupt so lange in Texas zu bleiben. Irgendwie fühlte es sich nicht so schlimm an, einen Fremden vorzuverurteilen, als jemanden, den sie ziemlich gut kennenlernen würde.

Sie hatte vorgehabt, aus Missouri wegzuziehen, um sich neu zu orientieren und eine Stadt zu finden, in der sie sich wohlfühlte. Dann einen neuen Job zu finden und mit ihrem Leben weiterzumachen. Aber wie sich herausstellte, könnte Killeen diese Stadt sein. Sie liebte das Wetter. Obwohl es sehr heiß war, zog sie die Hitze der Kälte und dem Schnee vor, mit dem sie in Missouri aufgewachsen war. Es war keine besonders große Stadt, aber es gab genügend Angebote, um essen oder einkaufen zu gehen. Und es hatte sich herausgestellt, dass sie ein riesiger Fan des traditionellen mexikanischen Essens war, das es in Killeen im Überfluss gab.

Außerdem liebte sie ihren älteren Bruder. Seine Freunde nannten ihn Grover, weil ihr Nachname Groves war, aber für sie war er Fred.

Sie hatten sich schon immer nahegestanden. Sie waren zwei von insgesamt fünf Kindern und ihr Leben war während ihrer Kindheit hektisch gewesen. Devyn war die Jüngste, Spencer war zwei Jahre älter als sie und Fred wiederum zwei Jahre älter als er. Obwohl Spencer ihr altersmäßig näher war, hatte er immer sein eigenes Ding gemacht. Ihre beiden älteren Schwestern, Mila und Angela, waren sieben und fünf Jahre älter als sie und waren bereits Teenager, als sie alt genug – und gesund genug – war, um mit ihnen abhängen zu können.

Devyn hatte einen Großteil ihrer Kindheit mit dem Kampf gegen Leukämie in Krankenhäusern verbracht. Das hatte sie von ihren Geschwistern entfremdet. Aber Fred hatte ihr im Krankenhaus Gesellschaft geleistet. Es hatte ihm nichts ausgemacht, stundenlang in dem kleinen Krankenzimmer bei ihr zu sitzen, dumme Brettspiele zu spielen, ihr vorzulesen und sie in den Schlaf zu singen, bevor er ging. Er war ihr Fels in der Brandung gewesen.

Es war also kein Wunder, dass sie sich bei ihrer Flucht

aus Missouri direkt auf den Weg in die kleine Stadt gemacht hatte, in der Fred stationiert war. Sie war entschlossen, ihre Probleme für sich zu behalten, aber sie hatte ihren großen Bruder vermisst – ihren treuesten Unterstützer. Als er der Armee beigetreten und weggezogen war, war Devyn am Boden zerstört gewesen. Sie war stolz auf ihn gewesen, aber es hatte trotzdem geschmerzt, ihn nicht mehr so oft sehen zu können.

Nun war sie also hier.

Und trotz aller Bemühungen stand sie gefährlich kurz davor, ihn in ihr Drama hineinzuziehen.

Devyn seufzte.

»Das war aber ein langer Seufzer«, merkte Lucky leise von der anderen Seite der Couch an. »Möchtest du darüber reden?«

Das wollte sie so sehr. Aber Devyn war es leid, die hilflose kleine Schwester zu sein, um die sich andere kümmern mussten und sie jedes Mal, wenn sie auch nur nieste, ins Krankenhaus brachten, nur um sicherzugehen, dass der Krebs nicht zurückgekehrt war. Sie glaubte nicht, dass Lucky sie so behandeln würde, aber er war Freds bester Freund und sie vermutete, dass er alles, was sie ihm erzählte, an ihren Bruder weitergeben würde.

»Nein«, sagte sie nach einer langen Pause.

Lucky nickte. »In Ordnung.«

Sie sah zu ihm hinüber. »Wieso bist du immer noch hier? Danke, dass du mich nach Hause gebracht hast. Wenn du die anderen anrufst, wird dich sicher jemand abholen, damit du zurück zu der Party gehen kannst.«

Sie waren in Oz' neuem Haus gewesen, um die Hochzeit von Lefty, Brain und Oz mit Kinley, Aspen und Riley zu feiern. Sie freute sich für ihre neuen Freundinnen. Die Frauen waren durch die Hölle gegangen und verdienten nur das Beste. Und in den Teamkameraden ihres Bruders hatten sie genau das gefunden. Sie würden ihre Frauen mit ihrem Leben beschützen. Es lag in ihrer DNA, anderen zu helfen, und sie hatten das Glück gehabt, ihre ewige Liebe zu finden.

Aber nachdem sie, ohne auf die Nummer zu achten, ans Telefon gegangen war und bemerkt hatte, dass es Spencer war, hatte sie die Lust verloren, mit ihren fröhlichen Freunden zusammen zu sein. Sie wollte niemandem die Laune verderben, also war sie gegangen.

Aber Lucky hatte sie gehen sehen und angeboten, sie nach Hause zu fahren. Egoistisch wie sie war hatte sie sein Angebot angenommen.

»Ich bin genau dort, wo ich sein möchte«, erwiderte Lucky und lehnte sich auf der Couch zurück, als hätte er vor, länger zu bleiben.

Devyn runzelte die Stirn. Sie wollte, dass er ging. Sie wollte sich nicht noch mehr an diese Stadt, Freds Freunde und seine Teamkameraden binden.

»Ich rufe dir ein Taxi«, sagte Devyn und griff nach ihrem Telefon.

Lucky legte seine Hand auf ihre und stoppte sie. »Sprich mit mir, Dev«, sagte er in leisem, heiserem Ton. »Ich bin dein Freund. Du kannst mir alles erzählen.«

»Alles, was ich dir anvertraue, wirst du Fred erzählen«, platzte sie heraus.

Lucky blinzelte. »Du willst nicht, dass dein Bruder weiß, was los ist? Warum nicht?«

Devyn schloss die Augen. Sie saß in der Zwickmühle. »Seit meiner Leukämiediagnose war ich für meine Familie nur eine Last«, sagte sie widerwillig. »Meine Eltern mussten stets alles stehen und liegen lassen, um mich zu Ärzten zu bringen. Ich war zu oft im Krankenhaus, um es zählen zu können. Niemand in meiner Familie konnte nach meiner

Diagnose ein normales Leben führen. Selbst nachdem es mir besser ging, konnten wir nicht tun, was andere Familien taten. Ein Ausflug nach Disneyland kam nicht infrage. Da gäbe es zu viele Menschen und die Gefahr wäre zu groß, mein geschwächtes Immunsystem zu überfordern. Ich will meiner Familie nicht noch mehr zuzumuten, als ich es bereits getan habe.«

Lucky hatte seine Hand nicht von ihrer genommen und Devyn verspürte das Bedürfnis, zu ihm rüberzurutschen und ihren Kopf auf seine Brust zu legen. Aber sie blieb standhaft. Wahrscheinlich würde er sie für verrückt halten und sich fragen, worauf er sich da eingelassen hatte.

Sie war sich eine Weile ziemlich sicher gewesen, dass Lucky mehr als nur Freunde sein wollte, aber sie hatte ihn auf Distanz gehalten. Sie war sich nicht sicher, ob sie bleiben würde. Aber es wurde immer schwieriger. Vor allem, wenn sie sich so allein fühlte wie jetzt.

»Ich bin mir sicher, dass dich niemand in deiner Familie dafür verurteilt, dass du Krebs hattest«, sagte Lucky.

»Ich weiß«, sagte Devyn zu ihm. »Aber manchmal frage ich mich, wie unser Leben heute aussehen würde, wenn ich normal gewesen wäre.«

»Du bist normal«, stellte Lucky entschlossen fest. »Und wer bestimmt überhaupt, was normal ist? Ich bin fest davon überzeugt, dass alles genau so passiert, wie es sein soll.«

Devyn schniefte.

»Ernsthaft, nur weil wir einige Aspekte unseres Lebens nicht mögen, heißt das nicht, dass es anders besser wäre.«

»Ich bin einfach erschöpft«, sagte Devyn und schloss die Augen.

»Du arbeitest immer noch in Teilzeit, oder?«, fragte Lucky.

»Ja, aber das meine ich nicht. Ich arbeite sehr gern in der

Tierklinik. Tiere sind so ... einfach. Wenn sie Schmerzen haben, versuchen sie, dich zu kratzen oder zu beißen. Wenn sie glücklich sind, wedeln sie mit dem Schwanz oder schnurren. Da gibt es keine Tricks. Solange sie Nahrung, Wasser und einen Unterschlupf haben, sind sie zufrieden. Bei Menschen ist das anders. Sie wollen immer mehr.«

»Mehr was?«, fragte Lucky leise.

Devyn wusste, dass sie bereits zu viel gesagt hatte. »Alles«, antwortete sie vage. Dann öffnete sie die Augen und sah zu Lucky hinüber. »Würdest du das, worüber wir reden, für dich behalten, wenn ich dich darum bitte? Und damit meine ich, es nicht Fred zu erzählen?«

Sein Gesichtsausdruck verriet ihr, dass er ihr das nicht versprechen konnte.

»Grover ist wie ein Bruder für mich«, sagte Lucky. »Er hat eine Kugel für mich abgefangen, so wie ich es für ihn getan habe.«

Devyn gefiel diese Tatsache überhaupt nicht, aber Lucky gab ihr keine Gelegenheit, etwas zu erwidern.

»Er liebt dich sehr und als du ihm gesagt hast, dass du hierherkommst, war er sehr froh, aber auch besorgt. Er versteht nicht, wieso du dein Leben in Missouri aus einer Laune heraus aufgegeben hast. Und es ist sicher kein Geheimnis, dass ich dich auch sehr mag, Dev. Wenn du mir auch nur das kleinste Anzeichen dafür geben würdest, dass du vielleicht bereit dafür wärst, etwas anzufangen, bin ich zur Stelle. Aber ich kann und werde nichts vor Grover geheim halten. Vor allem, wenn es um deine Gesundheit oder Sicherheit geht.«

Devyn nickte. Sie hatte gewusst, dass er so etwas sagen würde. Sie war ihm aber nicht böse. Sie bewunderte die Bindung, die Fred und seine Teamkameraden hatten. Aber das war der Grund, warum sie ihre Probleme für sich behalten hatte. Sie hatte noch nie eine solche Freundschaft erlebt, und sie wollte nichts tun, was der Beziehung zwischen ihrem Bruder und seinen Freunden schaden könnte.

»Bist du krank oder in Gefahr?«, fragte Lucky.

»Nein«, gab Devyn ohne Zögern zurück. Der Krebs war Gott sei Dank nicht zurückgekehrt und sie glaubte nicht, dass sie in Gefahr war. Ihre Probleme mit Spencer waren irritierend und stressig, aber sie waren es nicht wert, das Fundament ihrer Familie zu erschüttern. Und es ging auch nicht um Leben oder Tod.

Sie hatte gehofft, dass Spencer sich ändern würde, wenn sie weit wegzog, dass es genügen würde, ihn wieder in die richtigen Bahnen zu lenken.

Aber als sie sich an das kurze Telefonat am Nachmittag mit ihm erinnerte, wusste sie, dass er sich seit ihrer Abreise überhaupt nicht verändert hatte.

»Hey Schwester. Hier ist dein Lieblingsbruder.«

»Spencer, woher hast du meine Nummer?«, fragte Devyn.

»Fred hat sie mir gegeben. Ich bin sehr traurig, dass du mir aus dem Weg gehst«, sagte Spencer.

»Was willst du?«

»Ah, du willst gleich zur Sache kommen. Wie typisch für dich. Ich brauche einen Kredit.«

Devyn zog sich der Magen zusammen. »Nein.«

»Komm schon, Schwesterchen, du weißt, dass du die Einzige bist, auf die ich zählen kann.«

»Ich sagte Nein. Das Geld, das ich dir bereits geliehen habe, hast du bis heute nicht zurückgezahlt.«

»Dieses Mal ist es anders«, flehte Spencer.

»Es ist niemals anders«, erwiderte Devyn hitzig. »Jedes Mal

denkst du, dass du dieses Mal groß rauskommen wirst, aber das tust du nie! Du musst mit diesen Spielereien aufhören und dein Leben in den Griff bekommen.«

»So wie du?«, fragte Spencer höhnisch. »Du stützt dich immer auf alle anderen. Du bist erbärmlich.«

»Ruf mich nicht mehr an«, sagte Devyn so energisch, wie sie konnte.

»Es tut mir leid«, lenkte Spencer schnell ein und versuchte, sie zu beschwichtigen. »Ich habe Mom um Geld gebeten, aber sie hat nichts mehr.«

»Du hast Geld von Mom und Dad angenommen?«, hakte Devyn nach.

»Ich hatte keine Wahl. Ich hätte sonst meine Wohnung verloren.«

»Ich wette, Fred hast du nicht gefragt, oder?«

»Nein, er würde mir kein Geld geben, selbst wenn ich ihn darum bitten würde. Und Mila und Angela haben mit all ihren Kindern auch nichts zu entbehren. Du bist meine einzige Hoffnung.«

»Nochmals nein!«, sagte Devyn energisch. »Ich gebe dir kein Geld mehr.«

»Nach allem, was wir für dich geopfert haben, als du krank warst«, fauchte Spencer. »Du hast meine Kindheit ruiniert! Du schuldest mir etwas.«

Ohne ein weiteres Wort legte Devyn auf.

Sie wollte mit jemandem über Spencers Spielsucht sprechen, aber sie glaubte nicht, dass irgendjemand verstehen würde, wie schlimm es geworden war.

Sie hatte vor längerer Zeit angefangen, ihrem Bruder Geld zu geben. Es waren nur zwanzig Dollar hier oder fünfzig Dollar da. Das war keine große Sache. Dann begannen die Beträge zu steigen. Das letzte Mal hatte sie ihm fünfhundert Dollar gegeben. Er hatte ihr gesagt, dass sein Wagen sonst beschlagnahmt würde. Sie hatte Mitleid mit ihm gehabt.

Dann hatte Devyn erfahren, dass er das Geld jedes Mal verspielt hatte, in der Hoffnung, den Jackpot zu gewinnen.

Bei ihrer letzten Begegnung hatte Spencer ihr Angst gemacht. Er war furchtbar sauer geworden, als sie ihm kein Geld mehr geben wollte.

Bei ihrem Umzug hatte sie alle angelogen. Es war nicht ihr Chef gewesen, der sie geschubst und ihr den blauen Fleck zugefügt hatte, den Kinley gesehen hatte, als sie ihr beim Umzug in diese Wohnung geholfen hatte.

Ihr *Bruder* war es gewesen.

Sie schämte sich zu sehr zuzugeben, dass es ihr eigen Fleisch und Blut gewesen war, das sie verletzt hatte. Fred würde den Verstand verlieren, wenn er es jemals herausfand.

Es war besser, wenn sie den Mund hielt. Sie wollte nicht der Grund dafür sein, dass ihre Familie für immer zerbrach. Ihre Eltern hätten sich fast scheiden lassen, als sie jung war, weil sie mit dem Stress ihrer Krankheit nicht umgehen konnten. Sie konnte es nicht ertragen, der Grund dafür zu sein, wenn die anderen anfingen, sich zu streiten, und am Ende nicht mehr miteinander redeten.

Und deshalb konnte sie es auch Lucky nicht anvertrauen. Er würde Fred erzählen, was los war, und das wäre das Ende ihrer Familie. Das konnte sie ihnen nicht antun. Nicht nach allem, was sie während ihrer Krankheit für sie getan hatten. Sie musste sich nur weiterhin darum drücken, auf all die Nachfragen darüber, was los war, eine Antwort zu geben. Spencer würde schließlich akzeptieren, dass sie seine Spielsucht nicht länger finanzierte.

Aber langsam machte sie sich wirklich Sorgen, dass das nicht passieren würde ... denn es waren bereits mehrere Monate vergangen und er hatte immer wieder angerufen, um mehr Geld zu verlangen. Noch bevor sie Missouri verlassen hatte, hatte sie ihm klar gemacht, dass sie nicht seine Privatbank sei, aber er hatte nicht aufgegeben.

Deshalb wusste sie, dass es keine gute Idee war, in Texas und damit in Freds Nähe zu bleiben. Sie würde sich zu sehr an ihn binden und nicht mehr gehen wollen – es hatte bereits begonnen. Sie wollte ihre neuen Freunde nicht aufgeben und Aspens und Rileys Kinder kennenlernen. Aspens Geburtstermin stand in ein paar Monaten an und Riley würde kurz darauf folgen. Und sie liebte es, mit Logan und Bria, Oz' Neffe und Nichte, abzuhängen. Sie waren so süß.

Obwohl sie es besser gewusst hatte, hatte sie sich hier ein neues Leben aufgebaut. Und sie wollte wirklich nicht mehr weg.

Und dann war da noch Lucky.

Wie aufs Stichwort fragte er: »Dev, worüber denkst du so angestrengt nach?«

Er war wirklich ein guter Kerl. Und nicht zum ersten Mal wünschte sich Dev, dass ihr Leben anders wäre. »Nichts«, antwortete sie leise.

»Deine Sorgen zu teilen macht sie weniger beängstigend und überwältigend, weißt du?«, fragte er.

Devyn kicherte. »Ich wusste gar nicht, dass du so tief-sinnig sein kannst.«

Lucky lächelte. Und der Anblick verursachte ein Krib-beln in Devyns Bauch.

»Das bin ich nicht. Aber es ist wahr. Manchmal ist es gar nicht so schlecht, rauszulassen, was nicht stimmt. Du weißt, dass dein Bruder, ich und der Rest des Teams alles tun würden, um deine Dämonen zu verjagen.«

»Ich weiß.« Aber der sprichwörtliche Dämon, den es vielleicht zu verjagen gab, war ihr eigener Bruder – und Freds. Sie konnte es einfach nicht.

»Denk darüber nach«, sagte Lucky zu ihr. »Ich werde dich nicht drängen ... nicht heute Abend. Aber du hast eine ganze Reihe von Menschen um dich, die dich lieben und sich um dich sorgen. Niemand legt sich mit uns an, und das schließt dich mit ein.«

Seine Worte waren nett und erschreckend zugleich. »Vielen Dank.«

»Gern geschehen.«

»Ich bin ziemlich müde«, log Devyn. Sie musste dafür sorgen, dass Lucky ging, bevor sie nachgab und ihm alles erzählte.

»Okay, ich werde verschwinden.«

»Soll ich dir ein Taxi rufen?«, fragte sie.

»Nein, ich rufe Grover an. Ich weiß, dass er sich Sorgen um dich machen wird.«

»Aber er ist immer noch auf der Party«, protestierte Devyn.

»Das ist egal. Er wird wahrscheinlich froh sein, für eine Weile von diesem fröhlichen Liebeszirkus wegzukommen«, sagte Lucky mit einem Lächeln und stand von der Couch auf.

»Bist du deshalb gegangen?«, grinste Devyn.

»Nein, ich bin gegangen, weil du mich gebraucht hast.« Dann überraschte er Devyn, indem er sich zu ihr hinunterbeugte und sie auf den Kopf küsste. »Bis bald«, sagte er, warf ihr einen langen, innigen Blick zu und ging dann zur Tür.

»Was war das?«, flüsterte Devyn, als sie wieder allein in ihrer Wohnung war.

Aber sie wusste, was es war. Wenn sie sich nicht täuschte, hatte Lucky es satt, sich von ihr aussperren zu lassen.

Sie hatte aus erster Hand erfahren, dass ein Delta-Soldat alles tun würde, um seine Frau für sich zu gewinnen, wenn er sich dazu entschlossen hatte.

Aber sie war sich nicht sicher, ob sie begeistert oder verängstigt sein sollte, dass Lucky hinter ihr her war.

KAPITEL ZWEI

»Geht es ihr gut?«, fragte Grover statt einer Begrüßung, als Lucky vor Devyns Wohnung in seinen Jeep Grand Cherokee stieg.

»Sie ist okay«, sagte Lucky zu ihm.

»Hat sie dir erzählt, was zum Teufel los ist?«, fragte Grover.

»Nein.«

»Scheiße, warum nicht?«

Lucky drehte sich zu seinem Freund um. »Ich habe eine Frage an dich.«

Als Grover vom Parkplatz fuhr, sagte er: »Schieß los.«

»Wie würdest du reagieren, wenn deine Schwester mir etwas erzählt und mich bittet, es für mich zu behalten?«

Lucky sah, wie Grover seine Kiefermuskeln anspannte. »Das würde mir verdammt noch mal nicht gefallen.«

»Richtig. Dasselbe habe ich ihr gesagt, als sie mich gefragt hat«, sagte Lucky. »Wenn es um etwas so Wichtiges wie das Wohlergehen deiner Schwester geht, würde ich dir nichts vorenthalten. Du bist einer meiner besten Freunde und ich habe keine Lust, Geheimnisse vor dir zu haben. Ich habe keine Ahnung, was los ist, und sie wollte es mir auch nicht sagen, aber es ist ziemlich offensichtlich, dass es etwas mit deinem Bruder zu tun hat. Vielleicht liege ich damit auch daneben, aber ich glaube, sie will den Familienfrieden nicht stören.«

Grover seufzte. »Ja, sie geht den Anrufen meiner Eltern schon eine Weile aus dem Weg. Als Spencer nach ihrer Nummer gefragt hat, habe ich sie ihm in der Hoffnung gegeben, dass sie die Sache aus dem Weg räumen können. Ich schätze mal, das ging nach hinten los.«

»Fürs Protokoll, sie hat gesagt, dass sie weder krank noch in Gefahr sei«, sagte Lucky.

»Danke, damit fühle ich mich etwas besser. Aber weil sie so lange krank war, mag sie es nicht, wenn Leute einen Wirbel um sie machen. Sie könnte sich den Arm brechen und behaupten, dass es nur ein Kratzer sei.«

Lucky nickte. »Ich bin jedenfalls fertig mit den Albernheiten«, informierte er Grover.

»Gut«, sagte sein Freund, ohne zu zögern. »Ich habe es dir schon einmal gesagt und ich sage es noch einmal. Wenn Devyn mit dir oder Doc zusammenkommen würde, wäre ich außer mir vor Freude.«

»Da läuft nichts mit Doc«, knurrte Lucky.

Grover lachte. »Richtig.« Dann wurde er ernst. »Du bist schon jetzt wie ein Bruder für mich, und wenn du mein Schwager würdest, wäre ich verdammt noch mal begeistert. Und wenn du herausfinden kannst, was mit Devyn los ist, und das Leuchten in ihre Augen zurückbringen kannst, werde ich für immer in deiner Schuld stehen.«

»Ich glaube, ich muss dir da aber etwas sagen ...«, begann Lucky.

»Ja?«

»Im Moment bin ich für Devyn nur ein Freund und

habe kein Problem damit, Dinge, die sie mir anvertraut, mit dir zu teilen. Aber wenn die Dinge zwischen uns ernst werden sollten, wird sich das ändern. Dev und ich werden gemeinsam entscheiden, ob sie dir etwas erzählen möchte oder nicht, aber ich werde nicht alles ausplaudern, was in unserem Leben vor sich geht.«

Grover schwieg einen Moment. Dann sagte er: »Das respektiere ich. Es fällt mir schwer, Devyn als etwas anderes zu sehen als meine kleine Schwester, die ich beschützen muss, aber sie ist eine erwachsene Frau.«

Lucky nickte erleichtert. Es machte ihm nichts aus, Informationen über Devyns Gesundheit und Wohlbefinden an Grover weiterzugeben, aber es würde einem Vertrauensbruch gleichkommen, wenn er zu viel preisgab, falls sie jemals ein Paar sein sollten. Und das war es, was er wollte. Er wollte, dass sie ihm vertraute ... und dass Devyn zu ihm gehörte.

Fast seit ihrer ersten Begegnung hatte er das gewollt.

Die beiden Männer schwiegen, als Grover zu Oz' Haus zurückfuhr. Als sie ankamen, hielt Grover neben Luckys GMC Sierra Pritschenwagen. »Ich nehme an, du hast keine Lust, wieder reinzugehen«, sagte er, als er den Motor abstellte.

»Ich fühle mich etwas schlecht dabei, aber ja. Ich muss über meine nächsten Schritte nachdenken«, sagte Lucky. »Wenn du mit Spencer oder deinen Eltern sprichst, könntest du ihnen sagen, dass sie sich für eine Weile von Devyn fernhalten sollen. Sie braucht etwas Freiheit. Ich habe das Gefühl, sie ist kurz davor, wieder abzuhauen.«

»Was meinst du?«, fragte Grover und sah besorgt aus.

»Sie hat ihre Sachen nicht ausgepackt. Nicht wirklich jedenfalls«, sagte Lucky.

»Im Ernst?«

»Ja, bei ihr stehen überall noch Umzugskartons herum.«

»Aber wir haben ihr vor über einem Jahr beim Einzug geholfen.«

»Wir haben die Kartons in die Wohnung gebracht, sind aber nicht geblieben, um ihr beim Auspacken zuzusehen.«

»Scheiße.«

»Ich habe das Gefühl, dass sie gehen wird, wenn Spencer sie weiter unter Druck setzt, worum auch immer es dabei gehen mag.«

Grover sah zu Lucky hinüber. »Ich habe sie vermisst. Ich liebe alle meine Geschwister, aber Devyn und ich standen uns schon immer sehr nahe. Ich hasste es, als sie krank wurde, und habe jede freie Minute mit ihr verbracht. Ich wollte nicht einmal mit meinen Freunden spielen. Ich konnte nur daran denken, wie traurig ich sein würde, sollte sie sterben. Also ließ ich sie nicht aus den Augen. Selbst nachdem ihr Zustand sich verbessert hatte, standen wir uns weiterhin sehr nahe. Wir sind vier Jahre auseinander, aber wir könnten genauso gut Zwillinge sein. Ich freue mich, dass sie hier ist. Sie ist zu einer erstaunlichen Frau herangewachsen und ich liebe sie sehr. Ich will nicht, dass sie geht.«

»Ich auch nicht«, bestätigte Lucky. »Und ich werde alles in meiner Macht Stehende tun, damit sie bleibt. Aber wenn Spencer sie weiterhin anruft, beschließt sie vielleicht zu gehen, um dir den Ärger zu ersparen.«

»In Ordnung, ich werde mit ihm sprechen«, sagte Grover.

»Gut.«

»Kann ich dir einen Rat geben?«, fragte Grover Lucky.

»Bitte.«

»Schaff dir ein Haustier an. Einen Hund, eine Katze oder eine Ziege. Es spielt keine Rolle. Fahr ins Tierheim und such dir das kränkste Tier aus, das es dort gibt. Dann bitte

Devyn um ihren Rat, wie man das arme Ding am Leben erhält. Sie wird wie Wachs in deinen Händen sein.«

»Ich bin mir nicht sicher, ob ich sie auf diese Art manipulieren will«, sagte Lucky stirnrunzelnd.

»Meine Schwester liebt Tiere mehr als Menschen. Sie wird nicht widerstehen können, dir zu helfen. Es wird dir die Tür öffnen.«

»Es ist trotzdem Manipulation«, protestierte Lucky.

»Du wolltest doch schon immer einen Hund«, entgegnete Grover.

Lucky seufzte. Das war die Sache mit besten Freunden. Sie kannten einen besser als man sich selbst. »Du weißt, dass ich das will. Als ich klein war, hatten wir immer Tiere im Haus. Aber es wäre nicht fair, so oft wie wir auf Mission müssen.«

»Wenn Oz seinen Neffen und seine Nichte während unserer Abwesenheit in Gillians liebevoller Obhut lassen kann, dann wirst du auch ein oder zwei Tiere bei Gillian, Kinley, Aspen oder Riley unterbringen können. Du weißt, dass sie gern helfen würden.«

Lucky wusste das. Und er musste zugeben, dass Grovers Idee durchaus überlegenswert war ... obwohl es immer noch ein wenig hinterhältig wirkte.

Als hätte er seine Gedanken gelesen, sagte Grover: »Schau, ich liebe meine Schwester. Aber sie ist verdammt stur. Tu, was du tun musst. Außerdem weiß ich es sehr zu schätzen, dass du mir nichts vorenthalten willst, aber wenn du versprechen musst, den Mund zu halten, damit sie dir anvertraut, was los ist ... dann bin ich damit einverstanden. Ich bitte dich nur darum, es mir nicht vorzuenthalten, wenn ihr Leben auf dem Spiel steht.«

»Abgemacht«, willigte Lucky sofort ein. Er wollte seinem Freund überhaupt nichts vorenthalten, aber sollte das

Thema mit Dev noch einmal aufkommen, würde er ihr von diesem Gespräch erzählen. Irgendetwas bedrückte sie und er wollte unbedingt wissen, was es war. Nicht um es für sie zu lösen, aber um ihr zu helfen und gemeinsam eine Lösung zu finden.

»Ich frage mich gerade, wie die Öffnungszeiten des Tierheims sind«, überlegte er leise.

Grover lachte und schlug ihm auf die Schulter. »Das ist die richtige Einstellung. Und fürs Protokoll, mit einer einfachen standesamtlichen Hochzeit wirst du nicht davonkommen. Meine Eltern würden einen Herzinfarkt bekommen. Mila und Angela haben in unserer angestammten Kirche in Missouri geheiratet und sie wollen, dass auch Devyn dort mit der Liebe ihres Lebens verheiratet wird.«

»Jetzt bist du aber ein bisschen voreilig, nicht wahr?«, fragte Lucky, als sie beide aus dem Jeep stiegen.

»Ich glaube nicht, dass ich das bin. Der Kerl, der bei meiner Schwester landet, wird verdammt viel Glück haben ... und du bist im Team das Arschloch mit dem meisten Glück. Wenn jemand sie dazu bringen kann, sich zu verlieben, dann du.«

»Vielen Dank.« Grovers Vertrauen und Zustimmung bedeuteten Lucky die Welt.

»Sie ist eine Handvoll, aber sie ist fürsorglicher als jeder andere Mensch, den ich je getroffen habe«, sagte Grover. »Wir sehen uns morgen früh beim Training. Den Rest des Tages haben wir frei. Genügend Zeit für dich, um ins Tierheim zu fahren.«

Lucky schüttelte den Kopf, als sein Freund lachte und zurück ins Haus zu der Party ging.

Grover hatte ihm einige gute Ratschläge gegeben. Lucky war unfassbar erleichtert darüber, dass sein Freund ihn bei seinen Bemühungen um Devyn unterstützte. Wenn es nicht so wäre, hätte es ihn nicht abgehalten, aber es machte die Dinge einfacher. Er wollte keine Geheimnisse vor Grover haben, aber er würde abwarten, wie sich die Dinge entwickelten. Wenn Grover seinen Teil beitrug und mit seinem Bruder redete, würde sich Devyn vielleicht etwas entspannen. Die Zeit würde es zeigen.

In der Zwischenzeit würde er alles tun, um Devyn dazu zu bringen, ihm zu vertrauen, und zu beweisen, dass er ein Mann war, auf den man sich verlassen konnte. Der Mann, auf den sie sich verlassen konnte.

KAPITEL DREI

»Guten Tag, wie kann ich Ihnen helfen?«, fragte eine Frau, als er am nächsten Morgen das örtliche Tierheim betrat.

Lucky konnte selbst kaum glauben, was er hier tat, aber Grover hatte recht. Er hatte es vermisst, Haustiere um sich zu haben. Er war auf einer Farm in Upstate New York aufgewachsen und sie hatten immer Hunde, Katzen, Schweine, Frettchen, Ziegen und andere pelzige Kreaturen gehabt. Er konnte sich noch an einen Sommer erinnern, als seine Eltern beschlossen hatten, sogar ein verwaistes Kalb zu retten. Es hatte drei Monate lang bei ihnen im Haus gelebt, bevor es so groß geworden war, dass sie keine andere Wahl hatten, als es in den Stall umzuquartieren.

»Ich würde gern ein Haustier adoptieren«, sagte Lucky zu ihr.

»Toll«, entgegnete die Frau fröhlich. »Wissen Sie schon, welche Art?«

»Ich glaube, eine Katze. Ich bin beruflich des Öfteren unterwegs und denke, es ist einfacher, jemanden zu finden, der sich um eine Katze kümmert, wenn ich weg bin.«

»Stimmt, obwohl Katzen genauso einsam sein können

wie Hunde. Manche Leute denken, sie können ihre Katze mit einem Eimer Wasser und einer großen Schüssel Futter allein zu Hause lassen und es wird ihr gut gehen. Aber sie brauchen auch soziale Interaktion.«

»Oh, ich würde sie nicht allein lassen«, erwiderte Lucky. »Ich würde dafür sorgen, dass jeden Tag einer meiner Freunde vorbeikommt.«

»Okay, gut. Wollen Sie ein Kätzchen oder eine ältere Katze? Welche Farbe? Wir haben viele schwarze Katzen. Leider glauben viele Leute immer noch, dass schwarze Katzen Unglück bringen.«

»Ich bin mir nicht sicher, wonach ich suche«, gab Lucky zu. »Ich dachte, ich könnte einfach schauen, was Sie dahaben, und dann sehen wir weiter.«

»Kein Problem. Normalerweise lassen wir die neuen Tierhalter den Papierkram ausfüllen, sobald sie ihren neuen Freund gefunden haben. Wenn Sie mir folgen, zeige ich Ihnen, wo die Katzen gehalten werden. Nehmen Sie sich Zeit und schauen Sie, ob Ihnen eine ins Auge sticht.«

Lucky musste über die lockere Art der Frau grinsen. Er folgte ihr durch eine Tür links vom Empfangsbereich. Sie kamen an mehreren leeren Räumen vorbei. Offensichtlich Räume, um dort etwas Zeit mit den Tieren zu verbringen, um sicherzugehen, dass sie mit ihren potenziellen neuen Haltern kompatibel waren.

Je länger er über seine Unterhaltung am vorangegangenen Abend nachgedacht hatte, desto sicherer war er sich geworden, dass er ein Haustier adoptieren wollte. Er wusste, dass Grover es eher aus Spaß vorgeschlagen hatte, aber nun fing Lucky tatsächlich an, sich nach einer Katze umzusehen.

Die Frau öffnete eine Tür und sofort drang das Geräusch bellender Hunde in seine Ohren. Ein weiterer Grund, eine

Katze zu adoptieren. Sie bellten nicht und verärgerten damit womöglich die Nachbarn.

Die Angestellte lächelte die Tiere an, als sie ihn an einer langen Reihe von Zwingern mit Hunden vorbeiführte. Jeder der Käfige war ungefähr zwei Meter lang und etwa einein- halb Meter breit. In den meisten Zwingern lagen Decken neben Spielzeug und Futternäpfen. Entlang der Zwinger verlief ein Maschendrahtzaun mit Türen, die in jede der kleinen Käfige führten. Die meisten Hunde sprangen an dem Zaun hoch und bellten, als Lucky und die Angestellte vorbeigingen.

Sie wollten gerade einen anderen Raum betreten, in dem Lucky stapelweise Käfige mit Katzen sehen konnte, als ihm etwas ins Auge fiel.

Lucky drehte sich um und warf einen Blick auf einen der Zwinger, der auf den ersten Blick leer aussah. Ganz hinten hatte sich etwas bewegt. In der Ecke kauerte ein struppiger brauner Hund. Mit seinen dunkelbraunen Augen starrte er ihn misstrauisch an. Er bellte nicht. Tatsächlich zitterte das arme Ding und sah aus, als hoffte es, dass er so schnell wie möglich wieder verschwand.

»Sir?«, fragte die Frau.

Lucky zeigte auf den Hund. »Was ist mit ihm passiert?«

»Mit ihr. Ein Arbeiter einer Abrissfirma hat uns geru- fen, um sie zu holen. Sie hat in einem verlassenen Haus gelebt, das abgerissen werden sollte. Zum Glück wurde sie drinnen gefunden, bevor mit dem Abriss begonnen wurde. Wir mussten sie mit einem Pfeil betäuben, um sie einfangen zu können, da sie extrem scheu ist, fast wild. Wir nehmen an, dass sie eine Terrier-Retriever-Mischung ist.«

Dann sah Lucky noch etwas, das ihm beim ersten Hinsehen nicht aufgefallen war. Da war ein weiteres, kleineres Augenpaar, das zwischen den Beinen des Hundes hervorschaute.

»Ist das eine ... Katze?«, fragte er.

»Ja, sie wurden zusammen in dem Haus gefunden. Die Hündin beschützt ihren kleinen Freund. Soweit wir wissen hatte sie geworfen, aber die Welpen haben es nicht geschafft. Wahrscheinlich hat sie das Kätzchen gefunden und adoptiert, da sie noch Milch hatte.«

Lucky schmolz das Herz dahin.

»Wir hatten jedoch bisher kein Glück, sie zu sozialisieren. Die Hündin hat sich mit keinem von uns anfreunden können. Selbst für die Untersuchung mussten wir sie betäuben. Die Katze hat die ganze Zeit erbärmlich miaut, während ihre Gefährtin weg war. Sie sollen noch diese Woche eingeschläfert werden. So sehr wir alle Tiere retten möchten, diese beiden müssten zusammen adoptiert werden. Aber bei ihrer Scheu ist das sehr unwahrscheinlich.«

»Ich nehme sie«, sagte Lucky impulsiv.

Die Frau blinzelte. »Was?«

»Ich werde sie beide adoptieren.«

»Oh, ähm ... ich dachte, Sie wollten eine Katze?«

»Tue ich. Aber ich habe nichts gegen einen Hund. Und diese beiden müssen wahrscheinlich dringender adoptiert werden als jedes andere Tier hier.«

»Aber wir sind noch nicht einmal im Katzenzimmer gewesen«, sagte die Frau und klang verwirrt.

Lucky drehte sich zu ihr um und neigte den Kopf. »Wollen Sie mir ausreden, sie zu adoptieren?«, fragte er.

»Nein, nicht wirklich. Aber wir kennen nicht einmal das volle Ausmaß ihrer medizinischen Bedürfnisse. Und diese Hündin wird nicht das beste Haustier sein. Sie war zu lange allein. Sie vertraut niemandem.«

»Hat sie einen Namen? Die Hündin, meine ich«, fragte er.

»Nicht offiziell, aber das Personal nennt sie Lucky.«

Lucky grinste. Warum war er nicht überrascht?

»Ich hole den Papierkram, den Sie ausfüllen müssen«, sagte sie und klang immer noch skeptisch. »Würden Sie bitte mitkommen ...«

»Darf ich zu ihnen reingehen?«, fragte Lucky. »Ich würde gern sehen, ob ich sie an mich gewöhnen kann. Zumindest ein bisschen. Das würde den Heimweg für sie weniger traumatisch machen.«

Die Frau sah äußerst skeptisch aus. »Nun, das ist gegen die Regeln ...«, sagte sie und ihre Stimme verlor sich.

»Können Sie sie in einen der Besuchsräume bringen, ohne sie vollkommen zu verängstigen?«, fragte Lucky.

Die Frage schien ihr unbehaglich.

»Ich lasse sie nicht raus. Ich möchte nur, dass sie sich an den Klang meiner Stimme gewöhnen.« Lucky war sich nicht sicher, ob das überhaupt möglich war mit dem Aufruhr bellender Hunde um sie herum, aber er wollte die beiden nicht traumatisieren, indem er sie aus dem Zwinger zerren und in einen fremden Raum werfen ließ. Das hier war im Moment ihre vertraute Umgebung.

»In Ordnung. Und Sie können Ihre Meinung jederzeit ändern«, sagte sie zu ihm.

Das würde nicht passieren.

Er war jedoch erleichtert, dass er die neuen Mitglieder seines Haushalts in ihrem Revier begrüßen durfte, und nickte der Angestellten zu.

Sie öffnete die Tür zu dem Zwinger und Lucky ging hinein.

»Rebecca?«, rief eine Frau von der Tür zum Empfangsbereich. »Ich werde hier überrannt. Kannst du mir helfen?«

Rebecca, die Frau, die ihm geholfen hatte, sah ihn unsicher an.

»Ich werde schon zurechtkommen«, sagte Lucky zu ihr. »Nehmen Sie sich Zeit. Ich werde hier sein und mit meinen neuen Freunden abhängen.«

»Okay. Ich werde so schnell wie möglich zurück sein.«

Lucky nickte und sie ging rasch in den Empfangsbereich zurück.

Lucky atmete erleichtert auf. Er war sich nicht sicher, ob er das Vertrauen der Tiere gewinnen konnte, aber er war froh, kein Publikum zu haben, während er es versuchte. Er setzte sich am Tor auf den Hintern und rollte sich dann mit angewinkelten Beinen auf den Bauch, damit er hineinpasste. Er stützte sein Kinn auf die Hände und starrte auf die erbärmlich aussehende Hündin und ihre Katzenfreundin hinab.

»Hallo«, sagte er leise. »Ich bin Lucky. Ich weiß, dass die Leute hier dich auch so genannt haben, aber es wäre verwirrend, wenn wir beide denselben Namen haben. Und obwohl du wirklich Glück hattest, denke ich, dass etwas Weiblicheres besser zu dir passen würde. Wie wäre es mit Gretta?«

Die Hündin blinzelte nicht einmal.

»Nein? Okay, vielleicht nicht. Abby? Belle? Charlie? Nikki? Pepper?« Lucky wusste, dass einige Leute denken würden, dass er sich lächerlich machte, wenn er einen Hund fragte, wie er heißen wolle. Aber als er klein war, war er immer dafür verantwortlich gewesen, ihren Haustieren Namen zu geben. Er hatte seine Aufgabe stets sehr ernst genommen. Er glaubte, dass das Tier ihn wissen lassen würde, wenn ihm einer der von ihm gewählten Namen gefiel.

»Leila? Trixie? Ginger? Angel?«

In der Sekunde, in der er den Namen Angel sagte, spitzte die Hündin die Ohren und hob den Kopf ein wenig.

»Angel, hm? Das gefällt dir?«, fragte Lucky.

Natürlich antwortete sie ihm nicht mit Worten, aber er sah, wie sie leicht mit dem Schwanz wippte.

»Okay, Angel, du kommst heute mit mir nach Hause – du und dein Freund. Ich lebe in einem Reihenhaus und es gibt viel Platz für euch beide. Ich weiß, dass die Dinge für euch in letzter Zeit beängstigend waren, aber von jetzt an bist du in Sicherheit. Ich werde dir nichts tun und du wirst viel Nahrung und Wasser haben. Ich weiß nicht, was vorher mit dir passiert ist, aber du hast jetzt ein neues Leben vor dir. Ein Leben, in dem du dir keine Sorgen mehr machen musst, dass dein Haus abgerissen wird, während du noch drin bist.«

Angel starrte ihn weiter an, als verstünde sie jedes Wort, das er sagte.

Lucky bewegte sich langsam, blieb aber auf dem Boden liegen. Er sah Angel und die Katze nicht mehr an, aber er streckte seine Hände mit den Handflächen nach oben nach ihnen aus. Er redete weiter über nichts Besonderes. Er erzählte seinen neuen Freunden von seinem Team und ihren Frauen. Er erzählte ihnen von Devyn und dass sie auch schreckhaft war und dass er hoffte, ihr Vertrauen zu gewinnen.

Im Grunde wollte Lucky, dass sich die beiden an den Klang seiner Stimme gewöhnten und verstanden, dass er sie nicht verletzen würde.

Er wusste nicht, wie lange er auf dem Boden gelegen hatte, aber als er eine kalte Nase an seinen Fingern spürte, rührte er sich keinen Zentimeter.

Er sprach weiter. Er erzählte Angel, dass sie eine gute Hündin und eine erstaunliche Mutter für das Kätzchen gewesen war. Er spürte, wie die Nase des Hundes ein bisschen mehr an seinen Handflächen schnüffelte ... dann spürte er das Gewicht ihres Kopfes, der auf seiner Handfläche ruhte.

Lucky lächelte. Er bewegte seinen Kopf, ohne ihn anzuheben, und sah, dass Angel sich bewegt hatte, um ihm etwas näher zu kommen. Der Blick aus ihren dunkelbraunen Augen war auf ihn gerichtet und sie hatte tatsächlich ihren Kopf auf seine Hand gelegt.

»Magst du das, mein Mädchen?«, fragte er. Mit seinem Daumen streichelte er sanft die Seite ihrer Schnauze. Es war das Einzige, was er erreichen konnte. Erstaunlicherweise bewegte Angel sich nicht.

Die Katze, die sich zwischen Angels Beine geschmiegt hatte, schien genau wissen zu wollen, was vor sich ging, und bahnte sich ebenfalls einen Weg nach vorn. Ihr Kopf stieß gegen seine andere Hand und Lucky lächelte wieder.

Die Katze sah aus, als wäre sie in einer ebenso schlechten Verfassung wie Angel. Ihr gelbbraunes Fell war stellenweise verfilzt, aber sie hatte die schönsten und ausdrucksstärksten grünen Augen, die er je gesehen hatte. »Hey, ich habe keine Ahnung, ob du ein Junge oder ein Mädchen bist, aber du bist sehr mutig, nicht wahr? Und sieh dir diese langen Schnurrhaare an«, summte er. »Wie wäre es, wenn ich dich Whiskers nenne? Was hältst du davon?«

Die Katze stieß erneut mit dem Kopf gegen seine Finger und verlangte Streicheleinheiten. Lucky wagte es nicht, laut zu lachen, falls es seine neuen Freunde erschrecken würde. Er gab den Forderungen der Katze nach und strich mit den Fingern über ihren Kopf, so gut er es in seiner Bauchlage konnte. Er konnte sehen, dass die Katze älter war, als er zuerst gedacht hatte. Es war offensichtlich, dass das

Pärchen schon länger als nur ein paar Wochen zusammen war.

»Also Angel und Whiskers, denkt ihr, ihr wollt vielleicht mit zu mir nach Hause kommen? Es wird zumindest um einiges ruhiger sein als hier drin.«

Whiskers begann, leise zu schnurren. Lucky konnte die Vibrationen an seinen Fingern spüren und Angel schloss tatsächlich ihre Augen, als sie auf seiner Hand lag.

Dreißig Minuten später erschien Rebecca vor dem Zwinger. Sie starrte Lucky ungläubig an.

Er hatte seine Position geändert. Er saß jetzt mit gekreuzten Beinen da und hatte sowohl Angel als auch Whiskers auf dem Schoß. Der Hund wog wahrscheinlich ungefähr neun Kilo und die Katze nicht viel mehr als drei, wenn er raten müsste.

Als er sich aufgesetzt hatte, waren beide Tiere zurück in die Ecke gehuscht. Lucky hatte die Decke in der anderen Ecke auf seinen Schoß gezogen und weiter leise und locker geredet.

Whiskers hatte sich zuerst bewegt und sich ihm langsam genähert, bis sie schließlich auf die Decke auf seinem Schoß geklettert war. Angel war nervös geworden und hatte sich schnell ihrer Freundin angeschlossen, wahrscheinlich um sie zu beschützen. Aber nach ein paar Minuten und weiteren Streicheleinheiten hatten sich beide entspannt.

»Heilige Scheiße«, sagte Rebecca leise. »Wenn ich das nicht mit eigenen Augen sehen würde, würde ich es niemals glauben.«

Lucky lächelte. »Ich kann gut mit Tieren umgehen«, sagte er.

»Ja, das sehe ich«, erwiderte sie. »Glauben Sie, Sie können sie tragen? Oder werden sie ausflippen?«

»Ich bin mir nicht sicher, ob ich überhaupt aufstehen

kann«, gab Lucky zu. »Ich glaube, meine Beine sind eingeschlafen.« Sie lächelten einander an. »Aber ja, ich denke, ich kann sie wahrscheinlich tragen.«

»Wir haben eine Transportbox, in der Sie sie für den Weg nach Hause unterbringen können«, sagte Rebecca. »Ich bitte Sie nur darum, sie zurückzubringen. Wir brauchen alle Utensilien, die wir bekommen können.«

»Kein Problem«, gab Lucky zurück.

Dreißig Minuten später saß er in seinem Sierra mit zwei sehr verängstigten Tieren in einer Box auf dem Rücksitz. Lucky seufzte. Er hatte nicht gut geplant. Er brauchte Futter, Betten, Leinen und Halsbänder. Er hatte gedacht, er würde eine Katze adoptieren und auf dem Heimweg schnell am Laden anhalten. Aber er konnte Angel und Whiskers auf keinen Fall mit in einen Laden nehmen. Und er würde sie auch nicht allein in seinem Wagen zurücklassen.

Beide Tiere brauchten dringend ein Bad und sie mussten untersucht werden, um sicherzustellen, dass sie gesund waren. Im Tierheim waren beide Tiere geimpft und kastriert worden, aber er machte sich trotzdem Sorgen um ihren Allgemeinzustand.

»Keine Sorge, ich werde jemanden anrufen, aber sie ist nett. Sie wird euch lieben und sie wird euch nicht wehtun.« Lucky wollte am liebsten über sich selbst lachen. Er sprach mit dem Hund und der Katze, als könnten sie ihn verstehen. Aber ein Teil von ihm glaubte, dass sie es konnten – zumindest theoretisch. Tiere waren sehr gut darin, Nuancen in der menschlichen Stimme wahrzunehmen. Wenn jemand verärgert oder wütend war, wussten sie es. War derjenige entspannt und glücklich, reagierten sie entsprechend.

Er tippte auf die Freisprecheinrichtung in seinem Wagen und wählte Devyns Nummer. Grover hatte ihm gesagt, dass Devyn heute freihatte.

»Hallo?«

Alles an Devyn gefiel Lucky. Sogar ihre heisere Stimme. »Hey, hier ist Lucky.«

»Was gibt es?«

»Ich brauche deine Hilfe. Aber ich möchte von Anfang an klarstellen, dein Bruder hat mir gesagt, dass ich das tun soll, um dich zu manipulieren, damit ich mehr Zeit mit dir verbringen und sicherstellen kann, dass es dir gut geht. Aber so ist es nicht«, sagte Lucky.

Devyn kicherte nervös. »Ooookay. Das klingt bedrohlich.«

»Ich wollte nur nicht, dass Grover später etwas sagt und du es falsch interpretierst. Ich meine, ich glaube nicht, dass es ein Geheimnis ist, dass ich mehr Zeit mit dir verbringen möchte und dass ich dich sehr mag, aber ich habe das nicht getan, um dich zu zwingen, mit mir abzuhängen. Ich möchte, dass du das willst, weil du mich auch magst.«

»Du machst mich sehr nervös«, sagte Devyn. »Aber ich schätze deine Ehrlichkeit. Und wenn wir schon dabei sind, ehrlich zu sein, ich hänge gern mit dir ab, du musst dir keine Ausreden einfallen lassen.«

»Das weiß ich zu schätzen«, sagte Lucky, obwohl er Angst hatte zu fragen, ob sie es mochte, mit ihm als Freund ihres Bruders abzuhängen, oder ob die Möglichkeit bestand, dass da mehr wäre. Im Moment war er zu feige dafür.

»Also ... wobei kann ich dir helfen?«, fragte sie.

»Ich habe irgendwie einen Hund und eine Katze adoptiert und ich habe nichts für sie da. Kein Futter, kein Katzenklo, keine Betten. Und ich brauche alles. Aber ich möchte sie nicht allein in meinem Haus lassen, während ich einkaufen gehe, und ich kann sie nicht mit in den Laden nehmen. Ich hatte gehofft, dass es dir vielleicht nichts ausmachen würde, ein paar Sachen zu holen und sie vorbeizubringen. Und wenn du schon da bist, kannst du vielleicht einen Blick auf sie werfen, um dich zu vergewissern, dass sie gesundheitlich in Ordnung sind, wenn es dir nichts ausmacht.«

Am anderen Ende der Leitung herrschte für einen langen Moment Stille.

»Devyn, bist du noch dran?«

»Ja. Du hast einen Hund und eine Katze adoptiert?«, fragte sie ungläubig.

»Ja«, seufzte Lucky. »Grover hatte es vorgeschlagen, damit ich in deiner Gunst steige, aber ehrlich gesagt habe ich schon lange darüber nachgedacht, mir ein Haustier anzuschaffen. Ich bin mit Tieren aufgewachsen, und da alle anderen heiraten und Babys bekommen, haben sie keine Zeit mehr, nach der Arbeit mit mir abzuhängen. Und ich habe keine Angst, es zuzugeben – in meinem Haus ist es einsam. Also dachte ich, ich hole mir eine Katze. Dann sind wir aber an einem Zwinger mit einem Hund und einer Katze vorbeigekommen. Sie sollten noch diese Woche eingeschläfert werden. Ich konnte sie nicht zurücklassen.«

»Heilige Scheiße, Lucky ist ein totales Weichei«, murmelte Devyn.

»Schhhh, erzähl das bloß niemandem«, scherzte er. Dann wurde er nüchtern. »Sie haben Todesangst, Dev. Sie sind verdammt scheu. Es bricht mir das Herz, darüber nachzudenken, warum sie so viel Angst vor Menschen haben. Ich habe sie im Tierheim dazu gebracht, mir zu vertrauen, aber ich habe das Gefühl, dass sie völlig verängstigt sein werden, wenn ich sie nach Hause bringe. Ich ... ich brauche Hilfe.«

»Ich kann in etwa vierzig Minuten da sein«, sagte Devyn, ohne zu zögern. »Hast du ihre Unterlagen? Hat das Tierheim sie medizinisch versorgt?«

»Ja, sie sind beide weiblich und sie wurden beide kastriert. Ihr Fell ist verfilzt und ich glaube, sie sind beide untergewichtig, aber im Tierheim haben sie alle erforderlichen Impfungen erhalten ... Tollwut, Katzenschnupfen, Parvo, Zwingerhusten und so weiter.«

»Okay, das ist gut. Du weißt, dass ich keine Tierärztin bin, oder?«, fragte sie.

»Ich weiß, aber du bist eine verdammt gute Tierarzthelferin. Mir ist klar, dass ich sie noch zu einer kompletten Untersuchung bringen muss, aber das kann ich nicht tun, wenn sie solche Angst haben. Sie brauchen Zeit, um sich zu beruhigen. Sie müssen lernen, dass sie bei mir sicher sind und ich sie nicht verletzen werde. Und sie zurück in diese Box zu stecken, damit sie festgehalten und gestochen werden, wird sie verdammt noch mal nicht dazu bringen, mir zu vertrauen.«

»Du bist ... das ist eine Seite von dir, die ich noch nie zuvor gesehen habe«, gab Devyn zu.

»Wieso? Darf ein Delta-Force-Soldat sich keine Sorgen um zwei hilflose Tiere machen?«, fragte Lucky etwas bissiger, als es klingen sollte.

»Das meine ich nicht. Es ist nur ... die meisten Leute würden sich nicht so sehr für einen streunenden Hund und eine streunende Katze interessieren.«

»Ich habe auf Missionen viel Scheiße gesehen – Tiere, die auf die schlimmste Art und Weise misshandelt wurden – und ich konnte nichts dagegen tun. Aber ich kann etwas für Angel und Whiskers tun.«

»Hast du eine Präferenz, was Futter und die anderen Dinge angeht?«, fragte Devyn in einem Ton, den Lucky nicht deuten konnte.

Innerlich trat er sich dafür in den Hintern, dass er über misshandelte Tiere gesprochen hatte. »Nein, obwohl beide nicht wirklich jung sind. Wir brauchen also kein Futter für Jungtiere. Oh, und ich denke, ein rosa Halsband für Angel würde ihr gefallen. Und bitte keine automatisch einziehbare Leine, die sind höllisch gefährlich. Und besorge für Whiskers bitte ein Geschirr, damit sie mit uns spazieren gehen kann. Ich habe das Gefühl, dass sie nicht glücklich sein wird, wenn ich mit Angel allein spazieren gehe. Und das Hundebett sollte richtig flauschig sein. Groß genug für einen fünfzehn Kilo schweren Hund und eine fünf Kilo schwere Katze, weil sie unzertrennlich sind. Sie wiegen im Moment nicht so viel, aber ich bin sicher, ich werde sie überfüttern, wenn sie mich mit flehenden Augen anbetteln. Ach ja, und Spielzeug! Hole ein paar harte Sachen, auf denen Angel kauen kann, und einige Plüschdinger. Wir müssen sehen, ob sie die Sachen zerbeißt, um an den Quietscher im Inneren zu gelangen. Und Katzenminze für Whiskers ...«

Devyn brach in Gelächter aus.

»Was?«, fragte Lucky.

»Gar nichts. Du willst also, dass ich den halben Laden leerkaufe?«

Lucky lachte leise. »Ich mache mich lächerlich, ich weiß. Aber du hast sie nicht gesehen, Dev. Sie brauchen mehr Zuneigung als jeder andere, den ich seit Langem gesehen habe. Du wirst dich in sie verlieben, sobald du sie siehst.«

»Ich bin mir sicher, dass ich das tun werde«, sagte Devyn leise. »Okay, ich bin unterwegs und so schnell wie möglich bei dir. Ich bin mir nicht sicher, wie viel Zeug in meinen Mini Cooper passt. Brauchst du auch eine Transportbox?«

»Ja, ich glaube schon. Dort fühlen sie sich sicherer. Ich muss die, die mir im Tierheim gegeben wurde, wieder zurückbringen. Es wird ein Rückzugsort für sie sein. Ich denke an eine aus Plastik, mittelgroß. Ich kann Grover oder einen der anderen anrufen, um sie zu holen, wenn nicht alles in deinen Wagen passt. Du brauchst wirklich etwas Größeres, Dev.«

»Nein, ich liebe meinen Mini. Er ist alt, aber läuft großartig und ist nicht so langweilig wie andere Wagen. Ich werde mal sehen, was ich mit der Transportbox machen kann. Ich stimme dir aber zu, dass es eine gute Idee ist, eine Box für sie zu haben, wenn Angel und Whiskers so verängstigt sind.«

»Danke, dass du mir hilfst«, sagte Lucky.

»Natürlich. Bis später.«

Lucky legte auf, während er vor seinem Haus parkte. Insgesamt gab es hier sechs Häuser in einer Reihe und er bewohnte das Endreihenhaus. Seine Nachbarn waren größtenteils Militärfamilien und er hatte nie Probleme mit irgendjemandem. Er hatte keine Ahnung, ob Angel viel bellen würde, aber für seine Nachbarn hoffte er, dass es nicht so wäre. Bisher hatte sie noch keinen Mucks von sich gegeben. Er hoffte, dass dies ein gutes Zeichen für seine zukünftige Beziehung zu seinen Nachbarn war.

»Wir sind zu Hause«, sagte er zu seinen Fahrgästen. »Ich weiß, das ist alles sehr beängstigend, aber ich verspreche euch, dass euer Leben von jetzt an reibungslos verlaufen wird.«

KAPITEL VIER

Devyn konnte durch ihren Rückspiegel nichts sehen, aber sie konnte nicht aufhören zu lächeln. Sie hatte noch nie jemanden wie Lucky kennengelernt. Sie wusste, dass die Teamkameraden ihres Bruders gute Männer waren, aber sie hatte erwartet, dass sie am Ende wie all die anderen Alpha-Typen waren, die sie im Laufe der Jahre getroffen hatte. Sportfanatiker, ein wenig herablassend jedem gegenüber, von dem sie dachten, dass er »schwächer« sei als sie, und sehr darauf bedacht, niemanden etwas sehen zu lassen, das wie ein Makel erscheinen könnte.

Aber Grovers Teamkameraden waren nicht so, wie sie sich knallharte Soldaten einer Spezialeinheit vorgestellt hatte. Sie waren sicher übertrieben beschützend und zögerten nicht, sich jedem entgegenzustellen, der ein Idiot war. Aber sie waren auch lustig und hatten keine Angst, ihre Gefühle zu zeigen. Sie hatten sie ohne Vorbehalte und mit offenen Armen in ihren engeren Kreis aufgenommen, genauso wie ihre Freundinnen – jetzt Ehefrauen. Alle zusammengenommen waren der Grund dafür, dass sie geblieben war. Texas hätte nur ein kurzer Aufenthalt sein sollen, während sie überlegte, was sie als Nächstes mit ihrem Leben anfangen wollte, und entschied, wo sie leben wollte.

Dann war da noch Lucky.

Sie nahm an, dass sie ihn bei seinem Vornamen Troy nennen sollte, aber sie hatte Grover so lange über seine Freunde nur mit ihren Spitznamen sprechen hören, dass es sich seltsam anfühlen würde, ihn nicht Lucky zu nennen. Zuerst hatte sie angenommen, dass er seinen Spitznamen bekommen hatte, weil er im Bett oft Glück hatte, aber Grover hatte ihr erklärt, dass dieser Mann mit fast allem das unglaublichste Glück hatte.

Seit sie Lucky zum ersten Mal gesehen hatte, fühlte Devyn sich zu ihm hingezogen, aber sie hatte hart dagegen angekämpft. Doch je besser sie ihn kennenlernte, desto schwerer fiel es ihr, ihm zu widerstehen. Bis jetzt war es ihr gelungen, ihn auf Abstand zu halten, weil sie wusste, dass sie ihn irgendwann verlassen würde und es töricht wäre, mit jemandem eine Beziehung einzugehen.

Aber die Anziehungskraft blieb weiter bestehen und brodelte unter der Oberfläche. Alle ihre neuen Freundinnen hatten es bemerkt. Und nachdem er sie am vergangenen Abend nach Verlassen der Party nach Hause gebracht hatte, sie aber nicht zum Reden gedrängt hatte, wurde es immer schwieriger, sich einzureden, dass sie nur Freunde sein könnten.

Sie hatte das Gefühl, dass sie hin und weg sein würde, sobald sie ihn mit dem Hund und der Katze sah, die er gerade adoptiert hatte. Das war ein Maß an Mitgefühl, das sie nicht erwartet hatte, nicht von einem Soldaten der Spezialeinheit. Was lächerlich war, denn obwohl er ein Delta-Soldat war, hatte er immer noch Gefühle. Und nach ihrem Telefonat wusste sie, dass Lucky alles tun würde, damit seine neuen Haustiere sich wohlfühlten. Er verwöhnte sie bereits jetzt, indem er sie das ganze Zeug kaufen ließ.

Wie konnte sie sich nicht in einen Mann verlieben, der wegen zwei Streunern fast Tränen in den Augen bekam?

Die Quintessenz war, dass sie es nicht zulassen konnte. Sie war noch nicht bereit, ihm alle ihre Geheimnisse zu verraten. Aber sie hatte das Gefühl, dass er sie leicht davon überzeugen könnte, sich ihm zu öffnen.

Jemandem von Spencer und dem, was sie in Missouri durchgemacht hatte, zu erzählen, könnte der Todesstoß für ihre Familie sein. Ihre Krankheit hatte die Beziehung ihrer Eltern bereits fast zerbrochen. Ihren älteren Schwestern stand sie nicht besonders nahe. Sie hatten einmal zugegeben, dass sie sich darüber geärgert hatten, dass sie so viel Aufmerksamkeit auf sich gezogen hatte, als sie jünger waren. Sie kamen alle ziemlich gut miteinander aus ... aber da waren immer noch diese nagenden Gedanken in Devyns Hinterkopf, dass sie für alle nur eine Last gewesen war.

Und wenn sie sich Grover anvertraute, würden alle Partei ergreifen und es würde zur Katastrophe kommen. Sie musste den Mund halten.

Wenn Spencer sich nicht anderweitig helfen lassen wollte, war das seine Sache. Sie war fertig damit, die Anlaufstelle für ihn zu sein.

Sie bog vor Luckys Haus auf den Parkplatz ein und parkte nicht weit von seinem Wagen entfernt. Devyn beschloss, die Sachen, die sie gekauft hatte, vorerst im Wagen zu lassen, und ging zur Tür.

Seltsamerweise schien ihre Haut zu kribbeln. Sie war noch nie in seinem Zuhause gewesen. Er hatte ihr an einem Abend eine SMS mit seiner Adresse geschickt und sie eingeladen, mit seinem Team und ihre Frauen ein Footballspiel zu sehen, aber sie hatte abgelehnt. Zu diesem Zeitpunkt hatte sie immer noch versucht, Abstand zu allen zu halten. Sie hatte sich nicht zu sehr binden wollen. Aber das war ein großer Misserfolg gewesen. Sie hatten sich alle unter ihren Radar geschlichen.

Besonders Lucky.

»Hey«, sagte er und öffnete die Tür, bevor sie klopfen oder klingeln konnte.

Devyn zuckte überrascht zusammen.

»Tut mir leid, ich wollte dich nicht erschrecken. Ich wollte nicht, dass Angel oder Whiskers Angst bekommen, wenn sie die Türklingel oder ein Klopfen hören. Komm rein.«

Mit jedem seiner sorgevollen Worte über seine neuen Haustiere drang Lucky tiefer in ihr Herz ein.

Devyn ging hinein und sah sich neugierig um. Der kleine Flur führte in einen offenen Raum. Auf der rechten Seite war der Essbereich mit einem ziemlich großen Tisch, der den Raum ausfüllte, was sie überraschte. Um den ovalen Eichentisch standen acht Stühle. An einem Ende stand ein offener Laptop, daneben lagen Servietten und eine offene Tüte Chips.

»Tut mir leid, ich hatte keine Zeit zum Aufräumen«, sagte Lucky zu ihr und folgte offensichtlich ihrem Blick.

»Schon gut. Du musst für mich nicht aufräumen. Ich bin nur Grovers Schwester.«

»Du bist nicht *nur* irgendwer«, konterte Lucky sofort.

Devyn starrte ihn lange an. Sie wollte etwas Witziges oder Kokettes erwidern, aber ihr Kopf war völlig leer. Also wandte sie die Aufmerksamkeit stattdessen wieder dem Haus zu.

»Das ist die Küche. Sie hat mich auf Anhieb überzeugt«, sagte Lucky und deutete auf das riesige Areal. Eine mit Granit verkleidete Theke teilte den großen Raum in zwei

Hälften, und sie konnte nicht anders, als beeindruckt zu sein. Wer auch immer die Küche entworfen hatte, hatte keine Kosten gescheut. Der Ofen hatte Restaurantqualität. Sie sah auch eine Eismaschine unter dem Tresen. Der Kühlschrank war riesig – viel größer als ein normaler Kühlschrank. Alle Geräte waren aus Edelstahl und das Waschbecken war eines dieser tiefen Farmhaus-Waschbecken, das aussah, als wäre es aus Beton.

Devyn war nicht die beste Köchin der Welt, obwohl sie Spaß daran hatte, hin und wieder komplizierte Gerichte zuzubereiten. Aber diese Küche war ein bisschen einschüchternd.

»Durch die große Küche ist der Wohnbereich etwas kleiner, aber mir gefällt es so. Die Vorratskammer ist auch riesig, sodass ich große Mengen auf Vorrat kaufen kann und nicht so oft in den Laden gehen muss«, sagte Lucky.

»Erstaunlich«, sagte Devyn zu ihm.

Sie gingen in den gemütlich aussehenden Wohnbereich. An einer Wand stand eine Ledercouch, und es gab außerdem ein Regal voller CDs und Bücher und einen großen Couchtisch. Ein großer Sessel rundete den Raum ab. »Kein Fernseher?«, fragte sie.

Lucky zuckte mit den Schultern. »Ich habe einen oben im Schlafzimmer. Ich schaue nicht viel fern. Ich höre lieber Musik oder lese.«

Das gefiel ihr. Ihr ging es ähnlich.

»Komm schon, du musst die Terrasse sehen«, sagte Lucky.

Devyn folgte ihm, als er durch das Wohnzimmer ging. Sie betraten eine kleine Waschküche, bevor er die Hintertür öffnete. Er bedeutete ihr voranzugehen, und Devyn schnappte nach Luft, als sie auf die Terrasse trat.

Sie befanden sich im Erdgeschoss, aber das Gelände fiel

leicht ab, und die Aussicht war wunderschön. Der Garten war von einem Zaun umgeben, aber durch das Gefälle konnte sie über den Zaun hinweg auf die freie Landschaft hinter dem Grundstück sehen.

»Wow!«, rief Devyn aus.

»Ja, die Küche hatte mich bereits überzeugt, aber dieser Ausblick hatte meine Entscheidung besiegelt. Ich habe wahrscheinlich viel zu viel für das Haus bezahlt, aber ich konnte nicht widerstehen. Und weil ich das Endreihenhaus habe, ist mein Garten größer als die anderen. Er ist so breit wie er lang ist.«

»Das ist fantastisch. Gehört das Gelände zu Fort Hood?«, fragte Devyn und deutete auf die große Landfläche vor ihnen.

»Ja. Und das heißt, niemand kann dort ein Wohngebäude hinsetzen und diese Aussicht ruinieren«, sagte Lucky mit einem Lächeln.

Dieser Teil von Texas war nicht gerade für seine schönen Aussichten bekannt, aber er hatte mit seinem Haus wirklich Glück gehabt. Sie sah zu ihm hinüber. »Ein weiterer deiner Glückstreffer?«, fragte sie.

Er lächelte verlegen. »Ich kann nichts dafür, dass ich Glück habe. Der alte Eigentümer war am Boden zerstört, weil er das Haus loswerden musste, aber seine kranke Mutter lebt in Kalifornien und er musste dorthin umziehen, um sich um sie zu kümmern.«

Devyn schüttelte nur den Kopf.

»Komm, ich zeig dir den Rest. Ich habe Angel und Whiskers vorerst oben in mein Badezimmer gebracht.«

Devyn nickte. Sie konnte nicht glauben, dass sie fast vergessen hatte, warum sie hier war. »Lass mich meine Arzttasche aus dem Wagen holen. Ich habe sie für alle Fälle mitgebracht.«

Lucky folgte ihr zu ihrem Mini Cooper und schnappte sich so viele der Tüten mit Hunde- und Katzenzubehör, wie er konnte. Er stopfte sich ein hellbraunes, flauschiges Hundebett unter den Arm. »Gute Wahl«, sagte er zu ihr.

Devyn lächelte erleichtert. Sie hatte viel zu viel Zeit damit verbracht, sich den Kopf darüber zu zerbrechen, welches Hundebett sie nehmen sollte. Sie hatte sich schließlich für das hellbraune entschieden, weil der Verkäufer es empfohlen hatte. Er sagte, er habe es selbst für seinen Hund gekauft und der schläft den ganzen Tag darin.

Sie gingen zurück ins Haus und Lucky stellte alles außer dem Bett ab und ging die Treppe hinauf. Devyn konnte nicht anders, als auf seinen perfekten Hintern zu starren, als sie ihm folgte. Sie hoffte schwer, dass sie nicht zu sabbern begann.

Er zeigte ihr schnell die beiden Gästezimmer im Obergeschoss und das funktionale, aber langweilige Gästebad. Dann führte er sie ins große Schlafzimmer.

Auch ohne zu wissen, in wessen Haus sie war, hätte Devyn sofort gewusst, dass es sein Schlafzimmer war.

Sie war sofort von seinem Duft umgeben. Er war subtil, aber den Geruch seines Duschgels würde sie immer mit Lucky in Verbindung bringen.

In seinem persönlichen Bereich zu sein fühlte sich so ... intim an. Hier schlief er, schaute fern, masturbierte wahrscheinlich.

Gott, sie hatte seltsame Gedanken. Bei niemand anderem würde sie über so etwas nachdenken. Sie hatte Führungen durch andere Häuser bekommen und Sex war ihr dabei nie in den Sinn gekommen. Aber bei dem Anblick seines riesigen Doppelbetts konnte sie an nichts anderes als Sex denken.

Sein Bett war nicht gemacht, als wäre er gerade erst aufgestanden ...

»Dev?«, fragte Lucky. »Alles okay?«

Sie wusste, dass sie rot wurde, aber sie nickte. »Ja, natürlich.«

»Sie sind hier drin. Ich weiß, dass du Profi bist, aber mach bitte keine plötzlichen Bewegungen. Angel hat wirklich Angst und ich möchte, dass sie dich mag. Am besten gehen wir rein und ich schließe die Tür. Du kannst dich an die Tür setzen und ich mich mit dem Rücken zur Wand. Als ich ging, hatten sie sich zusammengekauert hinter der Toilette verkrochen. Wir werden einfach reden und ihnen Zeit geben, sich an uns zu gewöhnen, okay?«

Devyn schmolz das Herz dahin. Er klang sehr besorgt und gestresst. Er wollte, dass seine neuen Haustiere sich sicher fühlten, und es war offensichtlich, dass er alles dafür tun würde.

»Klingt gut«, bestätigte Devyn.

Dann überraschte Lucky sie, indem er ihre freie Hand in seine nahm, bevor er die Tür öffnete.

Er schloss sie schnell wieder, nachdem sie eingetreten waren. Devyn erhaschte einen kurzen Blick auf das Badezimmer – Waschbecken, Badewannen-Dusch-Kombination und eine Toilette –, bevor sie die Aufmerksamkeit auf die zwei Fellknäule richtete, die hinter besagter Toilette kauerten, genau wie Lucky es gesagt hatte.

»Hey Angel, hi Whiskers, ich bin es nur. Es ist alles in Ordnung. Ich weiß, die Heimfahrt war stressig, aber ihr seid in Sicherheit. Ich habe eine Freundin mitgebracht. Das ist Devyn, von der ich euch auf dem Heimweg erzählt habe.« Er hielt inne und sah zu ihr hinüber.

Devyn fügte leise hinzu: »Hey, ihr zwei. Ich hoffe, ihr wisst, wie glücklich ihr euch schätzen könnt, diesen Kerl hier erwischt zu haben. Ihr werdet ordentlich verwöhnt werden. Ich bin mir sicher, dass wir auf euer Gewicht achten müssen. Ich habe das Gefühl, dass Lucky euch viel zu viele Leckereien geben wird.«

Die Tiere rührten sich nicht aus ihrem Versteck, schienen sich aber auch nicht vor ihr zu fürchten. Das war ein positives Zeichen.

»Planänderung«, sagte Lucky zu ihr. »Lass uns beide hier sitzen«, schlug er vor und zog sie neben sich auf den Boden. »Angel ist beim Klang deiner Stimme nicht zurückgewichen«, stellte er fest. »Vielleicht erkennt sie dich wieder von unserem Telefonat, während ich im Auto saß.«

Devyn war sich da nicht so sicher, aber sie ließ Lucky die Führung übernehmen.

Sie saßen etwa zwanzig Minuten lang auf dem Boden, während Lucky ununterbrochen mit seinen neuen Haustieren sprach. Er erzählte ihnen, dass Devyn täglich mit Tieren arbeitete und dass man ihr vertrauen konnte.

Er legte das Hundebett vor ihnen auf den Boden und erklärte, dass es viel weicher sei als die harten Fliesen, auf denen sie lagen. Devyn konnte es nicht glauben, als die Katze sich tatsächlich aus der schützenden Umarmung des Hundes herausschlich, um es auszuprobieren. Natürlich konnte Angel Whiskers nicht mehr als ein paar Zentimeter weit davonkommen lassen. Also folgte sie ihr.

Es dauerte nicht lange, bis beide zusammengerollt auf dem Bett lagen und Lucky sich am Kopf kratzte.

»Das ist überwältigend«, sagte Devyn.

»Was?«

»Du bist ein Hundeflüsterer oder Katzenflüsterer. Das ist wunderbar.«

»Quatsch, sie brauchen nur etwas Zeit, um sich an die neue Situation anzupassen. Sie zu drängen würde nicht dabei helfen, dass sie sich sicherer fühlen. Komm her«, sagte er mit leiser und ruhiger Stimme.

Devyn rutschte langsam näher an ihn und die Tiere heran.

»Gib mir deine Hand.«

Sie tat es und zitterte leicht, als er seine Finger mit ihren verschränkte.

»Wenn du nach mir riechst, werden sie dir leichter vertrauen.« Dann streckte er beide Hände aus und streichelte sanft über Whiskers' Kopf.

»Sie ist aufgeschlossener«, sagte er zu Devyn. »Es macht zunächst nicht den Anschein, weil sie sich unter Angels Fell versteckt, aber ich habe das Gefühl, dass sie nicht von Menschen traumatisiert wurde. Ich vermute, Angel hatte ein hartes Leben und wurde nicht besonders gut behandelt. Aber sie folgt Whiskers.«

»Woher weißt du so viel über Tiere?«, fragte Devyn leise.

»Ich bin mit Tieren aufgewachsen. Ich war Mitglied der Landjugend. Wir haben uns um streunende Tiere gekümmert und so«, erklärte er. »Ich habe Tiere schon immer gemocht. Manchmal dachte ich, sie verstehen mich besser als meine Familie.«

»Stehst du deinen Eltern nahe?«

»Ja, ich sehe sie nicht oft, aber wann immer ich kann, versuche ich, sie in New York zu besuchen. Es wird immer schwieriger für sie, die Farm am Laufen zu halten, aber sie lieben es.«

»Eine Farm, hä? Ich hätte dich nicht für einen Bauernjungen gehalten«, neckte Devyn.

»Ich weiß. Aber ich hatte eine tolle Kindheit. Meine Eltern haben großen Anteil daran, zu welcher Art Mann ich geworden bin. Sie sind großartig. Manchmal habe ich ein schlechtes Gewissen, weil ich es so leicht hatte. Viele Leute, die ich kenne, hatten schwer zu kämpfen.«

»Deswegen musst du dich nicht schlecht fühlen«, erwiderte Devyn.

Lucky drehte sich zu ihr um und sie verlor sich in seinen haselnussbraunen Augen. Im Licht des Badezimmers war das Braun intensiver als im Sonnenschein. »Ich hasse es, dass du krank warst«, sagte er.

Devyn sah kein Mitleid in seinem Blick wie sonst bei anderen Leuten, wenn sie über ihre Leukämie sprachen.

»Vielen Dank. Ich kannte es nie anders. Als ich alt genug wurde, um zu verstehen, dass andere Kinder nicht den größten Teil ihres Lebens in einem Krankenhaus verbrachten, wo sie sich diesen Prozeduren aussetzen mussten, hatte ich mich an die Routine gewöhnt. Ich habe ein schlechtes Gewissen gegenüber meinen Geschwistern. In vielerlei Hinsicht denke ich, dass meine Krankheit für sie härter war als für mich. Sie haben nicht viel Aufmerksamkeit bekommen.«

»Erzähl mir von deinen Brüdern und Schwestern.«

Sie nahm an, dass er nicht Grover meinte, da er ihn bereits sehr gut kannte. »Mila ist die Älteste. Sie ist sieben Jahre älter als ich und mit einem großartigen Mann verheiratet. Sie leben in Colorado und haben drei Kinder. Ich versuche, so oft wie möglich per FaceTime mit ihr zu reden, aber es ist nie oft genug. Angela ist die Nächstjüngere. Sie ist fünf Jahre älter als ich. Ich erinnere mich, dass ich mit ihr spielen wollte, wenn ich nicht im Krankenhaus war, aber ich war zu klein und zu schwach, um viel Zeit mit ihr zu verbringen. Als sie ein Teenager war und anfing, sich für Jungs zu interessieren, war eine kleine, kränkliche Schwester der letzte Mensch, mit dem sie abhängen wollte. Im Laufe der Jahre sind wir uns nähergekommen, aber ich glaube nicht, dass wir jemals beste Freundinnen sein werden. Sie ist ebenfalls verheiratet und lebt mit ihrem Mann und ihren beiden Kindern in Virginia.«

»Also sind sie beide weggezogen«, sagte Lucky.

Er hatte seine Hand von ihrer genommen und sie streichelte Whiskers geistesabwesend allein. »Ja, Angela ist auf die Virginia Tech University in Blacksburg gegangen und Mila zur University of Colorado in Boulder. Beide haben ihre Ehemänner auf dem College kennengelernt und sind nicht wieder nach Hause zurückgezogen.«

»Wo bist du aufs College gegangen?«, fragte Lucky.

»University of Missouri. Meine Eltern wollten unbedingt, dass ich in der Nähe bleibe.«

»Und was wolltest du?«, fragte Lucky.

Devyn zuckte mit den Schultern. »Ich hatte keine Ahnung. Ich war nur froh, mehr Freiheit zu haben und nicht mehr bei meinen Eltern wohnen zu müssen. Sie haben immer sehr auf mich aufgepasst, nicht dass ich es ihnen verübeln könnte. Jedes Mal wenn ich einen Schnupfen bekam, gerieten sie in Panik und dachten, der Krebs sei zurück.«

»Und nach deinem Abschluss bist du in deine Heimatstadt zurückgekehrt«, sagte Lucky.

»Ja, ich bekam eine Anstellung bei einem örtlichen Tierarzt und war zufrieden.«

Sie befürchtete, Lucky würde nach weiteren Einzelheiten fragen und wissen wollen, warum sie ihre Anstellung aufgegeben hatte und nach Texas umgezogen war.

»Was ist mit Spencer? Er ist zwei Jahre älter als du und zwei Jahre jünger als Grover, richtig?«

Devyn nickte, dankbar, dass sie nicht darüber sprechen musste, warum sie Missouri verlassen hatte ... aber sie war auch nicht besonders scharf darauf, über ihren Bruder zu sprechen. Sie wusste es zu schätzen, dass Lucky nicht auf eine Antwort drängte. Er musste bereits vermuten, dass die Dinge zwischen ihr und Spencer problematisch waren. Er wusste, dass Spencer sie gestern angerufen hatte und sie deshalb von der Feier verschwunden war. Sie hatte irgendwie das Gefühl, dass sie Lucky allein deshalb eine Erklärung schuldig war.

»Spence ist in Rolla, Missouri auf ein technisches College gegangen. Er hat keinen Abschluss gemacht und ist stattdessen nach Hause zurück, um eine Stelle in der örtlichen Flaschenfabrik anzunehmen. Eine Zeit lang hat er bei Mom und Dad gewohnt. Schließlich hat er sich aber eine eigene Wohnung gesucht.«

Sie hielt inne und wusste nicht, was sie sonst noch sagen sollte.

»Hat er sich über dich geärgert?«, fragte Lucky.

Devyn zuckte zusammen. »Ja, ein bisschen. Ich glaube, er fühlte sich in dem ganzen Durcheinander verloren. Meine älteren Schwestern waren immer großartige Schülerinnen gewesen und Grover ist dem Militär beigetreten. Alle waren sehr stolz auf ihn. Dann war da ich, die kränkliche kleine Schwester, die die ganze Aufmerksamkeit bekam. Er hat in der Highschool viel gefeiert und einige Freunde gehabt, die einen ziemlich schlechten Einfluss auf ihn hatten. Meine Eltern waren nicht glücklich, als er das College geschmissen hat, aber sie waren froh, als er die Stelle in der Fabrik bekam und scheinbar allein zurechtkam.«

Sie wollte noch mehr sagen. Aber sie konnte nicht. Sie hatte ihre Geheimnisse über Spencer so lange für sich behalten, dass es sich falsch anfühlte, jetzt darüber zu sprechen.

»Du kannst mir vertrauen«, sagte Lucky leise.

Devyn lächelte, als Angel mit dem Kopf ihre Hand anstieß und mehr Streicheleinheiten forderte. Sie fühlte sich, als wäre sie selbst wie diese kleine Streunerin. Keine Ahnung, was sie mit ihrem Leben anfangen wollte, und sehr nervös und zurückhaltend, wenn es um Vertrauen ging … aber sie wollte sich so gern sicher fühlen.

»Ich weiß«, sagte sie nach einer Minute.

»Ich glaube nicht, dass du das tust. Aber das wirst du«, sagte Lucky. Dann wechselte er das Thema und sagte: »Ich glaube, sie mögen dich.«

Whiskers schnurrte ununterbrochen und Angel war ein wenig näher gekommen, damit Devyn sie mit ihrer freien Hand streicheln konnte.

Lucky bewegte sich langsam, streckte die Hand aus und hob Angel auf seinen Schoß. Sie zitterte, wehrte sich aber nicht. Devyn sah der Hündin in die Augen, als sie ihren Bauch abtastete und die noch recht frische Kastrationsnarbe überprüfte. »Sie sieht so weit gut aus«, sagte Devyn zu Lucky.

Er seufzte erleichtert. »Gut.«

»Ich meine, ich bin keine Tierärztin, aber die Narbe verheilt gut. Sie könnte wahrscheinlich etwas mehr frische Luft gebrauchen. Aber im Großen und Ganzen sieht sie in Ordnung aus. Sie hat keine verklebten Augen und sie zuckt nicht zusammen, wenn ich sie irgendwo drücke. Sie braucht nur ein gutes Bad, Futter und etwas Zeit.«

»Ich glaube, das mit dem Bad lassen wir vorerst. Aber Zeit kann ich ihr geben.«

Sie führten mit Whiskers die gleiche Übung durch und Devyn erklärte, dass sie ebenfalls in guter Verfassung sei. Die Tiere legten sich zurück auf ihr flauschiges Bett und seufzten vor Erschöpfung, als wären sie gerade zehn Kilometer gelaufen.

»Nun, zumindest sind sie nicht überdreht«, sagte Devyn trocken.

Lucky lachte leise. »Stimmt. Hast du Hunger?«

»Ich könnte etwas zu essen vertragen«, antwortete Devyn.

»Super, dann lass uns nach unten gehen und ich mache dir das beste gegrillte Käsesandwich, das du je gegessen hast.«

»Du bist dir deiner Sache wohl sehr sicher«, scherzte Devyn.

»Allerdings«, bestätigte Lucky.

Sie standen langsam auf und er nahm ihre Hand wieder in seine, als würde er das jeden Tag tun.

»Ich lasse die Tür offen. Sie können die Umgebung erkunden, wenn sie wollen«, sagte er, als sie durch sein Schlafzimmer gingen.

»Sie könnten auf den Boden pinkeln«, warnte Devyn. Sie wusste, dass sie ihre Hand aus seiner nehmen sollte, aber sie brachte es nicht über sich, ihre Verbindung aufzuheben.

Lucky zuckte mit den Schultern. »Dann mache ich es sauber.«

Gott, der Mann war zu gut, um wahr zu sein.

»Ich gehe vor dem Essen mit ihnen raus«, ergänzte er. »Ich nehme an, Whiskers wird leicht zu trainieren sein. Sie tut alles, was Angel tut. Ich werde der einzige Kerl sein, der mit einer Katze nach draußen geht, damit sie ihr Geschäft erledigen kann. Vielleicht brauche ich das Katzenklo gar nicht, das du gekauft hast.«

Devyn lachte. »Das wäre unglaublich«, sagte sie zu ihm.

»Ich habe einer unserer Katzen damals beigebracht, in die Toilette zu pinkeln«, sagte er, als sie die Treppe hinuntergingen.

»Ernsthaft?«

»Ja, es hat meine Mutter aber verrückt gemacht, weil wir den Deckel für sie offen lassen mussten. Sie hätte es vorgezogen, dass die Katze aufs Katzenklo ging.« Er drückte ihre Hand und zog einen Stuhl heran. »Setz dich, ich mache etwas zu essen.«

»Kann ich helfen?«, fragte sie.

»Nein, ich mache das schon. Obwohl ...«

»Ja?«

»Vielleicht könntest du den Käfig zusammenbauen. Und die Preisschilder von den Spielsachen und so abschneiden?«, schlug Lucky vor.

Devyn war froh, dass sie helfen konnte, stand auf und ging zu den Tüten, die sie inzwischen reingebracht hatten. Sie scherzten und lachten, als sie sich an die Arbeit machte und Lucky die Sandwiches zubereitete.

Schließlich sagte Devyn: »Lucky?«

»Ja?«

»Ich weiß es zu schätzen, dass du ehrlich zu mir bist und mir von deinem Gespräch mit Grover erzählt hast, und dass er dir gesagt hat, du sollst dir ein Haustier anschaffen, damit ich mich verpflichtet fühle, dir zu helfen. Als ich krank war, haben viele Leute hinter meinem Rücken über mich geredet oder mich direkt angelogen. Sie dachten, ich könnte mit der Wahrheit über meine Behandlungen und solche Sachen nicht umgehen. Ich glaube, sie hatten sich daran gewöhnt, mich wie ein Baby zu behandeln. Also haben sie mir nichts gesagt, selbst nachdem es mir besser ging. Also vielen Dank.«

Lucky legte seinen Pfannenwender zur Seite und ging zu dem Tisch, an den sie sich gesetzt hatte, nachdem sie den Käfig fertig aufgebaut hatte. Er hockte sich vor sie und legte eine Hand auf ihr Knie. »Es wird Dinge geben, die ich nicht mit dir teilen kann. Dinge über meine Arbeit und was wir tun. Aber ansonsten verspreche ich dir, dass ich mein Bestes geben werde, keine Geheimnisse vor dir zu haben.

Ich möchte, dass du mir vertraust, Devyn. Du sollst wissen, dass ich hinter dir stehe, egal in welcher Situation. Das könnte bedeuten, dass du von Zeit zu Zeit ein paar unangenehme Dinge hörst. Zum Beispiel, dass ich zugebe, dass Grovers Idee mit dem Haustier gar nicht so schlecht war. Aber ich bin lieber von Anfang an ehrlich, als dass du später herausfindest, dass ich dich angelogen oder die Wahrheit verheimlicht habe. Außerdem weiß ich, dass Grover den Mund nicht halten kann. Früher oder später hättest du von seinem Vorschlag erfahren. Und ich möchte nicht, dass du mich für hinterlistig hältst. Wir sind erwachsen, Dev. Wir müssen über die Dinge sprechen, die uns stören oder uns Angst machen könnten.«

Devyns Herz raste. Das war ein verdammt ernstes Gespräch und sie hatte nicht beabsichtigt, dass es so intensiv wird. »Du klingst, als hätten wir in Zukunft viele tiefgründige Dinge zu besprechen.«

»Das hoffe ich«, sagte Lucky. »Ich möchte dich besser kennenlernen, Devyn. Ich möchte mit dir ausgehen. Und dazu gehört, ehrlich miteinander zu sein. Ich habe mehr Fehler, als ich gerade zugeben will, während ich versuche, dich davon zu überzeugen, mir eine Chance zu geben.« Er grinste. »Aber früher oder später wirst du sie sehen. Ich möchte nur, dass du weißt, dass ich immer an deiner Seite sein werde. Wenn sich das zwischen uns zu einer Beziehung entwickeln sollte, wirst du immer an erster Stelle stehen. Und meine Beziehung zu deinem Bruder wird sich verändern, was nicht schlimm ist. Er wird immer wie ein Bruder für mich sein und ich werde ihm immer noch mein Leben anvertrauen. Aber er wird nicht mehr das Recht haben, alles zu erfahren, worüber wir beide reden.«

Devyn schluckte schwer. Sie verstand, was er meinte. Zumindest glaubte sie das. Bis jetzt war alles, was sie ihm über Spencer erzählen würde, Freiwild, das er an Grover weitergeben konnte. Aber wenn es ernst zwischen ihnen würde, würde sich das ändern.

Sie hatte keinen Zweifel daran, dass er mit Grover sprechen würde, sollte etwas wirklich Ernstes passieren. Zum Beispiel, dass ihr Krebs zurückkehrte oder ihr Leben in Gefahr war. Aber ansonsten wäre ihr Privatleben als Paar eben genau das, privat.

»Ich ...« Devyn räusperte sich und versuchte es noch einmal. »Ich möchte dich auch besser kennenlernen. Und fürs Protokoll, es macht mir nichts aus, dass Grover Dinge über mich oder mein Leben weiß. Wir standen uns immer nahe. Ich möchte nur nicht dafür verantwortlich sein, die Beziehungen zwischen meinen Geschwistern noch schwieriger zu machen, als sie es ohnehin schon sind.«

Lucky nahm ihre Hand und küsste ihre Handfläche, bevor er ihre Finger drückte. »Sie sind alle erwachsen. Was zwischen deinen Brüdern und Schwestern passiert, ist eine Sache zwischen ihnen. Du bist nicht mehr acht Jahre alt, Dev.«

»Ich weiß.«

Und das tat sie – meistens. Aber sie fühlte sich trotzdem verpflichtet, das Boot nicht weiter ins Wanken zu bringen.

»Du wirst also mit mir ausgehen?«, fragte Lucky mit einem Lächeln.

»Ja.«

Nur ein Wort. Aber ein Wort, das ihr Leben für immer verändern würde. Das wusste sie.

Ob gut oder schlecht, sie würde dem nachgehen, was sie seit Monaten wollte. Die Konsequenzen könnten sie emotional zerreißen, aber sie war es so leid, nur das zu tun, was sie für das Beste für alle anderen hielt.

Und das Lächeln, das über Luckys Gesicht huschte, reichte aus, sie dazu zu bringen, ihre anderen Probleme in den Hintergrund zu drängen.

»Gut«, sagte er. »Ich werde Angel und Whiskers holen und sie nach draußen bringen. Dann können wir essen. Könntest du ihre Futter- und Wassernäpfe füllen? Ich weiß nicht, ob sie etwas fressen werden, aber ich möchte versuchen, sie hier unten zu lassen, während wir essen.«

»Natürlich. Ich werde auch den Käfig in eine Ecke stellen, aus der sie uns sehen können, sich aber gleichzeitig sicher fühlen.«

»Großartige Idee. Wir sind ein gutes Team«, sagte Lucky.

Er zögerte einen Moment, als wollte er noch etwas sagen, dann stand er auf und ging zur Treppe.

Devyn stieß den Atem aus, den sie angehalten hatte. Sie wollte sich Lucky anvertrauen. Aber sie konnte nicht. Noch nicht.

Hoffentlich hatte Spencer verstanden, dass sie nicht mit ihm reden wollte und dass sie ihm nicht mehr helfen konnte. Er musste sich selbst helfen, sonst würde es ihm niemals besser gehen. Sie hoffte nur, dass er das einsah, bevor es zu spät war.

KAPITEL FÜNF

Eine Woche später fragte Oz beim Training: »Also, was läuft zwischen dir und Devyn?«

Lucky stoppte mitten in einem Sit-up. »Was?«

»Du und Devyn – Riley hat neulich Abend mit ihr gesprochen und Devyn sagte, dass sie die letzten paar Abende bei dir zu Hause verbracht hat. Willst du uns etwas mitteilen?«

Lucky blickte zu Grover hinüber und war erleichtert, dass er nicht verärgert zu sein schien. Er hatte gesagt, dass es ihm recht sei, wenn er mit seiner Schwester ausgeht, aber jetzt, da es ernster wurde, könnte er vielleicht seine Meinung ändern.

»Ihr wisst, dass ich Angel and Whiskers adoptiert habe«, sagte Lucky zu seinen Teamkameraden. »Ich habe Devyn gefragt, ob sie mir helfen kann, sie zu sozialisieren. Angel ist verwildert und braucht mehr menschliche Interaktion. Sie kommt also vorbei, um mit uns abzuhängen, damit sie lernen, dass nicht alle Menschen schlecht sind. Sie bleibt nicht über Nacht, falls du das andeuten wolltest.«

»Ich habe nichts angedeutet«, sagte Oz mit einem

Lächeln. »Ich frage nur.«

»Um zu beantworten, was du nicht gefragt hast, aber was ihr alle wissen wollt, ja, wir gehen miteinander aus«, sagte Lucky zu seinen Freunden.

»Das wird aber auch Zeit«, rief Trigger aus.

»Fantastisch«, stimmte Doc ein.

»Süß«, kommentierte Lefty.

Grover lächelte nur.

»Ich freue mich für dich, Mann«, sagte Brain zu ihm. »Du musst wissen, dass wir alle mit euch beiden mitgefiebert haben.«

»Sie ist ... großartig«, sagte Lucky mit einem kleinen Lächeln.

»Hat sie dir mehr darüber erzählt, was sie bedrückt?«, fragte Grover.

Lucky schüttelte den Kopf und drehte sich zu seinem Freund um. »Nein.«

»Verdammt.«

»Wir wissen beide, dass es etwas mit deinem Bruder zu tun hat. Hast du mit Spencer gesprochen und ihn gefragt, was zum Teufel los ist?«, fragte Lucky. »Ich habe den Eindruck, dass Devyn eure Familie nicht verärgern will. Sie ist sehr bemüht, nichts zu tun oder zu sagen, was jemanden verletzen könnte. Wusstest du, dass sie sich die Schuld dafür gibt, dass deine Eltern sich fast haben scheiden lassen, als sie krank war?«

Alle hatten aufgehört zu trainieren und lauschten aufmerksam der Unterhaltung zwischen Grover und Lucky.

Grover fuhr sich mit der Hand durchs Haar und seufzte. »Ich habe versucht, ihn anzurufen, aber er geht nicht ans Telefon. Es ist frustrierend, aber außer meinen Hintern nach Missouri zu schwingen und ihn zu zwingen, mit mir zu reden, kann ich nicht viel tun. Und nein, ich wusste nicht, dass sie sich die Schuld gibt, aber es überrascht mich auch nicht. Devyn wirkt nach außen hart, aber sie ist wirklich sehr sensibel. Sie nimmt Dinge sehr persönlich und ist sich überaus bewusst, was alle anderen sagen oder denken.«

»Genau«, sagte Lucky mit einem Nicken. »Und was auch immer sie bedrückt, hat mit Spencer zu tun. Versuche weiter, ihn anzurufen. Sag ihm, er soll deine Schwester in Ruhe lassen.«

»Das werde ich«, sagte Grover. »Hat sie mit dir über ihren ehemaligen Chef gesprochen?«

Lucky blinzelte bei dem abrupten Themenwechsel. »Wer?«

»Der Typ in der Tierklinik, in der sie in Missouri gearbeitet hat. Du weißt schon, der sie herumgeschubst und ihr diesen blauen Fleck an der Seite verpasst hat. Ich weiß, dass mit Spencer etwas nicht stimmt, aber ich glaube, dieses Arschloch könnte auch Teil des Problems sein. Sie sagte, er sei scharf auf sie gewesen und deshalb habe sie gekündigt. Aber er könnte sie immer noch belästigen.«

Lucky runzelte die Stirn. »Sie hat mir nichts über ihn erzählt. Und wenn er sie tatsächlich aus der Ferne belästigt, habe ich keine Anzeichen dafür gesehen. Sie hat keine Anrufe bekommen, wenn sie bei mir war, und ihr Telefon ist auch nicht aufgrund von SMS explodiert.«

»Das bedeutet nicht, dass er ihr nicht E-Mails schickt oder sie belästigt, wenn du nicht da bist«, wandte Trigger ein.

»Stimmt, aber ich habe nicht das Gefühl, dass sie Angst hat«, erwiderte Lucky. »Ich weiß, das macht vielleicht keinen Sinn, aber sie macht sich keine Sorgen, im Dunkeln allein von meiner Haustür zu ihrem Wagen zu gehen. Und sie wirkt ziemlich entspannt, wenn wir bei mir abhängen.«

»Ich hätte trotzdem gern zehn Minuten allein mit

diesem Arschloch«, murmelte Grover.

Lucky erinnerte sich, dass Devyn ihren Chef erwähnt hatte, als sie ihr beim Umzug geholfen hatten. Er hatte sie nach dem blauen Fleck an ihrer Seite gefragt. Damals war er ziemlich sauer darüber gewesen. Aber seitdem hatte sie den Mann nicht mehr erwähnt. Das bedeutete nicht, dass er sie nicht immer noch belästigte, so wie Trigger eingewandt hatte. Aber Lucky bezweifelte es. Vielleicht würde er einen Weg finden, es zur Sprache zu bringen.

Obwohl es ihm gefallen hatte, die letzte Woche mit Devyn abzuhängen, wollte er mehr, eine Menge mehr. Er mochte es, wie wohl sie sich miteinander fühlten, aber irgendwie fühlte es sich an, als wäre ihre Beziehung bisher ... oberflächlich gewesen. Er hatte viel über sie erfahren – ihre Lieblingsfarbe, dass sie Bungee-Jumping hasste, aber Fallschirmspringen liebte, dass sie gern Thriller las und dass sie grünes Gemüse nicht ausstehen konnte. Aber die tieferen Dinge kannte er nicht.

Zum Beispiel, wie es sich angefühlt hatte, als Kind Leukämie zu haben und zu besiegen. Warum sie sich entschieden hatte, mit Tieren zu arbeiten. Warum es so aussah, als würde sie immer noch einen Teil von sich vor Gillian und den anderen Frauen zurückhalten.

Er wollte wissen, wie Devyn tickte, und er wollte, dass sie die Dinge mit ihm teilte, die sie sonst niemandem anvertraute.

Er wusste, dass sie ihre gemeinsame Zeit genoss, aber er wollte, dass sie ihm vertraute, um sich vollkommen zu öffnen. Er wollte alle Seiten von ihr sehen, einschließlich derer, die sie für getrübt hielt. Grover sagte, sie sei sensibel, aber diesen Teil von ihr hatte Lucky noch nicht gesehen. Und das störte ihn.

»Seid ihr bereit für den Hindernisparcours?«, fragte

Trigger.

Alle stimmten zu.

»Ich denke, wir sollten es heute mit vollen Rucksäcken machen«, informierte Trigger sie mit einem Grinsen.

Alle stöhnten. Ihre Rucksäcke wogen fast dreißig Kilo und waren bestenfalls unhandlich. Aber niemand beschwerte sich. Sie hatten in der Vergangenheit auf ihren Missionen oft schwieriges Gelände und Hindernisse in voller Montur überwinden müssen. Das würde sich auf zukünftigen Missionen nicht ändern.

Lucky freute sich tatsächlich auf das zermürbende Training. Es würde ihn für eine Weile von Devyn ablenken. Vielleicht.

Devyn saß neben Aspen und versuchte, sich nicht unter dem intensiven Blick der anderen Frau zu winden. Sie hatten sich zum Mittagessen getroffen und für Devyns Geschmack war Aspen viel zu aufmerksam. Von allen Frauen, die sie im letzten Jahr kennengelernt hatte, war Aspen diejenige, der man am wenigsten etwas vormachen konnte.

»Willst du mir sagen, wie es dir wirklich geht?«, fragte Aspen.

Devyn seufzte innerlich, setzte aber ein strahlendes Lächeln auf und sagte: »Mir geht es gut.«

Sie hasste den enttäuschten Ausdruck, der in Aspens Gesicht aufblitzte, bevor sie ihn verbarg.

»Richtig, dir geht es gut. Dir geht es immer gut. Dev, das ist Blödsinn. Sprichst du wenigstens mit jemandem darüber, was mit dir los ist? Du kannst nicht alles in dich hineinfressen. Das ist nicht gesund.«

Devyn war versucht, Aspen alles zu erzählen, aber die Frau hatte schon genug um die Ohren. Sie hatte noch etwa zwei Monate bis zur Geburt ihres Babys und musste sich von ihrer Arbeit als Rettungssanitäterin krankschreiben lassen. Devyn wusste, dass sie nicht glücklich darüber war. Aber sie war an einem Punkt angelangt, an dem ihr Babybauch ihrer Arbeit im Weg war. Brain war erleichtert gewesen, als sie sich dazu entschlossen hatte, vorerst eine Pause einzulegen.

»Es ist kompliziert«, sagte sie leise. In dem überfüllten Café, in das sie zum Mittagessen gegangen waren, war die Gefahr gering, dass jemand sie belauschen würde. Aber Devyn wollte ihre Sorgen nicht in aller Öffentlichkeit ausbreiten.

»Das ist es immer«, erwiderte Aspen und stützte ihre Ellbogen auf den Tisch. »Als Brain mich aus seinem Krankenzimmer geworfen hat, nachdem ihm klar geworden war, dass er sich an keine der Sprachen erinnern konnte, die er gelernt hatte, dachte ich, ich würde sterben. Ich wollte sterben. Ich konnte nicht glauben, dass der Mann, den ich über alles liebte, der Mann, den ich im buchstäblich übelsten Wasser, das man sich vorstellen kann, in meinen Armen gehalten hatte, mir im übertragenen Sinne ins Gesicht gespuckt und mir gesagt hatte, ich solle verschwinden. Es tat weh. Und meine erste Reaktion war, mich zu verkriechen und mit niemandem zu reden.«

Devyn kannte die Geschichte darüber, wie Brain verletzt worden war, aber sie hatte nie wirklich alle Details darüber gehört, was danach zwischen ihm und Aspen passiert war. Sie wusste, dass sie sich gestritten hatten, aber nicht, was der Auslöser gewesen war. Sie beugte sich zu ihr vor und wollte kein Wort der Geschichte verpassen. »Hast du es getan?«, fragte sie.

»Nein«, sagte Aspen kopfschüttelnd. »Ich habe Gillian angerufen und mich bei ihr über Brain ausgelassen. Ich sagte ihr, dass ich ihn hasste, dass er ein Arschloch war und ich ihn nie wiedersehen wollte. Sie hat sich meine Tirade angehört und als sie dachte, ich sei fertig, sagte sie: ›Dann wünsche ich dir viel Glück. Jetzt kannst du dir einen Mann suchen, der dich wirklich schätzt.‹«

Devyn schnappte nach Luft. »Das hat sie gesagt?«

»Allerdings. Und meine erste Reaktion war im Grunde Entsetzen.« Sie lachte. »Ich habe entgegnet, dass Brain mich sehr zu schätzen weiß und dass er verletzt war und nicht klar denken konnte. Ich sagte ihr, dass sie nicht die ganze Geschichte über das wüsste, was vorgefallen war. Dann hörte ich sie lachen. Sie wusste, dass ich nur meine Frustration und meinen Schmerz loswerden musste, bevor ich mir überlegen konnte, was ich als Nächstes tun sollte.«

Devyn war sich nicht sicher, was Aspen ihr damit sagen wollte. Ihre gerunzelte Stirn musste ihre Verwirrung zeigen, denn Aspen fuhr fort.

»Ich will damit sagen, dass Gillian mir geholfen hat, die Situation anders zu betrachten. Sie hat mich schimpfen und toben lassen und mir dann den Schubs gegeben, den ich brauchte, um mich zusammenzureißen. Wir sind alle für dich da, Devyn. Wir wissen nicht, was bei dir los ist, aber wir sind für dich da, wenn du darüber reden willst. Vielleicht können wir dir eine Perspektive geben, über die du bisher nicht nachgedacht hast. Du kannst uns vertrauen.«

Devyn schluckte schwer. Deshalb war sie nicht aus Killeen weggezogen. Sie war hierhergekommen, weil Grover hier stationiert war. Aber sie war geblieben, weil sie tief im Inneren wusste, dass sie hier Freunde und Freundinnen gefunden hatte, die sie so mochten, wie sie war. Sie kannten nicht das kränkliche Mädchen, das sie vor langer Zeit gewesen war, und fassten sie nicht permanent nur mit Samthandschuhen an. Sie genossen es, mit der Frau zusammen zu sein, die sie jetzt war.

»Ich weiß«, sagte sie leise.

»Das hoffe ich«, erwiderte Aspen locker. »Wir haben alle viel Scheiße durchgemacht, aber wir sind stärker durch die Menschen, die wir um uns herum haben«, sagte sie. »Du hast eine verdammt undurchdringliche Hülle. Ich sage nicht, dass du dir diese nicht aus gutem Grund zugelegt hast, aber ich sage dir, dass du bei uns sicher bist. Bei Gillian, Kinley, Riley und mir. Wir sind für dich da, egal worum es geht.«

»Danke«, stieß Devyn hervor.

»Und dann ist da noch Lucky«, sagte Aspen mit einem Grinsen. »Du weißt, dass der Mann unbedingt mit dir zusammen sein will, oder?«

Devyn war erleichtert, dass Aspen die Stimmung aufhellte. »Wer behauptet das eigentlich?«, fragte sie.

»Ich! Und du solltest wissen, dass wir alle über euch beide sprechen. Also die anderen Frauen und ich. Wir haben Wetten abgeschlossen, wann ihr endlich zusammenkommt.«

Devyn spuckte fast den Schluck Wasser aus, den sie gerade getrunken hatte. »Oh mein Gott, nein, das habt ihr nicht!«

»Doch, das haben wir. Gillian wird verlieren. Sie hat gesagt, in drei Monaten. Kinley ist etwas optimistischer und meint, ihr hättet wahrscheinlich schon miteinander geschlafen. Riley hat auf anderthalb Monate getippt.«

»Und du?«, fragte Devyn mit einem Grinsen.

Aspen neigte den Kopf und musterte Devyn mit etwas mehr Intensität, als ihr lieb war. »Du vertraust anderen nicht so schnell. Und obwohl du schon eine Weile hier bist, überlegst du immer noch, ob du hierbleiben möchtest. Du arbeitest immer noch Teilzeit, obwohl ich weiß, dass der Tierarzt, für den du arbeitest, dich gebeten hat, in Vollzeit zu gehen. Du willst Lucky, aber du versuchst auch, dein Herz vor ihm zu schützen. Aber er ist zu dir durchgedrungen, zumindest ein bisschen. Also habe ich auf innerhalb eines Monats gewettet.«

Devyn wusste, dass sie rot wurde. »Er ist unglaublich«, gab sie zu. »Wie er sich um Angel und Whiskers kümmert, ist hinreißend. Er hat die Geduld eines Heiligen. Er regt sich nicht auf, wenn Angel sich hinten in ihrem Käfig verkriecht. Er setzt sich einfach auf den harten Boden davor und lässt sie sich an den Klang seiner Stimme und seine Anwesenheit gewöhnen. Und ich sei verdammt, wenn sie nicht jedes Mal am Ende des Abends auf seinem Schoß sitzt. Manchmal fühle ich mich, als wäre ich wie eines seiner Haustiere – hoffnungsvoll, geliebt und geschätzt zu werden, aber zu Tode verängstigt, mir zu nehmen, was ich will.«

Aspen nahm Devyns Hand und legte sie auf ihren geschwollenen Bauch. Devyn schreckte vor dieser intimen Geste nicht zurück. »Fühlst du es?«, fragte Aspen.

Devyn nickte, als das kleine Baby in Aspens Bauch trat.

»Ich habe so viel Zeit damit verbracht, mich in der Männerwelt zu behaupten, hart zu sein und so zu tun, als wäre es egal, dass Männer mich herabsetzten und mir sagten, ich sei nicht gut genug, um eine Sanitäterin zu sein, dass ich vergessen hatte, dass es in Ordnung ist, eine Frau zu sein. Dass es in Ordnung ist, geliebt zu werden, Blumen zu mögen und Mutter sein zu wollen. Mit Brain zusammen zu sein hat mir gezeigt, dass es in Ordnung ist, genau die Frau zu sein, die ich bin. Eine Frau, die inmitten eines Feuergefechts in Übersee verdammt hart sein kann oder auf der

Couch weint, während sie Schokolade isst und sich einen emotionalen Frauenfilm ansieht.

Wir alle wollen geliebt werden, Devyn. Daran ist nichts auszusetzen. Wir wollen, dass andere uns mögen, wir wollen nicht die Pferde scheu machen, aber das Leben wird nicht immer perfekt sein. Leute werden behaupten, dass wir Schlampen oder egoistisch sind, oder eine Million andere abfällige Dinge. Aber wenn du den Menschen findest, der dich genau so liebt, wie du bist, mit Warzen oder was auch immer, dann wird das, was andere über dich denken, in den Hintergrund rücken. Diese Arschlöcher sind nicht mehr wichtig. Ich wollte immer Mutter werden, aber habe meine ganze Energie darauf verwendet, Männern zu gefallen, die mich nicht so akzeptiert haben, wie ich bin. Und jetzt bin ich schwanger und glücklicher als jemals zuvor. Gib Lucky eine Chance. Er ist ein guter Mann. Einer der besten.«

Devyn schniefte. »Du bringst mich zum Weinen. Das ist gemein«, sagte sie zu Aspen.

»Gut, denn ich habe in den letzten Monaten mehr geweint als während der letzten Jahre. Diese Schwangerschaftshormone sind kein Witz.«

Devyn nahm ihre Hand zurück. »Hast du Angst?«, fragte sie.

»Vor der Geburt?«

Devyn nickte.

Aspen schüttelte den Kopf, sagte aber: »Panik.«

Beide lächelten.

»Ich weiß, wie das alles funktioniert. Verdammt, ich habe sogar selbst schon Babys zur Welt gebracht. Aber das ist anders, denn jetzt ist es mein Baby. Ich liebe es jetzt schon so sehr, dass es nicht mehr lustig ist. Aber ich weiß, mit Brain an meiner Seite kann ich alles überstehen.«

Devyn schätzte, dass Aspen versuchte, sie in Bezug auf

Lucky zu beruhigen. Ihre Ermutigung tat gut. Sie war sich nicht sicher, was sie davon halten sollte, dass die anderen Wetten darüber abschlossen, wann sie und Lucky miteinander schlafen würden, aber tief im Inneren musste sie zugeben, dass es sie zum Lachen brachte.

Vertraute sie Lucky? Ja, das tat sie. Aber wenn das so war, warum konnte sie ihm dann nicht von Spencer erzählen?

Die ganze Situation war lächerlich. Alle Beteiligten waren erwachsen, aber irgendwie fühlte sie sich, als wäre sie wieder fünf Jahre alt. Und wenn sie Spencers Geheimnis aus dem Sack ließ, wäre sie diejenige, die dafür verantwortlich war, ihre Familie zu ruinieren.

»Es wird alles gut«, sagte Devyn zu ihr. »Solange du nicht zu spät zur Geburt deines eigenen Babys kommst, so wie zu allem anderen. Wahrscheinlich kochst du noch ein Sechs-Gänge-Menü, läufst fünf Kilometer und rettest jemandem innerhalb weniger Stunden, nachdem du Mutter geworden bist, das Leben.«

Aspen brach in Gelächter aus. »Da bin ich mir nicht so sicher ... außer mit der Sache mit dem Zuspätkommen. Dev?«

»Ja?«

»Ich habe wirklich Angst.«

Devyn griff sofort nach Aspens Hand. »Wovor?«

»Vor allem. Angst, dass ich keine gute Mutter sein werde, dass ich etwas vermassle. Du weißt, wie schlau Brain ist. Wenn unser Sohn seine Intelligenz erbt, werde ich total überfordert sein. Oder was, wenn er sich als kleiner Mistkerl entpuppt? Ich weiß nicht, was ich tun soll, wenn er das gemeine Kind ist, das alle hassen.«

»Atme tief durch«, forderte Devyn. »Gut, noch mal. Du wirst eine tolle Mutter sein. Weißt du, woher ich das weiß?«

»Woher?«

»Weil du dir so viele Sorgen machst. Wenn es dir egal wäre, würde ich mir mehr Sorgen machen. Dein Kind wird großartig sein, weil du und Brain großartig seid. Wenn er schlau ist, ist das wunderbar. Aber selbst, wenn er es nicht ist, wirst du ihn deshalb weniger lieben?«

»Natürlich nicht.«

»Dann hör auf, dir Gedanken über Dinge zu machen, die du nicht kontrollieren kannst«, sagte Devyn.

»Jawohl, Ma'am«, sagte Aspen mit einem Lächeln. »Ich werde es versuchen.«

»Aus Neugier ... um was habt ihr in Bezug auf Lucky und mich gewettet?«, fragte Devyn.

Aspen grinste. »Vierhundert Dollar.«

»Heilige Scheiße, ernsthaft?«

»Ja. Jeder von uns hat einhundert Dollar in den Jackpot getan. Die Gewinnerin bekommt alles.«

»Ich kann nicht glauben, dass ihr darauf wettet, dass Lucky und ich Sex haben.« Devyn wusste, dass sie sich darüber aufregen sollte – besonders in Anbetracht des Glücksspielaspekts –, aber es war offensichtlich, dass alle Spaß daran hatten.

»Nun, wir *Girls just wanna have fun*«, stellte Aspen fest.

Devyn verdrehte die Augen. »Toll, jetzt zitierst du auch noch Cyndi Lauper.«

»Ich würde es begrüßen, wenn du dich auch darauf einlässt, wörtlich und im übertragenen Sinne«, sagte Aspen mit einem Kichern. »Ich meine, ich könnte das Geld gebrauchen. Wir richten gerade das Kinderzimmer ein.«

»Ist es nicht Betrug, mir von der Wette zu erzählen?«, fragte Devyn.

Aspen zuckte mit den Schultern. »Wahrscheinlich. Aber wenn es dir hilft, die Dinge mit Lucky voranzubringen, ist alles gut. Im Ernst, Dev, du kannst es nicht besser erwischen als mit ihm. Na ja, vielleicht abgesehen von Brain. Aber der ist vergeben.«

Devyn wollte Aspen sagen, dass sie ernsthaft darüber nachgedacht hatte, Lucky zu fragen, ob sie über Nacht bleiben könne. Aber bisher hatte sie sich nicht getraut. Sie konnte nicht leugnen, dass sie den Mann wollte. Bei ihm fühlte sie sich … normal. Und es war so verdammt lange her, dass sie sich so gefühlt hatte, wenn überhaupt jemals.

Bei ihm fühlte sie sich ähnlich wie bei ihren Freundinnen. Nicht wie das Kind, das Leukämie hatte, und die kränkliche kleine Schwester. Sie war nicht die Tochter, um die sich ihre Eltern Sorgen machen mussten. Sie war einfach Devyn.

Und in seinen Augen hatte sie etwas gesehen, das auf sie den Eindruck nach Verlangen gemacht hatte. Sie fühlte sich sehr wohl bei ihm.

»Okay, ich werde es dir auf jeden Fall sagen, wenn wir zusammen ins Bett gehen«, neckte sie.

»Tu das«, entgegnete Aspen vollkommen ernst. »Und jetzt muss ich nach Hause. Brain bat mich, nicht länger als eine Stunde wegzugehen, bevor ich wieder nach Hause zurückkehre und die Füße hochlege.«

Devyn starrte sie an. »Wirklich?«

»Ja, obwohl ich ergänzen sollte, dass das nicht heißt, dass ich auf alles höre, was er zu mir sagt.«

Beide Frauen kicherten.

»Er ist übermäßig beschützend, aber es ist süß, also lasse ich es ihm durchgehen«, gab Aspen zu. »Mir geht es gut und ich habe mit der Schwangerschaft keine Probleme. Aber da er sich solche Sorgen um mich und unser Baby macht, toleriere ich es.«

Devyn stand auf und half Aspen hoch. »Danke für das

Gespräch«, sagte sie zu der anderen Frau.

»Gern geschehen. Und im Ernst, wir alle lieben dich und machen uns Sorgen um dich. Wenn du nicht mit Lucky sprechen kannst, dann sind wir alle für dich da.«

»Vielen Dank, das bedeutet mir die Welt.«

»Ruf mich bald an«, sagte Aspen.

Devyn stimmte zu und sie verließen das Café. Auf dem Weg zurück zu ihrer Wohnung dachte sie über das nach, was Aspen gesagt hatte. Und sie hatte recht. Sie musste aufhören, wie auf der Flucht zu leben. Es gefiel ihr hier und sie wollte bleiben.

Sie musste endlich ihre Sachen auspacken. Und sie sollte mit ihrem Chef über eine Vollzeitstelle sprechen. Und ... sie wollte die Dinge mit Lucky voranbringen. Sie hatte ihn trotz ihrer Zuneigung über ein Jahr lang auf Abstand gehalten. Wenn sie schon miteinander ausgingen, sollte sie zumindest versuchen, aufs Ganze zu gehen. Sie mochte ihn, er mochte sie, und sie wollte mit ihm zusammen sein.

Über den Rest würde sie später entscheiden. Sie war sich immer noch nicht sicher, was die Geschichte mit Spencer für ihre Familie bedeuten würde. Das würde sie vorerst unter den Tisch kehren, aber den Rest? Es war an der Zeit, mit ihrem Leben weiterzumachen.

Fallschirmspringen und Bungee-Jumping waren schön und gut, aber sie machte sich nur etwas vor. Solche Dinge zu tun machte sie nicht mutiger. Sie waren nur ein Deckmantel für ihre Unsicherheit. Gefährliche Stunts ließen ihre Vergangenheit nicht verschwinden. Sie würde immer eine Krebsüberlebende sein. Das war, wer sie war, und es war an der Zeit, dass sie sich damit auseinandersetzte und mit ihrem Leben weitermachte.

Und hoffentlich würde Lucky eine große Rolle darin spielen.

KAPITEL SECHS

Devyn hatte große Pläne, Lucky zu zeigen, dass sie wirklich bereit für eine Beziehung war, für mehr als nur eine Freundschaft. Aber nachdem sie vom Mittagessen mit Aspen nach Hause gekommen war, rief Spencer an.

»Spencer, du sollst aufhören, mich anzurufen«, sagte sie anstelle einer Begrüßung.

»Hey, Schwesterchen, lange nichts voneinander gehört.«

»Im Ernst, ich bin fertig damit.«

»Wirst du mir jemals verzeihen, dass ich dich geschubst habe?«, fragte Spencer.

Devyn zuckte zusammen. »Darum geht es nicht.«

Aber er ignorierte sie und redete weiter. »Weil ich mich bereits entschuldigt habe. Ich war an diesem Tag verärgert und ich wollte dich nicht so stark schubsen. Es war nicht meine Schuld, dass du so tollpatschig bist und gegen den Tisch gestoßen und hingefallen bist.«

»Das ist Blödsinn, und das weißt du«, erwiderte sie, wütend, dass er die Situation so drehte, nur um sich selbst besser zu fühlen.

»Wie auch immer. Geschwister streiten, Dev. Wir waren

schon immer so. Erinnerst du dich, als du elf warst und dir etwas nicht gefallen hat, was ich zu einem meiner Freunde über dich gesagt hatte? Du hast mich fast aus unserem Baumhaus geschubst.«

Devyn zuckte zusammen. Das hatte sie. »Wir waren Kinder, Spencer. Das war etwas anderes.«

»Aber wir sind immer noch dieselben Leute. Wir sind Familie. Und Familie hilft sich gegenseitig.«

Und da war es wieder, dieses Schuldgefühl, das er ihr machte. »Ich habe dir geholfen, Spence. Und du hast versprochen, dass es das letzte Mal sein würde. Und doch kamst du wieder und wolltest mehr. Du brauchst Hilfe. Und bis du dir das eingestehst und es tatsächlich durchziehst, bin ich fertig damit, dich rauszuhauen.«

»Devyn, du bist die Einzige, an die ich mich wenden kann. Fred wird nicht helfen, er wird mir sagen, ich soll erwachsen werden oder irgendeinen anderen Scheiß. Und Mila und Angela haben kein Geld. Mom und Dad schulde ich bereits etwas.«

»Du schuldest mir auch etwas, Spence. Aber das ist dir egal, oder?«

»Komm schon, Schwesterchen. Du bist Single. Du kannst es dir leisten, mir zu helfen.«

»Das kann ich nicht. Ich arbeite nur Teilzeit und muss meine eigenen Rechnungen bezahlen.«

»Aber diesmal bin ich wirklich in Schwierigkeiten, Dev. In großen Schwierigkeiten.«

Devyn schloss die Augen und tat ihr Bestes, ihre Emotionen zu kontrollieren. Sie und Fred standen sich schon immer nahe, aber das bedeutete nicht, dass sie nicht die gleiche Art von Beziehung zu ihrem anderen Bruder haben wollte. Sie waren alle fast im selben Alter und sollten wie drei Erbsen in einer Schote sein. Aber Spencer hatte es nie ertragen können, dass sie so viel Aufmerksamkeit bekommen hatte, als sie krank war. Und er hatte sich sowohl von ihr als auch von Fred entfremdet.

»Bitte, Schwesterchen.«

»Wie viel?«, fragte Devyn und hasste sich selbst. Deshalb war sie weggezogen und wollte seine Anrufe nicht mehr annehmen. Sie gab jedes Mal seinem Flehen nach. Jedes einzelne Mal. Sie wusste, dass sie das nicht sollte ... aber er war ihr Bruder. Sie liebte ihn, auch wenn er auf ihr herumtrampelte.

»Fünfzig.«

»Nur fünfzig Dollar? Komm schon, wie viel?«

»Nein, fünfzigtausend«, sagte Spencer.

»Fünfzigtausend?« Sie schrie förmlich.

»Ich weiß, ich weiß. Aber dieses Mal ist es anders.«

»Du weißt, dass ich nicht so viel Geld habe«, sagte sie schockiert.

»Er wird mir wehtun, wenn ich es ihm nicht zurückzahle«, sagte Spencer.

Devyn setzte sich auf die Couchkante und lehnte ihre Stirn gegen eine Hand. »Ich habe nicht annähernd so viel«, wiederholte sie.

»Wenn du mir fünftausend gibst, kann ich es schaffen. Ich mache daraus die fünfzigtausend, die ich brauche. Ich weiß es.«

Devyn spürte, wie ihr eine Träne über die Wange lief. »Das hast du schon so oft gesagt, und es passiert nie. Du hast ein ernsthaftes Problem, Spence. Du brauchst Hilfe. Es gibt Programme für Leute mit Spielsucht. Dort kann man dir helfen, deine Sucht zu überwinden. Bitte tu das, für mich und den Rest deiner Familie. Für uns alle.«

»Das ist klasse«, sagte Spencer gehässig. »Du hast unsere Familie im Alleingang ruiniert und sagst mir, ich soll mich einschließen lassen, damit ein Arzt mir sagt, dass ich verrückt bin? Das wird nicht passieren.«

»Ich war ein Kind«, sagte Devyn leise. »Ich hatte Krebs. Es ist nicht dasselbe.«

»Wie auch immer. Wirst du mir helfen oder nicht?«

»Ich kann nicht«, flüsterte sie und ihr wurde plötzlich schlecht. »Ich habe nicht so viel.«

»Sie werden mir wehtun, Dev! Vielleicht bringt er mich sogar um«, sagte Spencer zu ihr. »Und du wirst dasitzen und es geschehen lassen?«

»Ich lasse nichts geschehen! Deine Taten haben Konsequenzen, Spence. Das war schon immer so. Aber du warst einfach zu egoistisch, um es einzusehen. Du verlässt dich darauf, dass andere dich aus dem Dreck ziehen, und dann machst du mit demselben Mist weiter.«

»Wenn du liest, dass meine Leiche irgendwo in einem Maisfeld gefunden wurde, dann wundere dich nicht. Vielleicht bist du dann nicht mehr so hochnäsig.«

»Spencer ...«

Aber es war zu spät. Er hatte aufgelegt.

Devyn senkte den Kopf und ließ ihren Tränen freien Lauf. Und ihr wurde wieder übel. Sie wollte ihrem Bruder helfen. Das wollte sie wirklich. Aber sie hatte ihm in der Vergangenheit bereits Tausende von Dollar gegeben, um ihn rauszuhauen. Deshalb hatte sie Missouri verlassen. Weil sie nicht Nein sagen konnte. Weil er wusste, dass sie schwach war und irgendwann nachgeben und ihm das Geld geben würde, um seine Schulden zu begleichen.

Spencer war süchtig. Er konnte nicht aufhören zu spielen. Sie konnte gar nicht mehr zählen, wie viele Dinge er schon verpfändet hatte. Er war sich immer sicher, dass er Tausende mehr zurückgewinnen könnte, wenn er einfach weiterspielte. Noch ein Zug am Spielautomaten. Noch ein

Kartenspiel. Aber er tat es nie. Er geriet immer tiefer in die Schulden.

Als sie Spencer das letzte Mal gesehen hatte, war er in ihre Wohnung gegangen, als sie nicht zu Hause war. Er hatte einen Schlüssel, weil er ihr Bruder war. Als sie nach Hause kam, füllte er gerade einen Karton mit all ihren Wertsachen. Sie waren in einen riesigen Streit geraten und er hatte sie geschubst. Sie hätte sich den Kopf anschlagen können, aber der Tisch hatte ihren Sturz abgebremst.

Sie konnte es ihren Eltern nicht erzählen. Sie hätten versucht, sie davon zu überzeugen, dass sie überreagierte, dass ihr Bruder sie liebte und ihr nicht hatte wehtun wollen. Sie konnte es Grover nicht sagen, weil sie seine Beziehung zu Spencer nicht gefährden wollte. Und sie konnte Lucky nicht die Wahrheit darüber sagen, wie sie den fiesen blauen Fleck auf ihrem Oberkörper bekommen hatte, weil er ihren Bruder dann wahrscheinlich töten wollte. Es war eine Patt-situation.

Nachdem Spencer versucht hatte, sie auszurauben, und sie verletzt hatte, wusste Devyn, dass sie gehen musste. Weg aus ihrer Heimatstadt, weg von ihrem Bruder. Sie liebte ihn, aber er saugte ihr langsam das Leben aus den Adern. Und er würde sie mit in den Abgrund reißen, wenn sie es zuließ. Also hatte sie ihren Job gekündigt und war nach Texas geflohen.

Sie wusste, dass es alles Spencers eigene Schuld war, aber sie konnte nicht anders, als zu glauben, dass sie ihn zu einer Therapie hätte überreden sollen. Sie fühlte sich wie eine Versagerin. Und jetzt hatte sie Angst um Spencers Leben. Sie hatte die Nase voll von ihm, aber das bedeutete nicht, dass sie wollte, dass er verletzt wurde.

»Scheiße«, flüsterte sie.

Erschöpft schaltete Devyn ihr Telefon aus und ging in

ihr Schlafzimmer. Sie zog sich aus und schlüpfte unter die Decke. Es war zu früh, um ins Bett zu gehen, und Lucky würde wahrscheinlich erwarten, dass sie anrief oder vorbeikam, aber sie konnte heute mit niemandem mehr reden.

Aus diesem Grund hatte sie Spencers Anrufe nicht mehr entgegennehmen wollen. Weil sie wusste, dass er mehr Geld verlangen würde. Weil sie wusste, dass er ihr Schuldgefühle machen würde. Denn wenn ihm etwas passieren sollte, würde es sich anfühlen, als wäre es ihre Schuld.

Devyn spürte, wie der Druck des letzten Jahres auf ihr lastete, und weinte. Sie weinte um ihren Bruder. Darüber, dass er zu verängstigt war, jemandem zu sagen, was vor sich ging. Über die Entscheidung, von der sie wusste, dass sie sie treffen musste – und zwar bald.

Sie musste entweder erwachsen werden und jemandem erzählen, was los war, oder sie musste wieder umziehen und weglaufen wie ein Feigling. Keine der beiden Optionen klang besonders ansprechend, aber so konnte sie nicht weitermachen.

Zwei Tage später verlor Lucky die Geduld. Devyn zeigte ihm die kalte Schulter, und das würde er nicht länger hinnehmen. Etwas stimmte nicht. Das fühlte er. Und es war an der Zeit, dass sie mit ihm sprach. Wenn er schwören müsste, Grover nicht zu erzählen, was sie ihm sagte, würde er es tun ... selbst wenn es etwas Schlimmes wäre. Ihm gefiel der Gedanke nicht, einem seiner besten Freunde irgendetwas vorzuenthalten, aber er würde es tun, wenn es Devyn dazu bringen würde, sich ihm gegenüber zu öffnen.

Er hatte Aspen angerufen, um zu fragen, wie ihr Mittagessen verlaufen war, weil er Devyn an diesem Abend nicht hatte erreichen können. Sie hatte ihm gesagt, dass es wirklich gut gelaufen sei. Er hatte also keine Ahnung, warum sie ihn seitdem nicht angerufen hatte. Warum sie nicht nur ihn, sondern auch Grover gemieden hatte.

Nun, er war fertig damit.

Er hatte mehrere SMS geschickt und ein paar Sprachnachrichten hinterlassen, die sie ignoriert hatte. Wenn Devyn dachte, sie könnte ihn jetzt, nachdem sie etwas mit ihm angefangen hatte, einfach verdrängen, dann hatte sie sich geirrt.

Lucky klopfte an ihre Tür und wartete auf eine Antwort. Er wusste, dass sie zu Hause war, weil ihr Mini Cooper auf dem Parkplatz stand. Bevor er zu ihr gefahren war, hatte er in der Tierklinik angerufen und erfahren, dass sie sich für heute krankgemeldet hatte.

Er hoffte, dass sie tatsächlich krank war und sich deshalb nicht bei ihm meldete, aber er hatte das ungute Gefühl, dass das nicht der Grund war.

»Geh weg, Lucky«, sagte sie von der anderen Seite der Tür.

Stirnrunzelnd verschränkte Lucky seine Arme vor der Brust. »Nein, mach die Tür auf, Dev.«

»Es tut mir leid, aber ich kann das nicht.«

»Du kannst was nicht?«, hakte er nach.

»In einer Beziehung mit dir sein.«

»Du machst nicht hinter verschlossener Tür mit mir Schluss. Wenn du Schluss machen willst, dann mach die Tür auf und sag es mir ins Gesicht«, knurrte Lucky. Er glaubte keine Sekunde, dass sie nicht mit ihm zusammen sein wollte. Seit sie sich das letzte Mal gesehen hatten, war nichts zwischen ihnen vorgefallen. Sie hatte Angst vor etwas und er konnte ihr nicht helfen, wenn er nicht wusste, was es war.

Es war ihm gelungen, das Vertrauen von Angel und Whiskers zu gewinnen. Er könnte dasselbe mit Devyn tun. Sie war nervös und er würde alles tun, damit sie wusste, dass sie bei ihm sicher war.

Er hörte, wie sich die Kette löste und dann der Riegel klickte. Devyn öffnete die Tür und sagte ein wenig angriffslustig: »Gut, wir sind fertig miteinander. Jetzt kannst du gehen.«

Der Anblick von Devyn erschreckte Lucky zu Tode. Sie sah schrecklich aus. Ihr Haar war weder gebürstet noch gewaschen und sie hatte tiefe Ringe unter den Augen. Sie trug ein übergroßes T-Shirt und eine Jogginghose.

Lucky drückte sanft gegen die Tür und trat ein.

»Lucky!«, protestierte sie, aber er ignorierte sie. Er schloss die Tür hinter sich, nahm sie am Ellbogen und zog sie in ihre Wohnung.

»Hör auf, Lucky«, sagte Devyn, aber sie riss ihren Ellbogen nicht aus seinem Griff.

»Was hast du heute gegessen?«, fragte er.

»Pop-Tarts, Reese's Erdnussbutter Eier und vierzehn Käsestangen«, sagte sie ein wenig defensiv.

»Setz dich«, forderte er und zog einen Barhocker hervor.

Devyn seufzte, tat aber, was er verlangte.

Lucky schob seine Ärmel hoch und ging zu ihrem Kühlschrank, um zu sehen, womit er arbeiten konnte.

»Warum bist du hier?«, fragte sie leise, als er ein paar Eier, Käse, Paprika und Chorizo herausholte.

»Weil du mir aus dem Weg gegangen bist. Und all deinen anderen Freunden. Weil ich in der Tierklinik angerufen habe und mir gesagt wurde, dass du dich krankgemeldet hast. Ich bin hier, um dir etwas zu essen zu machen und herauszufinden, was zum Teufel los ist.«

»Ich kann nicht mit dir darüber reden«, sagte sie traurig.

Lucky legte die Zutaten für das Omelett, das er zubereiten wollte, auf den Tresen und ging zurück zu Devyn. Er drehte sie auf dem Hocker herum und nahm ihr Gesicht in seine Hände. Er neigte ihren Kopf nach oben, sodass sie keine andere Wahl hatte, als seinem Blick zu begegnen.

»Du kannst mit mir über alles reden«, erwiderte er.

»Darüber nicht«, flüsterte sie.

»Was auch immer du mir erzählst, wird unter uns bleiben«, sagte er.

Sie runzelte die Stirn. »Was?«

»Du hast mich richtig verstanden. Wenn du die Gewissheit brauchst, dass ich Grover nichts von dem erzähle, worüber wir sprechen, dann gebe ich sie dir.«

»Aber ... ihr seid beste Freunde. Wird das eurer Freundschaft nicht schaden?«, fragte sie.

»Das ist möglich. Aber du bist mir wichtiger.«

Devyn starrte ihn an. »Ich weiß nicht ... warum?«

»Es ist kein Geheimnis, dass du mir unter die Haut gegangen bist, Devyn. Ich finde dich schön, lustig, fleißig und so verdammt loyal, dass es fast wehtut. Ich gehe schlafen und denke an dich, dann wache ich auf und mache dasselbe. Ich frage mich, wie dein Tag bei der Arbeit gelaufen ist, und ich mache mir Sorgen über das, was dich stört. Die vergangene Woche, bevor du entschieden hast, dass du nicht mit mir sprechen kannst, war eine der besten Wochen, die ich seit Jahren hatte. Ich habe so gern mit dir abgehangen. Und zu sehen, wie du mit Angel und Whiskers umgehst, hat dieses Gefühl noch verstärkt. Wenn du die Gewissheit brauchst, dass das, worüber wir reden, unter uns beiden bleibt, wenn es das ist, was du brauchst, um mir zu vertrauen, dann gebe ich sie dir ... aber es gibt zwei Ausnahmen.«

»Welche?«, fragte Devyn.

»Wir haben das schon besprochen, aber die Ausnahmen sind, wenn dein Leben in Gefahr ist oder dein Krebs zurückgekehrt ist. Ich kann und will diese Dinge weder Grover noch dem Rest des Teams vorenthalten. Wir werden alles tun, um deine Dämonen zu bekämpfen, egal ob es sich um physische Bedrohungen oder deinen eigenen Körper handelt. Du hast dem Krebs schon einmal in den Arsch getreten, und das kannst du wieder tun. Aber diese Dinge kann ich deinem Bruder nicht vorenthalten.«

»Ich habe dir schon gesagt, dass mein Leben nicht in Gefahr ist und ich nicht krank bin«, antwortete Devyn. »Da habe ich nicht gelogen.«

Lucky schloss für einen Moment erleichtert die Augen. Dann öffnete er sie wieder. »Gut, dann kannst du mir sagen, was für ein großes Geheimnis du mit dir herumschleppst, und wir können herausfinden, was wir tun können. Aber bevor das passiert, brauchst du Nahrung, richtige Nahrung. Von Pop-Tarts und Käsestangen kann man nicht überleben.«

»Und Erdnussbuttereier«, erinnerte sie ihn mit einem kleinen Lächeln.

Lucky liebte das leichte Lächeln auf ihren Lippen. Diese Frau hatte ein Rückgrat aus Stahl, sie konnte es nur nicht sehen. »Richtig, wie könnte ich die vergessen?«, sagte Lucky mit einem Augenrollen.

Er wollte einen Schritt zurücktreten, aber Devyn packte seine Handgelenke und hielt ihn fest. »Lucky?«

»Ja?«

»Ich habe solche Angst, die falsche Entscheidung zu treffen.«

Luckys Herz schwoll in seiner Brust an. Er wollte alle ihre Dämonen für sie töten, aber er wusste, dass sie am Ende stark genug sein würde, sie selbst zu bekämpfen. »Davor haben wir alle Angst, Dev. Ich weiß, dass ich es tue. Aber mit Freunden und Familie an deiner Seite kannst du alles überstehen.«

»Das hoffe ich«, sagte sie leise.

Lucky konnte nicht anders. Er beugte sich hinunter und küsste sie sanft auf die Stirn. »Ich weiß es«, versicherte er ihr. Dann ließ er die Hände sinken und ging um den Tresen herum zurück in die kleine Küche. »Wann hast du das letzte Mal geduscht?«, fragte er lässig.

»Ist das deine Art, mir zu sagen, dass ich stinke?«, konterte Devyn.

Lucky war froh, etwas Leichtigkeit in ihrer Stimme zu hören. »Nein, ich weiß es besser, als das jemals zu sagen. Aber ich denke, du wirst dich besser fühlen, wenn du frisch und sauber bist.«

»Sehr diplomatisch ausgedrückt«, sagte sie mit einem Lächeln. »In Ordnung, während du dich mit dem Essen abquälst, gehe ich duschen.«

Lucky lächelte sie an.

»Wie geht es Angel und Whiskers?«, fragte sie.

»Sie vermissen dich. Und es geht ihnen gut. Jeden Tag werden sie ein bisschen mutiger. Whiskers hat sich an ihr Geschirr gewöhnt und hat sich sogar einen Meter von Angel entfernt, als ich sie das letzte Mal nach draußen gebracht habe.«

»Super«, sagte sie mit einem Lächeln. »Sie wissen nicht, wie gut sie es mit dir haben.«

»Ich hoffe, ich kann dich überzeugen, nach dem Essen mit zu mir zu kommen«, sagte Lucky zu ihr.

»Aber es wird bis dahin ziemlich spät sein. Ich werde nur eine Stunde oder so bleiben können.«

»Oder du bleibst bei mir«, sagte Lucky.

Devyn hielt inne und starrte ihn intensiv an.

Er hasste es, dass er ihren Gesichtsausdruck nicht deuten konnte.

»Bittest du mich, die Nacht bei dir zu verbringen?«, hakte sie nach.

Lucky bewunderte, wie geradeheraus sie war. »Ja, aber es ist deine Entscheidung, *wo* du schlafen möchtest. Ich habe ein Klappbett oder unten ist die Couch.«

»Was ist mit deinem Schlafzimmer?«, fragte Devyn.

Lucky erstarrte. »Du kannst mein Bett haben«, sagte er leise. »Du kannst alles von mir haben, was du willst.«

»Dich mit einbezogen?«, fragte sie.

»Verdammt«, sagte Lucky leise. »Ja, Dev. Ich gehöre verdammt noch mal dir. Von dem Moment an, als ich dich traf, gehörte ich dir. Ich habe nur darauf gewartet, bis du so weit bist.«

Er sah, wie sie schwer schluckte und damit ihre Prahlerei Lügen strafte, mit der sie ihn gefragt hatte, wo sie schlafen sollte. »Ich neige dazu, mich in meinem eigenen Kopf zu verlieren und zu angestrengt über Dinge nachzudenken. Aber in Bezug auf dich habe ich lange genug nachgedacht. Ich will dich, Lucky.«

»Dann hast du mich«, brachte er hervor. »Pack eine Tasche mit genügend Zeug für ein paar Tage. Ich habe das Gefühl, sobald ich dich erst mal in meiner Höhle habe, werde ich dich nicht mehr gehen lassen wollen.«

Sie grinste. »Ich muss morgen Nachmittag arbeiten.«

»Verdammt«, sagte er.

Devyn stieg vom Barhocker, betrat aber nicht die Küche. Sie ging langsam zurück zum Flur, wo die Schlafzimmer waren. »Ich gehe duschen«, sagte sie.

»Na, vielen Dank, jetzt habe ich Bilder im Kopf«, sagte Lucky und verdrehte die Augen.

»Wir haben Monate gewartet, was sind ein paar Stunden mehr?«, fragte sie spielerisch.

»Die könnten mich umbringen«, entgegnete Lucky halbernst.

Sie blieb mitten im Flur stehen. »Lucky?«

»Ja, Dev?«

»Ich bin mir nicht sicher, ob ich dir wirklich erzählen möchte, was los ist, aber ich kann es nicht mehr für mich behalten. Es ist egoistisch von mir, aber ich weiß es zu schätzen, dass du es Grover nicht sagen wirst. Zumindest jetzt noch nicht.«

»Wir werden sehen«, sagte Lucky zu ihr und war höllisch besorgt darüber, was ihr großes Geheimnis war. »Und wenn die Zeit reif ist, werden wir es deinem Bruder gemeinsam sagen, okay?«

»Das würdest du für mich tun?«

»Ich würde alles für dich tun«, gab Lucky zu. »Dazu gehört auch, dir ein dickes Omelett zu machen, damit du nicht vor Nahrungsmangel ohnmächtig wirst.«

Sie kicherte, wie er es beabsichtigt hatte. »Ich gehe jetzt erst mal. Danke, dass du zu mir gekommen bist und mir eine Mahlzeit zubereitest, um die ich nicht gebeten habe.«

»Gern geschehen. Ich bin vielleicht nicht immer der gesellschaftlich akzeptabelste Mann, aber ich werde immer das tun, was ich für das Beste für dich halte. Und heute Abend musstest du aus dem Chaos herausgezwungen werden, in das du dich selbst hineinversetzt hast, um zu sehen, dass du Freunde hast, die gern für dich da sind ... wenn du uns lässt.«

Devyn nickte, drehte sich dann um und verschwand in ihrem Schlafzimmer.

Lucky holte tief Luft und legte seine Handflächen auf den Tresen. Er musste zugeben, dass die Dinge besser gelaufen waren, als er gehofft hatte. Dev hatte zugestimmt, mit zu ihm zu kommen und tatsächlich mit ihm zu reden. Und nicht nur das, sie hatte auch zugegeben, dass sie über Nacht bleiben wollte. Bei ihm. In seinem Bett.

Lucky ignorierte seinen harten Schwanz und wandte die Aufmerksamkeit wieder dem Essen zu. Er musste seiner Frau eine anständige Mahlzeit zubereiten, sie dann zu sich nach Hause bringen und dafür sorgen, dass sie sich wohl genug fühlte, um sich zu öffnen.

Tatsache war, dass sie ihm Angst gemacht hatte, als sie nicht auf seine Nachrichten und Anrufe geantwortet hatte und auch Grover sie nicht erreichen konnte. Auch die anderen Frauen hatten nicht mit ihr gesprochen und er hatte bereits die Vision gehabt, dass sie hilflos und verletzt in ihrer Wohnung lag. Dieses Gefühl wollte er nie wieder erleben.

KAPITEL SIEBEN

Wie sich herausstellte, gab es an diesem Abend keine große Enthüllung. Als Lucky und Devyn schließlich in seinem Reihenhaus ankamen, war sofort klar, dass es Angel während seiner Abwesenheit nicht gut ergangen war. Er hatte den Käfig zuvor ins Badezimmer gestellt und sie hatten überall auf dem Boden des Badezimmers und im Käfig Spuren von Durchfall gefunden. Sowohl Hund als auch Katze waren mit Kot bedeckt.

Es musste also eine große Säuberung durchgeführt werden und beide Tiere mussten gebadet und getröstet werden. Es war offensichtlich, dass Angel wusste, dass sie etwas falsch gemacht hatte. Sie hatte nach ihrem Bad eine Stunde lang gezittert und sich zusammengekauert. Lucky brachte sie schließlich dazu, sich zu entspannen, indem er mit ihr auf dem Boden seines Schlafzimmers lag. Whiskers hatte sich in seiner Armbeuge zusammengerollt.

Devyn hatte sich eine Jogginghose und ein Trägerhemd angezogen und war auf seinem Bett eingeschlafen. Lucky brachte es nicht übers Herz, sie aufzuwecken. Es war offensichtlich, dass sie erschöpft war, und er genoss es einfach, sie bei sich zu haben. Also hatte er die Tiere zurück in das jetzt saubere und sterilisierte Badezimmer gebracht und war hinter Devyn unter die Decke gekrochen. Er zog sie an sich und war nie zufriedener gewesen, als Devyn im Schlaf seufzte und sich weiter an ihn kuschelte.

Innerhalb weniger Minuten war er eingeschlafen.

Sein Wecker klingelte früh am nächsten Morgen und obwohl Lucky ihn schnell zum Schweigen brachte, wachte Devyn auf.

»Gehst du zum Training?«, fragte sie.

»Ja«, sagte Lucky leise. »Ich bin in zwei Stunden zurück. Schlaf weiter.«

»Okay. Ich stehe gleich auf und lasse die Tiere raus.«

»Ich werde sie jetzt rauslassen, das wird für eine Weile reichen. Ich habe Bagels, Proteinshakes und Haferflocken, falls du Hunger bekommst«, sagte Lucky zu ihr.

Sie rümpfte die Nase. »Keine Donuts?«, fragte sie.

Lucky wusste nicht, ob sie scherzte, aber er nahm sich vor, bei seinem nächsten Einkauf welche mitzubringen. »Nein, tut mir leid.«

»Es ist okay«, entgegnete sie mit undeutlicher Stimme.

Lucky könnte für den Rest seines Lebens jeden Tag so aufwachen und zufrieden sein. Die verschlafene Devyn war verdammt süß, und aus dem Bett zu steigen war extrem schwierig.

Er brachte Angel und Whiskers nach draußen und war froh zu sehen, dass, was auch immer Angels Verdauungssystem gestört hatte, sich anscheinend von selbst gelöst hatte. Beide Tiere pinkelten und er tat etwas Futter in ihre Näpfe, bevor er wieder nach oben ging, um sich umzuziehen.

Als er wieder nach unten kam, hatten beide Tiere ihre Näpfe geleert. Angel lag zusammengerollt in einem der vier

Hundebetten, die er kürzlich gekauft hatte, Whiskers zufrieden an ihrer Seite. Lucky hatte die Hündin nicht noch mehr traumatisieren wollen, als sie es ohnehin schon war, hatte aber sein Bestes getan, ihr verfilztes Fell während des gestrigen Bades sanft zu glätten. Obwohl sie immer noch ziemlich jämmerlich aussah, war ihr Fell zumindest sauber.

Whiskers gefiel die Fellpflege nicht so gut wie Angel, aber er hatte auch die Verfilzungen in ihrem Fell herausgeschnitten. Da beide Tiere hellbraunes Fell mit weißen Flecken hatten, war es schwer zu sagen, wo die Katze aufhörte und die Hündin anfing, wenn sie so zusammengerollt dalagen.

Lucky beschloss, das Risiko einzugehen und sie nicht wieder im Badezimmer einzusperren. Er streichelte sie beide ein letztes Mal und war erfreut, dass sie nicht zusammenzuckten. In letzter Minute drehte er sich um, schnappte sich ein Stück Papier und kritzelte eine kurze Nachricht für Devyn darauf ... nur für den Fall, dass sie aufstand, bevor er zurückkam. Dann machte er sich mit guter Laune auf den Weg.

Er und Dev mussten immer noch reden und für ihr eigenes geistiges Wohlbefinden das große Geheimnis lüften, das sie mit sich herumtrug. Aber es war verdammt erstaunlich gewesen, mit ihr in seinen Armen aufzuwachen. Das könnte er für den Rest seines Lebens tun und vollkommen glücklich sein.

Allein dieser Gedanke hätte Lucky aufhalten sollen, aber stattdessen brachte es ihn nur zum Lächeln. Irgendwann in den letzten Monaten hatte er sich in Devyn verliebt, vielleicht sogar auf den ersten Blick. Es musste Liebe sein. Noch nie zuvor hatte er so für eine Frau empfunden.

Als er auf dem Stützpunkt ankam und sich zu seinem Team vor dem Fuhrpark gesellte, lächelte er immer noch.

»Oh scheiße, warum grinst du denn so?«, fragte Doc.

»Nur so, ich habe heute Morgen einfach gute Laune«, antwortete Lucky.

»Wir laufen gleich fünfzehn Kilometer und du hast gute Laune?«, wandte Oz ein.

»Ja. Wir laufen ohne Rucksäcke, also wird das ein Kinderspiel«, sagte Lucky.

»Leute, die gern laufen, werde ich nie verstehen«, murmelte Brain vor sich hin.

Während seine Teamkameraden sich dehnten und gutmütig über das Training im Allgemeinen diskutierten, gelang es Lucky, Grover und Trigger beiseitezuziehen.

»Ich brauche heute eine Auszeit. Wir haben keine Besprechungen, oder?«, fragte Lucky.

»Nein ... es sei denn, es kommt heute Nachmittag etwas dazwischen, was möglich sein könnte. Es sieht so aus, als müssten wir dieses Jahr Pflichten bei den Olympischen Spielen übernehmen. Also müssen wir bald damit beginnen, das mit den anderen Teams im ganzen Land zu koordinieren, die ausgewählt wurden«, sagte Trigger.

»Wirklich? Cool. Das ist eine der wenigen Missionen, auf die ich mich wirklich freue«, antwortete Lucky. Das war etwas untertrieben. Obwohl immer die Möglichkeit bestand, dass verrückte Terroristen die Athleten bei den Olympischen Spielen, die für ihre Länder antraten, attackieren könnten, wurde diese Art von Einsatz unter den Spezialeinheiten als Bonus angesehen.

Lucky beschloss, zur Sache zu kommen, und wandte sich an Grover. »Dev hat gestern bei mir übernachtet«, sagte er ohne Einleitung.

Man musste Grover zugutehalten, dass sein Gesichtsausdruck sich nicht veränderte. »Und?«, hakte er nach. »Ich weiß, dass du mir nicht erzählen willst, dass du mit meiner Schwester schläfst.«

»Wir haben gemeinsam in meinem Bett geschlafen, aber mehr nicht«, erwiderte Lucky schnell. »Ich bin gestern Abend zu ihr nach Hause gefahren, weil sie mir aus dem Weg gegangen ist. Sie hat uns alle gemieden, wie du selbst weißt. Sie sah verdammt übel aus, Mann. Als würde das Gewicht der ganzen Welt auf ihren Schultern lasten. Ich habe ihr etwas zu essen gemacht – etwas Besseres als den Scheiß, den sie zuvor gegessen hatte – und sie mit zu mir nach Hause genommen. Angel hatte Verdauungsprobleme und während ich mich damit befasste, ist sie eingeschlafen. Ich erzähle dir das nur, weil ich diese Auszeit brauche, um mit ihr reden zu können. Außerdem habe ich ihr versprochen, dass das, was sie mir anvertraut, unter uns bleiben wird.«

Grover runzelte die Stirn.

Lucky fuhr fort: »Sie hat gesagt, dass es nicht um ihre Krankheit geht und auch ihr Leben nicht in Gefahr ist. Wie ich bereits sagte, würde ich dir diese Dinge nicht vorenthalten.«

Grover entspannte sich. »Das weiß ich zu schätzen. Und ich vertraue dir. So sehr ich mich auch um Devyn sorge, sie ist erwachsen. Ich werde dich nicht daran hindern, eure Beziehung zu vertiefen.«

»Ich liebe sie«, platzte Lucky heraus.

Er musste es laut genug gesagt haben, dass jeder es hören konnte, denn die anderen Teamkameraden um sie herum wurden still.

»Scheiße«, murmelte Lucky.

»Bitte sag mir, dass du ihr das gesagt hast, bevor du es hier hinausposaunst«, sagte Lefty.

»Denn wenn du uns erzählst, dass du Devyn liebst, bevor du es ihr sagst, ist das Mist«, fügte Brain hinzu.

»Du redest von beschissen?«, warf Oz ein und schlug Brain auf den Hinterkopf.

»Verpiss dich«, sagte Brain zu seinem Freund.

Lucky konnte nicht anders, als zu lächeln. Gott, er liebte diese Typen. Sie waren manchmal ungehobelt, aber ihr Herz war immer am rechten Fleck. »Ich glaube kaum, dass es für euch eine große Überraschung ist, dass ich Devyn liebe.«

»Stimmt«, grübelte Trigger. »Du schaust ihr schon lange mondäugig hinterher.«

»Mondäugig?«, fragte Doc. »Was zum Teufel ist das?«

»Du wirst es wissen, wenn du die Frau triffst, die perfekt zu dir passt«, sagte Lefty zu ihm.

»Egal, was sie tut, du denkst einfach, dass es verdammt hinreißend ist«, sagte Brain. »Auch wenn andere Leute denken, dass sie sich lächerlich macht oder unter einem Hormonschub leidet, du kannst nicht genug davon bekommen.«

»Ich habe noch nie eine Frau so gesehen und ich bezweifle, dass ich das jemals tun werde«, gab Doc zu.

»Oh ja, die berühmten letzten Worte«, neckte Lefty.

»Jedenfalls wissen wir alle, dass du bis über beide Ohren in sie verknallt bist«, ergänzte Trigger. »Und wenn du herausfinden kannst, was sie belastet, würden wir uns alle darüber freuen. Ich weiß, dass Gillian sich seit Wochen Sorgen um sie macht, und ich hasse es, sie wegen einer ihrer Freundinnen so aufgebracht zu sehen.«

»Dasselbe gilt für Kinley«, bestätigte Lefty.

»Aspen auch. Sie und Riley haben neulich Abend mindestens zwanzig Minuten lang darüber gesprochen, was sie tun können, damit Devyn sich ihnen anvertraut«, fügte Brain hinzu.

»Wenn Trigger und der Kommandant damit einverstanden sind, nehme ich mir heute frei und schaue, ob ich herausfinden kann, was ihr durch den Kopf geht«, sagte Lucky.

»Gut«, sagte Doc.

»Du lässt uns wissen, wenn wir etwas tun können?«, fragte Trigger.

»Wir sind hier, wenn du uns brauchst«, fügte Oz hinzu.

Lucky schätzte seine Freunde mehr, als er sagen konnte. Ihre unerschütterliche Unterstützung war etwas, das er niemals als selbstverständlich ansehen würde. »Ihr wisst, dass ich das tun werde«, versicherte er ihnen.

»Und du solltest ihr vielleicht sagen, dass du sie liebst«, sagte Brain. »Frauen hören so etwas gern.«

»Und wenn sie herausfindet, dass du es uns gesagt hast, bevor du es ihr gesagt hast, schläfst du vielleicht die nächsten Nächte auf der Couch anstatt in deinem bequemen Bett neben ihr«, sagte Trigger lachend.

Es war viel zu früh, um Devyn zu sagen, dass er sie liebte, aber Lucky wusste, dass seine Freunde recht hatten. Er nickte unverbindlich.

»Wie ich gehört habe, tritt Logan beim Baseball allen anderen in den Hintern«, sagte Lefty zu Oz und wechselte das Thema.

Das Team machte sich auf den Weg zu ihrem morgendlichen Lauf und Lucky hörte zu, wie Oz über seinen Neffen sprach und wie gut es ihm ging. Er prahlte damit, dass er einer der besten Spieler seiner Mannschaft sei, obwohl er gerade erst angefangen hatte zu spielen. Auch seine Nichte Bria blühte auf. Sie stand kurz davor, die erste Klasse zu beenden, und wollte in den Sommerferien zusätzliche

Stunden nehmen, um sicherzugehen, dass sie mit ihren Mitschülern auf dem gleichen Stand war, bevor sie im Herbst in die zweite Klasse kam. Das vergangene Jahr war hart für sie gewesen, und ihre Psychologin hatte vorgeschlagen, dass es am besten wäre, wenn sie einen strikten Zeitplan einhielt.

Brain und Oz sprachen über ihre Babys, die im Abstand von wenigen Monaten geboren werden würden. Aspen war in etwa zwei Monaten fällig und Riley würde kurz darauf folgen.

Ihr Leben veränderte sich schneller, als Lucky gedacht hatte, aber alle schienen zufriedener zu sein. Als ihre Freunde in einem der anderen Delta-Teams auf ihrem Stützpunkt geheiratet und Kinder bekommen hatten, war es Lucky schwergefallen zu verstehen, wie sie ihr Privatleben mit den Anforderungen ihres Jobs in Einklang bringen würden. Aber jetzt verstand er es. Es war nicht entweder oder, sie könnten Väter und Ehemänner sein und trotzdem Elitesoldaten bei der Delta Force. Jemanden zu lieben machte einen Menschen nicht schwächer. In vielerlei Hinsicht hatte es einen positiven Einfluss auf ihre Arbeit.

Er hatte es in seinem eigenen Team aus erster Hand erfahren. Trigger und die anderen waren jetzt vielleicht vorsichtiger, aber das war keine schlechte Sache. Sie arbeiteten härter daran, so viele Informationen wie möglich zu sammeln, bevor sie zu einer Mission aufbrachen, und ihre Aktionen während des Einsatzes waren zielgerichteter. Sie überstürzten nichts und gingen vorsichtiger mit ihrem eigenen Leben und dem Leben aller anderen im Team um.

Er wollte nach einer Mission nach Hause zu Devyn zurückkommen. Er wollte mit ihr ein Leben aufbauen, sie aufblühen sehen und vielleicht sogar Kinder mit ihr haben. Es war ein seltsamer Gedanke für einen Mann, der nie zuvor daran gedacht hatte, Kinder zu haben. Bisher hatte er sich mit seinen einunddreißig Jahren jung gefühlt, aber plötzlich schien sein Leben an ihm vorbeizuziehen. Lucky sah täglich, wie glücklich Oz mit seiner Nichte und seinem Neffen war und wie sehr er und Brain sich darauf freuten, bald selbst Kinder zu bekommen.

Lucky ertappte sich dabei, darüber nachzudenken, wie seine Kinder mit Devyn aussehen würden. Sie würden groß sein und er hoffte, dass sie eher ihre blonden Locken als seine dunklen Haare erben würden.

Dieser Gedanke war verrückt ... und doch fühlte es sich richtig an.

Aber tief im Inneren hatte Lucky das Gefühl, dass die Dinge mit Devyn nicht so einfach werden würden, wie er gehofft hatte. Es schien, als hätten alle seine Freunde eine Feuerprobe über sich ergehen lassen müssen. Er war nicht so eingebildet zu glauben, dass seine Beziehung zu Devyn anders sein würde. Aber auf der anderen Seite hatte die Scheiße, die seine Freunde durchgemacht hatten, ihre Beziehungen nur stärker gemacht.

Lucky wollte auf keinen Fall, dass ihm oder Devyn etwas zustößt. Nichts wie der Mist, den seine Freunde durchgemacht hatten. Soweit er wusste hatte sie keine Ex-Freunde, die plötzlich auftauchen und ihr Schaden zufügen könnten. Sie war auch nicht mit einem Haufen Terroristen in einem entführten Flugzeug gewesen oder hatte für einen unbekannten Serienmörder gearbeitet. Aber er wusste so gut wie jeder andere, dass das Böse manchmal aus dem Nichts auftauchen konnte.

Sein erster Schritt würde sein, herauszufinden, was sie beschäftigte. Sobald sie sich damit befasst hatten, würde er dafür sorgen, dass sie wusste, wie sehr er sie liebte ... und dass er alles tun würde, um sie glücklich zu machen und zu beschützen.

Devyn wachte etwa eine Stunde, nachdem Lucky gegangen war, auf. Sie hatte leichte Kopfschmerzen, fühlte sich aber ansonsten überraschend gut. Sie hatte am Abend zuvor die Entscheidung getroffen, mit Lucky zu reden, und allein dieser Entschluss hatte ihr eine riesige Last von den Schultern genommen.

Sie hatte sich die letzten paar Tage lächerlich benommen, auch als Lucky vor ihrer Tür aufgetaucht war. Sie hatte sich wie ein unreifer Teenager verhalten. Diese Angst, das war nicht sie. Sie war sonst ein Mensch, der die Probleme beim Namen nennt. Das hatte sie nach all ihren Krankenhausaufenthalten gelernt. Schon als Kind hatte sie Ärzte und Krankenschwestern bevorzugt, die in Bezug auf schlechte Nachrichten nicht lange um den heißen Brei herumredeten. Es war besser zu wissen, worum es ging, um dann damit umgehen zu können.

Aber nachdem mehr als ein Jahr seit ihrem Umzug nach Killeen vergangen war, hatte das Geheimnis um Spencers Spielsucht sie völlig durcheinandergebracht. Sie war vielleicht noch nicht bereit, dem Rest ihrer Familie davon zu erzählen, aber sie wusste, dass sie Lucky zweifelsohne vertrauen konnte. Und die Tatsache, dass er das, was sie ihm erzählen würde, nicht an Fred weitergeben wollte, bedeutete ihr die Welt.

Sie war keine Idiotin. Sie wusste, wie nahe Lucky seinen Teamkameraden stand. Das musste er. Sie passten aufeinander auf, was ihnen auf Missionen das Leben retten könnte. Lucky zu bitten, die Sache geheim zu halten, könnte diese Nähe beeinflussen. Aber sie hoffte darauf, dass Spencer endlich seinen Kopf aus dem Sand ziehen und sich die Hilfe suchen würde, die er brauchte, bevor es so weit kam.

Aber als sie an ihr letztes Telefonat dachte, war sie sich dessen nicht so sicher. Es war kaum zu glauben, dass er einem Kredithai fünfzigtausend Dollar schuldete. Und die Tatsache, dass er dachte, er könnte von ihr fünf Riesen bekommen und sie in fünfzig verwandeln, war absolut lächerlich. Devyn hasste den Gedanken, dass ihr Bruder verletzt werden könnte, wenn er das geliehene Geld nicht zurückzahlte ... aber ein kleiner Teil von ihr konnte nicht anders, als zu glauben, dass ihm seine missliche Lage vielleicht einen Schubs geben würde, seine Sucht ernst zu nehmen.

Devyn streckte sich, stieg aus Luckys sehr bequemem Bett und ging in sein Badezimmer. Sie putzte sich die Zähne und bürstete ihre Haare. Dann ging sie aus dem Zimmer und die Treppe hinunter. Sie hatte sich nicht die Mühe gemacht, sich umzuziehen. In ihrer Jogginghose und dem Trägerhemd fühlte sie sich wohl. Sie musste sich nie Sorgen darum machen, einen BH zu tragen, da sie nur Körbchengröße B hatte – und das auch nur an guten Tagen und mit einem hochwertigen Push-up-BH. Sie hatte sich immer über ihre zu kleinen Brüste beklagt, aber nachdem Lucky sie mit seinen Augen praktisch verschlungen hatte, als sie bettfertig aus dem Badezimmer kam, fühlte sie sich in Bezug auf ihr Aussehen viel besser.

Angel und Whiskers schliefen in einem der Hundebetten, die Lucky letzte Woche gekauft hatte. Er hatte entschieden, dass das eine Bett, das sie am ersten Abend besorgt hatte, nicht ausreichte, und hatte dafür gesorgt, dass es in jedem Zimmer einen weichen Platz zum Schlafen für seine neuen Haustiere gab. Angel und Whiskers würden der verwöhnteste Hund und die verwöhnteste Katze der Weltgeschichte werden. Aber sie glaubte nicht, dass Lucky oder die Tiere sich darüber Sorgen machten.

Angel hob den Kopf, als Devyn in Sichtweite war, und senkte ihn dann sofort wieder. Devyn war begeistert. In den ersten paar Tagen nach der Adoption hatten Angel und Whiskers den Raum verlassen, wenn sie eintrat, es sei denn, Lucky war bei ihr. Also verbuchte sie es als großen Gewinn, dass sie inzwischen blieben.

»Guten Morgen, Mädels«, sagte Devyn fröhlich. »Hat Daddy euch schon rausgebracht? Er hat gesagt, er wollte es tun. Und ich bin sicher, ihr habt schon gefressen. Ihr habt vielleicht Angst vor Menschen, aber ihr wisst es besser, als beim Futter die Nase zu rümpfen, oder? Sehr schlau. Ich denke, ihr seid die klügsten Haustiere der Welt.« Sie wusste, dass sie Unsinn redete, aber sie wollte, dass sich die beiden an ihre Stimme gewöhnten.

Devyn trottete in die Küche, um Kaffee zu kochen, nur um festzustellen, dass Lucky das bereits getan hatte. Sie goss sich eine Tasse ein und wollte gerade einen Schluck nehmen, als sie einen Zettel auf dem Küchentresen bemerkte.

Sie stellte ihren Kaffee ab, hob den Zettel auf und lächelte, als sie Luckys chaotische, männliche Handschrift sah.

Der Kaffee ist fertig. Die Kinder waren schon draußen und haben gefressen. Ich habe gestern braunen Zucker gekauft, weil ich weiß, dass du deine Haferflocken süß magst. Wenn du brav bist und etwas Gesundes isst, halte ich auf dem Heimweg an und besorge ein paar Donuts.

Lucky

PS: Es war schön, dich letzte Nacht bei mir in meinem Bett zu haben ... und heute Morgen. Ich denke, wir sollten das zur Gewohnheit machen.

Devyn las die Notiz dreimal, bevor sie die Augen schloss und zufrieden seufzte. Das war typisch Lucky, kurz und bündig.

Wer hätte gedacht, dass Lucky so süß sein kann? Wenn ihr jemand vor fast einem Jahr, nachdem sie hierher umgezogen war, gesagt hätte, dass sie heute hier in ihrem Pyjama in Luckys Küche stehen und eine Notiz von ihm über ihre »Kinder« lesen würde, und dass es ihm gefiel, sie in seinem Bett zu haben ... hätte sie es nicht geglaubt.

Aber es fühlte sich so richtig an.

Scheiße ...

Sie liebte diesen Mann.

Zugegebenermaßen war sie deshalb hier. Lucky brauchte keine Hilfe mit Angel and Whiskers. Nach dem zu urteilen, was sie gesehen hatte, hatte er alles unter Kontrolle, sie einzugewöhnen und zu sozialisieren. Er war geduldig und freundlich und regte sich niemals auf. Er hatte nicht einmal mit der Wimper gezuckt, als er sein mit Kot bedecktes Badezimmer gesehen hatte.

Und sie hatte sich vollkommen sicher gefühlt, als sie in seinem Bett eingeschlafen war. Devyn hatte keine Angst gehabt, dass er sie ausnutzen würde. Und sie hatte sich nicht geirrt. Nicht nur das, er hatte ihr auch Kaffee gekocht und wollte ihr Donuts mitbringen. Wie perfekt konnte ein Mann sein?

Sie konnte es kaum erwarten, dass er nach Hause kam. Damit sie mit ihm reden konnte. Es würde sich gut anfühlen, ihre Sorgen über Spencer mit ihm zu teilen. Sie liebte ihren Bruder, was einer der Gründe war, warum sie wegen dieser Sache so durcheinander war. Sie wollte ihm helfen, aber sie wusste auch, dass er sich selbst helfen musste, bevor sich etwas ändern würde.

Devyn nahm den Zettel und ging zur Treppe. Sie musste ihn an einem sicheren Ort aufbewahren. Es war die erste Notiz von Lucky und sie wollte sie für immer in Ehren halten.

Jetzt benahm sie sich wieder wie ein dummer Teenager ... aber Devyn war das egal. Sie hoffte, dass Lucky ihr noch tausend Notizen schreiben würde, aber die erste war etwas Besonderes.

Dann ging sie wieder nach unten, nahm ihren Kaffee, setzte sich auf die Couch und wartete darauf, dass Lucky nach Hause kam, damit sie sich unterhalten konnten.

KAPITEL ACHT

Lucky öffnete seine Tür und lächelte bei dem Anblick, der sich ihm bot. Devyn saß auf dem Boden neben dem Hundebett und hatte ihren Rücken gegen die Couch gelehnt. Angel hatte ihren Kopf auf Devyns Knie und Whiskers lag auf ihrem Rücken im Bett, während Devyn ihren Bauch streichelte.

Das Lächeln, das Devyn ihm schenkte, war herzerwärmend.

»Sie mögen mich ... nun, jedenfalls heute Morgen«, sagte sie.

»Das sehe ich«, sagte er zu ihr und ging langsam auf das Trio zu, um die Tiere nicht zu erschrecken. Er ging vor ihnen in die Hocke und Angels Schwanz begann, hin und her zu wackeln. Es war das erste Mal seit ihrer ersten Begegnung im Tierheim, dass er diese Reaktion von ihr sah, und er war begeistert.

»Habt ihr einen guten Morgen?«, fragte er rhetorisch. »Wie ich sehe, habt ihr Dev um den kleinen Finger gewickelt, nicht wahr? Braver Hund, brave Katze. Die besten Haustiere der Welt«, summte er.

Devyn kicherte leise. »Ich bin froh, dass ich nicht die Einzige bin, die mit ihnen wie mit kleinen Kindern spricht.«

Lucky lächelte, drehte den Kopf herum und stellte fest, dass sein Gesicht nur Zentimeter von Devyns entfernt war. »Guten Morgen, meine Schöne.«

»Guten Morgen«, gab sie zurück und errötete ein wenig.

»Gut geschlafen?«, fragte er.

»Sehr gut. Und du?«

»So gut wie seit Langem nicht mehr, wenn du es genau wissen willst. Das muss an dem menschlichen Kissen gelegen haben, das sich an mich geschmiegt hat«, sagte er mit einem Lächeln.

Ihr Blick fiel auf die Tüte in seiner Hand. »Sind das Donuts?«

»Das hängt davon ab, ob du heute Morgen etwas Gesundes gegessen hast«, neckte er.

Devyn schmollte. »Ernsthaft?«

»Allerdings. Du warst diejenige, die gestern vierzehn verdammte Käsestangen verputzt hat.«

»Käse ist gesund«, protestierte sie.

»Vielleicht, aber du musst andere Sachen dazu essen, wie Gemüse und Obst. Und du brauchst Proteine. Pop-Tarts und Erdnussbuttereier passen in keine dieser Kategorien.«

»Willst du mir ernsthaft diese Donuts vorenthalten, bis ich etwas esse, das du für würdig hältst?«

»Ganz genau«, sagte Lucky und hatte keine Sekunde ein schlechtes Gewissen.

»Nun, dann ist es ja gut, dass ich schon eine Schüssel Haferflocken gegessen habe, nicht wahr?«, erwiderte sie.

Lucky lachte und erschreckte damit Angel, die sofort zurückwich.

»Tut mir leid, Mädchen«, sagte er leise zu ihr. »Ich wollte dich nicht erschrecken. Dev ist heute Morgen albern. Hat sie wirklich Haferflocken gegessen oder sagt sie das nur, um meine Donuts in die Finger zu bekommen? Vielleicht hat sie die Haferflocken an euch verfüttert, damit ich glaube, sie hätte sie gegessen, hm? Hattet ihr heute Morgen ein zweites Frühstück?«

»Hände weg von den Donuts und niemand wird verletzt«, warnte Devyn in gespielt ernstem Ton.

Gott, Lucky liebte es, mit Devyn zu scherzen.

Ohne nachzudenken, legte er seine Lippen auf ihre.

Beide erstarrten für einen kurzen Moment vor Überraschung, bevor Devyn seufzte, eine Hand hob und das T-Shirt vor seiner Brust mit ihrer Hand umklammerte.

Der Kuss verwandelte sich innerhalb von Sekunden von leicht und neckend zu tief und innig. Sie schmeckte nach braunem Zucker und Kaffee und Lucky konnte nicht genug davon bekommen.

Das hatte er nicht geplant, nicht jetzt. Aber er würde jede Sekunde genießen. Er streckte die Hand aus und legte eine Hand in Devyns Nacken, was die Intimität des Augenblicks verstärkte. Ihre Zungen bewegten sich im Einklang und lernten den Geschmack und das Gefühl voneinander kennen.

Nach einer gefühlten Ewigkeit, was wahrscheinlich nur etwa fünfzehn Sekunden gewesen waren, spürte Lucky einen Stoß gegen sein Knie. Er zog sich zurück, leckte sich über die Lippen und starrte Devyn an. Er versuchte zu entscheiden, ob er sie direkt hinter ihnen auf die Couch werfen oder sie über die Schulter legen und nach oben in sein Bett bringen sollte.

Aber ein leises Geräusch erregte seine Aufmerksamkeit und Lucky sah nach unten.

Angel stand neben ihm und als er sie anschaute, legte sie eine Pfote auf sein Knie und wimmerte.

Lucky hatte seine Hand nicht von Devyns Nacken genommen und fühlte sowie hörte, wie sie kicherte. »Ich glaube, sie ist eifersüchtig.«

Lucky bewegte sich langsam und streckte seine freie Hand aus. »Bist du das, mein Mädchen? Bist du eifersüchtig? Das brauchst du nicht zu sein. Du wirst immer meine Nummer eins sein. Aber Dev wird auch oft hier sein und ich werde sie wieder küssen. Damit musst du also klarkommen. Aber dass ich sie küsse, bedeutet nicht, dass du weniger wichtig bist. Nein, du bist mein hübsches Mädchen. Und Whiskers auch.« Lucky wusste, dass er Unsinn redete, aber er konnte nicht leugnen, dass es ihm gefiel, dass Angel diese Art der Zuneigung zeigte. Für viele Dinge war es an diesem Morgen das erste Mal und er hätte nicht glücklicher sein können.

Lucky streichelte sanft über Angels Kopf und rieb ihre Ohren, als er zurück zu Devyn sah. »Das war ...« Ihm fehlten plötzlich die Worte.

»Toll? Wunderbar? Ziemlich umwerfend?«, sagte Devyn mit einem Lächeln.

»Ja, genau das«, stimmte Lucky zu.

Angel war anscheinend damit fertig, ihre Zuneigung zu zeigen, drehte sich um und ging zurück zu ihrem Hundebett, um sich an Whiskers zu schmiegen, die sofort zu schnurren anfing.

Ihre schnelle Bewegung setzte die Luft um ihn herum in Bewegung und Lucky bemerkte, dass er stank. Er rümpfte die Nase. »Ich brauche eine Dusche.«

Devyn lächelte. »Ja, das tust du. Bist du heute Morgen einen Marathon gelaufen oder was?«

»Nur fünfzehn Kilometer. Nun, eigentlich fast zwanzig, nachdem Brain etwas gesagt hatte, das Trigger verärgert hat. Danach hat er uns noch weiterlaufen lassen.«

»Ach, nur zwanzig, du Faulpelz«, scherzte Devyn.

Lucky schüttelte den Kopf und stand auf.

»Hey!«, sagte Devyn und griff nach dem Saum seiner Shorts.

Luckys Gehirn bekam fast einen Kurzschluss, als er ihre Finger so nahe an seinem Schwanz spürte. Er schaffte es gerade so, seine Reaktion zu unterdrücken, um ihr nicht seine Erektion ins Gesicht zu halten.

»Ja?«, fragte er.

»Gib mir meine Donuts«, forderte sie und streckte ihre Hand aus.

Lucky brach wieder in Gelächter aus. Er hatte an diesem Morgen so viel gelacht wie schon seit Langem nicht mehr. »Stimmt, tut mir leid. Hier sind sie«, sagte er und hielt die Tüte hoch, als wäre sie eine Bombe, die bei der geringsten Bewegung explodieren könnte.

Devyn strahlte, schnappte sie sich und schaute sofort hinein.

»Ich wusste nicht, was du magst, also habe ich einen mit Zuckerguss, einen mit Cremefüllung und Schokoguss, eine Zimtschnecke und einen Kuchendonut mitgebracht.«

»Ich mag sie alle«, sagte Devyn mit einem Lächeln. »Welcher ist dein Favorit?«

»Normalerweise esse ich keine Donuts«, antwortete Lucky ehrlich.

»Wenn ich dir eine Waffe an den Kopf halten und dir sagen würde, dass du einen essen musst, für welchen würdest du dich entscheiden?«, fragte sie immer noch lächelnd.

»Die Zimtschnecke.«

»Okay, ich hebe sie für dich auf«, sagte Devyn. »Aber wenn du zehn Jahre unter der Dusche stehst, kann ich nicht garantieren, dass sie immer noch da ist, wenn du zurückkommst.«

»Ich werde keine zehn Jahre brauchen«, erwiderte Lucky. »Und wenn du sie alle essen willst, dann tu das. Ich kann mehr holen.«

»Ich bin mir nicht sicher, ob mein dicker Hintern vier Donuts vertragen kann. Wahrscheinlich nicht einmal einen«, murmelte sie.

Lucky griff nach unten und legte seinen Finger unter ihr Kinn, sodass sie ihn ansehen musste. Als er sicher war, dass sie zuhörte, sagte er: »Ich glaube, ich habe vorhin bewiesen, dass ich dich genau so mag, wie du bist. Es wäre mir egal, ob du fünfzig Kilo zu- oder abnimmst. Beides wäre nicht gerade gesund, aber ich würde dich deshalb nicht weniger mögen oder wollen. Es ist mir egal, wenn du nicht gern trainierst oder jeden Abend eine Stunde Yoga machst. Ich möchte, dass du gesund bist, weil ich dich noch lange bei mir haben möchte. Aber egal, was du willst, ich werde immer alles dafür tun, damit du glücklich bist, okay?«

Sie schluckte schwer, bevor sie nickte. »Okay.«

Er wich zurück und ging zur Treppe, ohne den Blick von ihr abzuwenden.

Als er die erste Stufe erreichte, blickte Lucky zurück und sagte: »Das war der beste Kuss, den ich in meinem Leben hatte. Und das sage ich nicht nur. Das mit uns wird funktionieren, Dev. Ich werde alles in meiner Macht Stehende tun, um herauszufinden, was dich belastet, und wir werden es durchstehen. Du weißt, was ich beruflich tue, und wenn du damit umgehen kannst, können wir *alles* bewältigen – buchstäblich.

Ich bin gleich zurück, nachdem ich geduscht habe, und dann reden wir. Danach gehen wir mit den Mädchen raus und schauen, ob wir sie zu einem kleinen Spaziergang überreden können. Das habe ich noch nicht gemacht. Ich habe sie bisher nur im Garten herumgeführt, also weiß ich nicht, wie es laufen wird. Aber wir werden es versuchen. Und ich weiß, dass du heute Nachmittag arbeiten musst, aber ich kann dich absetzen und dann zum Stützpunkt fahren. Dann kann ich dich abholen, wenn deine Schicht vorbei ist, und dich zum Abendessen hierher zurückbringen. Und dann werden wir entscheiden, was wir für den Rest des Abends machen. Ist das für dich in Ordnung?«

»Ja«, sagte sie leise.

»Gut.«

Lucky wollte noch viel mehr sagen. Er wollte ihr sagen, dass er sie liebte und dass er am Boden zerstört wäre, wenn sie beschließen sollte, dass sie nicht mit ihm zusammen sein will.

Aber stattdessen drehte er sich um und ging die Treppe hinauf zu seinem Schlafzimmer. Er wusste, dass dies die schnellste Dusche seit Langem sein würde. Er wollte so viel Zeit wie möglich mit Devyn verbringen. Er war gern in ihrer Nähe. Geplänkel hin oder her. Und er konnte nicht anders, als zuzugeben, dass er vor Neugierde starb, zu erfahren, was ihr auf der Seele lag.

Devyn ließ sich gegen die Couch zurückfallen und stieß mit einem langen Zischen den Atem aus, den sie angehalten hatte. Großer Gott, dieser Mann war tödlich. Er war ein Meister im Küssen. Sie hatte noch nie zuvor eine Gänsehaut vom Küssen bekommen. Aber in der Sekunde, in der ihre Zungen sich berührten, war sie hin und weg gewesen. Als er dann ihren Nacken berührt hatte, war sie einfach dahingeschmolzen.

Sie setzte sich auf und blickte auf die Tiere hinunter. »Euer Dad ist tödlich«, flüsterte sie. Weder Angel noch Whiskers antworteten, sie sahen sie nur an.

Langsam stand Devyn auf und brachte die Tüte mit den Donuts in die Küche. Sie hatte mit ihrer Besessenheit über diese Leckereien vielleicht übertrieben, aber das bedeutete nicht, dass sie sie nicht genießen würde. Sie war nicht sehr wählerisch, wenn es um Donuts ging. Sie mochte so ziemlich alles ... außer Erdbeerglasur. Es war einfach falsch, einen Donut mit Fruchtglasur zu überziehen.

Als Lucky wieder die Treppe hinunterkam, hatte sie den glasierten Donut und die Hälfte des Kuchendonuts gegessen. Sie nahm den mit Creme gefüllten in die Hand, um Lucky ein bisschen zu quälen. Sie wollte ihn so verrückt machen, wie sie sich jedes Mal fühlte, wenn sie in seiner Nähe war. Und wenn die Creme ihn vielleicht an Sex denken ließ und ihn dazu brachte, sie wieder zu küssen, war es einen Versuch wert.

Devyn nahm an, dass sie sich ein bisschen schämen sollte, so offen zu sein, aber das tat sie nicht. Sie hatte monatelang darauf gewartet zu sehen, was Lucky in seiner Unterhose versteckte, und sie würde sich nehmen, was sie wollte. Sie hatte unglaublich gern in seinem Bett geschlafen und es genossen, die ganze Nacht von ihm gehalten zu werden, aber heute Nacht wollte sie mehr als nur eine Kuschelrunde. Es war verdammt lange her, seit sie einen Orgasmus hatte, den sie sich nicht selbst besorgt hatte. Heute Nacht würde ihre Nacht werden. Ihre Nacht.

Sie würde ihr Gespräch hinter sich bringen, ihre Schicht arbeiten und dann würde sie nach dem Abendessen Luckys Hand nehmen, ihn die Treppe hinaufführen und ...

»Ich bin überrascht, dass du sie noch nicht alle aufgegessen hast.«

Devyn zuckte überrascht zusammen, drehte sich um und sah Lucky auf sich zukommen. Er machte einen Umweg, um Angel und Whiskers zu streicheln, bevor er zu ihr an den Tisch kam, sich hinunterbeugte und sie auf den Kopf küsste. Schließlich ging er zum Schrank und holte eine Tasse heraus, um sich einen Kaffee einzuschenken. Er gesellte sich zu ihr an den Tisch und griff nach der Zimtschnecke.

Er roch göttlich. Welche Seife oder Duschgel er auch immer benutzte, sie wollte auf seinen Schoß kriechen, ihn festhalten und nie wieder loslassen. Er roch nicht fruchtig oder übermäßig parfümiert, er roch einfach frisch und sauber. Sie liebte diesen Geruch schon, seit sie ihn das erste Mal wahrgenommen hatte. Und sie liebte ihn jeden Tag mehr.

Sie sah selbstbewusst an sich herunter. Sie hatte sich heute Morgen die Haare gebürstet, aber sie trug immer noch ihren Pyjama, während er eine Cargohose anhatte, in die er sein armeegrünes T-Shirt gesteckt hatte. Sein Bizeps wölbte sich bei jeder Bewegung ... und plötzlich fühlte sie sich wie eine Vogelscheuche. Sie hätte duschen und sich schminken sollen, bevor er nach Hause kam. Aber sie war überwältigt gewesen von der süßen Nachricht, die er ihr hinterlassen hatte. Und dann waren Angel und Whiskers zu ihr gekommen und sie wollte weiter ihr Vertrauen gewinnen.

»Was ist los?«, fragte Lucky. Es schien, dass er stets ihre Gefühle lesen konnte.

»Ich fühle mich ein wenig unpassend gekleidet«, sagte sie mit gerümpfter Nase.

»Wenn du mich fragst, hast du viel zu viel an, aber das ist eine andere Geschichte. Du siehst gut aus, Dev.«

Okay, also gut, zumindest waren sie sich einig, was heute Abend hoffentlich passieren würde.

Ohne nachzudenken, griff Devyn nach dem mit Creme gefüllten Donut und biss kräftig hinein. Wie vorherzusehen war, sickerte die Füllung an der Seite des Donuts heraus und sie leckte mit ihrer Zunge darüber, um zu verhindern, dass sie hinunter auf den Tisch oder den Boden tropfte.

Sie sah zu Lucky hinüber und hätte über seinen Gesichtsausdruck gelacht, wenn ihr Mund nicht voll gewesen wäre. Abgelenkt von seinem Blick, hatte sie ganz vergessen, dass sie den Donut so sexy wie möglich essen wollte, um ihn zu verführen, aber es schien, als hätte sie genau das getan, ohne es überhaupt darauf anzulegen.

Langsam und genüsslich leckte sie die Creme und den Zuckerguss von ihren Fingern ab, da sie wusste, dass sie Lucky damit quälte.

»Hab Mitleid mit mir, Frau«, sagte Lucky in leisem, schroffem Ton.

Diesmal lachte sie. »Du musst zugeben, dass du dir das selbst eingebrockt hast, indem du einen mit Creme gefüllten Donut gekauft hast.«

»Ich hatte nicht erwartet, dass du mich damit folterst«, beschwerte sich Lucky, als er nach ihrer Hand griff. Er nahm ihr den Donut aus den Fingern und ließ ihn vor ihr auf den Teller fallen. Dann schockte er Devyn, indem er ihre Hand an seinen Mund führte. Seine Lippen schlossen sich um ihren Finger und er leckte die Creme ab, die ihr entgangen war. Dann fuhr er mit seiner Zunge den Finger entlang bis zu dem Gewebe zwischen ihren Fingern und leckte darüber.

Diese Aktion war so verdammt sinnlich, dass Devyn ihre Oberschenkel zusammenpresste, um ihre Erregung zu kontrollieren. »Lucky ...«, beschwerte sie sich.

»Rollenwechsel«, sagte er, während er weiterhin praktisch Liebe mit ihrer Hand machte. Er stoppte, lange bevor sie genug hatte, und lehnte sich zurück. Sie starrten einander lange an.

»Das ist fast außer Kontrolle geraten«, sagte er schließlich.

»Meinst du?«, erwiderte sie trocken.

Beide lachten.

»Also gut, geh und wasch dir die Hände, Dev. Ich räume den Tisch ab und dann reden wir, okay?«

»Ja«, sagte sie. Sie wollte dieses Gespräch nicht wirklich führen, aber gleichzeitig brauchte sie es. Sie musste es hinter sich bringen. Sie wusste, dass sie sich besser fühlen würde, wenn sie die Last von Spencers Geheimnis nicht mehr allein auf ihren Schultern tragen musste. Aber sie wusste nicht, wie Lucky reagieren würde. Er könnte sich fragen, worüber in aller Welt sie so aufgebracht war, oder er könnte sauer sein oder sogar selbst mit Spencer sprechen wollen.

Aber unterm Strich wusste sie zweifelsohne, dass Lucky alles tun würde, damit sie sich besser fühlte. Egal was es kostete.

Bei diesem Gedanken stand sie auf und ging zur Spüle.

Es war an der Zeit. Sie war froh, dass er das Thema wieder aufgebracht hatte. Sie hatte es satt, all diese Angst in sich hineinzufressen. Sie musste erwachsen werden und über ihre Sorgen sprechen. Und sie konnte sich keinen besseren Gesprächspartner vorstellen als Lucky.

Sie räumten gemeinsam die Küche auf. Er stellte die Kaffeetassen in die Spüle und holte zwei Flaschen Wasser heraus. Sie warf die Donuttüte in den Müll und wickelte die Reste ein. Sie würde die guten Donuts nicht wegwerfen. Sie fand, dass sie ein ziemlich gutes Team waren, und genoss es,

Lucky absichtlich zu streifen, wenn sie in seiner riesigen Küche aneinander vorbeigingen.

Dann nahm er ihre Hand und führte sie zurück zum Sofa. Sie setzte sich in die Mitte und war nicht überrascht, als Lucky sich neben sie setzte. Er drehte sich so, dass sein Knie ihren Oberschenkel berührte. Er öffnete den Mund, um etwas zu sagen, aber Devyn kam ihm zuvor.

»Ich glaube, Spencer ist spielsüchtig.« Sie platzte einfach damit heraus und entschied, dass es besser war, es schnell herauszulassen, als lange darüber nachzudenken, wie man es am besten zur Sprache brachte.

Lucky blinzelte, reagierte aber sonst nicht. »Warum fängst du nicht von vorne an?«, schlug er vor.

Sie schätzte seine Gelassenheit, obwohl sie merkte, dass er nicht gerade glücklich war.

»Ich habe mir anfangs nichts dabei gedacht, dass er mich um Geld gebeten hat. Er kam vorbei, aß mit mir zu Abend und fragte dann, ob er sich bis zu seinem nächsten Zahltag zwanzig, fünfzig oder hundert Dollar leihen könne. Natürlich sagte ich Ja. Aber nach dem dritten Mal habe ich nachgehakt. Er gab zu, dass er einige Geldprobleme hatte. Er tat mir leid, also gab ich ihm ein bisschen mehr, weil er sagte, er habe Probleme, seine Miete zu bezahlen.«

»Lass mich raten, das war nicht das letzte Mal, dass er dich um Geld gebeten hat«, sagte Lucky trocken.

»Nein, es kam schließlich zu dem Punkt, an dem er sich zu viel geliehen hatte und ich versuchte, ihm aus dem Weg zu gehen, wobei ich wirklich ein schlechtes Gewissen hatte. Eines Tages rief meine Mom an und sagte, Spence habe ihr erzählt, dass ich mich ihm gegenüber komisch benehme und er verärgert darüber sei. Dass meine Mutter mir Schuldgefühle machte, half nicht, also stimmte ich das nächste Mal zu, als Spencer wieder vorbeikommen wollte.

Er verhielt sich normal und ich war erleichtert. Aber nachdem er gegangen war ... bemerkte ich, dass einige Dinge aus meiner Wohnung fehlten.«

»Er hat dich bestohlen?«, fragte Lucky ungläubig.

»Ja, nichts Großes, etwas Modeschmuck, den er wahrscheinlich für wertvoller hielt, als er war, und etwa vierzig Dollar in Scheinen, die ich in ein Glas mit Münzen gestopft hatte«, sagte Devyn.

»Was für ein Arschloch«, murmelte Lucky leise.

Devyn sah auf ihren Schoß hinunter und versuchte, nicht zu weinen. Sie sollte nicht so verärgert über Dinge sein, die eine scheinbare Ewigkeit her waren. Aber sie war es. »Ich habe ihn sofort darauf angesprochen, aber er hat alles abgestritten. Er sagte, ich hätte das Geld wahrscheinlich ausgegeben und es vergessen. Und den Schmuck müsse ich einfach verlegt haben. Er versuchte, es so zu drehen, dass ich versuchen würde, ihn in Schwierigkeiten mit Mom und Dad zu bringen, und dass ich ein verwöhntes Gör sei. Es hat mich tatsächlich überrascht, wie schnell er sauer auf mich wurde.«

»Das ist der Grund, warum du Missouri verlassen hast, nicht wahr?«, fragte Lucky. Er nahm ihre Hand und strich mit seinem Daumen darüber.

Devyn nickte.

Einige Augenblicke vergingen, während sie darüber nachdachte, wie sie Lucky den nächsten Teil am besten erzählen könnte. Sie wusste, dass er es nicht gut aufnehmen würde. Und selbst nach allem, was Spencer getan hatte, um ihre Gefühle zu verletzen, fühlte sie sich trotzdem so, als würde sie ihn hintergehen.

Aber Lucky drängte sie nicht und unterbrach ihre Gedanken nicht. Er ließ sie die Dinge durchdenken und selbst bestimmen, wann und wie sie ihre Geschichte fortsetzen sollte. Devyn entschied, dass es am besten war, so direkt zu sein wie bei allem anderen, holte tief Luft und fuhr fort.

»Danach habe ich Spencer ein paar Monate lang nicht gesehen. Aber eines Tages kam ich von der Arbeit nach Hause und er war in meiner Wohnung. Ich hatte vergessen, dass ich ihm für den Notfall einen Schlüssel gegeben hatte. Er hatte einen großen Karton bei sich und stopfte alles hinein, von dem er glaubte, dass er es verkaufen könnte. Ich war so wütend ... aber auch besorgt um ihn. Ich habe ihn offen gefragt, ob er drogenabhängig ist. Er hatte mir nie wirklich erzählt, wofür er das ganze Geld brauchte, und das war das Einzige, was mir in den Sinn kam.

Er sah mich ehrlich schockiert an und bestritt es. Er zeigte mir seine Arme, und da waren keine blauen Flecke oder Ähnliches. Nun, ich weiß, dass sich Leute auch an anderen Stellen einen Schuss setzen können – zwischen ihren Zehen oder so –, aber ich habe ihm geglaubt. Er wirkte nicht high oder als wäre er auf irgendwelchen Drogen. Schließlich brachte ich ihn dazu zuzugeben, dass er das Geld verspielt hatte. Aber er versicherte mir schnell, dass er nicht spielsüchtig sei, dass er jederzeit aufhören könne. Ich lachte darüber, und das hat ihn wirklich verärgert. Er hat geschworen, dass es ihm gut ginge und dass er mir den Wert der Sachen, die er gestohlen hat, zurückzahlen würde. Dann versicherte er mir, dass er eines Tages den großen Gewinn abräumen und ich es bereuen würde, gelacht zu haben. Er würde Millionär sein und mir keinen Cent abgeben. Ich habe ihm gesagt, dass ich sein Geld nicht will, sondern einfach nur ein bisschen Zeit mit ihm verbringen wollte, ohne mir Sorgen machen zu müssen, dass er mich ausraubt.«

Als sie sich daran erinnerte, was als Nächstes geschah,

lief ihr die erste Träne über die Wange. Es war fast nicht zu glauben, was passiert war. Damals nicht, mitten in ihrem Streit, und auch heute, über ein Jahr später, war es immer noch schwer zu begreifen.

Während Devyn versuchte, sich zu kontrollieren und keinen Weinkrampf zu bekommen, zuckte sie überrascht zusammen, als Angel neben ihr auf die Couch hüpfte. Der zerzauste Hund schnüffelte an ihrer Hand und Devyn streichelte pflichtbewusst ihren Kopf. Angel ließ sich neben ihr nieder, streckte sich aus und legte den Kopf auf Devyns Bein.

Sie blickte zu Lucky auf und flüsterte: »Hat sie das schon mal gemacht?«

»Nein«, sagte Lucky leise. »Sie hat noch nie auf diese Art Streicheleinheiten von mir verlangt.«

Devyn blickte zurück auf die Hündin, die praktisch auf ihrem Schoß lag. Ihr Fell war immer noch ein Durcheinander. Sie sah aus, als wäre sie gerade aus einem langen Schlaf erwacht, da ihr buchstäblich die Haare zu Berge standen. Aber mit ihren liebevollen braunen Augen starrte sie Devyn an und sie wollte am liebsten dahinschmelzen. Sie streichelte den Hund mit einer Hand, während Lucky die andere immer noch festhielt.

»Ich glaube, es gefällt ihr nicht, dass du so aufgebracht bist«, sagte Lucky. »Ich kann nicht behaupten, dass es mir gefällt.«

Whiskers saß auf dem Boden vor der Couch und schaute mit besorgtem Blick zu ihrem Beschützer auf. Es war offensichtlich, dass sie versuchte zu entscheiden, was sie tun sollte. Am Ende hüpfte sie auf die Couch und machte es sich neben Angel bequem.

»Jetzt seid ihr alle hier eingeklemmt«, sagte Lucky mit einem Lächeln.

Devyn nickte und holte tief Luft. Sie wischte ihre Tränen weg und fuhr mit ihrer Geschichte fort. »In Ordnung, Spencer dachte also, der nächste große Gewinn stünde gleich vor der Tür. Er hatte tatsächlich die Frechheit, mich um tausend Dollar zu bitten. Der Karton mit meinem Kram, den er stehlen wollte, stand neben ihm auf dem Boden, und er wollte sich trotzdem noch Geld leihen. Ich lachte wieder. Ich konnte nicht anders. Ich sagte ihm, dass ich ihm niemals so viel Geld zum Verschleudern geben würde, selbst wenn ich es hätte. Das hat ihm nicht gefallen. Er sagte, ich sei egoistisch und sei das schon immer gewesen. Ich würde ihm etwas schulden, weil ich ihm seine Kindheit versaut habe, da Mom und Dad immer bei mir im Krankenhaus waren. Wir gerieten in einen großen Streit und schrien uns gegenseitig an. Ich habe Dinge gesagt, die ich heute bereue, und ich möchte glauben, dass er das, was er gesagt hat, auch bereut. Irgendwann versuchte ich, ihn zur Tür zu drängen, um ihn zum Gehen zu bewegen, und er schubste mich zurück. Er hat mich so hart geschubst, dass ich gestolpert bin, das Gleichgewicht verloren habe und gegen den Tisch geknallt bin. Daher stammte dieser hässliche blaue Fleck, den Kinley gesehen hat, als ihr mir beim Einzug in meine Wohnung geholfen habt.«

Als Lucky nichts sagte, riskierte Devyn einen Blick zu ihm hinüber.

Scheiße, er sah verdammt wütend aus.

»Dein Bruder hat Hand an dich gelegt? Er hat dir wehgetan?«

Devyn schüttelte den Kopf. »Es war ein Unfall. Er wollte mich nicht so stark schubsen.« Sie war sich nicht sicher, warum sie versuchte, ihren Bruder in Schutz zu nehmen. Sie wusste, dass sein Stoß beabsichtigt war.

»Blödsinn, er wusste, was er tat«, sagte Lucky mit angespannter Stimme. »Und selbst wenn ihr Zwillinge wärt, es ist niemals in Ordnung, jemand anderem wehzutun.«

Devyn konnte nicht leugnen, dass Luckys Wut und seine Unterstützung sich verdammt gut anfühlten. »Jedenfalls«, sagte sie, »bin ich gestürzt und er ist ohne ein weiteres Wort verschwunden. Ich wusste, dass ich danach nicht in Missouri bleiben konnte.«

»Weil du Angst hattest, dass er dir wieder wehtut«, unterbrach Lucky.

»Nein, weil ich wusste, dass er nie aufhören würde, mich um Geld zu bitten. Er war verzweifelt, Lucky. Das konnte ich in seinen Augen sehen. Und dass er sich in meine Wohnung schlich und versuchte, meinen Kram zu stehlen, machte es überdeutlich. Ich rief ihn später am Abend an und bat ihn, sich Hilfe zu holen. Er sollte zu den Anonymen Spielern oder so gehen. Aber wieder bestritt er, dass er ein Problem hatte. Er sagte, er würde sich das Geld woanders besorgen, wenn ich ihm nicht helfe. Ich mochte den Gedanken nicht, war aber irgendwie erleichtert, dass ich mich nicht mehr darum kümmern musste. Trotzdem habe ich mir die Geschichte ausgedacht, dass mein Chef mich angemacht hat, und bin innerhalb weniger Tage abgehauen. Ich wollte nicht, dass Mom und Dad von Spencers Problemen erfahren.«

»Warum nicht?«, fragte Lucky.

»Weil sie am Boden zerstört wären. Er hat sich immer so sehr um ihre Bestätigung bemüht. Ich nehme an, weil er sich in dem Durcheinander während unserer Kindheit verloren fühlte. Ich bekam wegen der Leukämie all ihre Aufmerksamkeit und meine älteren Schwestern hatten ihre Freundinnen und Jungs, die sich für sie interessierten. Fred war es ehrlich gesagt egal. Aber Spencer war das immer wichtig. Er sehnte sich nach ihrer Zustimmung. Ich wollte Mom und Dad nichts von meinem Verdacht erzählen, weil sie von ihm enttäuscht wären. Sie hatten sich aufgrund des Stresses wegen meiner Krankheit fast scheiden lassen. Ich möchte ihnen nicht noch mehr Stress machen.«

»Warum hast du Grover nichts davon erzählt, als du hierhergezogen bist?«

»Weil er richtig sauer auf Spencer werden würde, und das wollte ich auch nicht. Es gab schon immer ein gewisses Konkurrenzdenken zwischen ihnen, mehr von Spence als von Fred. Er hat schon immer versucht, dem Ruf seines großen Bruders gerecht zu werden ... was ihm nicht gelungen ist. Verstehst du es nicht, Lucky? Ich möchte nicht der Grund sein, warum meine Familie auseinanderbricht«, sagte Devyn und gestand endlich ihre tiefste Angst. »Und wenn Fred wüsste, dass Spencer wegen Geld hinter mir her ist, würde er ausrasten. Er würde es Mom und Dad erzählen, sie würden sich aufregen, meine Schwestern würden davon erfahren und Spencer anschreien ... es wäre eine Katastrophe.«

»Du versuchst also, allein damit fertigzuwerden«, sagte Lucky. »Du stellst dein ganzes Leben auf den Kopf, um deinen Bruder zu beschützen.«

Devyn zuckte mit den Schultern. »Ja.«

»Und jetzt ruft er dich wieder an. Ich vermute, weil er mehr Geld von dir will.«

Devyn nickte und weigerte sich, Lucky anzusehen. Sie wusste nicht, warum sie sich schämte, obwohl Spencer derjenige war, der sich schlecht fühlen sollte.

»Sieh mich an, Dev.«

Sie holte tief Luft und tat es.

»Danke, dass du es mir erzählt hast. Ich weiß, dass das nicht einfach war.«

»Du darfst es nicht Fred verraten«, sagte sie und biss sich auf die Lippe.

Lucky zog mit seinem Daumen ihre Lippe zwischen ihren Zähnen heraus und legte dann seine riesige Hand an die Seite ihres Halses. »Das werde ich nicht. Solange Spencer nichts Dummes tut, wie in deine Wohnung einzubrechen, dich wieder zu bestehlen oder dich anzufassen.«

»Er ist immer noch in Missouri. Das wird nicht passieren.«

»Ich weiß, aber trotzdem. Du weißt, dass du niemandem helfen kannst, bis er sich wirklich selbst helfen will, oder?«

»Ich weiß. Aber ... es geht ihm schlechter«, gab Devyn zu.

»Wieso?«

»Er hat mich kürzlich angerufen und gesagt, er brauche fünfzigtausend Dollar«, sagte Devyn.

Lucky schüttelte den Kopf und stieß die Luft aus. »Das ist eine Menge Geld.«

»Ich weiß. Er bat mich um Hilfe und sagte, er sei in Schwierigkeiten. Wenn ich ihm fünftausend geben könnte, wüsste er, wie er daraus fünfzig machen könnte.«

»Du weißt, dass die Wahrscheinlichkeit, dass ihm das gelingt, extrem gering ist, besonders angesichts seiner bisherigen Erfolgsbilanz«, stellte Lucky fest.

»Natürlich, er hat noch schlimmere Sachen gesagt und dann behauptet, dass es meine Schuld sei, wenn seine Leiche irgendwo in einem Maisfeld gefunden wird.«

»Komm her«, sagte Lucky und griff nach ihr.

Devyn saß schließlich auf Luckys Schoß, während Angel sich gegen ihre Beine drückte, die auf dem Sofa ruhten. Sie legte ihren Kopf auf Luckys Brust und hielt ihn so fest sie konnte fest. So in seinen Armen zu sein fühlte sich unglaublich an. Sie fühlte sich sicher.

»Es tut mir leid, Dev. Es muss sehr schwer gewesen sein, das alles für dich zu behalten.«

Sie nickte.

»Du kannst immer zu mir kommen und mir alles erzählen. Ich mag vielleicht nicht alles, was du sagst, aber das bedeutet nicht, dass ich nicht zuhören oder alles tun werde, um dir bei der Lösungssuche zu helfen, okay?«

»Okay«, sagte sie leise.

»Es hört sich so an, als hätte dein Bruder sich Geld von den falschen Leuten geliehen.«

Sie nickte erneut.

»Glaubst du, er blufft?«

»Ich weiß es nicht, es ist möglich. Ich nehme an, er würde alles tun oder sagen, um Geld zum Spielen zu bekommen. Es ist wirklich eine Sucht, wie Drogen. Ich glaube nicht, dass er sich selbst helfen kann. Er glaubt wirklich, dass er nur eine Wette davon entfernt ist, groß rauszukommen.«

»Was willst du tun?«, fragte Lucky.

Devyn schätzte diese Frage mehr, als er sich vorstellen konnte. Er versuchte weder, eine Entscheidung für sie zu treffen, noch ihr zu sagen, was sie tun sollte, oder dass Spencer verloren war und sie ihn abschreiben sollte. Sie war verärgert über ihren Bruder und konnte nicht glauben, dass er sich in diese Situation gebracht hatte, aber sie machte sich trotzdem Sorgen um ihn. »Ganz ehrlich? Ich will ihm am liebsten fünfzigtausend Dollar geben und ihn dann zwingen, eine Therapie zu machen. Aber erstens habe ich nicht so viel Geld und zweitens nützt es nichts, wenn er keine Hilfe annehmen will. Genau wie du es bereits gesagt hast.«

»Was kann ich für dich tun?«, fragte Lucky.

»Das hier«, antwortete Devyn sofort. »Halt mich, wenn

ich traurig bin, lass mich deine wunderbaren Haustiere streicheln, damit ich mich besser fühle, und unterstütze mich, ohne verurteilend zu sein oder die Kontrolle zu übernehmen.«

»Ich muss zugeben, dass ich in der Wertungskategorie nicht sehr gut abschneide«, sagte Lucky in ihr Haar. »Aber ich versuche es. Wie du schon sagtest, ich habe keine Geschwister, also fällt es mir schwer, so locker damit umzugehen.«

Devyn sah zu Lucky auf. »Du wirst es Fred wirklich nicht sagen?«

Er seufzte. »Nein, im Moment nicht. Ich mag es nicht, über wie viel Geld wir hier reden. Wenn Spencer nicht gelogen hat, sind fünfzig Riesen eine Menge Geld, und ein Kredithai kann sehr wohl Gewalt anwenden, um es von ihm zu bekommen. Aber wie ich dir versprochen habe, bleibt das, worüber wir sprechen, unter uns, solange dein Leben nicht in Gefahr oder deine Krankheit zurückgekehrt ist.«

»Es tut mir leid«, platzte Devyn heraus.

Lucky runzelte die Stirn. »Was?«

»Dass du das vor Fred geheim halten musst. Ich weiß, ihr steht euch sehr nahe, und dein erster Instinkt ist, mit ihm darüber zu reden, aber ... ich möchte meiner Familie nicht wehtun.«

Lucky küsste sie auf die Stirn. »Dein Mitgefühl ist eines von vielen Dingen, die ich an dir liebe. Dein Mitgefühl für Tiere, für deine Freunde und deine Familie.«

Devyns Herz hörte für einen Moment auf zu schlagen. Hatte er gerade das gesagt, was sie meinte, gehört zu haben? Sie war zu feige, um ihn zu bitten, es zu wiederholen, also vergrub sie einfach ihren Kopf wieder an seiner Brust und hielt sich fest.

Konnte er sie wirklich lieben? Sie waren noch nicht sehr

lange zusammen. Aber es war nicht so, als hätten sie sich gerade erst kennengelernt. Sie wusste viel über den Mann, auf dessen Schoß sie saß, weil sie so viele Monate mit Fred und seinen Freunden verbracht hatte.

Sie waren schon Freunde, lange bevor sie miteinander ausgegangen waren, weshalb sie ohne jeden Zweifel wusste, dass sie es schwer haben würde, jemanden zu finden, der besser war als Lucky. Er war einer der Hauptgründe, warum sie die Stadt nicht verlassen hatte, um irgendwo neu anzufangen.

Devyn liebte diesen Mann. Das tat sie. Und sie konnte sich nicht mehr vorstellen, ihn nicht jeden Tag zu sehen oder mit ihm zu sprechen. Sie hatte bereits vorgehabt, mit ihm zu schlafen, aber jetzt, da er so gut wie zugab, dass er sie auch liebte? Sie konnte diesen Abend kaum erwarten.

Nach ein paar Minuten fragte er: »Bist du okay?«

Devyn nickte.

»Wenn er noch einmal anruft, sagst du mir Bescheid?«

»Ja, aber ich habe nicht vor, seinen Anruf anzunehmen, wenn er versucht, mich zu kontaktieren. Spencer ist erwachsen und diesmal kann ich ihn nicht rausboxen. Es würde mich umbringen, wenn er verletzt wird ... aber vielleicht ist das der Anstoß, den er braucht, um sein Leben in Ordnung zu bringen. Ich fühle mich schrecklich, wenn ich das sage, und ich werde in Schuldgefühlen ertrinken, wenn ihm tatsächlich etwas passiert, aber ich habe genug.«

»Ich bin stolz auf dich«, sagte Lucky. »Wie wäre es, wenn wir mit Angel und Whiskers spazieren gehen? Oder es zumindest versuchen. Ich bin mir nicht sicher, wie es laufen wird. Dann musst du duschen und dich für die Arbeit fertig machen. Ich kann Mittagessen zubereiten, bevor wir losmüssen.«

»Wie konnte ich nur so lucky sein?«, fragte Devyn.

Lucky grinste. »Meinst du das als Wortspiel?«, fragte er.

Devyn lachte. »Eigentlich nicht, aber wenn der Schuh passt.«

»Du hast mich, weil du süß und mitfühlend bist und weil ich Angel und Whiskers benutzt habe, um dich in meine Höhle zu locken«, sagte er.

»Glaubst du, es haben keine anderen Kerle vor dir versucht, ein Haustier zu benutzen, um mich rumzukriegen?«, fragte Devyn.

Lucky runzelte die Stirn. »Haben sie das?«

»Ganz ruhig, Junge«, sagte Devyn und tätschelte Luckys Brust. »Natürlich, sie bringen niedliche kleine Welpen in die Klinik und flirten dann bis zum Umfallen, während ich die Voruntersuchung durchführe. Die enttäuschten Blicke, wenn sie einen Korb bekommen, sind so amüsant.«

»Du bist eine harte Frau«, neckte Lucky sie.

»Es ist nicht schwer, die Besitzer, die ihre Tiere wirklich lieben, von denen zu unterscheiden, die sie nur benutzen, um flachgelegt zu werden.«

»Ich habe fast Angst zu fragen, zu welcher Kategorie ich gehöre.«

Devyn grinste und fühlte sich jetzt so viel leichter, nachdem sie Lucky alles erzählt hatte. Es war erstaunlich, wie das Reden über die eigenen Gefühle und Scham diese Last irgendwie verringerte. »Du liebst Angel und Whiskers, das ist leicht zu sehen, aber ich muss zugeben ... du wirst auch flachgelegt werden.« Dann, bevor er antworten konnte, rutschte sie von seinem Schoß und stand auf. »Lass mich ein paar richtige Klamotten anziehen, dann hole ich ihre Geschirre.«

»Scheiße, Frau, das war grausam«, sagte Lucky.

Aber er lächelte, als er das sagte, also war Devyn nicht allzu besorgt. »Grausam wäre, wenn ich *dich* nur für deine entzückenden Tiere benutzen würde. Aber da wir beide bekommen werden, was wir wollen, denke ich, dass wir am Ende beide damit davonkommen werden.«

»Oh, wir beide werden kommen«, murmelte Lucky, als er aufstand.

Devyn konnte das Lächeln nicht aus ihrem Gesicht vertreiben, als sie ins Schlafzimmer ging, um sich umzuziehen.

KAPITEL NEUN

»Hast du schon mit Devyn geredet und herausgefunden, was los ist?«, fragte Grover, sobald Lucky später am Nachmittag den Konferenzraum betrat. Er hatte Devyn in der Tierklinik abgesetzt und sie hatten einen weiteren sehr heißen, intensiven Kuss in seinem Wagen ausgetauscht. Die Chemie zwischen ihnen hatte sich verändert. Sie machten kein Geheimnis mehr daraus, dass sie sich zueinander hingezogen fühlten, und das fühlte sich verdammt gut an.

Er wollte Devyn später am Abend zeigen, wie großartig die Dinge zwischen ihnen im Bett sein konnten. Und es schien, als würde sie dasselbe wollen. Es war erfrischend, keine Zweifel darüber zu haben, was sie darüber dachte, ihre Beziehung auf die nächste Ebene zu bringen. Sie hatte ihm geradeheraus gesagt, dass sie mit ihm schlafen wolle, und er war hundertprozentig damit einverstanden.

Lucky wusste auch, dass der nächste Schritt sie näher zusammenbringen würde, anstatt die Dinge zwischen ihnen unangenehm zu machen. Mit der Schwester seines besten Freundes zu schlafen war bei vielen Leuten verpönt, aber

Lucky hatte bereits Grovers Segen bekommen, mit Devyn zusammen zu sein, und das war ein tolles Gefühl.

Aber bevor er seine Beziehung mit Devyn auf die nächste Ebene bringen konnte, musste er diesen Nachmittag überstehen. Und es war auch nicht so, dass er in der Sekunde über sie herfallen könnte, in der sie nach Hause kamen. Sie müssten erst essen und die Tiere versorgen. Aber dann ...

»Lucky? Hast du mit ihr gesprochen oder nicht?«, fragte Grover und unterbrach seine Gedanken.

»Ja, wir haben geredet.«

»Und?«, hakte Grover nach.

Lucky spannte sich an. Er hatte gehofft, dass sein Freund ihn nach ihrem Gespräch an diesem Morgen nicht nach seiner Schwester ausfragen würde. Aber es sah so aus, als würde genau das passieren.

»Sie ist nicht in Gefahr und sie ist nicht krank«, sagte Lucky und bemühte sich, seine Emotionen nicht preiszugeben.

»Autsch, Mann, du siehst aus, als hätte dich jemand im Regen stehen lassen«, sagte Doc mit einem Lachen.

Aber sonst lachte niemand.

»Du wirst es mir ernsthaft nicht sagen, oder?«, fragte Grover.

»Wir haben darüber gesprochen«, erwiderte Lucky.

Grover seufzte. »Ich weiß, aber es ist schwieriger, als ich gedacht habe, dass nicht nur meine kleine Schwester, sondern nun auch du Geheimnisse vor mir habt.«

»Erzählst du ihr alles, was in deinem Leben vor sich geht?«, konterte Lucky.

Die beiden Männer starrten einander lange an, bevor Grover sagte: »Du weißt, dass ich das nicht tue.«

»Weiß sie von Sierra? Wie sehr du an dieser Regierungsangestellten interessiert warst, die du in Afghanistan kennengelernt hast, und wie aufgebracht du darüber warst, als sie auf keine deiner E-Mails geantwortet hat?«, schob Lucky nach.

»Nein.«

»Oder darüber, dass du ihren Geburtstag vergessen und zur Tarnung diesen singenden Telegrammtypen in ihr Büro geschickt hast? Aber du hattest nicht aufgepasst, und anstatt Happy Birthday zu singen, dachte er, es wäre ihr letzter Tag als Single.«

Grover lachte. »Äh ... nein. Und wenn sie jemals herausfindet, dass es kein Streich war und ich ihren Geburtstag vergessen habe, muss ich dich leider umbringen.«

»Ganz genau. Sie ist erwachsen, Grover, neunundzwanzig Jahre alt. Es gibt auch vieles, was du nicht über sie weißt. Aber sie ist in Ordnung. Wir haben geredet und wir werden uns gemeinsam um das kümmern, was sie bedrückt. Ich wünschte, ich könnte es dir erzählen. Es bringt mich um, dir Dinge vorzuenthalten. Aber ich habe ihr mein Wort gegeben, und ich werde nicht riskieren, sie zu verlieren, indem ich es breche.«

Grover ging zu Lucky hinüber und legte ihm eine Hand auf die Schulter. »Ich verstehe es. Es ist scheiße, aber das wird nichts zwischen uns ändern. Ich vertraue dir das Leben meiner Schwester an. Nicht nur ihr tatsächliches Leben, sondern auch ihr emotionales Wohlbefinden. Vergib mir, wenn ich in Zukunft neugierig sein werde. Ich liebe sie einfach und ich will das Beste für sie. Wenn ich sie in eine schützende Blase stecken könnte, würde ich es tun.«

»Ich weiß«, sagte Lucky. Er fühlte genauso, obwohl seine Liebe natürlich anders war als Grovers Liebe zu seiner Schwester.

»In Ordnung, also nachdem das erledigt und aus dem

Weg ist, können wir ja mit der Besprechung fortfahren«, sagte Grover. »Ich freue mich jedenfalls auf den Einsatz bei den Olympischen Spielen. Während unseres Aufenthalts dort, um die US-Athleten zu beschützen, können wir uns drei Wettbewerbe aussuchen, für die wir Eintrittskarten haben möchten. Ich dachte an Basketball, Baseball oder Strandvolleyball.« Er hob vielsagend die Augenbrauen. »Ihr wisst schon ... heiße Frauen in Bikinis, die am Strand herumspringen? Klingt für mich nach Spaß.«

Alle lachten, als sie ihre Plätze einnahmen. »Wir dürfen unsere drei Favoriten nennen, aber es gibt keine Garantie, dass wir sie bekommen«, erinnerte Trigger ihn.

Lucky hörte aufmerksam zu, als sie über die Facetten ihres Einsatzes für die verschiedenen Sportarten und die Logistik und den Aufbau des Olympischen Dorfes diskutierten. Die Wettkampforte waren aufgrund der verschiedenen Anforderungen jeder Sportart ziemlich weit verteilt. Es war eine Herausforderung, einen Plan zu entwickeln, alle Athleten gleichermaßen zu schützen. Obwohl neben der örtlichen Polizei und dem Sicherheitsdienst des Gastgeberlandes mehrere Spezialeinheiten als Sicherheitskräfte eingesetzt wurden, war es eine enorme Aufgabe.

Es war beschissen, dass bei einem so prestigeträchtigen Ereignis wie den Olympischen Spielen Soldaten eingesetzt werden mussten. Aber wie sich in der Vergangenheit gezeigt hatte, nutzten Terroristen jede Gelegenheit, um für ihre Sache Werbung zu machen und Angst und Schrecken zu verbreiten.

Am Ende des Treffens hatte sich das Team für Schießen, Tauchen und Boxen für ihre freien Tage entschieden. Alle wussten, dass es nicht garantiert war, ob sie tatsächlich Karten für eine dieser Sportarten bekommen würden, aber es war einen Versuch wert.

Das Team hatte vor ein paar Jahren bei den Olympischen Winterspielen mitgearbeitet, und es war sowohl lehrreich als auch aufregend gewesen. Ganz anders als ihre üblichen Missionen.

»Da wir nun mit dem spaßigen Teil fertig sind, müssen wir noch über Shahzada reden«, sagte Trigger. »Ein weiterer Regierungsangestellter ist verschwunden. Es ist unmöglich, dass das ein weiterer Fall sein soll, wo jemand einfach die Arbeit satthat und verschwindet, wie behauptet wird.«

»Ernsthaft?«, fragte Grover. »Die Leute denken, dass ausländische Angestellte mitten in Afghanistan plötzlich ihre Arbeit hinschmeißen und sich aus dem Staub machen?«

»Ja, genau das denken sie. Vor allem, wenn all ihre Habseligkeiten mit ihnen verschwinden«, erklärte Trigger grimmig.

»Das ist doch Blödsinn«, warf Brain ein.

»Was unternehmen sie dagegen?«, fragte Oz. »Ohne irgendjemandem etwas zu sagen, einfach zu verschwinden, ist nicht normal. Und mehr als eine Person? Das stinkt doch bis zum Himmel.«

»Das sehe ich auch so, genau wie der Kommandant. Er ist jetzt in Gesprächen mit dem General des Stützpunkts und sie versuchen, mit den Privatdetektiven zusammenzuarbeiten, die von den Vertragsunternehmen angeheuert wurden, um ihre vermissten Mitarbeiter aufzuspüren«, sagte Trigger.

»Scheiße«, entgegnete Brain frustriert. »Und wir sind sicher, dass Shahzada damit zu tun hat?«

»Leider ja. Der Geheimdienst sagt, er plant etwas Großes und hat gezielt die verschwundenen Angestellten ins Visier genommen.«

»Wieso?«, fragte Grover.

»Das ist die große Frage. Niemand weiß es genau. Aber sie sind sich sicher, dass Shahzadas Anhänger in den letzten Monaten, seit wir das letzte Mal dort waren, aggressiver und lautstarker geworden sind. Der General hat den Soldaten verboten, in die nahe gelegene Stadt zu gehen, weil es einfach nicht mehr sicher ist. Sie verstärken den Stützpunkt, so gut sie können, aber es ist schwer zu sagen, was Shahzada geplant hat, besonders wenn es keine klaren Bilder von dem Mann gibt«, sagte Trigger mit besorgtem Gesichtsausdruck.

Lucky hörte Grover scharf einatmen. »Was?«, fragte er seinen Freund.

»Er hat Sierra«, sagte Grover.

»Das weißt du nicht«, sagte Oz.

»Ich denke, wir alle wissen das«, entgegnete Grover hitzig.

»Sie ist schon eine Weile weg«, stimmte Lefty vorsichtig zu.

»Und sie ist eine Frau«, fügte Doc hinzu.

»Genau«, stieß Grover hervor.

Sierra war vor Monaten vom Radar verschwunden. Sie alle wussten, dass die Wahrscheinlichkeit, dass die zierliche, rothaarige Frau lebend aufgefunden werden würde, gering war, wenn sie von Shahzada entführt worden war.

Für einen Moment schwiegen alle, bevor Trigger mit der Besprechung fortfuhr. Er sprach über das Gebiet in Afghanistan und darüber, was der Geheimdienst über Shahzada herausgefunden hatte.

So sehr Lucky auch versuchte, sich voll und ganz auf die Besprechung zu konzentrieren, bei der Erinnerung an Sierras Verschwinden wanderten seine Gedanken unweigerlich zu Devyn.

Lucky wollte Spencer dafür umbringen, dass er sie angefasst hatte. Er konnte verstehen, was Devyn darüber gesagt hatte, dass Brüder und Schwestern ständig streiten und es keine große Sache sei. Aber die Tatsache, dass sie diejenige war, die am Ende einen schrecklichen blauen Fleck davongetragen hatte, ließ dieses Argument in seinen Augen strittig erscheinen.

Er war sich auch bewusst, dass Devyn ihren Bruder liebte und dass sie sich Sorgen um ihn machte. Lucky war auch besorgt um ihn. Wenn Spencer sich mit einem Kredithai eingelassen hatte, der nicht zweimal darüber nachdenken würde, an ihm vielleicht ein Exempel für andere Kunden zu statuieren, die ihre Schulden nicht zurückzahlten, könnte er in großen Schwierigkeiten stecken.

Solange der Mann Devyn nicht mit in den Abgrund zog, konnte Lucky nicht viel tun. Er würde nur für Dev da sein können, wann auch immer sie ihn brauchte.

Aber wenn Spencer sie jemals wieder anfassen sollte, würde er es bereuen.

Der Tag schien sich hinzuziehen, aber schließlich waren ihre Besprechungen vorbei und es war an der Zeit, nach Hause zu fahren. Grover holte Lucky auf dem Weg zur Tür ein. »Hast du eine Sekunde für mich?«

Lucky verabschiedete sich von den anderen und wandte sich an Grover. »Was ist los?«

»Ich weiß, dass das, was Devyn beunruhigt, mit Spencer zu tun hat. Ich weiß auch, dass sie ihm aus dem Weg gegangen ist. Und seit sie diesen Anruf von ihm bei Oz bekommen hat, ist es nicht besser geworden. Ich kann meinen Bruder immer noch nicht erreichen, also weiß ich nicht, was er getan hat ... aber ich möchte, dass du weißt, dass ich nicht Partei ergreifen werde, ganz gleich, was Devyn darüber denken mag.«

Lucky hatte Devyn versprochen, sich nicht einzumischen, also nickte er. »Gut zu wissen. Ich habe keine leiblichen Brüder oder Schwestern, aber ich bin mir ziemlich sicher, dass ich sie auch beschützen würde, wenn ich welche hätte.«

»Genau. Devyn war so lange verwundbar – körperlich und psychisch, denke ich. Alle fanden es großartig, als sie anfing, all diese verrückten Dinge wie Bungee-Jumping und Fallschirmspringen zu machen, aber auf mich machte es eher den Eindruck, als wollte sie dem Tod ins Auge blicken. Ich bin nicht einmal davon überzeugt, dass sie es wirklich genossen hat. Es wirkte auf mich, als wollte sie besonders rücksichtslos sein, nur um zu beweisen, dass sie nicht mehr das kränkliche Kind war, als das wir sie alle sahen.«

Lucky dachte, dass Grover ein gutes Argument angeführt hatte. Er nickte noch einmal.

»Obwohl Spencer altersmäßig zwischen Dev und mir liegt, wirkte er immer unreifer. Er wollte Moms und Dads ganze Aufmerksamkeit, wenn sie zu Hause waren, und schubste Devyn sogar körperlich aus dem Weg, wenn es nötig war. Wenn sie einen Streit haben, würde mich das nicht überraschen. Ich werde nicht Partei ergreifen, und wenn Devyn sich darüber Sorgen machen sollte ... dann muss sie das nicht.«

»Ich werde es ihr ausrichten.«

Grover musterte Lucky. »Bin ich überhaupt nahe dran?«, fragte er.

Lucky seufzte. »Familiendynamik ist immer seltsam. Und ich kann mir vorstellen, dass es in eurem Fall noch komplizierter ist, weil Dev so krank war. Aber sie liebt dich und würde nichts tun, um dich zu verletzen. Ich denke, das weißt du.«

»Das tue ich. Aber ich möchte nicht, dass sie sich selbst

verletzt, nur um mich nicht zu verletzen. Wenn das Sinn macht.«

»Das tut es«, sagte Lucky zu ihm. »Ich werde die Sache im Auge behalten. In der Zwischenzeit soll sie sich einfach so normal wie möglich fühlen. Sich mit Freundinnen treffen, ein bisschen Frauenkram, solche Sachen eben.«

»Wird sie wieder Vollzeit arbeiten?«, fragte Grover.

»Ich bin mir nicht sicher.«

Grover seufzte. »In Ordnung, ich bin dafür, dass sie es tut, denn das würde bedeuten, dass sie bleibt. Eine Zeit lang dachte ich, sie würde jeden Moment wieder davonlaufen. Wie auch immer, wir sehen uns morgen früh«, sagte Grover. »Sag Dev, dass ich sie liebe.«

»Na klar. Bis morgen.«

Lucky ging mit federndem Schritt zu seinem Wagen. Er hatte keine Ahnung, was er und Dev zum Abendessen machen würden, aber sie würden sich etwas einfallen lassen. Es war egal, ob sie Hotdogs oder Filet Mignon hätten, er würde Zeit mit ihr verbringen, und das war genug, um den Tag perfekt ausklingen zu lassen.

Zum ersten Mal in seinem Leben dachte er nicht zu viel darüber nach, wie etwas laufen sollte. Wenn er und Devyn miteinander Sex hätten, wäre das großartig. Wenn sie einen harten Arbeitstag hatte und nur reden und in seinen Armen einschlafen wollte, auch gut.

Lucky wusste, dass sich nur Liebe so anfühlen konnte. Er verspürte nicht den Drang, die Dinge voranzutreiben, nur um Dampf abzulassen. Er liebte Dev. Und egal in welchem Tempo sie die Dinge voranbringen wollte, es wäre ihm recht. Solange er Zeit mit ihr verbringen konnte, war er zufrieden.

Dieses Gefühl der Zufriedenheit verspürte er jedes Mal knochentief, wenn er Devyn sah. Bis vor Kurzem hatte er nicht realisiert, was es war, aber er hoffte, dass sie dasselbe fühlte. Denn wenn sie es nicht tat, wenn er nur eine Affäre für sie war, würde es ihn zerstören. Wenn sie mit ihm Schluss machte, könnte Lucky nicht mehr zu Treffen mit seinem Team gehen, wenn sie dabei war. Es würde ihn umbringen.

Er musste alles in seiner Macht Stehende tun, damit Devyn wusste, wie viel sie ihm bedeutete und wie sehr er sie schätzte, und er würde es gern tun. Sie verdiente es, die Welt zu Füßen gelegt zu bekommen, und er war bereit, genau das für sie zu tun.

KAPITEL ZEHN

»Bis morgen«, sagte Margaret, eine der anderen Tierarzthelferinnen, als Devyn zur Tür hinausging. Sie winkte zurück, behielt aber Lucky im Auge. Er war in eine Parklücke vor der Tierarztpraxis gefahren und hatte ihr eine SMS geschickt, um sie wissen zu lassen, dass er da war.

Sie hatte dem Tierarzt noch nicht gesagt, dass sie gern in Vollzeit arbeiten wolle. Devyn war sich nicht sicher, warum sie zögerte. Sie nahm an, es lag daran, dass sie noch nicht ganz davon überzeugt war, dass es mit ihr und Lucky klappen würde.

Oh, sie wollte, dass es funktionierte, aber irgendwie schien in ihrem Leben immer etwas schiefzugehen, gerade wenn sie dachte, dass alles in Ordnung war. Sie wollte auf keinen Fall ihre Kolleginnen und den Tierarzt in Verlegenheit bringen, wenn die Dinge zwischen ihr und Lucky seltsam wurden. Sie würde nicht länger hierbleiben können, wenn sie ihn die ganze Zeit sehen müsste. Und sie könnte es absolut nicht ertragen, ihn mit jemand anderem zu sehen.

Also zögerte sie. Es war feige von ihr, aber sie fühlte sich mit allem noch nicht wohl genug, um aufs Ganze zu gehen. Devyn hoffte, dass ihre Gefühle sich an diesem Abend ändern würden. Diesen letzten Schritt zu gehen könnte ihr bestätigen, dass sie wirklich ernsthaft ein Paar waren, und sie könnte sich entscheiden, in Texas zu bleiben.

»Hey«, sagte Lucky in diesem tiefen, grollenden Ton, der sie immer ganz heiß machte.

»Hi«, erwiderte sie, als sie in seinen Wagen stieg.

»Hattest du einen schönen Tag?«

»Ja, ich durfte mit einem Wurf der süßesten Kätzchen kuscheln. Oh, und ich durfte einen Greyhound-Welpen halten. Sie sind wie Einhörner.«

»Ach ja?«

»Ja, es gibt nicht viele hier in der Nähe. Ich meine, es gibt viele, aber nicht viele werden zu uns in eine normale Tierarztpraxis gebracht. Für Hunderennen werden die meisten über ein Jahr lang mit ihren Geschwistern aufgezogen und außerhalb des Rennsports werden die meisten als Showhunde gezüchtet.«

»Es gibt also keine Welpen außer aus der Zucht für Hunderennen?«, fragte Lucky.

Das war eine weitere Sache, die sie an ihm liebte. Er schien immer sehr daran interessiert zu sein, was sie zu sagen hatte. Er wimmelte sie nie ab. »Nein, natürlich gibt es die. Es wird bei jeder Rasse immer im Hinterhof gezüchtete Welpen geben. Irgendjemand will immer damit leichtes Geld verdienen. Greyhounds sind als Haustiere nicht gerade sehr gefragt, daher gibt es weniger Welpen. Aber du hättest diesen kleinen Kerl sehen sollen. Er sah aus wie jeder andere Welpe. Es ist schwer zu glauben, dass er einmal so groß wird und so lange Beine bekommt.«

»Du liebst deine Arbeit«, sagte Lucky.

»Was?«, fragte Devyn überrascht.

»Du liebst deine Arbeit«, wiederholte er. »Das ist offensichtlich. Du strahlst, wenn du über die Tiere sprichst, und du hast so viel Mitgefühl für sie. Ich könnte dir den ganzen Tag zuhören, wie du über deine vierbeinigen Patienten redest.«

Devyn wusste, dass sie rot wurde, konnte aber nicht anders. »Ich habe einfach ... Tiere haben so viel Liebe zu geben und verzeihen sehr schnell. Ich habe oft genug gesehen, wie misshandelte und vernachlässigte Haustiere sich genau den Menschen zuwenden und sich an sie schmiegen, die sie geschlagen haben. Und du hast es selbst bei Angel and Whiskers erlebt. Menschen vertrauen nicht so einfach wieder jemandem, wenn sie verletzt wurden.«

»Was ist mit dir?«, fragte Lucky.

»Mit mir?«, entgegnete Devyn und täuschte Verwirrung vor, um Zeit zu schinden.

»Ja, mit dir. Du hast es heute Morgen nicht gesagt, aber ich weiß, dass es wehtun muss, dass dein Bruder dich wegen seiner Spielsucht um Geld bittet. Hat das dazu geführt, dass du anderen weniger vertraust? Bist du generell vorsichtiger gegenüber anderen Menschen? Ich frage nur, weil ich dich nicht kannte, bevor du nach Texas kamst. Ich versuche herauszufinden, wie du tickst ... und wie hart ich arbeiten muss, damit du mir vertraust.«

»Ich vertraue dir«, sagte Devyn, und das meinte sie ernst. »Ich hätte dir nicht von Spencer erzählt, wenn ich es nicht täte.«

»Das bedeutet mir die Welt, Liebling«, sagte Lucky, streckte die Hand aus und nahm ihre Hand in seine. Er legte ihre Hände auf die Konsole zwischen ihnen und rieb beruhigend mit seinem Daumen über ihre Haut.

»Und um deine Frage zu beantworten, nicht wirklich«, sagte Devyn. »Ich bin im Herzen eine Optimistin. Ich neige dazu zu denken, dass Menschen im Allgemeinen gut sind ... es sei denn, sie beweisen mir das Gegenteil. Ich bin mir sicher, dass das nicht sehr schlau ist, und ich sollte mein Herz wahrscheinlich besser schützen, aber ich glaube nicht, dass ich herumlaufen und denken möchte, dass alle hinter mir her sind oder mich belügen und betrügen.«

»Wie wäre es, wenn ich diesen Teil in unserer Beziehung übernehme? Ich werde derjenige sein, der so über andere denkt, und dir somit den Rücken freihalten, wenn es nötig ist. Du kannst die Lockere und Fröhliche sein und ich werde den mürrischen, grüblerischen Teil übernehmen.«

Devyn bekam Gänsehaut, als sie hörte, wie er über sie als Paar sprach. Aber sie lachte. »Du bist weder mürrisch noch grüblerisch. Und ich bin mir nicht sicher, ob das überhaupt ein Wort ist.«

Lucky lächelte sie an. »Ich mag dich genau so, wie du bist, Dev. Ich möchte nicht, dass du dich änderst. Es tut mir leid, dass dein Bruder dir solchen Kummer bereitet, und ich werde alles tun, was du von mir verlangst, damit er sich zurückzieht. Ich würde sogar versuchen, ihn davon zu überzeugen, sich professionelle Hilfe zu holen. Selbst wenn es nur darum geht, dich zu beruhigen.«

»Danke«, flüsterte Devyn. Dieser Mann ... er brachte sie noch um. Aber das machte auch die Entscheidung, mit ihm zu schlafen, sehr leicht.

Sie wollte ihn. Sie wollte diese konzentrierte Aufmerksamkeit von ihm im Bett erfahren, weil sie wusste, dass es genauso intensiv sein würde, wie wenn sie sich einfach nur unterhielten.

»Worauf hast du Lust zum Abendessen?«

Essen? Sie konnte an nichts anderes denken, als sich endlich das Tattoo auf seiner rechten Schulter aus der Nähe anzusehen. Sie hatte es bemerkt, als sie sich vor einer Weile alle in Grovers neuem Farmhaus getroffen hatten. Er hatte sein Hemd ausgezogen, weil es warm gewesen war. Er und die anderen Männer hatten eine alte Scheune auf dem Grundstück abgerissen. Sie wusste, dass es schwarz war, aber hatte das Motiv nicht genau erkannt.

Bei dem Gedanken, Luckys Körper zu erkunden, lief Devyn fast das Wasser im Mund zusammen. Von ihrem eigenen Sexappeal war sie vielleicht nicht so überzeugt, aber sie hatte das Gefühl, dass sie vergessen würde, wie sie aussah, wenn sie Luckys Haut an ihrer eigenen spürte.

»Dev?«, fragte er mit einem wissenden Grinsen auf dem Gesicht. »Abendessen?«

»Das ist mir egal«, sagte sie. »Irgendetwas.«

»Irgendetwas?«, fragte er und das freche Grinsen wurde immer breiter.

Devyn tat ihr Bestes, um ihre Libido unter Kontrolle zu bekommen. Sie konnte ihn schließlich nicht gleich anspringen, sobald sie in seinem Haus ankamen. Angel und Whiskers mussten in den Garten gebracht und dann gefüttert werden. Und sie musste sich duschen und umziehen. Sie hatte Hunde- und Katzenhaare auf ihrem Kittel und roch wahrscheinlich wie eine Hundehütte.

»Ich weiß nicht, was du dahast. Ich bin aber auch nicht sehr hungrig. Wie wäre es mit einem Pfannengericht?«

»Ich denke, ich habe etwas Gemüse da. Reis dazu?«

»Gern. Ich weiß, dass der Trend gerade zu weniger Kohlenhydraten geht, aber ich mag ein paar Kohlenhydrate. Außerdem könnte ich auch etwas mehr Polsterung gebrauchen.« Devyn deutete verlegen auf ihre Brust.

»Du redest dich jetzt nicht ernsthaft klein, oder?«, fragte Lucky.

Devyn zuckte mit den Schultern. »Ich bin nicht gerade Dolly Parton.«

»Gott sei Dank«, sagte Lucky und drückte ihre Hand. »Ich habe es dir schon gesagt, aber du hast es offensichtlich vergessen. Ich mag dich genau so, wie du bist, Dev. Du bist groß und gertenschlank und machst mich so sehr an, dass mein Schwanz schon seit Monaten hart ist. Du bewegst dich, als wärst du vollkommen im Einklang mit deinem Körper. Und nicht nur das, du lachst, wenn etwas lustig ist, du wirst emotional, wenn du über misshandelte Tiere liest. Wenn deine Brüste größer wären, wärst du zu kopflastig. Du bist einfach perfekt, Devyn, also glaube nicht, dass ich etwas anderes will. Ich kann es kaum erwarten, aus nächster Nähe und persönlich zu sehen, wovon ich seit Monaten geträumt habe. Und ich weiß ohne Zweifel, dass du jede meiner Fantasien übertreffen wirst. Wenn du also Reis willst, bekommst du Reis.«

Devyn stieß einen langen Atemzug aus. Sie wünschte, sie hätte einen Rekorder am Laufen, damit sie das, was er gerade gesagt hatte, in Zukunft immer wieder abspielen könnte, wenn sie sich in Bezug auf ihren Körper unsicher fühlte. »Okay«, war alles, was sie herausbringen konnte.

»Okay«, stimmte Lucky zu. »Du bleibst über Nacht, richtig?«

»Wenn das in Ordnung ist«, sagte sie schüchtern.

»Es ist absolut in Ordnung«, gab er sofort zurück. »Und nur um diesen unangenehmen Teil aus dem Weg zu räumen, ich habe Kondome zu Hause. Ich habe sie vor zwei Tagen gekauft. Nicht, um dich in irgendeiner Weise zu drängen, sondern weil ich vorbereitet sein wollte, um dich zu schützen.«

»Ich bin auf der Dreimonatsspritze«, sagte Devyn zu ihm. Das Thema war ihr etwas peinlich, aber sie war erleichtert, dass er es jetzt ansprach.

»Bist du okay?«, fragte er.

Devyn runzelte verwirrt die Stirn. »Okay?«

»Ja, ich weiß, dass du mit niemand anderem ausgehst, und manche Frauen bekommen diese Spritzen oder nehmen die Pille, um ihre starke Periode zu kontrollieren, oder wegen extremer Krämpfe und so, oder wegen Eierstockzysten. Also bist du okay?«, fragte er noch einmal.

»Es geht mir gut. Ich habe mit Mitte zwanzig damit angefangen, weil es mir als eine verantwortungsvolle Sache vorkam für jemanden in meinem Alter, die mit Männern ausgeht. Eine ungewollte Schwangerschaft war das Letzte, was ich gebrauchen konnte. Und es ist gut zu wissen, wann ich meine Periode bekomme und wie lange sie dauern wird. Es ist einfach Teil meiner Routine geworden.«

Lucky drückte ihre Hand. »In Ordnung. Ich war schon Monate vor deiner Ankunft nicht mehr mit einer Frau zusammen. Ich bin gesund. Wir werden regelmäßig von der Armee getestet. Ich kann dir meine neuesten Testergebnisse zeigen.«

Devyn drückte seine Hand. »Ich muss sie nicht sehen. Ich vertraue dir.«

Er lächelte zu ihr hinüber. »Das bedeutet mir die Welt. Aber ich werde sie dir trotzdem zeigen.«

»Ich bin auch gesund. Ich muss hier in Texas noch einen neuen Arzt finden, aber ich werde jährlich getestet.«

»Das ist gut.«

Devyn überlegte, was sie sagen sollte, entschied sich aber schließlich für: »Also ... wenn ich gesund bin und du auch ... und ich verhüte ... sind die Kondome notwendig?«

Als er nicht sofort antwortete, kam sie sich dumm vor. »Ja, wahrscheinlich ist es das Beste. Ich meine, keine Verhütung ist hundertprozentig sicher, und es ist klüger, wenn wir auf Nummer sicher gehen.«

Inzwischen waren sie bei seinem Haus angekommen

und Lucky parkte in seiner Einfahrt. Er stellte den Motor ab und drehte sich sofort zu ihr um. Er streckte die Hand aus und zog sie mit einer Hand hinter ihrem Nacken zu sich. Wortlos küsste er sie.

Es war eine besitzergreifende Bewegung und er übernahm vollständig die Kontrolle über den Kuss.

Ihr drehte sich der Kopf und sie konnte sich lediglich festhalten, als Lucky ihren Mund in Besitz nahm. Als er sich schließlich zurückzog, erschauderte Devyn unter seinem intensiven Blick.

»Ich habe noch nie ohne Kondom mit einer Frau geschlafen«, sagte er und schockierte sie zu Tode.

»Noch nie?«, flüsterte sie.

»Nein, ich habe einer Frau nie genug vertraut, um das zu tun. Und ehrlich gesagt habe ich nicht wirklich das Bedürfnis danach verspürt. Aber mit dir? Ich würde töten, um nackt in dich einzudringen. Aber ich möchte nicht, dass wir das tun, wenn du dir nicht sicher bist, dass du eine langfristige Beziehung mit mir willst. Denn ich weiß bereits, dass du mich für alle anderen Frauen ruinieren wirst, Devyn.«

Gott, er brachte sie noch um. »Ich will es«, sagte sie leise. »Ich will dich, nur dich.«

Lucky schloss die Augen, als hätte er Schmerzen. Dann öffnete er sie sofort wieder. »Du hast mich. Komm schon, wir müssen Angel und Whiskers rauslassen, dann muss ich dir etwas zu essen machen. Und wenn ich in den nächsten zehn Sekunden nicht aus dem Wagen komme, werde ich dich hier auf der Stelle nehmen.«

Devyn kicherte. »Ich habe es noch nie in einem Auto gemacht«, neckte sie.

»Scheiße, du bringst mich um. Hab Erbarmen, Frau.« Lucky beugte sich vor und küsste sie noch einmal. Es war ein schneller, harter Kuss, der nicht verführerisch sein sollte, bevor er sich umdrehte, um aus dem Wagen zu steigen.

Devyn hüpfte mit einem breiten Lächeln auf ihrem Gesicht auf ihrer Seite heraus. Mit jemandem zusammen zu sein war noch nie so einfach gewesen wie mit Lucky. Sie konnte nicht leugnen, dass sie sich jetzt wohler fühlte, nachdem sie über die Verhütung gesprochen hatten. Sie hatte nicht erwähnt, dass sie auch noch nie mit einem Kerl zusammen gewesen war, der kein Kondom benutzt hatte. Zugegebenermaßen hatte sie nicht mit sehr vielen Männern geschlafen, aber sie hatte das Gefühl, dass Lucky nichts davon hören wollte.

In diesem Sinne war er ein typischer Alphamann. Aber das war in Ordnung. Devyn war vollkommen einverstanden damit, nichts über sein früheres Liebesleben zu erfahren.

Ein Teil von ihr konnte nicht glauben, dass dieser Moment tatsächlich gekommen war. Sie wollte Lucky schon, seit sie ihn das erste Mal getroffen hatte. Sie hatte diese Gefühle einfach nur für sich behalten.

Aber heute Abend würde er endlich ihr gehören. Oder würde sie ihm gehören? Sie wusste es nicht, aber am Ende war es auch egal. Sie hatte keine Ahnung, wie es ausgehen würde, aber sie würde alles tun, um ihn festzuhalten. Sie erkannte einen guten Mann, wenn sie ihn sah, und Lucky war einer der besten.

Lächelnd nahm sie Luckys Hand, als er sie ausstreckte, und sie gingen Hand in Hand zu seiner Haustür.

KAPITEL ELF

Lucky konnte nicht aufhören, Devyn anzustarren. Er wusste, dass er ein bisschen gruselig aussehen musste, aber er konnte nicht anders. Sie würde heute Nacht ihm gehören. Und von jetzt an jede Nacht.

Er war den ganzen Abend halb hart gewesen. Während ihres kurzen Spaziergangs mit Angel und Whiskers und während sie zusammen lachten, als sie das Abendessen zubereiteten. Und als sie auf der Couch saßen und die Nachrichten sahen. Er wusste, dass er so hart wie ein Schlagbaum und bereit sein würde, sobald seine Kontrolle nachließ.

Aber es gefiel ihm, mit Devyn abzuhängen und über die Leute zu sprechen, mit denen sie arbeitete, und über die Tiere, die sie an diesem Tag gesehen hatte. Er sprach über seine Arbeit, soweit er es konnte. Er musste nicht erklären, wie nahe er Trigger, ihrem Bruder und den anderen Männern stand. Sie wusste es.

Sie sprachen über die Schwangerschaften von Aspen und Riley und machten Witze darüber, wie viele Kinder sie am Ende haben würden. Oz machte kein Geheimnis daraus, dass er eine große Familie wollte. Es war, als hätte er, nachdem er die Vormundschaft für seine Nichte und seinen Neffen bekommen hatte, aus erster Hand erfahren, wie toll Kinder sind, und er wollte so viele, wie er bekommen konnte ... und das so schnell wie möglich.

Es war offensichtlich, dass Riley ihn zügeln musste, und Lucky gefiel es, wie locker er und Devyn über die Situation scherzen konnten. Sie passte in ihre Gruppe, als wäre sie schon immer dabei gewesen.

»Grover ist froh, dass du hier bist«, sagte Lucky zu ihr.

Devyn kuschelte sich an seine Seite und nickte. »Ich weiß. Ich habe mich ihm irgendwie aufgedrängt. Er hätte verärgert sein können, dass ich mich im Grunde in seinen Freundeskreis geschlichen habe, aber er hat mich mit offenen Armen empfangen. Als wir Kinder waren, machte es ihm nichts aus, wenn ich ihn begleitet habe, wenn er mit seinen Freunden abhing. Ich weiß, dass sie ihn dafür aufgezogen haben, aber es war ihm egal. Ich liebe ihn sehr und möchte einfach, dass er eine Frau findet, die ihn zu schätzen weiß.«

»Und mit der du befreundet sein kannst«, sagte Lucky.

Sie seufzte. »Ja. Ich würde es hassen, wenn er mit jemandem zusammenkommt, die mich nicht mag. Oder euch, was das angeht. Ich meine, ich glaube nicht, dass er sich das gefallen lassen würde, aber Liebe kann Menschen dazu bringen, seltsame Dinge zu tun.«

»Ich habe Vertrauen in ihn. Er weiß, was er will«, sagte Lucky.

»Und was ist das?«, fragte Devyn und hob den Kopf, um ihn anzusehen.

»Jemanden, der ihn unterstützen wird, egal was passiert. Eine Frau, die ihn ansieht, als würde die Sonne mit ihm auf- und untergehen, aber gleichzeitig ihren eigenen Wert kennt.

Eine unabhängige Frau, die für sich und ihre Kinder sorgen kann, sollten sie welche haben, wenn er auf Mission ist. Sie sollte Humor haben und sich selbst nicht zu ernst nehmen. Aber vor allem denke ich, dass Grover jemanden braucht, der stark und aufgeschlossen ist und keine Angst hat, sich ihm oder anderen entgegenzustellen, die denken, sie könnten mit ihr machen, was sie wollen.«

Devyn nickte. »Du hast recht. Er kann ziemlich herrisch sein. Und wenn er keine Frau findet, die ihm auf Augenhöhe begegnet, wird er sie im Handumdrehen überrollen.«

»Genau. Er ist gut in dem, was er tut, aber er neigt dazu, die ganze Zeit an die Arbeit zu denken.«

Devyn nickte. »Glaubst du, er wird so jemanden finden?«

»Ja.«

Sie kicherte. »Das hast du wirklich schnell gesagt.«

»Ich glaube, wir sind alle lange Zeit im Leerlauf gefahren. Wir waren glücklich damit, einfach nur ab und zu auszugehen. Dann haben sich Ghost und die Männer in seinem Team einer nach dem anderen verliebt. Ihr Delta-Team ist ebenfalls auf unserem Stützpunkt stationiert. Wir sind zu Trucks und Marys Hochzeit gegangen und haben gesehen, wie wahnsinnig glücklich sie alle waren und wie sie dafür sorgten, ihre Beziehungen und ihre Arbeit unter einen Hut zu bekommen. Ich habe das Gefühl, dass wir alle davon ausgegangen sind, dass wir keine Frau haben könnten, solange wir bei der Delta Force sind. Diese Hochzeit hat uns also die Augen geöffnet. Und wir haben gemerkt, dass wir nicht jünger werden.«

»Dann hat Trigger Gillian kennengelernt«, sagte Devyn.

»Ja. Und es war wie ein Dominoeffekt«, sagte Lucky mit einem Lächeln.

»Glaubst du, dass ihre Beziehungen nur wegen dem, was

Gillian und die anderen durchgemacht haben, funktionieren?«, fragte Devyn.

»Was meinst du?«

»Na, genau das. Gillian und Trigger sind unter extremen Umständen aufeinandergetroffen. Kinley und Lefty mussten diese Zeugenschutzsache durchmachen. Und Aspen und Brain waren tatsächlich gemeinsam auf einer Mission und sie ist verdammt hart. Dann hatten Riley und Oz dieses Drama mit seiner Nichte und seinem Neffen. Mein Leben ist geradezu langweilig im Vergleich zu ihrem und dem, was sie durchgemacht haben.« Sie zuckte mit den Schultern.

Lucky schaute nach den Tieren und sah, dass sie beide in dem flauschigen Bett in der Ecke des Raumes schnarchten. Er stand auf und zog Devyn mit sich hoch.

»Lucky?«, fragte sie, aber er antwortete nicht. Er vergewisserte sich, dass die Haustür verschlossen war, bevor er sie die Treppe hinaufführte. Dann zog er Devyn in sein Schlafzimmer, setzte sich aufs Bett, zog sie näher heran und drängte sie, sich rittlings auf seinen Schoß zu setzen.

Ihre Gesichter waren jetzt auf gleicher Höhe und er wiegte ihren Kopf in seinen Händen. »Hör mir zu, Dev. Es ist mir scheißegal, wie meine Freunde ihre Frauen kennengelernt haben. Ich bin einfach froh, dass sie es getan haben. Ich brauche kein großes Drama, um zu wissen, dass ich dich will. Du musst nicht erst in eine Schießerei geraten oder von verrückten Terroristen erstochen werden. Du musst für mich nicht erst eine traumatische Erfahrung durchmachen, um zu wissen, dass ich dich liebe. Ich tue es einfach. Weil du *du* bist. Du warst eine Weile sehr verschlossen und es war die Hölle für mich, meine Zuneigung zu dir im Zaum zu halten. Ich wollte, dass du mich kennenlernst und siehst, dass ich nicht dein Leben übernehmen werde. Ich werde nicht besitzergreifend wie ein Verrückter sein. Du bist eine erwachsene Frau, die ihr Leben auch ohne mich ganz gut im Griff hat. Ich bin damit einverstanden, dass unser Leben verdammt langweilig ist. Das wird nichts daran ändern, was ich für dich empfinde.«

Er beobachtete, wie sie schwer schluckte und sich auf die Lippe biss. »Du liebst mich?«, flüsterte sie.

Lucky grinste. Er sollte wahrscheinlich besorgt sein, dass er gerade damit herausgeplatzt war, aber da sie sich nicht aus seiner Umarmung gerissen hatte und ihn entsetzt anstarrte, war er beruhigt.

»Ja, Dev, das tue ich. Wie könnte ich dich nicht lieben? Ich wäre so glücklich, wie mein Spitzname es andeutet, wenn du in deinem Herzen auch nur einen Funken von dem findest, wie sehr ich dich liebe.«

»Ich liebe dich zurück«, flüsterte sie, als hätte sie Angst, es laut auszusprechen.

Lucky wusste, dass er wie ein Verrückter lächelte, aber er konnte nicht anders. »Tut mir leid, ich konnte dich nicht ganz verstehen. Kannst du das wiederholen?«

Devyn runzelte die Stirn. »Du hast mich verstanden.«

»Nein. Ich denke, du musst es noch einmal sagen. Ich meine, ich bin älter als du und ich habe ein paar Explosionen durchgemacht. Mein Gehör ist nicht mehr das, was es einmal war.«

»Du hast Angel neulich aus zwei Räumen weiter winseln gehört. Du bist rübergegangen, um nachzusehen, was das Problem war, und hast festgestellt, dass das Leckerli, das du ihr gegeben hattest, irgendwie unter die Couch gerutscht war und sie es nicht erreichen konnte«, erklärte Devyn.

»Hmmm, da musst du dich irren, das kann ich nicht gehört haben«, sagte Lucky zu ihr, immer noch lächelnd.

Devyn rümpfte die Nase. Und anstatt zu sagen, was er

hören wollte – nein, hören musste –, legte sie ihre Hände an seine Seiten und kitzelte ihn.

Lucky stieß einen geradezu mädchenhaften Schrei aus und fing sofort an zu lachen. Er war extrem kitzlig, etwas, das er noch nie jemandem erzählt hatte. Und doch wusste seine Frau irgendwie genau, wo sie ihn berühren musste, um ihn völlig hilflos zu machen.

Er versuchte, sich herauszuwinden, aber Devyn ließ nicht nach. Sie kitzelte ihn gnadenlos weiter.

»Hilfe!«, schrie Lucky und versuchte vergeblich, sich aus ihrem Griff zu winden. »Ich gebe auf!«

»Gib zu, dass du gut hörst!«, verlangte sie und glitt mit den Händen unter sein Hemd, um die Folter zu verstärken.

»Ja, alles! Bitte, um Gottes willen, hör auf!«

»Heilige Scheiße, und du nennst dich einen Delta-Soldaten?«, fragte sie, als ihre Finger endlich zur Ruhe kamen.

Lucky schloss erleichtert die Augen. Er lag auf dem Rücken und Devyn saß immer noch auf seinen Hüften, aber sie hatte ihre Hände noch nicht unter seinem Hemd hervorgezogen.

»Kitzeln war nicht Teil des Foltertrainings«, erwiderte er schwach.

Devyn kicherte. Dann lachte sie. Dann lachte sie unkontrolliert. Lucky nutzte die Gelegenheit, um sich umzudrehen und ihren Körper unter seinem einzuklemmen. Aber sie hörte immer noch nicht auf zu lachen. Es machte ihm nichts aus, dass er es war, über den sie lachte. Wer hatte schon jemals davon gehört, dass ein Elitesoldat durch weniger als eine Minute spielerisches Kitzeln zu Fall gebracht werden konnte?

Er konnte ihr stundenlang vorbehaltlos beim Lachen zusehen. Als sie sich endlich unter Kontrolle hatte, sah sie ihn mit Tränen in den Augen an. »Das war unbezahlbar«, sagte sie.

»Ich liebe dich«, sagte Lucky leise. »Du bringst Freude in mein Leben, und das hat noch keine andere Frau getan. Ich war glücklich und zufrieden und redete mir ein, dass ich nicht im Geringsten einsam war. Dann bist du hierhergezogen und mir wurde klar, wie langweilig mein Leben wirklich war. Ich kann dich nicht verlieren, Dev. Wenn ich Fehler mache, sag es mir sofort, damit ich mich entschuldigen und in Ordnung bringen kann, was ich vermasselt habe. Wenn ich nicht genügend Zeit mit dir verbringe oder du dich ignoriert fühlst, sag es mir um Gottes willen. Bitte! Ich könnte es nicht ertragen, wenn du mich wegen etwas verlässt, das ich beheben könnte.«

»Ich liebe dich zurück«, sagte sie. »Und dasselbe gilt für mich. Ich versuche, mich nicht in Dramen hineinziehen zu lassen, aber wenn doch, dann sag es mir. Ich möchte nicht, dass du dich fühlst, als spieltest du die zweite Geige in unserer Beziehung. Wenn ich zu viel über die Arbeit rede oder mir nicht genügend Zeit für dich nehme, dann hast du die Erlaubnis, mich zu entführen.«

»Niemand wird hier entführt«, sagte Lucky, dann strich er ihr eine Haarsträhne aus der Stirn. »Wirst du mich nun mit dir schlafen lassen, damit ich dir zeigen kann, wie viel du mir bedeutest?«

»Dich lassen? Nein, ich flehe dich an, dich zu beeilen und mich endlich zu ficken.«

Lucky grinste. Verdammt, diese Frau war perfekt für ihn. »Du magst es schnell und hart?«, fragte er und wiegte seine Hüften gegen sie.

»Ich habe das Gefühl, dass mir mit dir alles gefallen wird, was du mir geben willst.«

»Gute Antwort«, sagte Lucky mit einem Grinsen. »Wie wäre es, wenn wir uns einfach gehen lassen?«

»Klingt wie ein Plan. Aber ... ich muss zuerst meine Zähne putzen und pinkeln. Und vielleicht ein paar Klamotten ausziehen.«

»Sehr zweckmäßig«, scherzte er.

Devyn zuckte mit den Schultern. »Ich habe nie verstanden, wie sich Leute in Liebesromanen und Filmen im Liegen nackt auszuziehen können. Das ist viel komplizierter, als es aussieht. Es ist doch viel einfacher, alles auszuziehen, bevor man ins Bett geht.«

»Richtig«, stimmte Lucky zu. »Obwohl ich dir später die Kleidung Stück für Stück ausziehen möchte. Es ist höllisch sexy, sein Geschenk langsam zu enthüllen.«

»Abgemacht, solange ich den Gefallen erwidern kann.«

Lucky starrte sie lange wortlos an.

»Was?«, fragte sie ein wenig verlegen.

»Ich will mir diesen Moment nur einprägen«, antwortete Lucky.

Devyn lächelte zärtlich. Dann sagte sie: »Wenn du dich jetzt nicht bewegst, werde ich dich wieder kitzeln.«

Lucky rollte sofort von ihr herunter. »Sadistin«, grummelte er.

Sie lachte. »Ich möchte dich küssen und dich nackt sehen, aber ich möchte nicht aus dem Mund stinken, wenn wir zum ersten Mal miteinander schlafen.«

»Du riechst nicht aus dem Mund«, sagte er zu ihr.

Sie sah ihn mit hochgezogener Augenbraue an.

»Warte, stinke ich?«, fragte er entsetzt.

Sie antwortete nicht, grinste nur und ging ins Badezimmer.

Lucky schüttelte den Kopf, als sie drinnen verschwand, aber er ging schnell ins Gästebad auf dem Flur, um sich selbst die Zähne zu putzen. Offensichtlich musste er versuchen, einen klaren Kopf zu bewahren, wenn sie in der Nähe war. Sie scherzte gern und er liebte es verdammt noch mal. Noch nie hatte er in Gegenwart einer Frau so viel gelacht wie mit ihr.

Innerhalb von zwei Minuten war er wieder in seinem Schlafzimmer. Er hatte sein T-Shirt und seine Cargohose ausgezogen, stand unbeholfen neben dem Bett und wartete darauf, dass Devyn zurückkam. Vielleicht war das der Grund, warum sich die Leute erst auszogen, wenn sie schon im Bett lagen. Es war ihm irgendwie unangenehm, fast nackt da zu stehen und auf sie zu warten.

Dann war sie da.

Und sie schockte ihn fast zu Tode, als sie völlig nackt aus seinem Badezimmer kam.

Er hatte erwartet, dass sie ein Handtuch trug oder ihren BH und ihr Höschen anbehalten würde. Aber nackt wie am Tag ihrer Geburt kam sie auf ihn zu ... und ihm lief buchstäblich das Wasser im Mund zusammen.

Ihre Wangen erröteten. Die Röte stieg von ihrer Brust langsam auf bis in ihr Gesicht. Wahrscheinlich, weil er sie so anstarrte. Aber er konnte den Blick nicht von ihrem Körper abwenden. Ihre Brüste waren klein, aber gekrönt mit köstlichen Nippeln, die bereits steinhart waren. Ihr blondes Haar strich über ihre Brüste, was ihn dazu brachte, ihre Strähnen auf seinem eigenen Körper spüren zu wollen, wenn sie sich auf ihn setzte. Obwohl sie schlank war, hatte ihr Bauch eine kleine Wölbung, was er höllisch sexy fand. Ihre Beine schienen endlos zu sein und Lucky konnte nicht anders, als sich vorzustellen, wie sie sich um ihn gewickelt anfühlen würden, während sie ihre Fersen in seinen Hintern drückte, wenn er tief in sie hineinglitt.

Als er daran dachte, erinnerte er sich daran, dass er sie

ohne Kondom nehmen konnte, was seinen Schwanz in seinen Boxershorts wachsen ließ. Gedankenverloren schob Lucky die Unterhose herunter und befreite seinen Schwanz. Er spürte, wie er auf und ab pulsierte wie zur Begrüßung.

Das erleichterte Lächeln auf ihrem Gesicht war jedes Unbehagen, das er hatte, nackt dazustehen, wert. »Komm her«, sagte er und streckte eine Hand aus.

Devyn ging sofort auf ihn zu und hielt seine Finger fest, als wären sie eine Rettungsleine. Das wollte er für sie sein.

»Sehr mutig«, sagte er zu ihr.

»Das bin ich eigentlich nicht«, erwiderte sie. »Aber ich dachte, es wäre seltsam, mit einem Handtuch herauszukommen … besonders nachdem ich vorhin so dick aufgetragen habe.«

»Zwischen uns würde nichts seltsam sein«, sagte Lucky zu ihr. »Tu, worauf du Lust hast. Immer.« Dann zog er sie in seinen Körper. Das Deckenlicht im Zimmer war noch an und Lucky war dankbar dafür. Er wollte jeden Zentimeter von Devyns Körper sehen, während er sie nahm.

In dem Moment, in dem er ihre Haut an seiner spürte, verschwand jede Nervosität darüber, was gleich passieren würde. Es fühlte sich so richtig an. Er strich mit seiner Hand über ihren Rücken und es gefiel ihm, wie weich und seidig ihre Haut war. Sie war so anders als er. Er war hart und hatte Schwielen. Sie war weich und geschmeidig.

»Das ist ein Totenkopf«, sagte Devyn überrascht.

Lucky bemerkte, dass sie den Blick auf das Tattoo auf seiner Schulter gerichtet hatte. »Ja.«

»Ich habe vorher nicht genau gesehen, was es war. Ich dachte, es wäre etwas Stammesmäßiges«, sagte Devyn zu ihm.

»Ich habe es machen lassen, nachdem ich zur Delta Force kam. Es schien angemessen. Der Totenkopf steht für

Sterblichkeit und erinnert mich daran, dass ich nicht unsterblich bin. Ich bin vielleicht ein Delta-Soldat, aber ich bin nicht unbesiegbar. Es erinnert mich daran, immer wachsam zu bleiben, sonst kann ich genauso enden wie die Terroristen, die wir jagen. Es ist allerdings ein bisschen gruselig, also zeige ich es nicht oft.«

»Ich mag es. Es passt zu dir«, sagte Devyn und fuhr mit den Fingern darüber.

Es hätte keine so große Erleichterung für ihn sein sollen, dass sie sein Tattoo nicht hasste, aber Lucky musste sich an die entsetzte Reaktion einer anderen Frau erinnern, die es gesehen hatte. Er war nicht mit ihr zusammen gewesen. Es war bei einem Volleyballspiel auf dem Stützpunkt gewesen. Und er hatte gehört, wie sie ihren Freundinnen erzählt hatte, wie schrecklich es war und dass sie nicht glauben konnte, dass er seinen Körper so ruiniert hatte, indem er sich etwas so Hässliches hatte tätowieren lassen.

Er war äußerst vorsichtig damit geworden, vor wem er sein Hemd auszog. Aber zu wissen, dass Devyn davon nicht abgestoßen war, und zu sehen, wie sie sich die Lippen leckte, als sie es untersuchte und vielleicht sogar angemacht davon war, trug viel dazu bei, die Worte der anderen Frau verblassen zu lassen.

»Starrst du mir jetzt die ganze Nacht auf die Schulter oder treiben wir es?«, neckte er.

Ihr Blick traf auf seinen. »Hast du es eilig?«

»In gewisser Weise schon«, erwiderte er und drückte seine Hüften gegen sie. Sein Schwanz tropfte schon und er wusste, dass sie es an ihrem Bauch spüren konnte. Er war froh, dass er sich nicht verrenken müsste, um mit ihr zu schlafen. Sie waren fast perfekt ausgerichtet. Es würde nicht schwer sein, sie im Stehen zu nehmen, gegen die Wand, in der Dusche ... Er stöhnte, als die sinnlichen Bilder durch sein Gehirn schossen.

Als wüsste sie, was er dachte, lächelte Devyn und hob ein Bein, schlang es um seinen Oberschenkel und öffnete sich ihm.

»Das reicht. Ab ins Bett«, erklärte Lucky, drehte sie herum, hob sie hoch und warf sie praktisch auf die Matratze.

Devyn lachte und rutschte sofort nach hinten, um ihm Platz zu machen, damit er sich zu ihr gesellen konnte. Lucky kroch auf Händen und Knien zu ihr, bis er über ihr schwebte. »Ich wollte dich zuerst verwöhnen«, sagte er ernst. »Aber ich glaube nicht, dass ich warten kann.«

Sie schob ihre Hand zwischen sie und griff nach seinem Schwanz. Lucky atmete scharf ein, als sie ihn streichelte. »Ich könnte dir einen blasen«, bot sie an.

Bei dem Gedanken an ihre Lippen um ihn stöhnte Lucky. Er ging auf die Knie, griff nach unten und schob ihre Hand zur Seite. Dann drückte er fest seinen Schwanz, um zu verhindern, dass er auf der Stelle kam. »Heilige Scheiße, Frau. Das kannst du mir nicht antun.«

»Was? Anbieten, dir einen zu blasen?«, neckte Devyn.

»Ja, zumindest nicht, bevor ich ein paarmal in dir gekommen bin. Vielleicht habe ich dann mehr Kontrolle, aber ich schätze, bei dir werde ich immer nur sehr kurz davor sein«, erklärte er ihr ehrlich.

»Wenn mich das abschrecken soll, tut es das nicht«, informierte sie ihn. »Ich weiß nicht, warum Männer so erpicht darauf sind, stundenlang durchzuhalten. Ehrlich gesagt, nach einer Weile tut das ganze Rein und Raus weh. Da ist mir ein netter, schneller Fick so viel lieber.«

»Du kommst leicht?«, fragte Lucky, verzweifelt auf der Suche nach so vielen Informationen, wie er von ihr bekommen konnte, damit er es für sie beide gut machen konnte.

Die Röte kehrte auf ihre Wangen zurück, aber sie nickte. »Normalerweise benutze ich einen ziemlich starken Vibrator. Ich kann innerhalb einer Minute kommen, wenn ich es darauf anlege.«

»Das will ich sehen«, erklärte Lucky.

»Nun, nicht heute Abend, da ich ihn nicht mitgebracht habe«, sagte sie zu ihm.

Damit konnte er umgehen. Er spreizte ihre Beine, als er sich langsam vorwärtsbewegte.

Sie grinste ihn an und er liebte den lustvollen Ausdruck in ihren Augen. Lucky griff zwischen ihre Beine. Er hatte vielleicht im Moment nicht die Geduld, sie zu lecken, aber er konnte definitiv dafür sorgen, dass sie kam, bevor er sie nahm.

Er legte seinen Daumen direkt auf ihre Klitoris und beobachtete ihre Reaktionen, während er erforschte, welche Art von Berührung sie anmachte.

»Oh ja, härter«, schmeichelte sie.

Lucky wusste, dass er ein dummes Grinsen im Gesicht hatte, aber er konnte nicht anders. Er konnte ihre Erregung förmlich riechen, und das machte diesen Moment noch sinnlicher. Das helle Licht über ihm erlaubte ihm zu sehen, wie rosa ihre Schamlippen waren, und er benutzte ihre Säfte als Gleitmittel für seine Finger, während er weiter ihre Klitoris streichelte.

Sie begann, subtil ihre Hüften auf und ab zu bewegen, als er sie dem Orgasmus immer näher brachte. Mit einem Finger seiner anderen Hand drang er sanft in ihren Körper ein und erhöhte den Druck, als sie sofort anfing, sich selbst mit seiner Hand zu ficken.

»Ich bin kurz davor!«, stöhnte sie und schnappte nach Luft.

Er brauchte diese Warnung nicht. Er konnte es daran erkennen, wie ihre Brust rot wurde und wie ihre Schenkel zu zittern begannen. So war sie so verdammt schön, wie sie vor ihm lag und sich ihrer Begierde hingab. Er würde es ihr geben. Und er fühlte sich dabei drei Meter groß. Lucky wollte sich nach unten beugen und eine ihrer Brustwarzen in den Mund nehmen. Er wollte sie küssen. Er wollte alles, aber zuerst musste er sehen, wie sie zum Höhepunkt kam. Er wollte zusehen, wie er sie zum Orgasmus brachte.

»Komm für mich, Liebling«, krächzte er, während sie ihre Beine weiter spreizte und sich noch stärker mit seinen Fingern penetrierte.

»Aargh!«

Das Geräusch, das sie machte, als sie kam, war verdammt süß. Ohne ihr eine Vorwarnung zu geben, griff Lucky nach seinem Schwanz und ließ ihn direkt ein kleines Stück in ihren Körper gleiten, als sie von ihrem Orgasmus zitterte.

»Mehr«, befahl sie, packte seinen Hintern und versuchte, ihn in sich hineinzuziehen.

Das Gefühl ihres heißen, feuchten Körpers, der versuchte, seinen Schwanz zu umklammern, war überwältigend. Er hatte noch nie zuvor etwas so Erstaunliches gefühlt. Schnell schob er sich vollständig in sie hinein, ohne viel darüber nachzudenken, wie es sich für sie anfühlen könnte. Er konnte es nicht mehr abwarten. Er brauchte mehr. Mehr von diesem Hautkontakt. Lucky fühlte sich, als würde er gleich explodieren.

Seine Hoden lagen eng an seinem Körper an und er wusste, dass er den Kampf um die Kontrolle verlieren würde, bevor er bereit dazu war. Er wollte für immer so in ihr bleiben. Er wollte spüren, wie ihre inneren Wände gegen die extrem empfindliche Haut seines Schwanzes drückten und ihn streichelten. Es war, als wäre er wieder Jungfrau. Er hatte keine Kontrolle.

»Ich muss mich bewegen«, krächzte er.

»Ja, mehr«, hauchte Devyn.

Er wollte es langsam angehen und jede Sekunde dieses Geschenks genießen, das sie ihm machte. Nicht nur ihren Körper, sondern dass sie ihm genug vertraute, ihn ohne Schutz in sich hineinzulassen. Aber er konnte es nicht. Als er das erste Mal seine Hüften nach hinten zog, verschwand jeder Gedanke an langsam und ruhig.

Die Art und Weise, wie es sich anfühlte, als sein Schwanz in sie glitt, war etwas, das er noch nie zuvor gefühlt hatte. Er konnte ihre Hitze bis in die Knochen spüren.

Lucky stieß seinen Schwanz wieder in sie hinein, um es erneut zu spüren. Devyns kleine Brüste wackelten und er spürte, wie ihre inneren Muskeln sich um seinen Schwanz klammerten, als er seine Hüften zurückzog.

Er hatte keine Ahnung, wie viele Stöße er aushalten würde. Er wusste nur, dass er im Paradies war. Als er spürte, wie sie ihre Beine hob, sie um ihn legte und dann ihre Fersen in seinen Hintern bohrte ... war es um ihn geschehen.

Er nahm sie, als wäre es das letzte Mal, dass er jemals in einer Frau sein würde. Hart, schnell und verzweifelt. Als sie ihre Hand um seinen Bizeps legte und ihren Griff so festigte, dass er wusste, er würde die Spuren ihrer Fingernägel tragen, explodierte Lucky.

Er stieß wie verrückt zu und vergrub seinen Schwanz so tief es ging in ihr, bevor er losließ.

Er füllte sie mit der wohl größten Ladung Sperma aller Zeiten. Er konnte spüren, wie sich seine Säfte tief in ihrem

Körper mit ihren vermischten, was einen zweiten, weniger intensiven Orgasmus verursachte. Seine Hoden fühlten sich feucht an von ihren Körperflüssigkeiten. Selbst dieses Gefühl war aufregend und neu.

»Verdammt«, flüsterte er. Seine Arme zitterten, als er sein Bestes tat, um sich über ihr zu halten und sie nicht mit seinem Gewicht zu erdrücken.

Aber Devyn legte ihre Arme um ihn und sagte: »Leg dich hin. Du wirst mir nicht wehtun.«

Er tat, was sie sagte. Sie behielt ihre Beine um seine Taille und er blieb halb hart in ihrem Körper. Lucky bemerkte, dass er nicht sofort aufstehen und das Kondom entsorgen musste, damit es nicht auslief. Es gab kein Kondom und sie waren bereits klatschnass. Es war sinnlich und so verdammt sexy. Und ein bisschen schmutzig. Er grinste an ihren Haaren.

»Worüber zum Teufel grinst du so?«, fragte sie und klang ein wenig verärgert.

Lucky hob den Kopf, hielt aber den Rest seines Körpers gegen ihren gepresst. »Ich habe gerade darüber nachgedacht, wie viel Wäsche wir waschen müssen.«

»Ernsthaft? Du denkst an Wäsche? Was zum Teufel ist los mit dir?«

Lucky konnte nicht aufhören zu lächeln. »Wir machen eine ziemliche Sauerei hier«, sagte er zu ihr und drückte seine Hüften gegen ihre, um seinen Standpunkt klarzumachen.

»Oh!«, sagte sie.

»Ja, oh«, wiederholte er. »Mir war nie klar, wie unordentlich das zugehen kann.«

»Wenn du denkst, das hier ist eine Sauerei, dann warte nur, bis das, was du in mich gepumpt hast, wieder herauskommt.«

»Es kommt wieder heraus?«, fragte Lucky.

Devyn brach in Gelächter aus. »Natürlich! Was dachtest du denn? Dass es von meinem Körper absorbiert wird?«

Er zuckte unsicher mit den Schultern.

»Dann habe ich Neuigkeiten für dich, Kumpel. So funktioniert das nicht. Ich bin kein verdammter Schwamm. Was hineingeht, kommt irgendwann auch wieder heraus. Ich meine, ich habe es noch nicht selbst erlebt, weil ich immer Kondome benutzt habe, aber ich habe genug darüber gehört, wie solche Quickies für Frauen ausgehen. Für Männer ist es *bim, bam, danke Ma'am*, aber Frauen müssen sich danach noch eine ganze Weile mit der Suppe auseinandersetzen.«

»Das will ich sehen«, verlangte Lucky.

»Was? Nein! Lucky!«, beschwerte sich Devyn, als er sich langsam herauszog und sich dann hinkniete, um zwischen ihre Beine zu schauen.

»Gott, das ist so peinlich«, sagte Devyn, als Lucky ihre Beine spreizte und zusah, wie sein Sperma aus ihrem Körper floss.

»Ist es nicht«, beharrte er. »Es ist verdammt sexy.« Er griff nach unten, ließ einen Finger in ihre Spalte gleiten und nahm etwas von ihren kombinierten Säften auf. Dann benutzte er denselben Finger, um ihre Klitoris zu streicheln. Devyn zuckte zusammen.

»Wie ich sehe, werden wir in naher Zukunft kein Gleitmittel mehr brauchen«, sagte er mit einem Grinsen.

»Ich schlafe nicht auf diesem nassen Fleck«, erklärte Devyn.

»Einverstanden. Also ... was denkst du darüber, es noch einmal zu versuchen, jetzt, da ich etwas entspannter bin?«

»Noch mal?«, fragte sie ungläubig.

»Allerdings. Los, auf die Knie, Dev.«

Devyn drehte sich schnell um. Das hatte sie noch nie erlebt. Sie war noch nie mit einem Mann zusammen gewesen, der es in einer Nacht zweimal geschafft hatte. Verdammt, sie war selbst noch nie zuvor zweimal zum Höhepunkt gekommen. Aber sie hatte das Gefühl, dass sie mit Lucky in vielerlei Hinsicht Dinge zum ersten Mal erleben würde.

In der Sekunde, in der sie sich in Position begab, stöhnte Lucky. »Heilige Scheiße, ich wünschte, du könntest das sehen.«

»Ich denke, ich passe«, murmelte Devyn ins Kissen. Sie konnte spüren, wie ihre Körperflüssigkeiten an den Innenseiten ihrer Schenkel hinunterliefen. Er war offensichtlich sehr erregt gewesen, sie ohne Kondom zu nehmen, nach der Menge an Sperma, die über ihre Schenkel lief, zu urteilen.

»Es tut mir leid, aber das ist so verdammt sexy«, sagte Lucky zu ihr. Er griff nach ihrer Hüfte, dann spürte sie, wie die Spitze seines Schwanzes erneut gegen ihre geschwollene Spalte stieß.

Er fühlte sich in dieser Position noch größer an und Devyn machte sich nicht die Mühe, ihr Stöhnen zu unterdrücken, als er in sie eintauchte. Als er sich zurückzog, konnte sie hören, welche Geräusche ihre Körper machten.

Sie lachte und nun war Lucky an der Reihe zu stöhnen.

»Wow, ich kann es um meinen Schwanz spüren, wenn du lachst.«

Und Devyn wurde in diesem Moment klar, dass sie noch nie zuvor beim Sex gelacht hatte. Es gefiel ihr. »Warte nur, bis ich mit dir im Mund lache«, schnurrte sie. Sie hatte keine Ahnung, woher diese Verbalerotik plötzlich kam.

»Verdammt«, fluchte er und Devyn lachte erneut.

Er begann, sie hart zu ficken. Das Geräusch ihrer aufeinanderklatschenden Haut hallte durchs Zimmer. Sie lehnte sich gegen ihn, als er sie nahm, und wollte mehr. Sie wollte alles.

»Streichle dich selbst«, forderte Lucky. »Ich möchte spüren, wie du um meinen Schwanz kommst.«

Devyn tat sofort, was er verlangte. Sie war so erregt, dass sie unbedingt noch einmal kommen wollte. Ihre Fingerspitzen streiften Luckys Schwanz, als er in ihren Körper fuhr, und sie liebte es, ihn vor Ekstase stöhnen zu hören.

Ihre Schenkel begannen zu zittern vor Anstrengung, sich aufrecht zu halten, und sie spürte, wie Lucky einen Arm um ihren Bauch legte, um ihr zu helfen, das Gleichgewicht zu halten.

»Das ist es, Dev. Ich kann fühlen, wie du dich um mich verengst. Gott, das fühlt sich so gut an, du hast ja keine Ahnung! Komm für mich, Liebling. Ich kann es nicht mehr lange aushalten.«

Zwei weitere harte Stöße und Devyn explodierte. Sie machte ein seltsames Grunzen und stöhnte und alles wurde für eine Sekunde weiß. Als sie wieder zu sich kam, spürte sie Luckys Leisten eng an ihrem Hintern und er kam erneut in ihr.

Er hielt für einen langen Moment inne. Devyn konnte fühlen, dass ihr fast das Herz aus der Brust sprang. Sie hatte keine Energie, etwas anderes zu tun, als sich von Lucky halten zu lassen. Sie stöhnte, als er sich langsam herauszog.

»Ernsthaft ... das ist so verdammt heiß«, sagte er, bevor er sie herunterließ und sich von hinten an sie schmiegte. Mit einer Hand strich er über ihren Körper und legte sie auf ihre feuchte Muschi. Mit seinen Fingern spielte er träge mit ihren feuchten Lippen und sie brachte nicht die Energie auf, sich deswegen zu schämen.

»Ich liebe dich«, sagte er.

»Ich liebe dich zurück.«

»Dies wird funktionieren«, sagte er, als wollte er sie herausfordern, ihm zu widersprechen.

»Okay«, murmelte sie.

»Ich werde dich nicht mehr gehen lassen, und das nicht nur, weil ich süchtig nach deiner Muschi bin, sondern weil ich zum ersten Mal in meinem Leben wirklich glücklich bin. Ich verstehe es jetzt. Ich verstehe, worum es geht, jemanden zu haben, mit dem man jeden Tag jede Minute verbringen möchte.«

Seine Worte fühlten sich gut an. Verdammt gut. »Ich fühle das Gleiche.«

Zärtlich lächelten sie sich gegenseitig an.

Dann, ein wenig unbehaglich angesichts der Intensität ihrer Gefühle, sagte sie: »Ich schlafe trotzdem nicht auf diesem nassen Fleck, egal wie sehr du mich umgarnst.«

Sie spürte mehr, als dass sie es hörte, wie er leise an ihrem Rücken lachte. Dann bewegte er sich. Er drehte sie herum, bis er auf dem Rücken lag und sie seine Schulter als Kissen benutzte. Devyn legte ein Bein über seinen Oberschenkel und ihren Arm um seinen Bauch.

»Besser?«, fragte er.

»Ja, ich sollte aber aufstehen und pinkeln. Das hilft wahrscheinlich mit der Sauerei am nächsten Morgen.«

»Später«, sagte er. »Ich will das genießen.«

Das wollte sie auch. »Lucky?«

»Ja, Liebling?«

»Danke.«

»Wofür?«

»Dafür, dass du du bist.«

Er lachte leise. »Gern geschehen?«

Devyn wusste, dass sie erklären sollte, was sie fühlte, beschloss aber, es sein zu lassen. Worte könnten ihm nie ganz begreiflich machen, wie dankbar sie dafür war, dass er so großartig war. Sie musste einfach ihr Bestes geben, um ihm zu zeigen, wie glücklich er sie machte.

Sie entspannte sich, zufriedener als seit Monaten. Lucky war alles, was sie sich jemals von einem Mann gewünscht hatte ... und sie würde ihn nicht gehen lassen. Sie hatte sich in der Vergangenheit oft Sorgen um ihren Bruder gemacht, aber das hier war anders. Wenn Lucky etwas passieren sollte, würde sie sich nie davon erholen. Aber er liebte seine Arbeit und war verdammt gut darin, und sie würde die beste Partnerin sein, die er je hatte. Wenn Gillian, Kinley, Aspen und Riley mit der Ungewissheit umgehen konnten, mit dem Mitglied einer Spezialeinheit zusammen zu sein, dann konnte sie das auch.

»Hör auf, so angestrengt nachzudenken«, sagte Lucky sanft. »Schlaf.«

Und sie tat es.

Spencer ging in dem Motelzimmer auf und ab, für das er genügend Geld zusammengekratzt hatte. Er war letzten Monat aus seiner Wohnung geflogen und schlief seitdem in seinem Wagen oder schnorrte sich bei den wenigen Freunden durch, die ihm noch geblieben waren. Er schlief ein paar Nächte auf dem Sofa eines Freundes und zog dann zu jemand anderem weiter. Er war sogar eine Weile bei seinen Eltern geblieben, aber er konnte die Enttäuschung und Sorge nicht ertragen, die er jedes Mal auf ihren Gesichtern sah, wenn sie ihn ansahen.

Er hasste es. Spencer wollte, dass sie stolz auf ihn waren, so wie auf seine Geschwister. Und sie wären es. Er musste nur den großen Gewinn abräumen, und sie würden sich wahnsinnig für ihn freuen. Er würde einen Teil seines Gewinns mit ihnen teilen, damit sie den Keller umbauen konnten, wie sie es immer gewollt hatten.

Aber zuerst musste er den Kredit zurückzahlen, den er von Rocky bekommen hatte.

Er kannte den richtigen Namen des Mannes nicht, nur wie er auf der Straße genannt wurde. Er war von mehreren seiner Spielerfreunde gewarnt worden, dass man es sich mit dem Mann nicht verscherzen sollte, aber Spencer hatte verzweifelt Bargeld gebraucht.

Und jetzt, da er am meisten Hilfe brauchte, bekam er sie nicht. Devyn war die Einzige, die er fragen konnte, und sie kehrte ihm den Rücken zu. Ja, er hatte in der Vergangenheit einige Fehler gemacht und sie bestohlen, aber das hier war anders. Sein Leben stand auf dem Spiel.

Als er draußen etwas hörte, stand Spencer auf und spähte vorsichtig um den Vorhang in seinem Zimmer. Ein Mann und eine Frau gingen lachend über den dunklen Parkplatz, wahrscheinlich eine Prostituierte und ihr nächster Kunde. Das Motel war nicht gerade das Vier Jahreszeiten. Die Zimmer wurden stundenweise vermietet. Es war Spencer peinlich, dass er gezwungen war, dort zu wohnen.

Alles, was er brauchte, waren fünftausend Dollar. War das zu viel für Devyn, um ihm das Leben zu retten? Er glaubte nicht, dass es so war. Er brauchte nur eine sichere Wette und würde schnell vierzigtausend Dollar daraus machen. Die könnte er Rocky geben und dann später den Rest zurückzahlen, den er ihm schuldete.

Aber er brauchte diese fünf Riesen.

Wenn er Devyn persönlich bitten würde, könnte er sie vielleicht überreden.

Wenn sie sah, wie verzweifelt er wirklich war, würde sie

ihm das Geld geben, das er brauchte. Das wusste er. Er musste sich eine Ausrede einfallen lassen, warum er in der Stadt war, aber das konnte er problemlos tun. Fred würde sich freuen, ihn zu sehen. Er würde ihn wahrscheinlich sogar in seinem neuen Farmhaus wohnen lassen.

Ganz zu schweigen davon, dass es eine gute Sache wäre, die Stadt zu verlassen, solange Rocky hinter dem Geld her war.

Nachdem er seine Entscheidung getroffen hatte, fühlte sich Spencer, als wäre ihm eine Last von den Schultern genommen worden.

Er würde das beheben. Er würde sich das Geld von Devyn holen und genug gewinnen, um Rocky loszuwerden. Und dann könnte er mit seinem Leben weitermachen. Er war nicht spielsüchtig, wie Devyn immer wieder behauptete. Er konnte mit dem Spielen aufhören, wann immer er wollte. Aber warum aufhören, wenn er wusste, dass er kurz davor stand, groß rauszukommen? Es wäre dumm, jetzt aufzuhören, wo der Jackpot, dem er seit Jahren nachjagte, in Reichweite war.

Er musste nur noch eine Weile durchhalten. Dann würde er allen zeigen, dass er nicht der Versager war, für den alle ihn hielten.

Spencer legte sich auf das Bett und seufzte erleichtert. Jetzt, da er einen Plan hatte, konnte er schlafen. Er musste etwas Geld für Benzin und Verpflegung für seine Fahrt nach Texas auftreiben, dann würde er abhauen. Und ... wer weiß, vielleicht wäre das Glücksspiel im Süden sogar profitabler. Er müsste einige Casinos oder illegale Glücksspielhäuser finden, um es auszuprobieren.

Vielleicht würde er die Hilfe seiner kleinen Schwester gar nicht brauchen.

KAPITEL ZWÖLF

»Ich denke, ich sollte eine Art Provision dafür bekommen, dass ihr alle auf Lucky und mich gewettet habt«, sagte Devyn eine Woche später zu den anderen, als sie alle bei Grover abhingen. Er hatte sie mit Margaritas für die nichtschwangeren Damen und alkoholfreien Getränken für die mit einem Braten in der Röhre sowie für Logan und Bria zu sich gelockt. Während die Frauen auf der Veranda saßen und sich unterhielten, gaben die Männer, mit den Kindern im Schlepptau, ihr Bestes, eine neue Scheune zu bauen. Sie würde wesentlich kleiner sein als die, die sie abgerissen hatten, aber ihnen gefiel die Herausforderung.

»Ich wusste es!«, krähte Aspen vor Freude. »War es toll?«

Devyn seufzte. »So toll«, bestätigte sie.

»Also ... ich habe ein Geständnis zu machen«, sagte Aspen.

»Was?«

»Ich habe gelogen. Es gab keine Wette. Das wäre verdammt unhöflich. Aber ich wollte dir einen Ansporn geben.«

»Du bist gemein«, sagte Devyn lachend.

»Aber wenn du mir danken möchtest, nachdem ich diese Bowlingkugel zur Welt gebracht habe, die ich mit mir herumtrage, würde ich mich freuen, wenn du mir ein oder zwei Drinks ausgibst.«

»Einverstanden«, sagte Devyn zu ihr.

»Ich kann nicht glauben, dass du auf diese ganze ›Wir haben eine Wette abgeschlossen‹-Sache hereingefallen bist«, sagte Gillian lachend.

»Ach, halt die Klappe«, grummelte Devyn, als sie eine zusammengeknüllte Serviette nach der anderen Frau warf.

Alle lachten.

»Aber im Ernst, wir freuen uns für euch«, sagte Kinley mit einem Lächeln. »Ihr habt euch monatelang gegenseitig angeschmachtet. Es ist schön zu sehen, dass ihr endlich etwas dagegen unternehmt.«

»Seid ihr fest zusammen oder geht ihr nur aus?«, fragte Riley.

»Was ist der Unterschied?«, fragte Devyn und rümpfte verwirrt die Nase.

»Nur miteinander auszugehen heißt, dass es nichts Ernstes ist. Ihr mögt euch, aber ihr dürft euch auch weiterhin mit anderen Leuten treffen. Fest zusammen zu sein bedeutet, dass ihr exklusiv seid. Dass ihr sehen wollt, wohin es führen kann, und dass es dir vielleicht sogar recht wäre, ihn eines Tages zu heiraten«, sagte Riley sachlich.

»Ich glaube nicht, dass man das so definieren kann«, sagte Gillian. »Das hast du dir gerade ausgedacht.«

»Vielleicht, aber ich will es trotzdem wissen.«

Devyn kicherte. Gott, sie liebte diese Frauen. »Nach deiner Definition sind wir fest zusammen. Ich mag ihn so sehr, dass es mir fast Angst macht.«

Die vier anderen Frauen strahlten.

»Was? Warum seht ihr plötzlich alle aus, als wärt ihr aus der Irrenanstalt entflohen?«, fragte Devyn.

»Wir freuen uns einfach für dich«, entgegnete Aspen.

»Dass ich Angst habe, macht euch glücklich?«, fragte Devyn.

»Nein, aber das bedeutet, dass Lucky dir wirklich etwas bedeutet. Und wir waren alle in derselben Situation«, versicherte Gillian ihr. »Willst du einen Rat?«

»Habe ich eine Wahl?«, fragte Devyn mit einem breiten Grinsen im Gesicht, um die andere Frau wissen zu lassen, dass sie Spaß machte.

»Nein, also lehn dich zurück und hör zu«, scherzte Gillian. Dann beugte sie sich vor und wurde ernst. »Stell es nicht infrage. Unsere Männer sind intensiv und manchmal etwas voreilig. Aber das tun sie, weil sie den Gedanken nicht ertragen können, uns nicht an ihrer Seite zu haben. Fast so, als würden sie riskieren, dass jemand anderes vorbeikommt und unsere Aufmerksamkeit auf sich zieht, wenn sie uns nicht für sich beanspruchen. Sie wissen allerdings nicht, dass es niemanden gibt, der besser ist als sie, und dass wir niemand anderen wollen. Aber es ist süß, dass sie alles tun, was sie können, um zu beweisen, wie sehr sie auf uns stehen.«

Devyn nickte. »Aber was ist, wenn das Gegenteil passiert? Was, wenn eine andere Frau daherkommt, der sie nicht widerstehen können? Ich meine, Gillian und Kinley haben ihre Männer auf einer Mission kennengelernt. Was, wenn Lucky eine schöne Frau aus den Fängen eines Terroristen rettet und sich Hals über Kopf in sie verliebt? Das würde mich innerlich zerreißen. Und ich kann da auch nicht mithalten. Ich bin nicht mutig. Wenn es zu überwältigend wird, laufe ich davon. Deshalb bin ich überhaupt nach Texas gekommen, um in der Nähe meines Bruders zu sein. Ich wusste, dass Fred hinter mir stehen würde, wenn ich ihn wirklich brauche. Aber als ich hier ankam, hatte ich zu viel Angst, ihm den wahren Grund zu nennen, warum ich Missouri verlassen hatte.«

»Atme, Dev«, sagte Riley.

Devyn wurde klar, dass sie gerade viel mehr preisgegeben hatte, als sie beabsichtigt hatte. Aber mit jedem Menschen, dem sie auch nur einen Funken der Wahrheit offenbarte, schien mehr Gewicht von ihren Schultern zu fallen.

»Erstens bist du die einzige Frau, auf die Lucky ein Auge geworfen hat, seit ihr beide euch kennengelernt habt«, sagte Riley zu ihr. »Sie waren auf mehreren Missionen, seit ihr euch das erste Mal gesehen habt, und er ist jetzt noch genauso vernarrt in dich wie damals. Außerdem habe ich Porter nicht auf einer Mission kennengelernt. Er war mein Nachbar. Ich glaube, langweiliger kann es nicht sein. Und manchmal ist wegzulaufen das Klügste, was man tun kann.«

»Ja, das ist im Grunde das, was ich auch getan habe«, sagte Kinley.

»In den Zeugenschutz zu gehen ist nicht dasselbe«, sagte Devyn mit einem Schnauben.

»Du weißt, dass wir für dich da sind, wenn du darüber reden möchtest«, sagte Gillian sanft.

»Ich weiß. Und ich weiß es zu schätzen«, sagte Devyn. Diese Frauen gehörten zu den offensten und freundlichsten Menschen, die sie je getroffen hatte. An manchen Tagen fiel es ihr schwer zu glauben, wie herzlich sie sie aufgenommen hatten.

»Oh!«, keuchte Aspen aus heiterem Himmel.

Alle drehten sich zu ihr um.

»Was ist los?«

Aspen hatte die Augen weit aufgerissen und war blass. »Ich ... irgendetwas stimmt nicht.« Sie hielt ihren Bauch und beugte sich leicht vor.

»Das Baby?«, fragte Gillian eindringlich.

Aspen nickte. »Es ist zu früh, ich habe noch ungefähr einen Monat Zeit ... aber entweder ist meine Fruchtblase gerade geplatzt oder ich blute.«

Devyn zuckte zusammen, als Gillian ihre Finger an den Mund hob und laut pfiff. Wie geplant hoben alle Männer die Köpfe und eilten auf das Haus zu. Oz hatte seine Nichte auf den Arm genommen und Logan lief neben ihnen her und tat sein Bestes, um Schritt zu halten.

»Was ist los?«, fragte Trigger, als er sich der Veranda näherte.

»Aspens Baby kommt«, sagte Kinley.

»Aspen?«, fragte Brain und nahm zwei Stufen auf einmal, um zu ihr zu gelangen. »Es ist zu früh!«

»Ich weiß«, sagte sie. Es war offensichtlich, dass sie sehr beunruhigt war, aber sie versuchte alles, um ruhig zu bleiben. »Es ist früh, aber nicht zu früh für ihn, um zu überleben.«

Devyn wusste nicht, ob es besser war, das medizinische Wissen zu haben, das Aspen wegen ihrer Ausbildung als Sanitäterin besaß, oder lieber im Unklaren darüber zu sein, was geschah.

»Ich hole den Expedition«, sagte Oz, drehte sich um und lief auf die Wagen zu, die in der Einfahrt geparkt waren.

»Ich habe nichts von meinen Sachen hier«, sagte Aspen, als Brain ihr beim Aufstehen half.

»Wir können deine Sachen holen«, versicherte Gillian ihr.

»Meine Tasche ist schon gepackt«, sagte Aspen zu ihr, kurz bevor sie sich unter einer schmerzhaften Kontraktion krümmte. Der dunkelrote Fleck auf ihrer Hose wurde größer, selbst in den wenigen Sekunden, nachdem sie aufgestanden war.

»Heb sie hoch«, befahl Doc.

Brain nahm seine Frau auf seine Arme. »Es wird alles gut gehen«, sagte er zu ihr. »Dir und dem Baby wird es gut gehen.«

Aspen nickte und legte ihren Kopf an die Schulter ihres Mannes.

»Ich komme mit«, sagte Doc.

»Ich auch«, sagte Gillian.

»Wir treffen uns alle im Krankenhaus«, sagte Kinley.

»Es ist okay, ich bin sicher, es wird ein …« Aspens Worte wurden von einem langen Stöhnen unterbrochen.

»Wir machen uns auf den Weg«, sagte Brain, als er vorsichtig zur Treppe ging. Trigger nahm ihn am Ellbogen, um ihn zu führen und sicherzustellen, dass er mit Aspen in seinen Armen nicht stürzte.

Gillian und Riley folgten ihnen und alle sahen zu, wie sie sich in Oz' Wagen setzten. Er fuhr so schnell rückwärts aus der Einfahrt, dass er fast einen der anderen Wagen gerammt hätte, der gerade um die Ecke kam.

Oz fuhr um den grauen Buick LeSabre herum und raste mit quietschenden Reifen davon.

»Verdammte Scheiße«, fluchte Fred.

Devyn konnte den Blick nicht von dem Wagen abwenden, der gerade angekommen war. Sie wusste genau, wer drinnen saß.

»Er hat angerufen, bevor alle hier waren, und gesagt, er sei in Texas«, sagte Fred entschuldigend zu Devyn. »Er hat keine Bleibe, also habe ich gesagt, er könne bei mir schlafen.«

Devyn wollte ihrem Bruder sagen, dass das eine dumme Idee war und dass er alle Wertsachen wegschließen solle, damit Spencer sie nicht stahl und verpfändete. Aber jetzt war keine Zeit für dieses Gespräch. Aber sie würde sich offensichtlich hinsetzen und mit ihrem Bruder reden müssen, und zwar bald.

»Wir müssen los«, sagte Lefty eindringlich.

»Ihr geht«, sagte Fred zu ihm. »Ich begrüße meinen Bruder und erzähle ihm, was los ist, dann komme ich rüber ins Krankenhaus.«

»Dev?«, fragte Lucky leise, als er einen Arm um ihre Taille legte.

Sie schüttelte den Kopf und versuchte, sich aus der Trance zu befreien, in die sie bei Spencers Anblick geraten war. »Mir geht es gut«, sagte sie leise zu Lucky.

»Sieht aus, als hättet ihr vor auszugehen«, sagte Spencer mit einem breiten Grinsen im Gesicht, als er in Richtung Veranda ging. »Habe ich euch bei etwas unterbrochen?«

»Fahr vorsichtig, Grover«, sagte Lucky, als er Devyn aus Spencers Weg und zu seinem Wagen lenkte.

Devyn hörte, wie Fred ihren Bruder begrüßte und sagte: »Es ist schön, dich zu sehen, Bruder, obwohl das Timing scheiße ist.«

»Atme, Dev«, sagte Lucky zu ihr, als er den Motor anließ.

Sie stieß den Atem aus, den sie angehalten hatte. »Ich kann nicht glauben, dass er hier ist.«

»Wir kümmern uns später um ihn«, sagte Lucky und fuhr auf die Straße.

Devyn nickte. Sie hatte das ungute Gefühl, dass er wegen der fünfzigtausend Dollar hier war, die er brauchte, um sie dem Kredithai zurückzuzahlen. Aber sie hatte ehrlich nicht so viel Geld, um es ihm zu geben. Sie war sich nicht sicher, was er tun würde. Aber sie deswegen zu belästigen würde nicht funktionieren. Im Moment war sie sich ehrlich gesagt nicht sicher, ob sie ihm das Geld geben würde, selbst wenn sie es hätte. Und das gab ihr das Gefühl, die schlimmste Schwester auf dem Planeten zu sein.

»Schau mich an«, forderte Lucky.

Devyn drehte den Kopf. Er hatte Schmutz an der Seite seines Gesichts und seine Haare standen in alle Richtungen ab. Auf dem Weg zum Haus hatte er sein T-Shirt wieder angezogen, aber auch das war extrem dreckig.

Dabei fiel ihr auf, wie alle Männer bei dem geringsten Anzeichen von Gefahr sofort losgelaufen waren. Sie war stolz auf Lucky, genau wie auf alle anderen auch.

»Wir kümmern uns gemeinsam um Spencer. Du brauchst jetzt nicht an ihn zu denken.«

»Ich weiß, ich bin nur ... wenn er Fred bestiehlt, werde ich mich schrecklich fühlen, dass ich ihn nicht gewarnt habe.«

Lucky schüttelte den Kopf und teilte seine Aufmerksamkeit zwischen der Straße und ihr auf. »Ich persönlich finde es gut. Grover ist kein Idiot. Wenn Spencer etwas abzieht, wird er es bemerken. Und es wird dir die Last von den Schultern nehmen, ihm von Spencers Spielgewohnheiten zu erzählen. Aber noch mal, du bist für nichts verantwortlich, was dein Bruder tut, verstanden?«

»Das sagt sich so leicht«, erwiderte Devyn.

»Ich weiß. Aber du bist damit nicht mehr allein«, sagte Lucky zu ihr. »Wenn du willst, dass ich dabei bin, wenn du mit Grover sprichst, bin ich für dich da.«

»Vielen Dank. Lucky?«

»Ja, Liebling?«

»Ich möchte, dass du weißt, dass ich es ernst meine.«

Er blinzelte überrascht. »Das ist gut, denn das tue ich auch.«

»Ich weiß, es hat eine Weile gedauert, bis ich dir eine Chance gegeben habe, aber ich glaube nicht, dass ich jemals einen besseren Mann getroffen habe als dich.«

Er lächelte, und es verschlug ihr fast den Atem.

»Ich lasse dich nicht gehen«, sagte er ehrfürchtig. »Ich meine, wenn du beschließt, dass du mich hasst und wirklich nicht mehr mit mir zusammen sein willst, werde ich nicht einer dieser Typen sein, die sagen, wenn ich dich nicht haben kann, kann dich niemand anderes haben, aber es wird mich umbringen. Und ich denke, ich werde für eine sehr lange Zeit nicht mehr mit jemandem zusammen sein wollen. Aber solange du mit mir zusammen sein willst, werde ich es nicht versauen. Ich gehöre dir, Dev. Für immer.«

Sie lächelte ihn an. »Wann sind wir so verdammt weich geworden?«, fragte sie.

»Das muss an Angel and Whiskers liegen. Ich schwöre, ich war nicht so, bevor ich sie adoptiert habe«, sagte Lucky mit einem Grinsen.

»Ja sicher, gib dem Hund und der Katze die Schuld, die sich nicht wehren können«, neckte sie. Es war kaum zu glauben, aber Devyn fühlte sich zehnmal besser als noch vor ein paar Minuten. Irgendwie hatte Lucky es geschafft, ihr das Wichtigste vor Augen zu führen. Sie war immer noch besorgt darüber, dass Spencer aus heiterem Himmel aufgetaucht war, besonders nachdem er ihr gesagt hatte, dass er fünfzigtausend Dollar brauchte, weil ihn sonst jemand verletzen würde. Aber mit Lucky an ihrer Seite würden sie sich etwas einfallen lassen.

Sie war damit fertig, Spencers Geheimnis für sich zu behalten. Der einzige Weg, wie es ihm besser gehen würde, wäre, wenn sein Problem ans Tageslicht gebracht wurde. Und der erste Schritt war, es Fred zu sagen, dann ihren Eltern und ihren Schwestern. Wenn alle es wussten und Druck auf Spence ausübten, würde er Hilfe bekommen.

Er brauchte Hilfe. So konnte er nicht weitermachen.

Lucky bog auf den Parkplatz der Notaufnahme ein und sofort wanderten Devyns Gedanken zu Aspen. Sie hoffte, dass es ihrem Baby gut ging. Sie und Brain freuten sich seit Monaten auf die Geburt ihres Sohnes. Sie konnte sich nicht vorstellen, wie verängstigt sie gerade sein mussten.

Lucky parkte und sie lief schnell um die Ladefläche seines Pritschenwagens herum, um ihn auf der anderen Seite zu treffen. Er nahm ihre Hand und sie gingen in den Wartesaal. Es gab keine Diskussion darüber, ob oder wie lange sie warten würden. Sie würden für ihre Freundin und seinen Teamkameraden da sein, egal was passierte.

***

Lucky ging im Wartezimmer auf und ab. Sie waren alle in einen separaten, kleineren Raum geführt worden, während sie darauf warteten zu hören, wie es Aspen und ihrem Baby ging. Er war nicht allein mit seiner Angst. Gillian, Kinley, Riley und Devyn saßen zusammengekauert in der Ecke, unterhielten sich leise und taten ihr Bestes, um bei Laune zu bleiben. Er, Oz und Doc gingen auf und ab, während Trigger, Lefty und Grover etwas abseits saßen und überaus wachsam die Tür beobachteten.

Sie waren seit zwei Stunden dort und während Lucky sich Sorgen um seine Freunde machte, war er auch sauer darüber, dass Spencer in Texas war. Er war nicht mit Grover ins Krankenhaus gekommen, aber allein das Wissen, dass er hier und Devyn wegen seines plötzlichen Erscheinens wahrscheinlich gestresst war, machte Lucky nervös. Er wollte Grover am liebsten beiseitenehmen und ihm alles erzählen, um ihn zu warnen. Er wollte ihm sagen, dass er Spencer verdammt noch mal von Devyn fernhalten sollte. Aber er hatte versprochen, den Mund zu halten.

Er hasste es, Geheimnisse vor Grover zu haben. Es widersprach allem, wofür sein Team stand. Aber für Devyn würde er jede verdammte Regel brechen. So wichtig war sie ihm.

Die letzte Woche war eine der besten seines Lebens gewesen. Er schien jetzt alles zu haben. Einen Job, den er liebte, und wenn er abends nach Hause kam, konnte er sich entspannen und zusammen mit der Frau lachen, die ihm einfach ein verdammt gutes Gefühl gab. Ganz zu schweigen von den Nächten, in denen sie Sex hatten und er mit ihr in seinen Armen einschlief.

Und der heutige Tag hatte genauso toll angefangen. Lucky liebte es, in einer entspannten Atmosphäre mit den Männern seines Teams abzuhängen. Sie arbeiteten gut zusammen, sowohl auf dem Schlachtfeld als auch in ihrer Freizeit. Und als er zur Veranda von Grovers Haus hinübergesehen und die Frauen dort lachen gesehen hatte, hatte er diesen Moment sehr genossen und etwas in ihm hatte sich ... beruhigt. Es gab kein Wort dafür, wie er sich gefühlt hatte, als er Devyn lachend mit den anderen wundervollen Frauen gesehen hatte.

Aber sobald sie Gillians Pfiff gehört hatten, hatten alle instinktiv gewusst, dass etwas nicht stimmte. Sie waren zum Haus gelaufen, sobald sie es gehört hatten. Auf den Anblick von Aspens Blut auf ihrer Hose waren sie nicht vorbereitet gewesen. Aber die ehemalige Sanitäterin war ruhig geblieben und die Jungs hatten getan, was sie immer taten ... sie hatten zusammengearbeitet, um die Scheiße zu erledigen.

Dann ritt Spencer inmitten des Chaos ein.

Er war weder erwartet noch willkommen gewesen.

Als hätte er seine Gedanken gelesen, stand Grover auf und ging auf Lucky zu. »Als Spence heute Morgen anrief und sagte, er sei auf dem Weg hierher und würde in wenigen Stunden da sein, hat er mich unvorbereitet erwischt«, sagte er eindringlich. »Wenn er einen meiner früheren Anrufe beantwortet hätte, hätte ich ihm gesagt, dass es keine gute Idee sei hierherzukommen, und hätte getan, was ich konnte, damit er mir erzählt, was zum Teufel zwischen ihm und Devyn vor sich geht. In der Sekunde, in der ich zugestimmt habe, dass er bei mir bleiben kann, wenn er hier ankommt, hat er sich bei mir bedankt und aufgelegt.«

»Du hättest sie vorwarnen sollen«, sagte Lucky zu seinem Freund.

Grover seufzte. »Das weiß ich. Ich habe es nur vergessen, als alle gekommen sind. Ich kann den Ausdruck auf ihrem Gesicht nicht aus meinem Kopf bekommen, als sie ihn sah.«

Lucky nickte. Er hatte es auch gesehen, Schock und Angst. Es war die Angst, die er am meisten hasste. Er hatte die Geschichten über ihre wilden Zwanziger gehört. All die waghalsigen Dinge, die sie getan hatte. Seine Dev hatte vor nichts Angst. Aber als sie ihren Bruder aus seinem Wagen steigen sah, hatte sie Angst bekommen.

»Ich denke, du solltest mit deinem Bruder ein offenes Gespräch führen«, sagte Lucky so diplomatisch wie möglich.

»Ja, das steht auf meiner Agenda«, sagte Grover.

»Wie lange bleibt er?«, fragte Lucky.

»Ich weiß es nicht. Das hat er nicht gesagt.«

»Ich habe Devyn versprochen, dass ich mich nicht einmischen werde und dass ich alles, was sie mir gesagt hat, für mich behalte, aber wenn dein Bruder etwas sagt oder tut, das sie verletzt ... wird es hässlich werden«, warnte Lucky.

Anstatt sich aufzuregen, antwortete Grover ruhig: »Ich habe es schon einmal gesagt und ich sage es noch mal, ich bin froh, dass du mit meiner Schwester zusammen bist. Ich kenne dich besser als jeder andere und ich weiß, dass du das tun wirst, was du für notwendig hältst, um sie zu beschützen ... selbst wenn es gegen ihre eigene Familie geht, mich eingeschlossen.«

Dann klopfte er Lucky auf die Schulter und entfernte sich, um sich wieder hinzusetzen.

Einerseits war Lucky überrascht, andererseits aber auch nicht. Grover war ein guter Mann. Und obwohl er seine Familie liebte, würde ihn das nicht davon abhalten, das Richtige zu tun. Das war ein weiterer Grund, warum er Devyn dazu bringen musste, mit ihm zu reden. Grover würde es verstehen und dafür sorgen, dass Spencer aufhörte, ihre Schwester zu belästigen. Dev brauchte ihn auf ihrer Seite und Lucky musste sie davon überzeugen, ihre Last zu teilen.

»Es ist ein Junge!«, rief Brain aus, als er in den Raum gestürmt kam. Er trug einen Kittel und hatte ein breites Grinsen im Gesicht.

Alle sprangen auf und begannen sofort zu reden.

»Leute, seid still!«, rief Gillian. »Lasst ihn reden!«

»Danke, Gillian«, sagte Brain, immer noch lächelnd. »Sie

haben Aspen in den OP gebracht, um einen Kaiserschnitt zu machen, und Chance Kane Temple wurde ohne viele Probleme zur Welt gebracht. Er ist untergewichtig, da er beschlossen hat, einen Monat zu früh auf die Welt zu kommen, aber seine Lunge ist gesund. Er wird für eine Weile auf der Station für Frühchen bleiben müssen, aber die Ärzte sagen, dass sie keine langfristigen Probleme erwarten.«

Alle atmeten erleichtert auf und gratulierten.

»Was ist mit Aspen?«, fragte Devyn. »Wie geht es ihr?«

»Sie ist okay«, sagte Brain. »Der Arzt sagte, die Blutung kam dadurch, dass die Plazenta den Gebärmutterhals bedeckt hatte. Ich bin mir nicht ganz sicher über alle Details, aber unterm Strich wird es ihr gut gehen.«

»Wann können wir sie sehen?«, fragte Riley.

»Ich weiß es noch nicht. Aber ich weiß, dass sie sich darauf freuen wird, euch Chance zu präsentieren«, sagte Brain.

»*Sie* freut sich darauf, ihn zu präsentieren?«, fragte Doc.

Alle lachten. Die Stimmung im Raum hatte sich sofort aufgehellt, nachdem sie gehört hatten, dass es Mutter und Kind gut ging. Lucky ging zu Devyn hinüber und legte seinen Arm um ihre Taille. Sie lehnte sich sofort an ihn und er liebte es, dass es ihr nichts ausmachte, ihn zu berühren und vor ihren Freunden deutlich zu machen, wie sehr sie aufeinander standen.

»Bist du okay?«, fragte er leise, als er sich hinunterbeugte, um sie leicht zu küssen.

Sie nickte, sagte aber leise: »Nein.«

»Möchtest du bleiben oder zurück zu mir fahren?«, fragte er.

Sie sah zu ihm auf. »Ich bin sicher, du willst für Brain hierbleiben.«

»Das ist nicht das, wonach ich dich gefragt habe, Liebling.«

Sie starrte ihn lange an, bevor sie sagte: »Ich mag es sehr, dass du tun willst, was ich möchte, aber ich möchte dir diesen Moment nicht nehmen. Brain ist der Erste in eurer Gruppe, der ein Baby bekommen hat. Ich weiß, dass du das mit ihm erleben willst.«

»Es wird mehr Babys geben. Und ich bin mir sicher, dass wir alle es innerhalb einer Woche satthaben werden zu hören, wie schlau Chance ist«, sagte Lucky mit einem Lächeln, um sie wissen zu lassen, dass er sie neckte. »Ich mache mir jetzt mehr Sorgen um dich. Ich weiß, dass Spencer dich aus der Fassung gebracht hat, und ich möchte sichergehen, dass es dir gut geht.«

Devyn seufzte. »Im Moment kann ich nichts wegen Spence tun. Und ich denke, wenn wir zu dir zurückfahren würden, werde ich die ganze Zeit gestresst sein und mich fragen, was er vorhat. Ich habe keinen Zweifel daran, dass es kein zufälliger Besuch ist. Er kommt nicht einfach nach Texas, um seinen Bruder und seine Schwester zu sehen. Er braucht Geld, viel Geld. Und er hat wahrscheinlich einen Plan, um daranzukommen. Aber jetzt möchte ich die Geburt des Babys meiner Freundin feiern. Ist das in Ordnung?«

»Natürlich ist es das«, sagte Lucky zu ihr. »Aber wenn du gehen willst, sag einfach Bescheid.«

»Das werde ich. Lucky?«

»Ja?«

»Danke.«

»Du musst mir nicht dafür danken, dass ich auf dich aufpasse, Dev. Es ist mir ein Vergnügen«, sagte Lucky zu ihr. Er küsste sie auf die Stirn und gab ihr einen kleinen Schubs in Richtung der anderen Frauen. »Geh und mach dein Ding. Es wird später noch Zeit sein, sich Sorgen zu machen.«

»Ich liebe dich«, sagte sie leise, nachdem sie einen Schritt zurückgetreten war und zurückblickte.

»Ich liebe dich zurück«, erwiderte er. Und er liebte auch das kleine Lächeln, das über ihr Gesicht huschte, bevor sie sich umdrehte, um sich wieder den anderen Frauen anzuschließen.

KAPITEL DREIZEHN

»Möchtest du Kinder?«, platzte Devyn an diesem Abend heraus.

Sie und Lucky lagen im Bett, beide zu müde, um mehr zu tun, als sich gegenseitig festzuhalten, während sie versuchten, den Tag hinter sich zu lassen. Es war viel los gewesen. Lucky hatte sich den Hintern aufgerissen, um beim Bau der Scheune zu helfen, die sie nicht fertigstellen konnten. Dann der Stress über Spencers Auftauchen. Und schließlich die Sorge um Aspen und ihr Baby. Sie waren lange im Krankenhaus geblieben, um abwechselnd nach Aspen zu sehen und mit Brain zu plaudern.

Es war spät gewesen, als sie zu seinem Reihenhaus zurückgekehrt waren, und sie hatten keine Energie gehabt, mehr zu tun, als schnell etwas zum Abendessen zu holen, die Tiere ein bisschen zu streicheln und dann ins Bett zu fallen.

Aber in der Sekunde, in der sie in die Horizontale ging, meldete sich natürlich Devyns Gehirn und sie konnte nicht schlafen.

»Willst du?«, konterte Lucky.

Devyn kicherte. »Mit der Frage habe ich dich überrascht, nicht wahr?«, fragte sie. »Willst du die Wahrheit?«

»Immer«, erwiderte er.

Sie legte ihre Arme fester um ihn und spürte, wie er sie im Gegenzug an sich zog. Sie liebte es. Der Sex mit Lucky war unglaublich, himmlisch, der beste, den sie je gehabt hatte. Aber das bedeutete nicht, dass sie es jeden Abend tun wollte. Sie brauchte diese Verbindung zu ihm genauso sehr, vielleicht noch mehr. »Ich weiß nicht. Ich meine, ich hatte eine große Familie, als ich aufwuchs, und es war manchmal nervig. Das Geld war immer knapp und es gab Zeiten, in denen ich das Gefühl hatte, keine wirklich enge Beziehung zu meinen Eltern zu haben, weil sie immer viel arbeiten mussten. Ich weiß, dass sie mich lieben und alles für mich tun würden, aber Mom und ich sind nicht wirklich befreundet ... wenn das Sinn macht.«

»Das tut es«, versicherte Lucky ihr.

»Aber andererseits fand ich es toll, immer jemanden zum Spielen zu haben, natürlich nachdem ich aus dem Krankenhaus entlassen worden war. Für nichts in der Welt würde ich meine Beziehung zu Fred eintauschen. Aber es gibt Zeiten, in denen ich denke, ich kann kaum für mich selbst sorgen. Wie um alles in der Welt kann ich da ein Kind bekommen? Ich weiß nichts darüber, Mutter zu werden, und ich mache mir Sorgen, dass ich es mit einem Kind vermasseln könnte. Vielleicht habe ich zu viele dieser Krimisendungen gesehen, in denen Mädchen anfangen, mit einem Jungen auszugehen, den ihre Eltern nicht mögen, also verschwört sie sich mit ihm, um sie zu töten.«

Sie spürte an ihrer Wange, wie Lucky leise lachte. Devyn wusste, dass sie sich lächerlich machte, aber der Gedanke, eine Mom zu sein, war beängstigend. »Aber als ich mir heute den kleinen Chance angesehen habe, musste ich daran denken, wie großartig es wäre, ein Leben in diese Welt zu setzen. Ja, es wäre hart, aber die Belohnung würde die Nachteile überwiegen, denke ich.«

»Also, fragst du mich, damit ich die Entscheidung für uns treffe?«, fragte Lucky.

»Vielleicht?«, sagte Devyn und rümpfte die Nase, als sie den Kopf nach hinten neigte und den Mann ansah, von dem sie vermutete, dass sie ihn bereits mehr liebte, als sie jemals jemanden lieben könnte.

Er lächelte und beugte sich hinunter, um sie auf die Nase zu küssen. »Ich habe nicht viel darüber nachgedacht, um ehrlich zu sein. Ich bin ein Kerl. Wir sitzen nicht herum und fragen uns, ob unsere biologische Uhr tickt oder nicht. Und ich habe mich so auf Missionen und meine Arbeit konzentriert, dass ich einfach nicht wirklich eine Meinung darüber hatte.«

Schweigen breitete sich zwischen ihnen aus.

»Und jetzt?«, hakte Devyn nach einer Weile nach.

»Ganz ehrlich? Mir geht es wie dir. Ich bin mir nicht ganz sicher in Bezug auf Kinder. Im Moment genieße ich die Zeit mit dir allein. Du füllst mein Leben so sehr aus, dass ich mir egoistisch vorkomme, weil ich dich auf absehbare Zeit ganz für mich allein haben will.«

Devyn nickte und legte ihren Arm fester um seinen Bauch.

»Ich war gern Einzelkind. Ich bin überrascht, dass ich mich nicht als völlig verwöhnt herausgestellt habe. Aber ich war manchmal einsam. Wenn wir Kinder haben, denke ich, vielleicht zwei. Und ziemlich dicht beieinander. Auf diese Weise haben sie einander zum Spielen, aber es wird weder sie noch uns überfordern.«

Devyn kicherte. »Willst du auch ihre Geschlechter planen?«, neckte sie.

»Erst ein Junge, dann ein Mädchen«, sagte Lucky sofort. »Nicht dass Mädchen nicht beschützend sein können, aber ich möchte meinem Sohn beibringen, was es bedeutet, auf die Jüngeren und nicht so Starken aufzupassen.«

»Was ist, wenn unsere Tochter am Ende größer und aufgeschlossener wird?«, konterte sie. »Ich möchte ihnen nicht beibringen, sich von Anfang an in Geschlechterrollen einzufügen.«

Lucky lachte und Devyns Kopf wippte dabei auf seiner Schulter auf und ab.

»Was?«, fragte sie und hob noch einmal den Kopf, um ihn anzusehen.

»Wir machen uns lächerlich«, sagte er mit einem Lächeln. »Wir sprechen über Kinder, die wir vielleicht wollen oder auch nicht.«

Devyn erwiderte sein Lächeln. »Wir sind verrückt, nicht wahr?«

Lucky hob eine Hand und strich ihr übers Haar. »Ich liebe dich, Devyn. Obwohl wir nicht gerade jung sind, sind wir auch nicht alt. Wir haben noch viel Zeit, Pläne zu schmieden. Normalerweise würde ich mein Glück nicht herausfordern, indem ich das sage. Karma und so. Aber es stimmt. Ich liebe es, dich für mich allein zu haben. Ich liebe es, dich unten auf dem Sofa ficken zu können, wenn ich will, ohne mir Sorgen machen zu müssen, dass jemand hereinkommt. Ich liebe es, zu deiner Energie und deinem Lächeln nach Hause zu kommen und nicht Schiedsrichter für zankende Kindern spielen zu müssen. Ich liebe es, dir mit Angel und Whiskers zuzusehen und wie sie jeden Tag zutraulicher werden, nur weil du in ihrer Nähe bist. Wenn wir erst mal ein paar Jahre verheiratet sind, können wir dieses Gespräch noch einmal führen, okay?«

Devyn hob die Augenbrauen. »Wir werden heiraten?«, fragte sie.

»Allerdings«, sagte Lucky, ohne sich im Geringsten anzuspannen. »Vielleicht nicht gleich morgen. Wir sind erst seit Kurzem zusammen. Aber ich weiß bereits, dass ich den Rest meines Lebens mit dir verbringen möchte. Ich möchte jeden Morgen mit dir aufwachen und jeden Abend mit dir ins Bett gehen und über unseren Tag reden.«

»Ähm, wow. Okay.«

»Scheiße, verunsichere ich dich gerade?«, fragte Lucky.

»Ein wenig. Aber auf eine gute Art und Weise. Ich hatte nicht erwartet, nach nur ein paar Wochen Beziehung einen Heiratsantrag zu bekommen.«

»Nun, zu meiner Verteidigung, ich wollte dich schon seit einem Jahr. Und ich habe dich auch nicht wirklich gefragt. Ich lasse dich nur wissen, dass diese Beziehung ernst ist. Ich will etwas Langfristiges. Es sei denn, du bist beunruhigt, weil du anders empfindest.«

Jetzt spannten sich seine Muskeln unter ihr an.

»Ich liebe dich, Lucky. Ich gehe nicht herum und sage Männern, dass ich sie liebe, wenn ich nicht an einer langfristigen Beziehung interessiert bin«, versicherte sie ihm schnell, um ihn zu beruhigen.

»Puh«, entgegnete er und fuhr sich mit der Hand über die Stirn, als würde er sich den Schweiß abwischen.

Sie lächelte und war erleichtert, als seine Muskeln sich wieder entspannten.

»Ich freue mich für Aspen und Brain, und für Riley und Oz auch.«

»Ich mich auch«, stimmte Lucky zu. Nach einem Moment sagte er: »Möchtest du über deinen Bruder sprechen?«

Devyn wusste, dass er nicht über Fred sprach. Sie schüttelte den Kopf. »Nein, ich fühle mich jetzt wohl und bin entspannt. An Spencer und seine Motive zu denken würde mich nur stressen. Können wir das Gespräch später führen?«

»Natürlich, aber eine Sache noch, bevor wir das tun.«

Devyn seufzte und nickte.

»Du musst mit Grover reden. Ich weiß, du willst die Beziehung, die er zu Spencer hat, nicht beschädigen, aber er weiß bereits, dass etwas nicht stimmt. Und wenn der Typ hier ist, um zu versuchen, Geld zu bekommen, sollte Grover davon erfahren, da Spencer in seinem Haus wohnt.«

»Ich weiß«, sagte Devyn. Fred würde sich darüber aufregen, dass sie bisher nicht mit ihm gesprochen hatte, auch wenn sie es verschwiegen hatte, um kein Aufsehen in der Familie zu erregen.

Lucky küsste sie auf den Kopf. »Wie sieht dein Zeitplan diese Woche aus?«, fragte er.

Froh, dass er das Thema gewechselt hatte, sagte Devyn: »Ich arbeite morgen von zehn bis drei, habe dann am nächsten Tag Frühschicht, dann habe ich drei Tage frei.«

»Verdammt, wir haben diese Nachtübung vor uns. An deinen freien Tagen werde ich den ganzen Tag und die ganze Nacht arbeiten müssen.«

»Wirst du überhaupt nach Hause kommen?«, fragte sie. »Und dürfen die das? Dich vierundzwanzig Stunden arbeiten lassen?«

Er lachte. »Die Armee kann machen, was sie will. Wir hatten in letzter Zeit ziemlich viel Freizeit. Und wir werden ein Mann weniger sein, weil Brain Vaterschaftsurlaub nimmt. Wir müssen uns am Tag vor unserer Abreise auf das Training vorbereiten und dann die Übungen mit einer Infanteriekompanie durchgehen. Dann müssen wir am Tag danach eine Nachbesprechung durchführen und ein neues

Training planen, das auf dem basiert, was in der Nacht zuvor passiert ist. Dann machen wir das Training noch einmal, diesmal mit einem anderen Delta-Team und einem Infanteriebataillon.«

»Ich werde mir den Unterschied zwischen Trupps, Brigaden, Zügen, Bataillonen und Kompanien nie merken«, beschwerte sich Devyn.

»Einige sind größer als andere«, sagte Lucky unbekümmert.

»Du wirst mich später nicht darüber ausfragen, oder?«, scherzte sie.

»Auf keinen Fall. Es ist mir egal, wenn du nicht alles über die Armee weißt. Es ist irgendwie erfrischend, dass du keine Ahnung hast, wie alles strukturiert ist«, sagte Lucky. »Wie auch immer, also ja, die Armee kann uns so lange arbeiten lassen, wie sie will. Wir machen dasselbe, wenn wir auf einer Mission sind, also ist das nicht viel anders.«

»Es ist Mist, dass du hier bist, aber irgendwie auch nicht«, schmollte Devyn.

»Ich weiß. Aber ich wollte damit eigentlich sagen, dass ich mir nicht sicher bin, wann du die Zeit finden wirst, dieses Gespräch mit deinem Bruder zu führen.«

»Scheiße. Ich werde versuchen, ihn in den nächsten Tagen zu erwischen.«

»Ich möchte wirklich dabei sein, wenn du mit ihm sprichst«, sagte Lucky.

»Wieso?«

»Wieso?«, wiederholte er. »Fragst du ernsthaft?«

Devyn runzelte verwirrt die Stirn und nickte. »Ja.«

»Weil ich hinter dir stehen möchte. Wenn Grover durchdreht, möchte ich da sein, um ihn zu zügeln. Ich kann den Gedanken nicht ertragen, dass du verärgert sein könntest. Und ich weiß, dass es dich verärgern wird. Also möchte ich da sein, um dich zu unterstützen. Scheiße, Dev, ich kann nicht glauben, dass du mich das gefragt hast.«

»Es tut mir leid«, sagte sie, setzte sich auf und starrte ihn an. »Ich ... ich habe mich so lange allein mit Spencer und seiner Sucht auseinandergesetzt. Obwohl du gesagt hast, dass du mit mir kommen würdest, um mit ihm zu reden, fühlte es sich immer noch so an, als sollte ich mich allein darum kümmern.«

»Ich möchte an jeder verdammten Sache in deinem Leben beteiligt sein. Große Entscheidungen, kleine, das spielt keine Rolle. Warte ... willst du mich lieber nicht dabeihaben, weil es Familienkram ist?«

»Nein, das ist es nicht«, sagte Devyn und hasste es, dass er das auch nur eine Sekunde lang denken würde. »Ich will dich dabeihaben. Aber ich möchte in unserer Beziehung nichts tun, was dich beunruhigt oder mich schwach aussehen lassen würde.«

»Du bist nicht schwach«, sagte Lucky. »Verdammt, Frau, ich habe keine Ahnung, warum du das jemals über dich selbst denkst. Komm her«, sagte er und zog sie wieder in seine Arme. »Okay, wir tun, was wir können, um Zeit für ein Gespräch mit Grover zu finden, bevor wir uns auf den Weg machen. Wenn Spencer vorher versucht, mit dir zu reden, vertröste ihn. Wir wissen beide, dass er dich um Geld bitten wird, und ich denke, sobald Grover weiß, was los ist, wird er dafür sorgen, dass Spencer dich nicht mehr ausnutzt.«

»Hoffentlich. Ich liebe meinen Bruder, aber es bringt mich um, dass er sein Leben durch Glücksspiele zerstört. Ich weiß, dass es eine Sucht ist, und er kann nichts dafür, aber die Tatsache, dass er das nicht einsieht und nichts dagegen tut, ist schmerzhaft.«

»Wir werden ihm helfen, Liebling.«

Devyn öffnete den Mund, um mehr zu sagen, aber ein

riesiges Gähnen unterbrach ihre Worte. »Tut mir leid«, murmelte sie.

»Du bist müde«, sagte Lucky unnötigerweise. »Schlaf jetzt. Wir werden die Dinge morgen früh klären.«

»Okay, ich liebe dich, Lucky.«

»Ich liebe dich zurück.«

»Lucky?«

Er lachte leise. »Ich dachte, du wolltest schlafen.«

»Das will ich, aber noch etwas ... stört es dich, dass ich dich Lucky nenne und nicht bei deinem Vornamen Troy?«

»Nein, nicht im Geringsten.«

»Ich habe Fred nur so oft über seine Teamkameraden reden hören, dass ich dich schon als Lucky kannte, bevor ich dich überhaupt getroffen habe. Es wäre komisch für mich, dich anders zu nennen.«

»Für mich wäre das auch komisch. Ich fühle mich nicht wie ein Troy. Nur meine Eltern nennen mich so, und irgendwie denke ich immer noch, dass ich in Schwierigkeiten bin, wenn sie das tun«, sagte er.

»Okay, gut, ich wollte nur sichergehen.«

»Gibt es sonst noch etwas, worüber du sofort reden musst?«, fragte er.

»Nein, ich denke, das war alles.«

»Dann schlaf jetzt.«

Devyn atmete tief ein und aus und genoss das Gefühl von Lucky neben ihr. Sie trug ein Trägerhemd und ein Höschen. Er trug nur seine Boxershorts. Sie liebte es, wie warm er war und wie sich seine Haut an ihrer anfühlte. Ihre Wange ruhte auf seinem Tattoo und die Gegensätzlichkeit zwischen dem Motiv und wie sanft seine Fingerspitzen waren, als er mit ihrem Haar spielte, brachte sie zum Lächeln.

Lucky war ein knallharter Soldat bei der Delta Force,

aber er war auch sanft und liebevoll. Sie verehrte jede Seite des Mannes und hatte das Gefühl, dass sie fast alles andere lieben würde, was sie im Laufe der Zeit über ihn erfahren würde. Sie wusste, dass er nicht perfekt war und dass sie beide Dinge am anderen feststellen würden, die sie verärgerten, aber sie vermutete, dass diese Dinge letztendlich keine Rolle spielten.

Was zählte, war das Gefühl, das er ihr gab. Sie fühlte sich geschätzt. Es würde Zeiten geben, in denen sie ihn wegen seines Jobs nicht sehen konnte, aber Devyn wusste, dass Lucky das auf andere Art und Weise wettmachen würde.

Sie war damit einverstanden, die Frau eines Soldaten zu sein. Sie war fast dreißig und den größten Teil ihres Lebens unabhängig gewesen. Sie konnte selbst das Gras mähen und Glühbirnen wechseln. Sie hatte sogar gelernt, wie man eine Toilette ersetzt, als die in ihrer letzten Wohnung kaputtging und der Vermieter sagte, es würde eine Woche dauern, bis er den Hausmeister dazu bringen könnte, sie zu reparieren. Sie war nicht bereit gewesen, so lange zu warten, und hatte es selbst getan.

Nein, Luckys Engagement für die Armee störte sie nicht. Vor allem nicht, wenn sie wusste, dass sie zu Gillian, Kinley, Aspen oder Riley gehen konnte. Sie würden zusammenhalten, besonders mit ihren Kindern. Riley würde Hilfe mit Logan, Bria und ihrem Baby brauchen und Aspen mit Chance. Ihre Welt wuchs und Devyn könnte nicht glücklicher darüber sein.

»Ich liebe dich«, murmelte sie im Halbschlaf.

Sie spürte Luckys Lippen auf ihrer Schläfe, dann schob er seine Hand unter ihr Trägerhemd, legte sie auf ihren Rücken und zog sie an sich. Es war warm und tröstend. »Ich liebe dich zurück«, sagte er.

KAPITEL VIERZEHN

Wie sich herausstellte, hatte Devyn keine Gelegenheit mehr, mit ihrem Bruder zu sprechen, bevor sein Delta-Force-Team zur nächtlichen Trainingseinheit aufbrechen musste. Als sie sich für ein paar Tage von Lucky verabschieden musste, war sie sauer und irritiert, dass das Gespräch verschoben werden musste. Sie hatte es unbedingt hinter sich bringen wollen.

Sie hatte am Tag nach der Geburt von Aspens Baby lange arbeiten müssen. Als sie Fred danach anrief, hatten er und Spencer bereits etwas getrunken, und sie wollte das Gespräch nicht führen, wenn sie nicht nüchtern waren.

Dann wurde eine der anderen Tierarzthelferinnen krank und sie hatte sich freiwillig gemeldet, die ganze Tagesschicht zu übernehmen, um die Kollegin zu vertreten. Als sie später am Abend wieder anrief, sagte Grover, Spencer sei nicht da und er wisse nicht, wann er zurückkommt. Sie hätte rübergehen und mit Grover reden können, aber Devyn hatte beschlossen, dass sie Spencer dabeihaben wollte. Sie wollte, dass er zu seinen Problemen steht.

Jetzt würde sie zu Grover, Lucky und dem Rest des

Teams für mindestens achtundvierzig Stunden keinen Kontakt haben. Es war Mist, dass sie das Gespräch verschieben musste, aber es war nicht zu ändern.

»Bist du sicher, dass es dir recht ist, hier in meinem Haus zu bleiben?«, fragte Lucky am Morgen, als er zum Stützpunkt aufbrach, um sich zum Dienst zu melden.

»Ich bin sicher. Es ist einfacher für Angel und Whiskers, wenn ich hierbleibe. Es wird für sie weniger traumatisch, als wenn sie den ganzen Tag allein sind. Bist du sicher, dass es für dich in Ordnung ist, wenn ich während deiner Abwesenheit hier bin?«, fragte sie zurück.

Lucky grinste. »Was mich betrifft, kannst du hier so lange bleiben, wie du möchtest.«

Sie sah ihn schief an. »War das deine männliche Art, mich zu bitten, bei dir einzuziehen?«, fragte sie.

»Nein, aber ich tue es jetzt. Devyn, du kannst gern all dein Zeug herbringen, wann immer du willst. Ich weiß, dass das meiste sowieso noch in Kartons in deiner Wohnung steht. Ich liebe dich und ich will dich immer hierhaben. Aber wenn du dich damit noch nicht wohlfühlst, ist das auch in Ordnung. Whiskers, Angel und ich werden hier sein, wenn du bereit bist.«

Devyn schüttelte den Kopf. »Du bist verrückt. Das weißt du, oder?«

»Verrückt nach dir, ja.«

»Gott, das war so kitschig«, erwiderte sie.

Lucky streckte die Hand aus und zog sie an sich. Sie stieß den Atem aus, als sie gegen seine Brust prallte. Dann hob er sie hoch und wirbelte sie im Kreis herum.

Devyn lachte. »Hör auf, mir wird gleich schlecht!«

Er blieb sofort stehen und trat besorgt zurück. »Ernsthaft?«

»Nein«, sagte Devyn mit einem Grinsen. »Aber es hat dich dazu gebracht aufzuhören.«

»Stimmt. Aber im Ernst, ich liebe es, dich hierzuhaben. Ich habe gute Schlösser und ich weiß, dass du hier sicher bist. Ich möchte dich zu nichts drängen, aber du hast bereits einen Schlüssel. Wenn es nach mir geht, wäre ich überglücklich, wenn ich in ein paar Tagen zurückkomme und alle deine Sachen hier sind.«

»Ich ... ich bin gern hier, aber ich bin mir nicht sicher, ob ich dazu schon bereit bin«, sagte Devyn unsicher.

»Das ist okay. Ich weiß, dass ich Druck ausübe, aber ich kann nicht anders. Ich bin einfach bereit, den Rest meines Lebens mit dir zu verbringen.«

Das war süß. Devyn stellte sich auf die Zehenspitzen und küsste ihn.

Sie hatten sich an diesem Morgen fast verzweifelt geliebt. Sie würden nicht einmal sehr lange getrennt sein, aber Devyn war klar, dass sie ihn vermissen würde. Sie hatte sich daran gewöhnt, morgens mit ihm aufzuwachen und die ganze Nacht von ihm gehalten zu werden.

Sie wusste, dass sie sich selbst veräppelte, indem sie sagte, sie sei noch nicht bereit einzuziehen, aber das schien ein so großer Schritt zu sein. Jede Nacht zu bleiben und ihr Shampoo und ihre Spülung in seiner Dusche zu haben, und ein paar Sachen in seinem Schrank und ihre Unterwäsche beim Waschen mit seiner zu vermischen, war keine große Sache ... aber ihren Mietvertrag zu kündigen und all ihren Schnickschnack und ihre Sachen hierherzubringen, war ein sehr großer Schritt. Es machte keinen Sinn, aber sie schätzte es, dass er sie nicht drängte.

Lucky glitt mit seiner Hand unter den Saum ihres Hemdes und drückte sie gegen ihren Rücken. Er tat das die ganze Zeit und sie liebte es, dass er seine Hände nicht von ihr lassen konnte. Seine Zunge duellierte sich mit ihrer und sie atmeten beide schwer, als er sich zurückzog.

»Scheiße, jetzt muss ich mit einem Steifen zur Arbeit«, schimpfte er.

»Ich könnte etwas dagegen tun«, bot Devyn an und wanderte mit ihren Händen über seine Brust zum Verschluss seiner Uniformhose.

Er packte ihre Hände und stoppte sie. »Wenn ich das zulasse, werde ich mich revanchieren und dich ficken wollen. Dann kommen wir beide zu spät«, sagte er bedauernd. »Ich bin in zwei Tagen zurück.«

»Ich weiß«, sagte Devyn schmollend.

Er lachte. »Es ist schön zu wissen, dass du mich vermissen wirst.«

»Ich werde dich vermissen«, stimmte sie sofort zu.

»Pass auf dich auf. Verwöhn die Kinder nicht zu sehr«, warnte er und sprach über Angel und Whiskers.

»Wer, ich?«, fragte Devyn mit unschuldigem Blick.

»Ja, du. Ich glaube, sie mögen dich mehr als mich«, sagte er gelassen.

»Natürlich tun sie das«, gab Devyn zurück.

Er lachte wieder. »Fährst du nach der Arbeit zu Chance ins Krankenhaus?«

»Nicht heute. Gillian fährt heute rüber und Kinley morgen. Ich werde morgen bei Brain und Aspen den Haushalt erledigen und Riley wird kommen, um mir Gesellschaft zu leisten.«

»Ich finde es toll, wie ihr alle mithelft«, sagte Lucky zu ihr.

»Das macht man so für seine Freunde«, antwortete Devyn schulterzuckend.

»Okay, ich muss jetzt wirklich los. Ich wünsche dir ein paar schöne freie Tage.«

»Die werde ich haben. Mein Plan ist, heute mit den Mädchen einen langen Spaziergang zu machen, wenn sie mich lassen. Dann werde ich ein Nickerchen machen, lesen und vielleicht ein Bad nehmen.«

»Hört sich gut an. Ich liebe dich«, sagte Lucky.

»Ich liebe dich zurück«, sagte sie und war insgeheim begeistert, dass sie bereits eine Tradition hatten, wenn es darum ging, ihre Liebesbekundungen miteinander zu teilen.

Lucky küsste sie noch einmal, nickte ihr dann zu und ging zur Tür. Er hielt inne, um Angel und Whiskers zu sagen, dass sie gut zu »Mommy« sein sollten, dann war er weg.

Ohne ihn schien es im Haus zu still und leer zu sein, aber Devyn drängte diesen Gedanken beiseite. Es machte ihr nichts aus, allein zu sein. Zumindest hatte es das nicht, bevor sie Lucky kennengelernt hatte. Trotzdem war sie froh, ein paar Tage zum Entspannen zu haben. Sie mochte ihre Arbeit in der Tierklinik, aber es war harte Arbeit. Und es war schon eine Weile her, seit sie volle Schichten gearbeitet hatte.

Sie musste sich auch entscheiden, was sie in dieser Hinsicht tun wollte. Wollte sie weiterhin Teilzeit arbeiten oder zu Vollzeit wechseln? Anfangs war sie dafür gewesen, Vollzeit zu arbeiten. Jetzt hatte sie Zweifel. Das Geld wäre nett, aber sie würde weniger Zeit mit Lucky und den anderen verbringen können.

Es war wirklich lächerlich. Die meisten Leute arbeiteten Vollzeit, aber sie kam nur mit Teilzeit gut zurecht. Und wenn sie bei Lucky einzog, würden viele der Kosten, die sie im Moment zu tragen hatte, nicht mehr anfallen.

Sie schüttelte den Kopf. Nein, sie würde nicht zu Lucky

ziehen, nur um Geld zu sparen. Das wäre der falsche Grund, mit jemandem zusammenzuziehen.

Auch Devyn verdrängte dieses Thema aus ihren Gedanken und wandte sich der Donutschachtel zu, die Lucky am Abend zuvor mitgebracht hatte. Er hatte sie für sie besorgt, um die Zeit zu überbrücken, bis er zurück war. Er befand sich im selben Bundesstaat, sogar in derselben Stadt, aber irgendwie fühlte es sich trotzdem so an, als wäre er eine Million Kilometer entfernt. Devyn wusste, dass sie Gillian oder eine der anderen Frauen dazu bringen könnte, im Falle eines Notfalls seinen Kommandanten zu kontaktieren, und er würde schnell nach Hause kommen. Aber sie rechnete nicht mit einem Notfall. Sie konnte in den nächsten Tagen mit allem fertigwerden, was das Leben ihr entgegenhielt.

Nach ihrem Spaziergang am Nachmittag und während sie mitten in einem extrem heißen Kapitel in dem Buch war, das sie gerade las, klingelte es an Luckys Tür.

Devyn hatte keine Ahnung, wer es sein könnte. Sie hatte an diesem Tag bereits mit Gillian und Kinley gesprochen und Aspen und Riley eine SMS geschickt. Mit ihnen war alles in Ordnung, obwohl sie alle etwas mürrisch waren, weil sie sich von ihren Männern verabschieden mussten. Obwohl sie alle erleichtert waren, dass sie sich keine Sorgen machen mussten, dass ihr Leben auf dem Spiel stand, da sie nicht auf einer echten Mission waren, war es trotzdem Mist, dass sie weg waren.

Devyn legte ihr Buch beiseite und ging zur Tür. Sie blickte durch den Spion und atmete scharf ein.

Es war Spencer.

Sie hatte nicht damit gerechnet, dass er bei Lucky auftauchte. Sie hatte keine Ahnung, wie um alles in der Welt er herausgefunden hatte, wo sie war. Fred würde ihm Luckys Adresse niemals geben, also ... musste er ihnen irgendwann gefolgt sein.

Sie wollte nicht wirklich mit Spencer reden, ihn aber auch nicht auf der Treppe stehen lassen. Also öffnete Devyn seufzend die Tür.

»Hey, Schwesterchen«, sagte Spencer, als er sie sah.

»Hallo«, erwiderte sie.

»Können wir reden?«

Devyn wollte ablehnen, aber sie trat von der Tür zurück und hielt sie offen. Spencer trat ein und ging zum Wohnbereich auf der anderen Seite der Küche.

Er drehte sich um und bevor sie ihm sagen konnte, dass sie ihm unter keinen Umständen Geld geben würde, sagte er: »Es tut mir leid.«

Devyn blinzelte. »Was?«

Spencer fuhr sich mit der Hand durch sein kurzes dunkles Haar und wiederholte: »Es tut mir leid.«

»Was tut dir leid?«, hakte Devyn nach. Sie war froh zu hören, dass er sich entschuldigte, aber wenn er versuchte, sie einzuwickeln, bevor er wieder Geld von ihr verlangte, würde sie nicht darauf hereinfallen.

Er setzte sich auf die Sofakante und Devyn tat dasselbe neben ihm.

»Ich bin mit der Absicht nach Texas gekommen, dich um mehr Geld zu bitten«, sagte er.

Devyn spannte sich an. Sie wusste es. Aber ihn das zugeben zu hören war trotzdem eine Überraschung.

»Ich wusste, dass du mich nicht bei dir wohnen lassen würdest. Nicht, nachdem ich dir das letzte Mal wehgetan habe, als ich dich gesehen habe. Also habe ich Fred angerufen. Ich hatte erwartet, dass er mir sagt, ich soll mich verpissen. Du hast ihm nichts gesagt, oder?«, fragte Spencer.

»Über dein Spielproblem? Nein«, antwortete Devyn.

»Warum nicht? Ich meine, ich bin dankbar, aber ich verstehe es nicht. Ihr steht euch sehr nahe.«

Devyn seufzte. »Ich will nicht erneut der Grund dafür sein, dass unsere Familie in Aufruhr gerät.«

»Erneut?«

»Ja, als ich krank war, lief es in der Familie nicht so toll. Mila und Angela stritten sich die ganze Zeit, wenn Mom und Dad bei mir im Krankenhaus waren. Du warst nicht gerade begeistert, dass du ignoriert wurdest. Und Mom und Dad hätten sich fast scheiden lassen.«

»Ich bin kein Experte«, sagte Spencer, »und ich habe in der Vergangenheit ein paar ziemlich beschissene Dinge zu dir gesagt, aber ich denke nicht, dass es deine Schuld war. Du hast nicht darum gebeten, Leukämie zu bekommen, und ich nehme an, dass ein so krankes Kind auch die beste Beziehung strapaziert.«

»Vermutlich. Aber egal … ich möchte, dass du Hilfe bekommst, Spencer. Wenn es dann jemals herauskommt, kannst du den anderen sagen, dass du ein Problem hattest, es dir jetzt aber besser geht. Geht es dir besser?« Devyn konnte nicht anders, als zu fragen.

Spencer sah auf seinen Schoß hinunter. Erst jetzt bemerkte sie, wie müde ihr Bruder aussah. Er hatte dunkle Ringe unter den Augen und sie war sich nicht sicher, wann seine Kleidung das letzte Mal gewaschen worden war.

»Spence, bist du in Ordnung?«

»Nein«, sagte er leise. »Ich wollte es nicht tun … aber es war zu verlockend.«

Als er nicht näher darauf einging, fragte Devyn: »Was tun?«

»Fred war bei der Arbeit und ich wusste, dass mir die Zeit davonlief. Er hat eine dieser Gelddosen ... du weißt schon, wo man Kleingeld reinwirft. Du hattest auch so eine, damals in Missouri. Nun, da waren auch Scheine drin. Ich habe die Vierteldollarmünzen und die Scheine genommen ... sowie einige seiner DVDs. Ich wusste, dass ich nicht viel dafür bekommen würde, aber ich habe sie trotzdem verpfändet.«

Dann blickte er auf und Devyn konnte die Verzweiflung in den Augen ihres Bruders sehen.

»Ich bin in eine illegale Spielhalle gegangen und wusste, wenn ich nur die Chance bekäme, könnte ich das Geld zurückgewinnen und mehr. Und ich könnte zumindest genug verdienen, um Rocky eine Anzahlung für das zu geben, was ich ihm schulde.«

Devyn zog sich der Magen zusammen. Sie hatte eine kleine Hoffnung gehabt, dass ihr Bruder endlich erkannt hatte, wie zerstörerisch das Glücksspiel war. Aber anscheinend hatte er das nicht. »Ist Rocky der Kredithai aus Missouri?«

Spencer nickte. »Ja, aber ich habe nicht gewonnen, wieder nicht. Ich weiß nicht, warum ich immer wieder denke, dass sich an meiner Pechsträhne etwas ändern wird. Ich stecke in großen Schwierigkeiten, Schwesterchen. Ich weiß, das habe ich dir schon am Telefon gesagt, aber ich schulde Rocky viel Geld und er wird ungeduldig. Ich weiß nicht, was ich tun soll.«

»Nun, ich werde dir sagen, was du nicht tun sollst«, sagte Devyn etwas harscher, als sie beabsichtigt hatte. »Stiehl Fred kein Geld mehr. Glücksspiel hat dich in diesen Schlamassel gebracht. Du wirst da nicht herauskommen, indem du mehr Geld wegwirfst.«

»Du verstehst es nicht«, murmelte Spencer. »Ich weiß,

dass ich es schaffen kann. Aber da Casino-Glücksspiel hier in Texas verboten ist, musste ich mich mit dieser zweitklassigen illegalen Spielhalle begnügen. Ich bin sicher, die haben ihre Spiele so manipuliert, dass man verliert.«

»Spencer, alle Casinos funktionieren so, dass der Eigentümer Geld damit verdient. Das ist überall so! Du wirst nicht gewinnen. Und selbst wenn du es tust, werden es nur hier und da ein paar Dollar sein. Gerade genug, um dich glauben zu lassen, du hättest eine Glückssträhne, was dich dazu bringt weiterzuspielen.«

Ihr Bruder schüttelte den Kopf. »Du verstehst es nicht ...«, begann er.

»Nein«, unterbrach Devyn ihn jetzt wütend. »*Du* verstehst es nicht. Ich würde denken, Schulden bei diesem Kredithai zu haben und damit dein Leben buchstäblich in Gefahr zu bringen, würde dir endlich helfen, die Augen zu öffnen! Du brauchst Hilfe. Glücksspiel ist eine Sucht, genau wie Drogen. Du kannst das nicht allein bewältigen. Und selbst wenn ich dich in die Reha zwingen würde, würde es nicht funktionieren, solange du nicht dazu bereit bist, dein Leben zu ändern.«

Spencer drehte den Kopf und starrte sie lange an. Er hatte die Schultern hochgezogen und sah aus, als hätte er den Tiefpunkt erreicht. Dann sagte er: »Ich muss es Fred zurückzahlen. Kannst du mir helfen? Egal was, alles würde mir helfen.«

Devyn wollte weinen. »Wofür hast du dich entschuldigt, als du dich hingesetzt hast?«, fragte sie. Sie wollte es wissen. Er hatte ihr die Frage zuvor nicht beantwortet.

»Dafür, dass ich dich verletzt habe. Ich wollte dich nicht so stark schubsen.«

»Und?«

»Das ist alles.«

Devyn schnürte sich die Kehle zusammen. Sie stand auf und ging in die Küche, damit ihr Bruder sie nicht weinen sah. Sie hatte gedacht, er entschuldigte sich dafür, dass er sie um so viel Geld gebeten hatte. Sie schätzte zwar die Tatsache, dass es ihm leidtat, sie geschubst zu haben, aber das war nicht das, was sie wollte. Sie wollte ihren großen Bruder zurück. Den Bruder, der beschützend war und sich um sie kümmerte, und nicht darum, wie viel Geld er von ihr bekommen könnte.

Seit er hereingekommen war, hatte er sie kein einziges Mal gefragt, wie es ihr ging. Wie es ihr in Texas gefiel. Und er hatte sich auch nicht nach Lucky erkundigt. Er wusste offensichtlich, dass sie mit ihm zusammen war, da er zu Luckys Haus gekommen war, um sie zu sehen. Aber es war, als wäre ihm alles egal.

Er war so egoistisch wie immer.

Seit Spencer gekommen war, war Angel ihrem Bruder aus dem Weg gegangen. Aber jetzt kam sie zu ihr in die Küche, während Devyn versuchte, die Fassung wiederzuerlangen.

»Was soll ich tun, Schwesterchen?«, fragte Spencer, als er ihr folgte und sich auf die andere Seite der Mitteninsel stützte.

»In Bezug auf was?«, fragte sie und tat ihr Bestes, um ihre Gefühle unter Kontrolle zu bekommen.

»Rocky, er will sein Geld.«

»Ich weiß es nicht«, sagte Devyn und beugte sich hinunter, um Angels Kopf zu streicheln. Der Hund lehnte sich an ihre Beine und Devyn brauchte den Trost genauso dringend, wie der Hund ihren brauchte. Es war beeindruckend, dass sie bei Spencers Auftauchen nicht die Treppe hinauf verschwunden war. Angel war während der letzten Wochen immer beschützender geworden. Und obwohl sie immer noch scheu und distanziert war, war es bezaubernd, dass sie an ihrer Seite bleiben wollte, auch wenn sie Angst hatte.

»Er ist kein guter Mann«, fuhr Spencer fort.

»Ach, wer hätte das gedacht«, erwiderte Devyn, richtete sich auf und sah ihrem Bruder in die Augen. »Du musst mit ihm reden. Erkläre ihm, dass du ihm sein Geld besorgen wirst, aber dass es eine Weile dauern kann. Such dir eine Arbeit, Spence. Du wirst dieses Geld auf die altmodische Weise verdienen müssen.«

»Aber es sind fünfzigtausend«, sagte Spencer mit großen Augen. »Ich werde keinen Job finden, mit dem ich so viel verdiene.«

»Was willst du mir sagen?«, fragte Devyn, die genug von der Idiotie ihres Bruders hatte. »Ich habe keine fünfzig Riesen, die ich aus meiner Gesäßtasche ziehen und dir geben könnte, um dich rauszuhauen. Niemand hat das, nicht Fred, nicht Mom und Dad, und Mila oder Angela schon gar nicht. Nicht dass du sie fragen würdest, oder? Nein, denn dann müsstest du erklären, warum du das Geld brauchst, und das wäre dir peinlich. Aber du hast kein Problem damit, zu mir zu kommen. Denn offensichtlich bin ich dir scheißegal. Diese Suppe hast du dir selbst eingebrockt, und du wirst sie allein wieder auslöffeln müssen.«

»Er wird mir wehtun«, sagte ihr Bruder, der von ihrer Rede scheinbar unbeeindruckt war.

»Ich. Habe. Das. Geld. Nicht!«, verkündete Devyn. Gott, sie wünschte, Lucky wäre hier. Nicht dass sie ihn brauchte, um diesen Kampf für sie zu führen, aber es wäre schön gewesen, ihn an ihrer Seite zu haben. »Ich möchte nicht, dass du verletzt wirst, aber ich habe ehrlich gesagt keine Lösung für dich. Sich mehr Geld zu leihen, um zu versuchen, es durch Glücksspiel zu vermehren, ist keine Lösung.

Das hat in der Vergangenheit offensichtlich nicht funktioniert, und es wird auch jetzt nicht funktionieren.«

Spencer ließ die Schultern sacken. »Also, wenn meine Leiche gefunden wird, solltest du nicht überrascht sein, wenn du angerufen wirst, um mich zu identifizieren«, murmelte er.

»Tu das nicht«, sagte Devyn schroff. »Wage es nicht, mir Schuldgefühle einzureden. Ich weiß ehrlich gesagt nicht, was du von mir willst.«

»Fünfhundert«, sagte Spencer verzweifelt. »Ich kann das in ein paar tausend verwandeln und es Rocky als Anzahlung geben. Das verschafft mir etwas Zeit.«

Großer Gott, er kam immer wieder darauf zurück. Egal wie oft sie ihm sagte, dass sie das zusätzliche Geld nicht hatte, er hörte einfach nicht auf. »Nein.«

»Diesmal ist es anders ...«, begann Spencer, aber Devyn hielt ihre Hand hoch und unterbrach ihn.

»Nein«, wiederholte sie.

Bruder und Schwester starrten einander einen langen, angespannten Moment an.

»Das war es dann?«, fragte er.

»Das war es dann«, bestätigte Devyn. »Vielleicht würde ich anders denken, wenn du bereit wärst zuzugeben, dass du ein Problem hast, und dir dabei helfen lässt. Vielleicht würde ich auch mit dir zusammen zu Fred gehen, um mit ihm zu sprechen. Vielleicht würden wir gemeinsam versuchen, etwas von dem Geld aufzutreiben, das du diesem Rocky-Typen schuldest. Aber warum sollte ich dir helfen? Warum sollte irgendeiner von uns das tun, wenn du dich einfach umdrehst und immer wieder dieselben Fehler begehst? Bis du zugibst, dass du ein Problem hast, wirst du aus dieser Schuldenfalle nicht herauskommen. Verdammt, du schuldest auch mir Geld, Spence. Ich schätze, du hast die paar tausend Dollar vergessen, die ich dir gegeben habe, bevor ich aus Missouri weggezogen bin. Ich bin deinetwegen umgezogen, weil ich dein Betteln nicht mehr ertragen konnte und du bei unserem letzten Aufeinandertreffen zu Gewalt gegriffen hast! Ich verstehe, dass du mich nicht so hart schubsen wolltest, aber du hast mich verletzt. Interessiert dich das überhaupt?«

Zum ersten Mal sah sie Reue in den Augen ihres Bruders. »Das tut es und ich habe mich dafür entschuldigt. Deshalb bin ich hierhergekommen.«

»Nein, du bist hergekommen, weil du Geld wolltest«, sagte Devyn traurig.

Dann wurde Spencer zum ersten Mal wütend, seit er aufgetaucht war. »Das stimmt nicht! Aber ich dachte, in einer Familie hilft man sich!«, brüllte er.

Devyn erhob die Stimme, als sie antwortete: »Ja, das tut man. Aber ich habe dir geholfen. Ich habe nicht einmal gefragt, wofür du das Geld brauchtest, als du anfingst, mich um Kohle zu bitten. Ich habe es dir ohne Fragen gegeben. Aber es war nicht genug. Es wird nie genug sein. Verstehst du es nicht?«

»Eines Tages werde ich groß rauskommen und dir nichts davon abgeben«, schäumte Spencer und schlug wütend mit der Hand auf die Arbeitsplatte.

Angel schrie auf und kauerte sich an Devyns Seite. Und das ärgerte Devyn noch mehr. »Das hast du schon einmal gesagt, Spencer. Aber ich habe Neuigkeiten für dich. Du wirst nicht groß rauskommen. Du wirst obdachlos auf der Straße enden und um Geld betteln, um dir den nächsten Schuss zu besorgen. Du könntest das Geld genauso gut direkt in den Mülleimer werfen, und du würdest es trotzdem nicht einsehen.«

»Besser wegwerfen als geizig zu sein«, gab Spencer

zurück. »Außerdem wohnst du jetzt mit Lucky zusammen. Gib es zu, du versuchst nur, dir ein gemütliches Leben als die Frau eines Soldaten zu machen.«

Devyn wollte explodieren. Alle Tränen, die sie zuvor vergossen hatte, waren längst versiegt. »Werde erwachsen, Spencer«, zischte sie. »Du hast nicht die geringste Ahnung, in welcher Beziehung ich zu Lucky stehe. Du reitest in die Stadt ein, um um mehr Geld zu betteln, und kommst hierher und beleidigst mich? Du bist ein Witz. Du bist erbärmlich.«

Spencer richtete sich auf und machte einen Schritt zur Seite, als wollte er um den Tresen herum auf sie zukommen, aber genau in diesem Moment klopfte es an der Tür.

Devyn war frustriert ... und sie hatte ein bisschen Angst vor ihrem Bruder. Sie war froh über die Gnadenfrist. Sie hatte keine Ahnung, wer vor der Tür stand, aber der unerwartete Besuch würde ihr und Spencer eine Pause von ihrem Streitgespräch verschaffen.

Sie machte einen Schritt zur Seite, huschte um die Kücheninsel herum und steuerte auf die Haustür zu. Ohne sich die Mühe zu machen, durch den Spion zu schauen, öffnete Devyn.

Sie hatte keine Ahnung, wer die beiden Männer waren, die vor der Tür standen. Sie hatte sie noch nie zuvor gesehen.

»Kann ich Ihnen helfen?«, fragte sie.

»Ist Spencer hier?«, fragte einer der Männer.

Devyn runzelte verwirrt die Stirn. Woher in aller Welt wussten sie, dass ihr Bruder hier war? Waren sie ihm gefolgt? »Darf ich fragen, wer Sie sind?«

»Nein«, sagte der zweite Mann. Dann holte er zu einem Schlag mit der Faust aus – und das war das Letzte, woran

Devyn sich erinnerte, bevor alles dunkel wurde. Schmerz durchfuhr ihr Gesicht und sie wurde bewusstlos.

»Verdammt, sie ist schwer«, sagte Bruce zum millionsten Mal, als er und Darrell durch den Wald gingen und nach dem perfekten Ort suchten, um die Frau, die sie entführt hatten, zu verstecken.

»Halt die Klappe«, sagte Darrell zu ihm. »Ich habe es satt, dich jammern zu hören.«

»Dann solltest du sie vielleicht tragen«, erwiderte Bruce.

»Ich habe die Kette, die Schaufel und die Tasche mit dem anderen Scheiß«, sagte Darrell.

Bruce murmelte vor sich hin. Er war fertig damit. Er wollte nach Hause und ein Bier trinken, oder auch fünfzehn. Der Tag war sehr lang gewesen. Er und sein Bruder Darrell waren von einem Bekannten kontaktiert worden, der einen Mann kannte, der einen anderen Mann kannte, der einen Job für sie hatte. Und sie waren immer bereit dazu, schnelles Geld zu verdienen. Und in diesem Fall machten sie an einem Tag nette zweitausendfünfhundert Dollar. Das war ein Kinderspiel.

Sie hatten ihr Haus im Osten von Texas früh am Morgen verlassen und waren nach Killeen gefahren, wo sie vor dem illegalen Casino gewartet hatten, in dem ihr Ziel gesichtet worden war. Dann waren sie ihm einfach zu dem Reihenhaus gefolgt, wo sie ihren Zug gemacht hatten.

Seine Freundin, oder wer auch immer sie war, k. o. zu schlagen, war nicht eingeplant gewesen, aber was auch immer. Und Bruce hatte es gefallen, beide zusammenzuschlagen. Der Kerl hatte gejammert und sie angefleht, damit aufzuhören. Was für ein Weichei. Während er halb bewusstlos auf dem Boden lag, hatten sie ihre Kontaktperson wegen der unerwarteten Frau angerufen, die wiederum die Person angerufen hatte, die den Auftrag überhaupt gegeben hatte. Die Brüder hatten sich nicht für eine Entführung gemeldet, aber da sich ihre Zahlung von zweitausendfünfhundert auf fünftausend verdoppelte, wenn sie die Schlampe mitnahmen, konnten sie es nicht ablehnen.

Sie hatten eine Nachricht für ihre Zielperson hinterlassen und die Frau mitgenommen.

Sie mussten sie unter Drogen setzen, nachdem sie auf dem Weg zurück in Richtung Osten des Bundesstaates fast aufgewacht war. Aber zum Glück hatte sie nicht wieder vollständig das Bewusstsein erlangt. Auf keinen Fall konnten sie riskieren, dass sie aufwachte und ihren Wagen oder andere Details ihrer kleinen Reise identifizieren könnte.

Aber diese Wanderung durch den Davy Crockett National Forest war scheiße. Sie mussten einen abgelegenen Abschnitt suchen, damit sie nicht versehentlich gefunden wurde. Was bedeutete, durch Dornen und Gestrüpp stapfen zu müssen, anstatt einen schönen Wanderweg entlangzugehen. Ganz zu schweigen davon, dass Bruce nicht gerade in Hochform war und nicht gern trainierte.

»Komm schon, Mann, wir sind mindestens fünf Kilometer von der nächsten Straße entfernt, wo wir den Wagen abgestellt haben. Das ist weit genug.«

Darrell schüttelte den Kopf und blieb stehen.

Erleichtert seufzend zuckte Bruce sofort mit den Schultern und ließ die Frau von seiner Schulter fallen. Er ließ sie nicht ganz zu Boden fallen, aber er war auch nicht sanft zu ihr. Warum sollte er es sein? Sie war nur Mittel zum Zweck. Am Ende ging es nur um die fünftausend Dollar.

»In Ordnung, such nach einem geeigneten Baum. Er

muss groß genug sein, damit ihre Hände sich nicht berühren, wenn wir sie daran festbinden.«

»Sie ist groß«, kommentierte Bruce.

»Das sehe ich, Arschloch«, sagte Darrell, als er seinem Bruder auf den Hinterkopf schlug.

Bruce schubste ihn. »Hör auf.«

»Hör auf«, spottete Darrell lachend. »Du bist so leicht zu ärgern.«

»Fick dich!«

Darrell lachte nur. »Komm schon, hilf mir, einen verdammten Baum zu finden, und wir haben den Job erledigt. Bist du sicher, dass sie noch unter Drogen steht?«

»Ja, sie hängt seit fünf Kilometern wie ein nasser Sack über meiner Schulter. Ich glaube, es wäre mir aufgefallen, wenn sie zu sich kommt. Vertrau mir. Sie ist noch bewusstlos.«

»Gut. Gott, ich liebe diese Vergewaltigungsdrogen. Die machen alles so viel einfacher«, überlegte Darrell.

Bruce betrachtete die Frau am Boden. Er hatte keine Ahnung, wie sie hieß. Es war ihm auch egal. »Sie sieht ziemlich gut aus. Wir haben etwas Zeit ...«

Darrell schnaubte. »Sie hat keine Titten. Ich mag es, wenn meine Frauen auch wie Frauen aussehen. Aber wir haben sowieso keine Zeit zum Spielen«, sagte er bedauernd. »Meine alte Dame erwartet mich bald zurück.«

»Verdammt«, sagte Bruce. Er hätte sich wenigstens gern etwas abreagiert, als Gegenleistung dafür, dass er die Schlampe kilometerweit durch den verdammten Wald geschleppt hatte.

»Komm, lass uns dort drüben nachsehen. Die Bäume sehen etwas dicker aus«, befahl Darrell.

Bruce nickte und folgte seinem Bruder. Je früher sie das erledigten, desto eher würden sie nach Hause kommen. Er würde zur örtlichen Kneipe gehen und sich dort eine Schlampe suchen, die er mit nach Hause nehmen und ficken könnte.

Dann kam ihm ein Gedanke. »Scheiße ... du hast das GPS, oder?«, fragte er Darrell.

Sein Bruder erstarrte und sah ihn mit großen Augen an. »Ich dachte, du hättest es.«

»Scheiße. Nein, du hast gesagt, du würdest es einpacken. Ich trage das Mädchen, du wolltest den ganzen anderen Scheiß nehmen«, schrie Bruce ihn an und Panik machte sich breit.

Sein Bruder starrte ihn lange an, bevor er in Gelächter ausbrach. Er krümmte sich und schlug sich aufs Bein, als wäre seine Panikattacke das Lustigste, was er je in seinem Leben gesehen hatte. »Verdammt, du hättest dein Gesicht sehen sollen! Ich wünschte, ich hätte eine Kamera«, sagte Darrell, als er wieder sprechen konnte.

»Fick dich!«, fluchte Bruce. »Du bist so ein Arschloch.«

»Natürlich habe ich das verdammte GPS«, sagte Darrell, immer noch lachend. »Wir wären nicht in der Lage, die Koordinaten festzustellen und an unseren Mann weiterzugeben, wenn ich es nicht hätte. Und auf keinen Fall würde ich für das GPS fünf Kilometer zurück zum Wagen wandern, dann hierher zurück und dann wieder zurück zum Wagen gehen. Zehn Kilometer Fußmarsch reichen für einen Tag, meinst du nicht?«

»Ja«, murmelte Bruce. Er wäre wütender auf seinen Bruder gewesen, wenn er nicht so erleichtert gewesen wäre. Er wusste, dass Darrell ihn gezwungen hätte, zurück zum Wagen zu gehen, um das GPS zu holen, wenn es darauf angekommen wäre. Und weil er ihn so gut kannte, hätte er ihm auch den Autoschlüssel nicht gegeben. Darrell wusste, dass Bruce versucht gewesen wäre, ihn hier zurückzulassen.

»Halte Ausschau nach – hey ... was ist mit dem hier?«, fragte Darrell.

Bruce hätte fast allem zugestimmt, was sein Bruder in diesem Moment vorschlug, nur um verdammt noch mal da rauszukommen, aber als er den Baum sah, auf den Darrell zeigte, wusste er, dass er perfekt sein würde.

Die Brüder arbeiteten schnell daran, die Kette, die sie mitgebracht hatten, um den Baum zu legen. Bruce war es leid, die Frau zu tragen, nahm einfach ihre Arme und zog sie durch das Unterholz zu der Stelle, die sie vorbereitet hatten. Sie brauchten nicht lange, um sie mit dem Rücken gegen den breiten Baumstamm zu legen. Dann wickelten sie eine dicke Kette um sie und sicherten sie mit einem Vorhängeschloss hinter dem Baum. Dann zogen sie ihre Arme um den Baum und legten ihr Handschellen an, die sie an der Kette befestigten.

Bruce grinste, als er zurücktrat und auf die hilflose Frau hinunterblickte. Mit der Kette und den Handschellen konnte sie auf keinen Fall entkommen. Ihr Kopf hing zur Seite und sie wäre seitwärts umgekippt, wenn ihre Arme nicht nach hinten um den Baum ausgestreckt gewesen wären.

Darrell fummelte einen Moment an dem GPS herum, dann nickte er zufrieden. »Alles klar«, sagte er. »Die Koordinaten schicke ich unserem Mann, sobald wir wieder unterwegs sind.« Dann blickte er auf die bewusstlose Frau am Boden. »Sie sieht irgendwie erbärmlich aus«, bemerkte er emotionslos.

»Sollen wir das Wasser, das wir mitgebracht haben, stehen lassen?«, fragte Bruce.

Darrell schnaubte. »Nein, ich werde es nicht verschwenden. Außerdem würde sie es mit ihren Armen hinter dem Baum sowieso nicht trinken können. Wenn ihr Kerl das

Geld, das er unserem Auftraggeber schuldet, nicht aufbringt, wird sie sowieso nicht lange durchhalten. Ich gebe ihr höchstens vier Tage. Und das auch nur, wenn sie nicht zuvor von einem hungrigen Tier gefressen wird. Komm schon, wir haben einen langen Weg zurück zum Wagen und nach diesem langen Tag brauche ich Bier, etwas zu essen und einen guten Fick, und zwar in dieser Reihenfolge.«

Bruce stimmte zu. Er wandte der Frau den Rücken zu, die sie entführt, quer durch den Bundesstaat verschleppt und dann im Unterholz des National Forests an einen Baum gekettet hatten. Sie war jetzt nicht mehr sein Problem. Er wurde für diesen Auftrag bezahlt und dieser Auftrag war jetzt erledigt. Er war genauso bereit wie sein Bruder, Druck abzulassen. Aber im Gegensatz zu Darrell hatte er eine ganze Kneipe voller Frauen, aus denen er wählen konnte. Der arme Darrell saß jede Nacht mit der gleichen Tussi fest.

Nun, das stimmte nicht ganz. Bruce wusste, dass sein Bruder ständig zu Prostituierten ging, aber das war nicht dasselbe wie eine kostenlose Muschi.

In Gedanken daran, wie oft er später an diesem Abend flachgelegt werden könnte, folgte Bruce seinem Bruder aus dem dichten Wald zurück zu ihrem Wagen. Er empfand keine Reue für seine Taten. Es war eine Welt, in der nur der Stärkste überlebte. Und sie hatten das Recht, Geld zu verdienen, genau wie alle anderen auch.

Devyn kam langsam wieder zu Bewusstsein. Aber sie hielt die Augen geschlossen und versuchte, die Situation zu bewerten, bevor sie jemanden wissen ließ, dass sie wach war. Das war etwas, was Fred ihr beigebracht hatte. Sie hatte ihn damals ausgelacht und gesagt, dass sie niemals in eine solche Situation geraten würde, aber er hatte nur den Kopf geschüttelt und gesagt, man könne nicht vorhersagen, was das Leben einem bringe, und es sei besser, darauf vorbereitet zu sein.

Devyn konnte nur das Geräusch des Windes und ein paar Vögel hören, die in der Ferne zwitscherten. Ihre Arme und ihr Bauch taten weh, und ihr Gesicht. Sie erinnerte sich vage, wie sie Luckys Tür geöffnet hatte, aber das war es auch schon. Sie rümpfte die Nase und konnte sich kaum davon abhalten, vor Schmerz aufzuschreien. Ihr Gesicht tat wirklich weh.

Als sie spürte, wie etwas ihren Arm entlangkroch, war jeder Vorsatz, weiter vorzutäuschen, bewusstlos zu sein, vergessen. Sie öffnete die Augen, sah nach unten und stieß ein leises Quietschen aus, als sie eine Spinne auf ihrem Bizeps sah. Sie versuchte, den Arm zu bewegen und das kleine Mistvieh abzuschütteln, wurde aber abrupt gestoppt, als ein klirrendes Geräusch die Stille unterbrach.

Verwirrt versuchte Devyn erneut, sich zu bewegen – die Spinne vollkommen vergessen –, als ihr klar wurde, dass sie es nicht konnte. Ihre Arme waren nach hinten um einen großen Baum geschlungen.

»Was zum Teufel?«, sagte sie laut, mehr um ihre eigene Stimme zu hören als irgendetwas anderes. Als sie sich umsah, stellte sie fest, dass sie mitten in einer Art Wald auf dem Boden saß. Sie hatte keine Ahnung, wie sie dorthin gekommen war oder wo sie überhaupt war.

»Hallo?«, rief sie und begann, in Panik zu geraten. Sie wusste nicht, ob es besser war, still zu bleiben, anstatt denjenigen, der sie dorthin gebracht hatte, wissen zu lassen, dass sie bei Bewusstsein war, aber sie war nicht gern allein, das war sie noch nie gewesen. Es erinnerte sie zu sehr daran, verängstigt und unter Schmerzen im Krankenhaus aufzuwachen ... und niemanden dazuhaben, der sie tröstete. Ihre Eltern waren so oft wie möglich bei ihr gewesen, aber mit vier anderen Kindern zu Hause konnten sie nicht immer im Krankenhaus schlafen.

»Ist da jemand?«, rief sie.

Sie hörte nichts als Stille.

Devyn ruckte an ihren Händen und hörte wieder ein Klirren. Als sie nach unten blickte, sah sie eine dicke Kette um ihre Taille, die offensichtlich um den Baum gewickelt war. Dann fühlte sie mit ihren Fingern, was sie für Handschellen um ihre Handgelenke hielt. Sie geriet noch mehr in Panik, zog so fest sie konnte an ihren Fesseln und versuchte, sich zu befreien.

Aber nach einigen Minuten hatte sie sich nur noch mehr wehgetan. Ihre Handgelenke pochten und sie steckte immer noch fest. Der Baum hinter ihr war in keiner Weise bequem zum Anlehnen und ihr Hintern saß auf einer freiliegenden Wurzel. Ihre Schultern schmerzten, weil ihre Arme nach hinten verdreht waren.

Als sie erschöpft war, lehnte Devyn den Kopf an die Baumrinde und blickte auf. Sie hatte keine Ahnung, wie spät es war, nur dass es früher Abend sein musste, ausgehend von der untergehenden Sonne. Es würde bald dunkel werden. Würde sie vorher jemand finden? Der Gedanke, gefesselt und hilflos im Freien schlafen zu müssen, war entsetzlich. Es war nicht gerade so, dass sie sich wünschte, ihr Entführer käme zurück, aber selbst das war vielleicht besser, als vollkommen allein zu sein.

Ihr stiegen Tränen in die Augen. Devyn wollte stark sein, aber sie hatte Angst. Hatte Gillian sich so gefühlt, als sie in diesem entführten Flugzeug gesessen hatte? Oder Kinley, als sie angegriffen und dann zum Sterben zurückgelassen wurde? Sie hatte nie wirklich verstanden, was sie durchgemacht hatten ... bis jetzt. Und trotz ihrer Tränen wusste sie, dass das, was sie gerade durchmachte, nicht so schlimm war wie das, was ihre Freundinnen erlebt hatten. Sie war offensichtlich ins Gesicht geschlagen worden, aber nicht zu Brei, wie Kinley. Und es war niemand hier, der ihr eine Waffe ins Gesicht hielt und drohte, sie zu erschießen und aus einem Flugzeug zu werfen, als wäre sie nichts als Müll.

Aber gefesselt und hilflos allein im Wald zurückgelassen zu werden reichte aus, dass es Devyn die Kehle zuschnürte und das Atmen erschwerte. Wer auch immer sie an diesen Baum gekettet hatte, musste irgendwann zurückkommen ... oder nicht?

»Hilfe!«, schrie sie. Dann mit stärkerer Stimme: »Ist da draußen jemand? Hallo? Hilfe! Ich brauche Hilfe!«

Sie bekam keine Antwort, außer dem Geräusch von ein paar Vögeln, die von den Ästen davonflogen, auf denen sie gesessen hatten.

Devyn schrie um Hilfe, bis ihre Stimme heiser war und ihr Bauch von der Anstrengung schmerzte, die sie das Schreien kostete.

Als ihr schließlich klar wurde, dass niemand da draußen war und niemand kam, um ihr zu helfen, weinte sie erneut. Sie bekam einen Weinkrampf, der ihren ganzen Körper erschütterte.

Sie konnte nicht glauben, was hier geschah.

»Bitte, hilf mir jemand«, flüsterte sie. Ihre Worte verloren sich in der leichten Brise, die durch die Bäume wehte.

Als es dunkel wurde, begann sie zu zittern und erkannte, dass sie zum ersten Mal in ihrem Leben wirklich vollständig auf sich allein gestellt war. Keine Krankenschwestern, keine Ärzte, keine Geschwister oder Freunde, keine Eltern.

Kein Lucky.

Sie hatte Angst ... aber etwas tief in ihrem Inneren veränderte sich.

Sie war nicht bereit zu sterben. Nicht jetzt, nicht, nachdem sie endlich einen Mann gefunden hatte, mit dem sie den Rest ihres Lebens verbringen wollte. Sie wollte Lucky wiedersehen. Und Fred und sogar Spencer. Sie war seinetwegen in dieser Situation ... aber der Gedanke daran, was die Männer ihrem Bruder angetan haben könnten, nachdem sie sie bewusstlos geschlagen hatten, verfolgte sie. Sie war sauer auf Spence, aber sie wünschte ihm nicht den Tod. Sie wollte ihm nur helfen, damit er wieder der Bruder sein konnte, den sie kannte und liebte.

Ihr Lebenswille stieg, als würde jemand in ihr einen Ballon aufblasen. Sie hatte keine Ahnung, wie sie aus dieser Situation herauskommen sollte, aber sie würde alles tun, was nötig war. Sie war noch nicht ganz bereit dazu, ihren Arm abzunagen, aber wenn es dazu kommen sollte ... dann würde sie es tun. Devyn wollte nicht in diesem Wald sterben.

Auch wenn der Lebenswille sich tief verfestigt hatte, bedeutete das nicht, dass Devyn nicht zu Tode erschrocken war. Tränen liefen weiterhin über ihre Wangen, als sie in den Himmel blickte. Das Licht verschwand und bald würde es stockdunkel sein. »Zum Glück bist du in Texas und nicht in Maine«, sagte sie. Aber natürlich kam ihr ein anderer Gedanke. Sie hatte keine Ahnung, ob sie noch in Texas war oder nicht. Sie könnte überall sein. Sie hatte keine Ahnung, wie lange sie bewusstlos gewesen war.

»Nein, ich bin immer noch in Texas. Wahrscheinlich in

Hill Country. Vielleicht irgendwo in der Nähe von Austin«, überlegte sie.

Devyn versuchte, sich mit ihrer Schulter das Gesicht abzuwischen, und seufzte frustriert, als sie nicht einmal das schaffte. Sie holte tief Luft und versuchte, die Kontrolle zu erlangen. »Lucky wird dich suchen«, sagte sie laut. »Und Fred und ihr Team. Sie werden dich irgendwie finden. Du musst Vertrauen haben.«

KAPITEL FÜNFZEHN

Lucky war erschöpft. Das nächtliche Training war brutal gewesen, aber auch sehr gut. Sie hatten mehrere Szenarien durchgespielt und obwohl die Züge, mit denen sie trainiert hatten, gewusst hatten, dass sie da draußen in der Dunkelheit waren und versuchten, die Scheinstadt zu infiltrieren, war es seinem Team dennoch gelungen, unbemerkt in das Gebäude einzudringen, in dem die »Geisel« festgehalten wurde.

Trainingseinheiten wie diese waren unerlässlich, um die Fähigkeiten des Delta-Force-Teams auf dem Laufenden zu halten. Aber es half auch den anderen Soldaten, mit denen sie trainierten. Lucky hatte nur hier und da ein paar Stunden Schlaf bekommen und war kurz davor umzukippen.

Aber er konnte es kaum erwarten, Devyn wiederzusehen. Er wollte wissen, wie die letzten zwei Tage für sie gelaufen waren, wie es bei der Arbeit war, und er wollte Angel und Whiskers sehen. Er war einfach froh, nach Hause zu kommen. Er hatte sein Reihenhaus noch nie wirklich als Zuhause angesehen. So sehr es ihm auch gefiel, es war immer nur ein anderer Ort zum Schlafen für ihn gewesen. Aber mit Devyn, Angel und Whiskers, die jetzt dort wohnten, war es viel mehr als das. Die leeren Räume wimmelten von Leben und Energie, und das machte einen himmelweiten Unterschied. Lucky hatte nie zuvor gedacht, dass er einsam war, aber jetzt erkannte er, dass dies das leere Gefühl war, das er die ganze Zeit tief in seinem Inneren gespürt hatte.

Er schloss die Tür auf und runzelte die Stirn, als er bemerkte, dass sie nicht vollständig verriegelt war. Er hatte Devyn gebeten, immer dafür zu sorgen, dass die Tür doppelt verschlossen war, denn er wollte nicht, dass jemand sie einfach eintreten konnte, während sie im Haus war.

Er stieß die Tür auf und rief: »Dev? Ich bin zu Hause!«

Er bekam nur ein Schweigen als Antwort.

»Devyn?«, rief er erneut. Ihr Mini Cooper stand draußen an derselben Stelle, an der sie ihn immer parkte. Er konnte sich nicht erinnern, ob sie heute arbeitete oder nicht, aber er vermutete, dass eine der anderen Frauen sie vielleicht abgeholt hatte, um zusammen abzuhängen.

Er warf seinen Schlüssel auf die Küchentheke und ging zum Kühlschrank. Er öffnete die Tür und holte eine Flasche Wasser heraus. Er hatte während der letzten zwei Tage wie ein Verrückter getrunken, aber nach einer Mission oder einem intensiven Training schien er immer durstiger als sonst zu sein.

Lucky drehte sich um, hielt sich die Flasche an den Mund und nahm einen großen Schluck, während er seinen Hintern gegen die Theke lehnte. Er senkte die Flasche, blickte zufällig nach unten – und erstarrte.

Auf dem Küchenboden lag ein Haufen Hundescheiße. Und in der Nähe war eine Pfütze.

Es war ihm zuvor nicht aufgefallen, weil er so darauf

bedacht war, Devyn zu begrüßen und sich etwas zu trinken zu holen.

»Angel?«, rief er, stellte die Wasserflasche ab und trat aus der Küche. Er konnte weder den Hund noch die Katze irgendwo sehen. Sie lagen nicht in ihrem flauschigen Lieblingsbett in der Ecke des Zimmers und sie hatten sich nicht unter Devyns Lieblingsdecke auf der Couch zusammengerollt.

Aber Lucky sah einen weiteren Haufen in der Nähe der Hintertür, die in den Garten führte.

»Whiskers? Angel?«, rief er erneut, jetzt etwas verzweifelter.

Lucky nahm zwei Stufen auf einmal und ging ins große Schlafzimmer. Er konnte sofort riechen, dass etwas nicht stimmte. Der Geruch von Urin und Kot war fast überwältigend.

Als er ins Badezimmer ging, brach Lucky fast das Herz.

Angel und Whiskers kauerten hinter dem Toilettenrohr, zitterten und der Hund wimmerte. Scheiße. Das hatten sie seit dem ersten Tag, an dem er sie nach Hause gebracht hatte, nicht mehr getan. Er hatte keine Ahnung, was passiert war, aber was auch immer es war, es hatte seine Haustiere zu Tode erschreckt. Er konnte überall im Raum Pfotenabdrücke sehen, wo die Tiere durch ihren eigenen Kot gelaufen waren. Der billige Teppich, den er auf dem Boden ausgebreitet hatte, lag zusammengeknüllt in einer Ecke, und nach dem Geruch zu urteilen, der davon ausging, hatten beide Tiere darauf gepinkelt.

»Oh, meine armen Babys. Was ist passiert?«

Er bekam keine Antwort von ihnen und Lucky verbrachte die nächsten paar Minuten damit, sie dazu zu bringen, aus ihrem Versteck herauszukommen. Angel war die Erste, die sich bewegte. Sie kam auf ihrem Bauch auf ihn zu gerutscht.

»So ist es gut, komm her. Ich werde dir nicht wehtun. Ich würde dir nie wehtun«, sagte er in einem sanften und lockeren Ton. Der Terrier-Mix zitterte unkontrolliert und brach Lucky beinahe wieder das Herz.

Als sie schließlich ihren Kopf auf sein Knie legte, sah Lucky etwas an ihren Vorderpfoten, das wie Blut aussah.

»Was ist hier passiert?«, fragte er leise. Seine Haustiere waren offensichtlich traumatisiert und plötzlich kam Lucky ein schrecklicher Gedanken. »Wo ist Devyn?«

Angel sah zu ihm auf und wimmerte.

»Scheiße«, sagte Lucky. Er musste sich um seine Mädchen kümmern und das Haus sauber machen, aber zuerst musste er Devyn finden. Er streichelte Angel und Whiskers ein letztes Mal, bevor er aufstand und die Treppe hinunterging. Er schnappte sich sein Handy und wählte sofort Devyns Nummer.

Es klingelte ... und Lucky gefror das Blut in den Adern. Er hörte das Freizeichen in seinem Ohr, aber er konnte auch den Klingelton aus dem Wohnzimmer hören. Als er in das andere Zimmer ging, sah er Devyns Telefon auf dem kleinen Beistelltisch neben der Couch liegen.

»Verdammt«, fluchte er, beendete die Verbindung und rief sofort Grover an. Während das Telefon klingelte, sah Lucky sich genauer um. Ein dunkler Fleck auf dem Boden erregte seine Aufmerksamkeit.

»Hey? Vermisst du mich so sehr, dass du mich zwanzig Minuten, nachdem du mich das letzte Mal gesehen hast, anrufen musst?«, sagte Grover anstatt einer Begrüßung.

»Ist Devyn bei dir zu Hause?«

»Nein, warum? Ist sie nicht da?«, fragte Grover und jede Hänselei war aus seinem Ton verschwunden.

»Nein, meine Tiere sind total verängstigt und es sieht so aus, als wären sie seit mindestens einem Tag nicht rausgelassen worden, vielleicht sogar länger. Ich habe versucht, sie anzurufen, aber ihr Telefon ist hier.«

»Keine Panik, vielleicht ist sie in ihre Wohnung gefahren«, sagte Grover.

»Sie würde Angel and Whiskers nicht einfach allein lassen«, sagte Lucky zu seinem Freund. »Und ihr Wagen steht vor der Tür.«

»Okay, wir müssen das Team zusammenrufen. Vielleicht ist einer der anderen Frauen etwas passiert und sie ist los, um zu helfen. Du rufst Oz an und ich Trigger.«

»Grover, ich sage dir, hier ist etwas passiert. Da ist ein Fleck auf dem Teppich und ...« Lucky ging zurück zur Tür und erinnerte sich daran, dass bei seiner Ankunft der Riegel nicht verschlossen gewesen war. »Oh, scheiße.«

»Was? Lucky ... was ist los?«, fragte Grover ungeduldig.

»Blutspritzer gleich hinter meiner Tür«, flüsterte Lucky.

»Keine Panik«, wiederholte Grover und klang, als würde er selbst gerade ausflippen. »Du musst da raus, damit du den Ort nicht kontaminierst.«

»Ich werde Angel and Whiskers nicht allein lassen«, sagte Lucky entschlossen. Er war kurz davor, die Fassung zu verlieren. Offensichtlich war während seiner Abwesenheit etwas in seinem Haus passiert, aber er würde den Hund und die Katze, die er und Devyn so sehr liebten, nicht im Stich lassen. Sie waren durch die emotionale Hölle gegangen.

»Okay, schnapp sie dir und bring sie zu mir. Ich werde die anderen anrufen, aber wenn sie nichts von ihr gehört haben, werde ich die Polizei informieren. Komm so schnell wie möglich hierher.«

»Das werde ich«, sagte Lucky.

Er fühlte sich wie im Nebel. Wo war Devyn? Was war passiert?

Er konnte nicht verstehen, was los war. Sie hatte keine Feinde. Hatte jemand sein Haus ausgeraubt und sie war zur falschen Zeit am falschen Ort gewesen? Wenn ja, wo war sie jetzt?

Er machte sich keine Illusionen, etwas Schreckliches war Devyn zugestoßen. Sie hätte Angel and Whiskers nicht einfach zurückgelassen und wäre nicht ohne ihr Telefon verschwunden. Sie hätte Kommandant Robinson angerufen, wenn etwas Schlimmes passiert wäre.

Es sei denn, sie hatte keine andere Wahl gehabt und war gezwungen worden, das Reihenhaus zu verlassen.

Lucky zwang sich, sich zu beruhigen. Er holte tief Luft und wirbelte herum, um die Transportbox zu holen, die in der Ecke des Raumes stand, damit die Tiere sich dort verkriechen konnten, wenn sie einen Unterschlupf brauchten. Er hasste es, sie für den Transport benutzen zu müssen, aber er würde sie nicht hierlassen.

Es dauerte länger, als ihm lieb war, die Tiere in die Box zu locken. Lucky wusste, dass er sie wahrscheinlich füttern sollte, da sie seit Devyns Verschwinden vermutlich nichts gefressen hatten. Wann auch immer das gewesen sein mag. Aber er war sich auch nicht sicher, ob sie überhaupt etwas fressen würden. Nicht so angespannt, wie sie waren.

Grover hatte zurückgerufen, um ihm mitzuteilen, dass keine der anderen Frauen etwas von Devyn gehört hatte. Sie hatten nur kurz miteinander gesprochen und Lucky war nicht überrascht gewesen, dass niemand sie erreichen konnte. Dennoch war es völlig untypisch für Devyn, einfach aufzustehen und zu verschwinden. »Riley sagte, sie habe gestern versucht, Devyn anzurufen, aber sie habe nicht abgenommen«, erklärte Grover ihm. »Sie dachte, sie sei beschäftigt oder müsse unerwartet an ihrem freien Tag arbeiten. Sie hat sich nichts dabei gedacht.«

Die Tatsache, dass Devyn seit mindestens vierundzwanzig Stunden vermisst wurde, traf Lucky wie ein Stich ins Herz. Er war sich bewusst, dass die Chance, eine vermisste Person wiederzufinden, immer geringer wurde, je mehr Zeit verging.

»Bitte lass es ihr gut gehen«, flüsterte Lucky, als er mit der Box in der Hand zu seinem Wagen ging. Aber selbst, als er die Worte laut aussprach, hieß das noch lange nicht, dass sie wahr werden mussten. Er hasste es, pessimistisch zu sein, aber das Ganze sah nicht gut aus.

Er sollte selbst die Polizei rufen und in sein Haus bestellen, um nach Hinweisen zu suchen, aber er musste zu seinem Team. Er brauchte die Unterstützung der anderen. Und er wusste ohne Zweifel, dass sie alles in ihrer Macht Stehende tun würden, um ihm zu helfen, Devyn zu finden.

Er konnte nicht ohne sie leben. Er hatte sie gerade erst gefunden. Es war nicht fair.

Lucky fuhr viel zu schnell auf Grovers Haus zu. Er entschuldigte sich bei Angel und Whiskers, weil er zu scharf um die Kurven fuhr und an der Ampel zu schnell beschleunigte. Aber jede Sekunde, die er brauchte, war eine weitere Sekunde, in der vielleicht Devyn verletzt da draußen war und darauf wartete, dass er sie fand.

Er raste Grovers Einfahrt hinauf und sah, dass der Großteil des Teams bereits da war. Dankbar dafür stieg er aus. Gott sei Dank. Er sah sogar Brains Wagen. Dass der Mann seine Frau und sein zu früh geborenes Baby verließ, um ihm zu helfen, bedeutete Lucky die Welt.

Als er die Treppe zur Veranda hinaufging und die Tür öffnete, sah Lucky, dass nicht nur sein Team gekommen war.

Alle Frauen – außer Aspen, die sich noch von der Geburt erholte – waren auch da.

Gillian griff sofort nach der Kiste. »Ich nehme die Tiere.«

Lucky übergab sie ihr.

»Oh, ihr armen Babys«, gurrte Gillian durch das Gitter. Dann blickte sie zu Lucky auf und fragte: »Sind sie verletzt?«

»Das glaube ich nicht. Nur zu Tode erschrocken und wahrscheinlich hungrig. Angel hat etwas Blut an ihren Pfoten, aber ich glaube nicht, dass es von ihr ist.« Allein das Aussprechen dieses Wortes ließ die Angst in ihm wieder aufsteigen.

»Ich kümmere mich um sie, keine Sorge. Ihr macht euer Ding. Angel und Whiskers wird es gut gehen«, sagte Gillian und ihre Stimme zitterte ein wenig.

»Danke«, sagte Lucky.

Gillian nickte und ging mit Kinley und Riley in den hinteren Bereich des Hauses. Er fragte sich kurz, wo Logan und Bria waren, nahm aber an, dass Riley und Oz jemanden gefunden hatten, der sich für eine Weile um die Kinder kümmerte.

Grover öffnete den Mund, um seine Teamkameraden zu fragen, wie sie anfangen sollten herauszufinden, wo Devyn war, aber in diesem Moment öffnete sich die Tür hinter Lucky.

Alle sieben Delta-Soldaten drehten sich um, um zu sehen, wer eingetroffen war.

Spencer.

Er sah schrecklich aus.

Jemand hatte ihn fast zu Tode geprügelt. Beide Augen waren zugeschwollen und seine Lippe war aufgeplatzt. Seine Nase war schief und er hatte Blut in den Haaren und auf dem Hemd und er hinkte.

»Was zum Teufel ist passiert?«, fragte Grover, als er zu seinem Bruder ging.

Aber Spencer hielt eine Hand hoch. »Er hat Dev entführt – und es ist meine Schuld«, brachte er mit zitternder Stimme hervor. »Ich bin fertig mit dem Versuch zu verbergen, was für ein Scheißkerl ich bin. Ich dachte, er würde mich mitnehmen ... aber stattdessen haben sie Devyn entführt. Es tut mir leid. Es tut mir leid!«

Lucky war es scheißegal, wie leid es Spencer tat. Alles ergab jetzt einen Sinn.

Er machte einen Schritt auf den Mann zu, bereit, das Arschloch physisch dazu zu zwingen, ihnen alles zu erzählen. Aber Grover kam ihm zuvor.

»Wovon redest du, Spence? Was ist deine Schuld? Wer ist *er* und warum wurde Devyn entführt?«

Doc packte Lucky am Arm und hielt ihn zurück.

»Lass mich los«, knurrte Lucky und versuchte, die Hand seines Teamkameraden abzuschütteln.

»Du wirst ihn umbringen und wir brauchen Antworten«, sagte Doc ruhig.

Wahrscheinlich hatte er recht. Lucky wollte Spencer weiter zusammenschlagen, aber das würde ihnen nicht helfen, Devyn zu finden.

»Ich bin mir ziemlich sicher, dass sie am Leben ist ... zumindest im Moment«, sagte Spencer und weigerte sich, Grover anzusehen.

Grover überraschte alle, als er die Faust hob und seinem Bruder ins Gesicht schlug.

Spencer fiel zu Boden wie ein Sack Kartoffeln und versuchte nicht einmal, aufzustehen oder sich zu wehren.

Grover griff nach unten und zog ihn hoch. Er legte seine Hände auf die Schultern seines Bruders und sah ihm in die Augen. »Was auch immer passiert ist, wir werden es in Ordnung bringen. Aber du musst uns alles erzählen.«

Spencer nickte. »Das werde ich. Es ist an der Zeit. Ich bin fertig damit. Dev hatte die ganze Zeit recht gehabt. Ich brauche Hilfe, und wenn sie stirbt wegen dem Mist, den ich gebaut habe, werde ich mir das nie verzeihen können.«

»Ums Verzeihen kümmern wir uns später«, sagte Grover. »Im Moment brauchen wir Informationen.«

Spencer nickte.

»Ich habe die Polizei gerufen, die Beamten werden jede Sekunde hier sein. In der Zwischenzeit besorgen wir dir einen Eisbeutel und ein nasses Handtuch.«

Lucky wollte protestieren. Er wollte Spencer durch-schütteln, bis er ihnen sagte, was er wusste. Wer hatte Devyn entführt? Lucky wusste warum, hatte aber nicht die anderen Informationen.

So froh er auch war, dass Spencer endlich bereit war, sich Hilfe zu suchen, kam das ein wenig zu spät. Devyn steckte in Schwierigkeiten. Das spürte er tief in seinem Bauch.

Er musste sie finden. Sie war irgendwo da draußen. Sie war verletzt und würde möglicherweise sterben. Es fraß Lucky innerlich auf und er fühlte sich völlig hilflos. Er brauchte Informationen. Und zwar jetzt.

Dreißig Minuten später hielt Spencer einen Eisbeutel vor sein Gesicht und saß auf Grovers Couch, umgeben von sieben Delta-Force-Soldaten und zwei Kommissaren der Polizeibehörde von Killeen. Gillian, Kinley und Riley hatten seine Haustiere gebadet, standen jetzt etwas abseits und hörten ebenfalls zu. Trigger hatte ihren Kommandanten,

Colonel Robinson, angerufen. Und obwohl er nicht kommen konnte, hatte er ihnen versichert, alles zu tun, um sie zu unterstützen.

Lucky war es scheißegal, ob die ganze Stadt zuhörte, er wollte nur, dass Spencer endlich redete.

»Was ist heute passiert?«, fragte der Kommissar.

»Es war nicht heute, sondern vor zwei Tagen«, sagte Spencer leise.

Lucky hatte bereits vermutet, dass Devyn schon eine Weile weg war, aber als er die Bestätigung hörte, kochte sein Blut. Er ballte die Hände zu Fäusten an seinen Seiten.

»Ich bin rübergefahren, um sie zu sehen. Ich wusste, dass sie mit Lucky zusammen war, und ich war ihr bereits am Tag zuvor von der Arbeit nach Hause gefolgt. Also wusste ich, wo er wohnt. Ich bin an dem Nachmittag hingefahren, an dem ihr zu eurer Übung aufgebrochen seid. Ich wollte mich für das entschuldigen, was damals in Missouri passiert ist, und ...«

»Warte, was ist in Missouri passiert?«, fragte Grover.

Spencer seufzte. »Ich habe ihr wehgetan. Ich wollte es nicht. Du weißt, wie wir sind, wenn wir uns streiten. Es wird manchmal hitzig. Ich habe sie geschubst und sie ist rücklings gegen den Tisch geprallt. Ich schätze, sie hat einen großen blauen Fleck davongetragen. Aber ich wollte sie nicht so fest schubsen. Ich war einfach so irritiert und sie hatte mich zuerst geschubst«, fügte Spencer hinzu, als wäre damit alles in Ordnung.

»Du hast unsere Schwester angefasst?«, knurrte Grover.

Lucky wurde zum ersten Mal klar, dass er zwar selbst sauer auf Spencer war, aber wahrscheinlich war es Grover, um den sie sich jetzt Sorgen machen mussten. Er blickte zu Doc und Oz hinüber und sie nickten. Sie traten näher an Grover heran, damit sie ihn daran hindern könnten, vor den beiden Polizisten etwas zu tun, das ihn ins Gefängnis bringen könnte.

»Ich wollte es nicht«, protestierte Spencer erneut.

»Ich dachte, sie hatte diesen blauen Fleck von ihrem Chef«, sagte Lefty mit einem Stirnrunzeln.

»Sie hat gelogen«, entgegnete Lucky und wartete nicht darauf, dass Spencer antwortete. »Sie wollte nicht, dass Grover schlecht von seinem Bruder denkt, also hat sie sich diese Geschichte ausgedacht.«

»Warum hat sie dann Missouri verlassen, wenn es nicht ihr Chef war, der sie angemacht hat?«, fragte Brain.

»Spencer?«, fragte Lucky und sah den Mann mit einer hochgezogenen Augenbraue an. Er würde verdammt sein, wenn er Devyns Geheimnisse verriet. Es lag an Spencer, sich zusammenzureißen und zuzugeben, was er getan hatte.

»Sie ist meinetwegen gegangen«, bestätigte Spencer. Während er sprach, blickte er auf seinen Schoß und wich den Blicken der anderen aus. »Ich war auf sie angewiesen, um mir Geld von ihr zu leihen. Es kam so weit, dass sie glaubte, ich würde sie niemals in Ruhe lassen, also ist sie abgehauen.«

»Warum brauchst du Geld?«, fragte Grover in einem tiefen, tödlichen Ton.

»Ich schwöre, ich dachte, dass ich es ihr sofort zurückzahlen könnte, aber es kam anders. Ich ... ich hatte Probleme, meine Schulden zu begleichen«, erklärte Spencer.

»Hör auf herumzueiern und sag endlich die Wahrheit«, befahl Lucky wütend. »Je länger du dasitzt und über deinen erbärmlichen Scheiß laberst, desto länger steckt Dev in Schwierigkeiten – und zwar deinetwegen.«

Spencer holte tief Luft und nickte. Dann sah er seinem Bruder in die Augen. »Ich bin spielsüchtig. Ich dachte, ich könnte das zurückgewinnen, was ich verloren hatte. Aber ich bin nur tiefer in die Schulden geraten. Devyn hat mir zuerst Geld gegeben ... aber dann wurde sie misstrauisch, als die Beträge immer höher wurden, und fing an, Fragen zu stellen. Schließlich gab ich zu, wofür ich es brauchte. Sie wollte mir kein Geld mehr geben. Ich wurde sauer, sie wurde sauer ... und dann ist sie gegangen.«

»Willst du mich verarschen?«, fragte Grover.

»Nein«, sagte Spencer niedergeschlagen. »Ich wollte Mom und Dad nicht fragen, und ich wusste, dass Angela und Mila kein Geld hatten, um es mir zu leihen.«

»Und du hast mich nicht gefragt, weil du wusstest, dass ich dir gesagt hätte, du sollst dich verpissen«, stieß Grover hervor.

Spencer nickte. »Nachdem Devyn gegangen war, fing ich an, mir etwas von einem Typen zu leihen, den ich kannte.«

»Wie heißt er?«, fragte einer der Polizisten.

»Rocky.«

»Und wie ist sein richtiger Name?«

»Ich weiß es nicht. Alle nennen ihn Rocky. Das ist alles, was ich weiß. Ich schwöre es. Wie auch immer, ich verlor weiter und es kam der Punkt, an dem er mir nichts mehr leihen wollte. Und er wollte, dass ich ihm das zurückzahle, was er mir bereits geliehen hatte. Ich hatte kein Geld und er fing an, mich zu bedrohen. Ich dachte, es wäre gut, die Stadt für eine Weile zu verlassen, um mir etwas Zeit zu verschaffen, Geld zu verdienen.«

»Darum bist du also hierhergekommen. Um Devyn um mehr Geld zu bitten?«, fragte Grover bitter.

»Ich wollte es nicht, aber ich war in einer aussichtslosen Situation«, sagte Spencer. »Du verstehst es nicht! Rocky hat den Ruf, immer zu bekommen, was ihm zusteht. Und ich brauchte einfach noch etwas Zeit.«

Grover schüttelte angewidert den Kopf.

Lucky hatte von Spencers Glücksspielproblem gewusst. Devyn hatte ihm von den fünfzig Riesen erzählt. Und er hatte vermutet, dass die Schulden ihrem Bruder nichts Gutes einbringen würden. Aber nicht in einer Million Jahren hätte er gedacht, dass es auf Dev zurückfallen würde. Nicht durch einen Kredithai aus Missouri. Im Nachhinein war es eine naive Annahme gewesen, die dazu führte, dass der Mensch verletzt wurde, den er auf dieser Welt am meisten liebte. Wenn er gewusst hätte, wie gefährlich die Situation geworden war, hätte er es Grover gesagt. Das hätte alles ändern können.

Als könnte der Mann seine Gedanken lesen, drehte Grover sich um und funkelte Lucky an.

»Ich wusste nichts über Rocky«, sagte Lucky zu ihm. »Ich wusste von Spencers Problem, aber es war sein Problem. Wir hätten nie damit gerechnet, dass dieser Kredithai sich an Dev vergreift. Sie wollte dir nichts sagen, um den Familienfrieden nicht zu stören. Sie hatte lange Zeit Schuldgefühle, weil sie als Kind so krank gewesen war. Und ich glaube, sie dachte, es würde irgendwie die Familie zerstören, wenn sie etwas sagte«, erklärte Lucky.

»Das ist doch Blödsinn. Das ist Spencers Problem und nicht Devyns«, sagte Grover kopfschüttelnd.

»Wir wissen das, aber sie nicht«, erwiderte Lucky. »Sie wollte vor unserem Training mit dir über Spencer sprechen, vor allem, weil er bei dir übernachtet hat.«

»Es wird ihr gut gehen«, sagte Riley bestimmt. »Sie ist vielleicht gerade nicht hier, aber Oz und ich wissen aus erster Hand, dass am Ende alles gut werden kann.«

Sie erhob ihre Stimme nicht, aber Lucky wusste, dass sie recht hatte. Als Logan und Bria entführt wurden, hatten sie alle das Schlimmste befürchtet, aber wie durch ein

Wunder waren sie relativ unversehrt zurückgekehrt. Lucky musste glauben, dass dies auch Devyns Schicksal sein würde.

»Können wir auf das zurückkommen, was vor zwei Tagen passiert ist?«, fragte der Kommissar. »Sie haben sich Geld von einem Kredithai geliehen, der es zurückhaben wollte. Sie hatten es nicht, also sind Sie nach Texas gekommen. Was ist dann passiert?«

»Ich habe mit Grover abgehangen. Als er zur Arbeit auf den Armee-Stützpunkt gefahren ist, habe ich ...« Spencer senkte wieder den Kopf. »Ich habe Geld von ihm genommen und versucht, genug damit zu gewinnen, um Rocky vorerst zu besänftigen.«

»Du hast Geld von mir genommen?«, fragte Grover. »Scheiße, das wird ja immer schlimmer. Du hast mich bestohlen, Spence?«

»Es war nicht viel. Nur ein paar Scheine aus deiner Wechselgelddose. Und ich habe ein paar ältere DVDs genommen, die hinten in deinem Regal standen, und sie verpfändet. Ich bin mir sicher, die schaust du dir nicht einmal mehr an.«

Ein Muskel pulsierte in Grovers Kiefer, als er seinen Bruder ungläubig anstarrte.

»Ich musste Rocky loswerden. Ich habe mich umgehört und herausgefunden, wo ich hoffentlich schnell etwas Geld machen könnte«, erklärte Spencer rasch und versuchte, seine Handlungen zu verteidigen.

»Wo?«, fragte der Beamte.

»Äh ...«

»Rück raus mit der Sprache«, stieß Doc hervor. Bis zu diesem Moment war er still gewesen. »Wir reden hier von deiner Schwester. Du musst der Polizei sagen, wo dieses illegale Glücksspielhaus ist, und die Namen aller preisgeben, die du dort getroffen hast, und welche Spiele du gespielt hast. Diese Scheiße ist verdammt ernst.«

»Glaubst du, das weiß ich nicht?«, brüllte Spencer. »Das tue ich. Schau mich an! Das ist nur ein Vorgeschmack von dem, was sie mit mir machen, wenn er sein Geld nicht bekommt!«

»Sieh dich an?«, höhnte Trigger. »Schaut euch Devyn an. Oh, richtig, das können wir ja nicht. Weil wir nicht wissen, wo sie ist, und du es uns immer noch nicht gesagt hast! Hör auf herumzueiern und erzähl uns, was bei Lucky passiert ist. Wir haben es verstanden. Du bist spielsüchtig, das ist uns inzwischen klar. Jetzt rede verdammt noch mal, bevor Grover oder Lucky die Geduld verlieren!«

Spencers Blick begegnete Luckys für den Bruchteil einer Sekunde, bevor er wieder auf seinen Schoß schaute. In monotonem Tonfall begann er wieder zu sprechen. »Du hast recht. Ich habe es vermasselt. Ich bin ein Versager und ich habe Devyn da hineingezogen. Ich habe versucht, etwas Geld zu verdienen, habe es aber verloren. Also bin zu Devyn gefahren. Ich habe mich für das, was in Missouri passiert war, entschuldigt und versuchte, ihr klarzumachen, wie ernst die Situation war. Dass Rocky mich umbringen würde, wenn ich ihm das Geld nicht gebe, das ich ihm schuldete. Wir haben gestritten – es gab aber keine Handgreiflichkeiten«, ergänzte Spencer schnell, als er die Feindseligkeit im Raum spürte.

»Es klopfte an der Tür und sie öffnete. Einer der Typen schlug ihr sofort ins Gesicht und sie wurde bewusstlos, bevor sie wirklich etwas tun oder sagen konnte. Dann gingen sie auf mich los. Sie haben das getan«, sagte er und deutete auf sein Gesicht. »Dann sind sie gegangen und haben Devyn mitgenommen.«

»Haben sie etwas gesagt?«, fragte Lucky verzweifelt.

»Wohin wollten sie und warum haben sie Dev mitgenommen?«

Spencer nickte. »Sie sagten, dass Rocky sie geschickt hat und dass er mir sagen würde, wo ich Devyn finden könnte, sobald er sein Geld bekommen hat. Ich glaube, sie dachten, sie sei meine Freundin oder so.«

»Verdammte Scheiße!«, schrie Grover, drehte sich um und fuhr sich mit der Hand durchs Haar.

»Wie sahen sie aus?«, fragte einer der Kommissare.

»Sie waren beide groß und kräftig, mindestens hundertfünfzig Kilo. Einer der Typen hob Devyn hoch und legte sie über seine Schulter, als würde sie nichts wiegen. Er hatte braune Haare, der andere schwarze.«

»Und Sie haben sie noch nie zuvor gesehen?«, fragte derselbe Beamte. »Sie befanden sich nicht in der illegalen Spielhalle, in der Sie waren?«

»Nein«, sagte Spencer niedergeschlagen.

Lucky konnte nur stehen bleiben und vor Wut zittern. Sein schlimmster Albtraum war wahr geworden – und es gab verdammt noch mal nichts, was er dagegen tun konnte. Der Gedanke, dass Devyn entführt worden war, reichte aus, um ihm den Verstand zu rauben.

Er konnte nicht klar denken, konnte sich nicht entscheiden, was zum Teufel er jetzt tun sollte.

Glücklicherweise hatten seine Teamkameraden und die Polizisten dieses Problem nicht.

»Kennen Sie die Namen der Männer, die Sie verprügelt und Ihre Schwester entführt haben?«, fragte einer von ihnen.

»Darrell und Bruce, glaube ich. So nannten sie sich zumindest. Ich habe sie noch nie zuvor gesehen«, wiederholte Spencer beinahe verzweifelt.

»Was für einen Wagen fuhren sie?«

»Ich weiß es nicht. Ich habe keinen Wagen gesehen. Ich konnte eine Weile nicht aufstehen, nachdem sie mich geschlagen hatten«, erklärte Spencer.

»Also, wo warst du die letzten beiden Tage?«, fragte Lefty. »Warum hast du Grover nicht sofort angerufen, um ihm zu sagen, was passiert ist? Oder die Polizei? Devyn ist seit zwei Tagen verschwunden und du hast nichts unternommen, um ihr zu helfen?«

Darauf hätte Lucky auch gern eine Antwort. Er funkelte Spencer an, obwohl der andere Mann es nicht sah. Er schaute weiter auf seine Hände in seinem Schoß. »Ich war verzweifelt und verletzt. Ich musste nachdenken und versuchen herauszufinden, was ich tun sollte. Ich blieb über Nacht in meinem Wagen.« Dann sah er wieder zu seinem Bruder auf. »Ich weiß, dass ich Mist gebaut habe. Deshalb bin ich hierhergekommen. Ich brauche Hilfe, Fred. Nicht nur, um Devyn zurückzubekommen, sondern um diese unaufhörliche Stimme in meinem Kopf zu stoppen, die mir immer wieder sagt, dass ich nur eine Wette davon entfernt bin, groß rauszukommen. Ich wollte nie so werden! Der Abschaum der Familie ... aber hier bin ich nun. Ich muss das wieder in Ordnung bringen. Und ich werde alles tun, um Devyn zurückzuholen.«

»Dann erzähl uns genau, was die Typen gesagt haben, die dich verprügelt haben. Wie viel schuldest du diesem Rocky-Typen und wie können wir ihn bezahlen?«, fragte Grover.

Lucky war sich nicht sicher, ob er Spencer glaubte. Es war eine Sache, sich ändern zu wollen, wenn man mit der Verurteilung durch seine Familie konfrontiert wurde, aber es war eine andere, sobald die erste Aufregung nachließ. Der Drang zum Spielen würde ihn immer begleiten. Er würde verdammt hart arbeiten müssen, um das zu überwinden ... und Lucky war sich nicht sicher, ob dieser Typ die Kraft dazu hatte.

»Ich dachte, ich schulde Rocky fünfzig Riesen, aber Darrell sagte, dass noch Zinsen dazu kommen und die Kosten dafür, dass sie mich aufspüren mussten. Jetzt sind es sechzig«, sagte Spencer kleinlaut.

»Sechzigtausend Dollar?«, rief Grover mit hochgezogenen Augenbrauen aus. »Scheiße, Spencer. Ich habe nicht so viel Geld!«

»Wo sollen Sie das Geld übergeben?«, fragte einer der Polizisten.

»Ich soll Rocky anrufen und dann seinen Anweisungen folgen«, erklärte Spencer.

»Wir können es mit einem Peilsender versehen«, sagte der Kommissar zu seinem Partner, »und ihm dann folgen, wenn er die Übergabe macht.«

»Wenn du das Geld bezahlst, wird dir dieser Rocky-Typ sagen, wo er Devyn versteckt hat?«, fragte Lucky und kümmerte sich wenig um die Logistik der Geldübergabe. Alles, was ihn interessierte, war Devyn.

»Ja, ich denke schon«, sagte Spencer.

»Wird er seine Seite der Abmachung einhalten?«, hakte Lefty nach.

Spencer zuckte mit den Schultern.

»Vielleicht kann er Rocky anrufen und ihm sagen, dass er das Geld hat. Wir können den Anruf zurückverfolgen und ihn dann dazu bringen zuzugeben, wohin sie Devyn verschleppt haben«, schlug Oz vor.

»Oder wir können ihn zusammenschlagen und auf diese Weise dazu bringen, es uns zu sagen«, murmelte Doc.

»Ähm, wie wäre es, wenn wir die Verfolgung und das Verhör der Polizei überlassen?«, sagte einer der Kommissare.

Die Männer ignorierten ihn.

»Wir könnten prüfen, ob es in der Nähe deines Reihenhauses Überwachungskameras gibt, um herauszufinden, was für einen Wagen sie gefahren sind«, warf Brain ein.

»Dann können wir diese Typen, Darrell und Bruce, ausfindig machen und sie dazu bringen, uns zu erzählen, was sie mit Dev gemacht haben«, schlug Trigger vor.

Lucky hatte auf seinem Handy etwas gesucht, während sein Team die nächsten Schritte plante. Er schätzte es, dass sie genau das taten, was sie am besten konnten, und versuchten, einen Weg zu finden, die Operation in Gang zu bringen. Aber er hatte nur ein Ziel vor Augen. Und das war weder, den Kredithai zu finden, noch die Männer, die Devyn entführt hatten. Obwohl er gern fünf Minuten mit ihnen allein gehabt hätte. Sein einziges Ziel war Devyn. Sie war das Einzige, was zählte.

Als er mit der Suche auf seinem Telefon fertig war, schaute er auf und begegnete Grovers Blick. »Ich habe siebentausend auf meinem Sparkonto.«

Er sah sofort den verständnisvollen Ausdruck in den Augen seines Freundes. Grover sagte sofort: »Ich glaube, ich habe vier. Ich hätte mehr gehabt, aber ich habe es für das Haus und für Materialien für die Scheune ausgegeben.«

Dann begannen die anderen Männer, mit einzustimmen.

»Ich habe siebentausendfünfhundert«, sagte Trigger.

»Ich glaube, ich habe drei. Es tut mir leid, dass es nicht mehr ist. Wir haben gerade die Sachen für das Kinderzimmer gekauft«, fügte Brain hinzu.

Einer nach dem anderen boten Luckys Teamkameraden ihr eigenes hart verdientes Geld an, um zu versuchen, die sechzigtausend aufzubringen, die sie brauchten, um Devyns Leben zu retten.

Lucky traten angesichts der tiefen Hingabe seiner Freunde Tränen in die Augen. Sie alle wussten, dass sie das Geld wahrscheinlich nie wiedersehen würden. Und doch boten sie es, ohne zu zögern, an.

»Ich habe auch etwas«, fügte Gillian hinzu.

»Ich auch«, sagten Kinley und Riley gleichzeitig.

»Ich bin mir nicht sicher, ob es die beste Option ist, diesen Rocky-Typen zu bezahlen«, sagte einer der Beamten.

»Richtig, einen Entführer zu bezahlen bedeutet, dass Sie nachgeben. Es gibt keine Garantie dafür, dass er überhaupt weiß, wo Ihre Schwester ist oder dass sie überhaupt noch am Leben ist«, sagte der andere Polizist.

Lucky drehte sich zu den beiden Männern um. Er war wütend, aber tat sein Bestes, sein Temperament im Zaum zu halten ... für Devyn.

»Dieses Arschloch verlangt keine Milliarde Dollar, nicht einmal eine Million. Er will, was ihm zusteht. Und das ist alles. Er hätte Spencer auch sagen können, dass er zweihunderttausend oder noch mehr wollte. Ich vertraue ihm keine Sekunde, aber wir haben buchstäblich keine andere Wahl. Der Typ befindet sich in einem anderen Staat. Wir können nicht wissen, wo seine Schläger meine Freundin versteckt haben. Sie könnten ihr gerade in dieser Sekunde wehtun, und ich bin nicht bereit, herumzusitzen und abzuwarten, während Leute verhört werden und die Suche organisiert wird. Insbesondere, wenn wir nicht wissen, wo wir überhaupt mit der Suche anfangen sollen, und Devyn bereits seit zwei Tagen vermisst wird. Ich würde Rocky jedes Geld geben, auch wenn es nur eine einprozentige Chance gibt, dass er uns sagt, wo sie ist. Im Moment ist es alles, was wir haben.«

»Aber ...«, begann der ältere Kommissar und Grover unterbrach ihn.

»Lucky hat recht. Mir gefällt es genauso wenig, aber im Moment hält dieser Rocky-Typ alle Trümpfe in der Hand. Und ich will meine Schwester zurück. Wenn das Bezahlen der Schulden meines Bruders der einzige Weg ist, das zu erreichen, dann soll es so sein.« Dann wandte er sich Spencer zu. »Wir kratzen das Geld zusammen und du rufst Rocky an, um ihm zu sagen, dass du es hast und wissen willst, wo Dev ist«, sagte Grover zu Spencer.

Der andere Mann nickte sofort. »Natürlich, ich werde alles tun.«

»Und du wirst dir auch Hilfe suchen«, sagte Grover streng.

Die Hoffnung in Spencers Augen schwand, aber er nickte schwach.

»Ich meine es ernst, Spence.«

»Ich weiß. Ich auch. Ich weiß, dass ich es versaut habe. Aber ich hätte wirklich niemals gedacht, dass sie jemand anderem etwas antun würden. Ich habe mir das Geld geliehen, also dachte ich, Rocky würde hinter mir her sein. Ich wäre nicht hierhergekommen, wenn ich erwartet hätte, er würde dir oder Dev etwas antun«, sagte Spencer leise. »Ich kann das Bild von Devyn, die bewusstlos auf dem Boden lag, nicht mehr aus dem Kopf bekommen.«

Das Schlimme war, dass Lucky ihm glaubte. Er wollte den anderen Mann hassen, aber er sah absolut am Boden zerstört aus über das, was passiert war.

Er hatte nicht gewollt, dass Grover auf diese Weise von den Problemen seines Bruders erfährt. Aber er war in gewisser Weise froh, dass es endlich ans Licht kam. Jetzt musste er nur noch Devyn retten. Ihre Familie würde sich mit Spencers Sucht auseinandersetzen müssen, aber zumindest war es nicht länger Devyns dunkles Geheimnis.

»Ich gehe davon aus, dass Rocky keinen Scheck annehmen wird«, sagte Trigger gedehnt.

»Er akzeptiert nur Bargeld«, bestätigte Spencer.

»Richtig«, sagte Grover seufzend. »Also, wenn wir das tun wollen, müssen wir zu unseren Banken, bevor sie schließen. Danach treffen wir uns so schnell wie möglich wieder hier.«

»Moment, darüber müssen wir noch reden«, protestierte einer der Kommissare.

»Hier ist der Schlüssel zu meinem Haus«, sagte Lucky und warf seinen Schlüsselbund dem Beamten zu, der ihm am nächsten stand. »Im Wohnzimmer ist Blut auf dem Boden, das vermutlich von Spencer stammt. Es gibt auch Spritzer im Flur, von denen ich annehme, dass sie von meiner Freundin stammen. Meine Haustiere waren allein im Haus, also liegen überall Kot und Urin herum. Versuchen Sie bitte, es nicht noch mehr zu verteilen. Ich hatte keine Zeit, sauber zu machen, bevor ich hergekommen bin.«

Er war fertig damit, nett zu sein. Er schätzte die Anwesenheit der Kommissare und ihre Bereitschaft zu helfen, aber er wusste, dass es zu lange dauern würde. Sie mussten Devyn finden, bevor es zu spät war.

»Ich werde alle Formulare ausfüllen, die nötig sind, um Ihnen Zugang zu meinem Haus zu gewähren«, sagte er. »Aber wir können nicht länger warten. Das fühle ich in meinen Knochen. Vielleicht haben sie Devyn bereits getötet, vielleicht auch nicht, aber ich werde kein weiteres Risiko eingehen.«

»Gut, wenn wir uns also endlich auf den Weg zu unseren Banken machen und aufhören würden, nur darüber zu reden, wo meine Schwester sein könnte, können wir sie vielleicht finden, bevor es soweit kommt«, sagte Grover ungeduldig.

Lucky blendete den Rest des Gesprächs zwischen den Polizisten aus und funkelte Spencer an. Der Mann musste seinen Blick gespürt haben, denn er schaute auf.

»Wenn ihr auch nur ein Haar gekrümmt wurde, wird es dir leidtun«, knurrte Lucky.

»Es tut mir bereits leid«, sagte Spencer. »Ich liebe meine Schwester, auch wenn du mir vielleicht nicht glaubst. Sie ist eine Nervensäge, wie alle kleinen Schwestern, aber ich würde alles für sie tun. Ich wollte nie, dass ihr etwas passiert.«

»Aber es ist ihr etwas passiert«, erwiderte Lucky.

»Ich weiß«, sagte Spencer und sackte vornüber.

Lucky war fertig mit ihm. Spencer zu beschimpfen würde Devyn nicht zurückbringen. Das Geld aufzutreiben war das Einzige, was sie vielleicht zurückbringen könnte. Je schneller sie die sechzigtausend Dollar zusammenhatten, desto eher konnte Spencer diesen Rocky-Typen anrufen, um Devyns Aufenthaltsort zu erfahren. Hoffentlich war es noch nicht zu spät.

KAPITEL SECHZEHN

»Wie viel haben wir?«, fragte Grover Kinley, als sie mit dem Zählen der Geldstapel fertig war, die vor ihr lagen.

Es waren Stunden vergangen und die Sonne ging bereits unter. Und es gab nur eines, was Lucky tun wollte, er wollte Devyn finden. Sie musste schreckliche Angst haben. Verdammt, er hatte selbst wahnsinnige Angst um sie.

»Zweiundsechzigtausendvierhundert«, sagte Kinley.

Lucky seufzte erleichtert. Es war genug, Gott sei Dank.

»Wo ist Spencer?«, fragte Lefty.

Lucky blickte überrascht auf. Er hatte keine Ahnung gehabt, dass Grovers Bruder nicht hier war. Viele Leute waren im Haus ein und aus gegangen. Also war es nicht verwunderlich, dass er den anderen Mann nicht im Auge behalten hatte. Lucky war selbst eine Weile weg gewesen, um zur Bank zu fahren und bei Devyns Wohnung einen Zwischenstopp einzulegen. Er hatte keine Ahnung, wo sie sie finden würden und in welchem Zustand sie sein würde. Aber aus eigener Erfahrung wusste er, dass sie sich umziehen müsste.

Er war selbst einmal in Gefangenschaft gewesen.

Nachdem er gerettet worden war, wollte er als Erstes sauber werden. Er wollte die Klamotten, die er viel zu lange getragen hatte, ausziehen und durch saubere ersetzen. Es war eine geistige und eine körperliche Sache. Persönliche Sauberkeit stand nicht ganz oben auf der Liste der Dinge, die Terroristen wichtig waren, und er hatte sich während des Verhörs mehr als einmal vollgepisst. Lucky hatte keine Ahnung, wo Devyn war oder was sie durchmachte, aber zumindest konnte er dafür sorgen, dass sie ihre Würde behalten konnte, sobald sie sie fanden. Die Kleider zu wechseln würde die Erinnerungen an das, was sie durchgemacht hatte, nicht auslöschen, aber er wusste aus Erfahrung, dass es direkt nach der Rettung einen großen Beitrag dazu leistete, sich besser zu fühlen.

Er hatte die Sorge darüber, dass sie zu spät kommen könnten, verdrängt und war dazu übergegangen, positiv zu denken. Dieser Rocky-Typ wollte sein Geld, und sie wollten Devyn. Er glaubte wirklich daran, dass der Mann ihnen den Ort nennen würde, an dem seine Leute sie versteckt hatten, nachdem er sein Geld bekommen hatte.

»Scheiße, wer hat ihn zuletzt gesehen?«, fragte Doc.

»Er war nicht hier, als ich wiederkam«, antwortete Brain. »Und ich war der Letzte, der zurückkam, da ich im Krankenhaus angehalten hatte, um nach meinem Sohn zu sehen und Aspen über die Geschehnisse auf dem Laufenden zu halten.«

»Kommt sie bald nach Hause?«, fragte Oz. »Als ich Riley nach Hause gebracht habe, um sich auszuruhen – das Baby macht sie in letzter Zeit wirklich müde –, hat sie nach Aspen gefragt.«

»Ja, sie sollte jetzt zu Hause sein. Gillian und ihre Freundin Wendy haben sie zusammen mit Logan und Bria abgeholt und nach Hause gebracht. Sie bleiben bei ihr.«

Lucky war erleichtert, das zu hören. So sehr er sich auch Sorgen um Devyn machte, er war froh zu wissen, dass die anderen Frauen sich umeinander kümmerten.

»Ich habe Spencer auch nicht gesehen, als ich zurückkam«, sagte Lefty.

»Ich auch nicht«, fügte Trigger hinzu.

»Scheiße, okay, ich habe ihn vorhin am Küchentisch sitzen sehen«, sagte Grover, »aber nicht mehr, nachdem ich von der Bank zurückgekommen war.«

»Sein Wagen steht nicht in der Einfahrt«, bellte Lucky. Angst stieg in ihm auf, als er aus einem der vorderen Fenster spähte.

»Verdammt!« Grover fluchte und trat so fest er konnte gegen einen Stuhl. Er flog quer durch den Raum und zerbrach, als er gegen die Wand krachte. »Ich werde ihn suchen«, sagte Grover zwischen zusammengebissenen Zähnen. »Er wird es bereuen. Ich schwöre bei Gott, es ist mir egal, dass er mein Bruder ist. Er ist der Einzige, der Rockys Nummer hat. Scheiße, wir hätten sie uns von ihm geben lassen sollen. Ich bin so ein Idiot!«

»Beruhige dich, Grover«, sagte Brain.

»Ich kann nicht!«, entgegnete Grover grob. »Es ist seine Schuld, dass meine Schwester irgendwo da draußen ist, wahrscheinlich zu Tode erschrocken und verletzt. Ich kann nicht glauben, dass er durchgebrannt ist!«

»Ich bin hier.«

Alle drehten sich um und starrten zur Haustür. Spencer war gerade hereingekommen und stand ihnen gegenüber. »Tut mir leid, ich hätte nicht gedacht, dass ich so lange weg sein würde.«

Er sah immer noch schrecklich aus. Er hatte sich umgezogen und trug nicht mehr das blutgetränkte T-Shirt, das er zuvor angehabt hatte. Aber sein Gesicht war immer noch geschwollen und zerschrammt. Er hinkte, als er auf Kinley zuschlurfte, die immer noch am Tisch saß und das Geld in der Hand hielt, das alle von ihren Bankkonten abgehoben hatten. Lefty machte einen Schritt zur Seite, sodass er vor seiner Frau stand, als wollte er sie beschützen, falls Spencer überlegen sollte, sich das Geld zu schnappen.

Aber anstatt mit gierigem Blick auf das Geld zu schauen, legte er einen Stapel Scheine neben die anderen. »Ich weiß, dass es nicht reicht. Es ist bei Weitem nicht genug ... aber es ist alles, was ich auftreiben konnte. Ich habe mein Auto verkauft. Sie haben mir nur fünfhundert dafür geben, aber ich musste etwas tun.«

Lucky konnte nicht anders, als überrascht zu sein. Spencer Groves würde nie sein Lieblingsmensch sein. Er würde in nächster Zeit nicht zu ihm zu Thanksgiving eingeladen werden, nicht, nachdem Devyn durch sein Handeln entführt worden war. Aber er wusste die Geste trotzdem zu schätzen.

»Wie bist du zum Haus zurückgekommen?«, fragte Grover.

Spencer wich vom Tisch zurück und zuckte mit den Schultern. »Ich bin per Anhalter gefahren.«

Niemand sagte Grovers Bruder, dass sie sein Geld nicht brauchten. Dass sie bereits die sechzigtausend Dollar zusammenhatten, die Rocky wollte. Es war offensichtlich, dass Spencer helfen wollte, auch wenn es zu wenig und zu spät war.

»Wir haben das Geld«, sagte Grover zu seinem Bruder. »Es ist Zeit, Rocky anzurufen.«

»Sollen wir die Polizei informieren?«, fragte Doc.

»Nein«, entgegneten Lucky und Grover gleichzeitig.

Lucky nickte seinem Teamkameraden zu. Sie waren sich einig. Sie könnten Ärger bekommen, weil sie die Polizei außen vor gelassen hatten, aber wenn etwas Illegales getan werden musste, um Devyn zurückzubekommen, waren sie beide bereit, es zu riskieren. Ganz zu schweigen davon, dass die Geldübergabe schwierig werden würde. Wenn die Beamten dabei wären, könnte es Rockys Handlanger vielleicht erschrecken. Und je länger es dauerte, bis das Geld den Besitzer wechselte, desto länger würde es dauern, bis sie Devyn aus ihrem Versteck befreien konnten.

Spencer ließ sich langsam auf einen Stuhl am anderen Ende des Tisches nieder. Er legte sein Handy vor sich auf den Tisch und drückte auf ein paar Knöpfe. Innerhalb von Sekunden erfüllte das Freizeichen aus dem Lautsprecher den Raum.

Lucky sah, wie Spencer sich mehrmals die Hände an seiner Jeans abwischte. Es war offensichtlich, dass der Mann nervös war. Und das sollte er auch sein. Von diesem Anruf hing viel ab – Devyns Leben.

»Rocky«, sagte eine tiefe Stimme am anderen Ende der Leitung.

»Hier ist Spencer.«

»Ach Spence, schön, von dir zu hören ... vor allem, da es so aussieht, als hättest du die Stadt verlassen. Du hast doch nicht versucht, mir aus dem Weg zu gehen, oder?«, fragte Rocky.

»Nein, natürlich nicht«, sagte Spencer nervös.

Lucky konnte nicht anders. Er beugte sich vor und unterbrach das Gespräch. »Wir haben dein Geld. Und wir wollen Devyn zurück.«

»Und mit wem habe ich das Vergnügen zu sprechen?«, fragte Rocky.

»Mein Name ist Lucky und Devyn ist meine Freundin«, fauchte er.

»Es tut mir schrecklich leid, dass es so weit gekommen

ist«, sagte Rocky entschuldigend. »Ich hasse es, wenn meine Kunden mich nicht ernst nehmen und sich weigern, ihre Schulden zu bezahlen.«

»Wo ist Devyn?«, fragte Lucky zwischen zusammengebissenen Zähnen.

»Es ist so, ich kenne dich nicht und ich vertraue dir nicht. Nichts für ungut. Spencer nervt mich schon seit einiger Zeit. Ich habe ihm in gutem Glauben Geld geliehen. Er kannte die Konsequenzen, wenn er es nicht zurückzahlt, und hier sind wir nun. Ich mag es nicht, auf Gewalt zurückzugreifen, aber ich kann es meinen Kunden auch nicht durchgehen lassen, mich abzuzocken. Wenn bekannt wird, dass ich weich geworden bin, würde sich niemand mehr die Mühe machen, seine Schulden zurückzuzahlen. Das wäre schlecht fürs Geschäft. Du verstehst also, dass dies eine rein geschäftliche Angelegenheit war, richtig?«

»Ich verstehe, dass deine Schläger meine Freundin bewusstlos geschlagen und sie dann entführt haben. Wir haben dein Geld und ich will wissen, wo sie ist. Sofort!«

»Tz, tz, tz, so wird das nicht funktionieren, und das weißt du«, sagte Rocky, jetzt mit etwas härterer Stimme. »Zuerst will ich mein Geld, dann sage ich euch, wo ihr deine Freundin findet. Spencer, bist du noch da?«

»Ja, ich bin hier.«

»Gut, du wirst die Übergabe machen. Und zwar allein. Wenn noch jemand bei dir ist oder ich erfahre, dass die Polizei zusieht, ist unsere Vereinbarung geplatzt. Wenn du irgendetwas tust, was meine Männer nervös macht, ist unsere Vereinbarung geplatzt. Es ist schon ein paar Tage her. Was glaubst du, wie lange deine Schwester ohne Nahrung und Wasser auskommt? Die Uhr tickt.«

Ohne Nahrung und Wasser ...

Lucky wollte am liebsten durch das Telefon greifen und dieses verdammte Rocky-Arschloch töten.

»Ich verstehe«, sagte Spencer leise.

»Morgen früh, Punkt zehn, wirst du in Austin sein. In der Gegend von North Lamar gibt es ein Wohngebäude mit dem Namen Longspur Apartments. Da wird jemand warten, der aussieht wie ein Obdachloser, der um Geld bettelt. Er wird ein Trikot der Dallas Cowboys und eine schwarze Baseballkappe tragen. Du wirst zu ihm gehen, das Geld in seinen Sammeleimer werfen und wieder verschwinden. Sobald du nach Killeen zurückkommst, rufst du mich an, und bis dahin weiß ich, ob du alle Schulden beglichen hast. Danach gebe ich dir die GPS-Koordinaten für die Stelle, an der du die Puppe finden kannst.«

»Wir machen die Übergabe noch heute Abend«, wandte Lucky ein, der keine verdammte Sekunde länger warten wollte, um zu Devyn zu gelangen.

»Du hast hier nicht das Sagen, oder?«, gab Rocky zurück. »Ich lehne mich hier bereits weit aus dem Fenster. Ich vertraue dir nicht weiter, als ich dich werfen könnte. Du könntest genauso gut ein Bulle sein. Wenn du deine Freundin wiedersehen willst, weißt du, was zu tun ist.«

»Wie können wir sicher sein, dass es dein Mann ist?«, fragte Grover. »Dallas Cowboy Trikots sind hier nicht gerade selten.«

»Ich bin nicht überrascht, dass da ein ganzer Raum voll von euch ist«, sagte Rocky mit einem leichten Lachen. »Und du hast recht. Wenn Spencer auf den Mann zugeht, wird er sagen: ›Ein interessanter Morgen heute, nicht wahr?‹ So wird er es wissen.«

»Einer von uns muss ihn nach Austin fahren«, sagte Lucky zu Rocky. »Er hat sein Auto verkauft.«

Rocky lachte schallend. »Ich bin wirklich überrascht,

dass er so lange gebraucht hat, um dieses Stück Scheiße zu verkaufen. Ich dachte, er wäre es schon vor einer Weile losgeworden, um Geld zum Spielen aufzutreiben. Gut, einer von euch kann ihn fahren. Einer! Wenn jemand versucht, meinen Mann festzuhalten, um an Informationen zu kommen, wirst du dein Mädchen nie wiedersehen. Davon abgesehen weiß er nichts. Die einzigen Leute, die wissen, wo sie ist, sind die beiden Männer, die sie versteckt haben, und ich. Du wirst sie nie finden.«

Das Schlimme war, dass Lucky ihm glaubte. »In Ordnung, wir sind uns einig. Aber ich will dein Wort, dass du danach Spencer und jeden, den er kennt, vergisst.«

Rocky lachte wieder, als wäre das alles ein Spiel für ihn. »Ich bin gut darin, Sachen zu vergessen«, sagte er. »Aber ich schätze, der kleine Spencer wird früher oder später wieder an meine Tür klopfen und Geschäfte machen wollen. Ein Süchtiger ist ein Süchtiger, und mein Lebensunterhalt hängt von Menschen wie ihm ab. Er wird zurückkommen. Merk dir meine Worte.«

»Ich bin fertig damit«, erwiderte Spencer bestimmt.

Rocky lachte nur noch einmal. »Wir sehen uns bald, Spence. Und hoffentlich spreche ich morgen früh wieder mit euch allen.« Der andere Mann legte ohne ein weiteres Wort auf.

Kinley gab ein leises, ersticktes Geräusch von sich und Lucky sah, dass sie weinte. Sie hätten sie wahrscheinlich nach Hause schicken sollen, aber als sie mit Lefty ins Haus zurückgekehrt war, hatte niemand daran gedacht, sie zum Gehen zu bringen.

Während Lefty seine Frau tröstete, kehrten Luckys Gedanken zu Devyn zurück.

Sie würde eine weitere Nacht in der Hölle verbringen müssen, durch die sie ging. Er hasste es. Er wollte noch in dieser Sekunde nach Austin und diese Scheiße erledigen. Aber ihnen blieb nichts anderes übrig, als bis morgen zu warten.

»Ich fahre«, sagte Grover.

»Auf keinen Fall. Ich werde fahren«, sagte Lucky zu ihm.

»Falsch. Auf keinen Fall fährt einer von euch morgen nach Austin«, sagte Doc. »Ich werde das tun.« Er hob eine Hand, als alle zu protestieren begannen. »Brain, du musst bei Aspen bleiben. Chance wird bald nach Hause kommen und sie wurde selbst gerade erst aus dem Krankenhaus entlassen. Sie wird Ruhe brauchen. Oz, du musst bei Riley sein. Es würde uns gerade noch fehlen, wenn ihr Baby wegen all dem Stress auch noch vorzeitig kommt. Und du musst dich auch um deine Nichte und deinen Neffen kümmern. Und was euch angeht«, sagte er und beäugte Grover und Lucky, »mache ich mir ernsthafte Sorgen, einen von euch mit Spencer allein zu lassen.«

Lucky nickte widerwillig. Doc hatte einige sehr gute Punkte vorgebracht. Vor allem der letzte. Es war nicht abzusehen, was er Spencer sagen oder antun würde, wenn er gezwungen wäre, längere Zeit allein mit ihm in seinem Wagen zu verbringen. Er mochte Devyns Bruder sein und sie mochte ihn lieben, aber es würde lange dauern, bis Lucky ihm verzeihen könnte, dass er Devyn in diese Lage gebracht hatte.

Grovers Hände waren zu Fäusten geballt, aber er nickte.

»Ich werde euch die ganze Zeit auf dem Laufenden halten«, sagte Doc. »Ich lasse mein Telefon auf Lautsprecher, damit ihr wisst, was los ist.«

Lucky warf Spencer in diesem Moment zufällig einen Blick zu und sah, dass er den Geldstapel am anderen Ende des Tisches beäugte. »Denk nicht einmal daran«, sagte er in einem tiefen, tödlichen Ton.

Spencer schaute erschrocken auf und ihre Blicke trafen sich.

»Ich meine es ernst«, warnte Lucky.

Spencer nickte und schluckte schwer. »Ich habe nur ... ich hätte nie gedacht, dass ich ein Problem habe. Ich habe Devyns Sorgen abgetan. Ich war nicht spielsüchtig. Ich wollte nur ein paar Dollar verdienen. Aber wenn ich all das Geld sehe, fangen meine Hände an zu zittern und ich möchte es buchstäblich packen und damit in ein Casino gehen.«

Der Mann klang verloren. Er war geschlagen.

»Manchmal muss man erst den Tiefpunkt erreichen, bevor man sich wieder aufraffen kann«, sagte Lefty zu ihm.

Grover ging zu dem Geld hinüber und fing an, es einzupacken. Er sah Doc an. »Lass ihn nicht in die Nähe davon, bis es Zeit für ihn ist, aus dem Wagen zu steigen. Wir können nicht riskieren, dass er sich damit aus dem Staub macht.«

»Das würde ich nicht tun«, sagte Spencer, aber es war leicht zu hören, dass er sich selbst nicht sicher bei dem war, was er sagte.

»Ich nehme es heute Abend mit nach Hause«, sagte Doc.

»Es sieht so aus, als wären es ungefähr einhundert Kilometer bis nach North Lamar«, sagte Trigger und blickte von seinem Telefon auf. »Ich denke, wenn du gegen acht losfährst, habt ihr genügend Zeit, selbst bei stärkerem Verkehr, und du kannst einen guten Platz finden, um das Apartmentgebäude im Auge zu behalten. Da Rocky nicht genau gesagt hat, wo dieser Typ sein wird, müsst ihr vielleicht nach ihm suchen.«

»Ich werde morgen um Viertel vor acht hier sein«, sagte Doc mit einem Nicken.

»Ich werde den Kommandanten heute Abend auf den

neusten Stand bringen und ihn wissen lassen, was los ist. Er wird nicht erfreut sein, dass wir ihn nicht sofort angerufen haben, aber ich habe keinen Zweifel, dass er alles tun wird, um uns zu helfen, sobald wir Devyns Aufenthaltsort bestimmt haben.«

Lucky nickte. Colonel Robinson würde ihnen mit Sicherheit helfen. Er erinnerte sich, wie verzweifelt der Mann gewesen war, zu seiner eigenen Frau Macie zu gelangen, als sie in Schwierigkeiten steckte.

»Und morgen, sobald Doc und Spencer losgefahren sind, werde ich mich mit den Polizeibeamten in Verbindung setzen«, sagte Lefty.

Lucky hatte das Gefühl, er sollte sich freiwillig melden, um etwas zu tun. Aber der einzige Ort, an dem er sein wollte, war hier bei Grover, um auf Spencers Rückkehr zu warten, damit sie Rocky anrufen und endlich Devyn holen können.

Alle begannen, sich zu verabschieden, aber Lucky konnte nichts weiter tun, als hölzern an der Wand zu stehen. Schließlich waren nur noch er, Spencer und Grover im Haus.

Spencer, der nicht ganz begriffsstutzig war, murmelte: »Das tut mir wirklich alles leid«, bevor er durch den Flur zu dem Zimmer schlich, in dem er geschlafen hatte.

Grover seufzte und ging in die Küche. Er griff in den Kühlschrank nach einer Flasche Wasser. »Möchtest du etwas?«, fragte er Lucky.

»Nein, es gibt viele Dinge, die ich mir gerade wünsche, aber etwas zu trinken gehört nicht dazu.«

»Ich verstehe, warum du mir nichts von Spencer erzählen wolltest«, sagte Grover leise, während er mit dem Hintern gegen die Theke lehnte. »Ich mag es nicht, aber ich verstehe es. Sie war schon immer die Friedensstifterin. Sie möchte nicht, dass andere streiten. Das bedeutet nicht, dass sie sich nicht behaupten kann, wenn sie selbst in einem Streit ist, aber sie hat es schon immer vorgezogen, wenn wir alle gut miteinander auskommen.«

»Ich hätte wirklich nicht gedacht, dass diese Kreditscheiße auf Dev zurückfallen könnte«, sagte Lucky zu Grover. »Ich hätte es dir niemals vorenthalten, wenn ich auch nur eine Sekunde lang gedacht hätte, sie würde in Schwierigkeiten geraten.«

»Ich weiß. Es ist in Ordnung, Mann.«

Lucky stieß die Luft aus, von der er nicht bemerkt hatte, dass er sie angehalten hatte.

»Sie ist hart im Nehmen«, sagte Grover. »Sie glaubt nicht, dass sie es ist, aber meine Schwester ist mit dieser Krebstherapie durch die Hölle gegangen, als sie klein war. Selbst als sie sich ständig übergeben musste und keine Haare mehr hatte, versicherte sie allen anderen, dass es ihr gut ginge. Und dass sie, wenn sie erst mal erwachsen ist, ein Heilmittel für Krebs finden würde, damit kein anderes Kind dasselbe durchmachen müsste.«

Lucky lachte leise. »Das klingt nach ihr, abgesehen von der Arztsache.«

»Sie arbeitet viel lieber mit Tieren«, merkte Grover an.

Bei der Erwähnung von Tieren fragte Lucky sich plötzlich, wo seine waren.

»Sie sind im Gästezimmer am anderen Ende des Flurs«, sagte Grover und las die Gedanken seines Freundes. »Nachdem Gillian und die anderen Frauen sie gesäubert hatten, haben sie ihre Box dorthin gebracht und ihnen ein gemütliches Nest eingerichtet. Sie waren mit Angel draußen, damit sie ihr Geschäft erledigen kann. Und Kinley hat ein Katzenklo für Whiskers aufgestellt, nachdem sie und Lefty von der Bank zurückgekommen waren. Sie haben ihnen auch eine Schüssel mit Thunfisch und etwas übrig gebliebenes Hühnchen aus dem Kühlschrank hingestellt.«

Lucky schätzte ihre Rücksichtnahme und hatte ein schlechtes Gewissen, dass er seit mehreren Stunden nicht mehr an Angel oder Whiskers gedacht hatte. »Kann ich hierbleiben?«, fragte er.

»Ich wäre sauer, wenn du es nicht tätest«, antwortete Grover. »Aber ... ich werde dich bitten müssen, meinen Bruder nicht mitten in der Nacht umzubringen.«

Lucky war sich nicht sicher, ob sein Freund scherzte. »Das werde ich nicht. Ich bin verdammt sauer auf ihn und ich kann nicht glauben, dass er uns alle in diese Situation gebracht hat, aber ich werde ihn nicht umbringen.«

»Danke. Ich werde auch dafür sorgen, dass er eine Therapie beginnt«, sagte Grover. »Und er wird jeden Cent dieses Geldes zurückzahlen, auch wenn es den Rest seines Lebens dauern wird.«

»Das Geld ist mir scheißegal«, sagte Lucky. »Ich will nur Devyn zurück.«

»Ich auch, Bruder, ich auch.«

Sie schwiegen beide einen Moment, bevor Grover sagte: »Wir werden sie finden.«

Lucky nickte zustimmend. Denn die Alternative war undenkbar.

Er nickte seinem Freund zu und ging dann den Flur hinunter zum Gästezimmer. Er betrat den Raum und fand Trost in der Tatsache, dass Angel den Kopf hob und dann tatsächlich aufstand, um zu ihm zu kommen.

Lucky kniete sich vor sie und kratzte den Hund unterm Kinn. »Es war ein beschissener Tag, nicht wahr, Mädchen?«

Sie wedelte zaghaft mit dem Schwanz.

»Willst du heute Nacht bei mir auf dem Bett schlafen?« Er und Devyn erlaubten den Tieren sonst nicht, auf ihr Bett zu kommen. Aber er brauchte ihren Trost ... genauso wie sie vermutlich seinen brauchten. Er hatte keine Ahnung, wo sie gewesen waren, während Spencer zusammengeschlagen wurde, oder was sie in den Tagen getan hatten, als sie allein im Haus eingesperrt waren. Aber es hatte sie offensichtlich traumatisiert.

Er hob Angel auf die Matratze und griff dann nach Whiskers. Er schnappte sich zwei der Handtücher und kletterte neben sie ins Bett. Er legte sich auf die Seite und Angel kroch tatsächlich näher an ihn heran und kuschelte sich an Luckys Bauch. Whiskers gesellte sich zu ihrer Begleiterin, und die drei lagen ruhig da und versuchten, sich nach allem, was passiert war, zu entspannen.

Lucky wusste, dass er nicht schlafen könnte. Er war müder als jemals zuvor, aber alles, woran er denken konnte, war Devyn. Hatte sie geschlafen? Hatte sie Hunger? War sie verängstigt? Fror sie? War sie verletzt, gefoltert oder gar sexuell missbraucht worden?

Er hatte keine Ahnung. Rocky schien nicht allzu besorgt zu sein, aber das hatte nichts zu bedeuten. Der Mann war eiskalt und hatte keinerlei Mitgefühl.

»Ich liebe dich, Dev«, flüsterte Lucky.

Sein Herz schmerzte, als er nicht das übliche »Ich liebe dich zurück« als Antwort bekam.

Devyns Mund war trocken und das Schlucken fiel ihr schwer. Früher an diesem Tag war leichter Regen gefallen und sie hatte sich mit offenem Mund an den Baum gelehnt und versucht, so viel Wasser wie möglich zu schlucken. Jeder Muskel in ihrem Körper schmerzte und sie fühlte sich so schwach wie ein Kätzchen.

Aber sie wollte nicht aufgeben.

Es war wieder dunkel. Es war die dritte Nacht. Hin und wieder schrie sie sich die Seele aus dem Leib und hoffte, dass vielleicht jemand in dem Wald wanderte, sie hörte und zu ihrer Rettung kommen würde. Aber es kam niemand.

Sie hatte stundenlang mit sich selbst gesprochen, nur damit sie sich nicht ganz so allein fühlte. Sie hatte von eins bis fünftausend gezählt und wieder zurück bis auf eins. Alles, um sich die Zeit zu vertreiben und ihre Gedanken zu beschäftigen. Sie weigerte sich aufzugeben. Sie konnte nicht.

In der ersten Nacht war sie eingeschlafen und hatte einen Albtraum gehabt, in dem sie aufgegeben hatte und gestorben war. Aber obwohl sie tot war, sah sie, wie Lucky wie aus dem Nichts auftauchte und sie fand. Sogar in ihrem Traum hatte sie das Entsetzen und seine Verzweiflung gespürt. Sie wollte nicht, dass Lucky das ihretwegen durchmachen müsste.

Sie war aufgewacht und entschlossen gewesen, alles Notwendige zu tun, um zu überleben. Grover und Lucky würden sie finden. Das mussten sie.

Stöhnend bei jeder Bewegung seufzte Devyn. Sie hatte nicht geglaubt, dass es einfach werden würde, als sie aufgewacht war, aber sie hatte unterschätzt, wie schwierig es tatsächlich sein würde.

Sie hatte Schmerzen, Hunger und Durst.

Und war unglaublich verlegen und empört ...

Als ihr klar wurde, dass sie auf die Toilette musste, hatte sie versucht, es zurückzuhalten. Aber es hatte keinen Zweck. Es gab keine Möglichkeit, die natürlichen Funktionen ihres Körpers für immer zu unterdrücken. Sie hatte geweint, nachdem es passiert war. Es war schrecklich, zu wissen, dass sie in ihrem eigenen Dreck saß. Sie konnte ihre Hose nicht herunterziehen. Sie konnte nichts anderes tun, als an den Baum gelehnt zu sitzen, als wäre sie Abfall.

Es gab Momente, in denen sie ihren Bruder hasste. Sie schwor sich, dass sie ihm niemals verzeihen würde, dass er sie in diese Situation gebracht hatte. Dann weinte sie wieder und sagte laut, dass es ihr leidtat, dass sie es nicht so gemeint hatte. Ihre Gefühle fuhren Achterbahn und Devyn wusste, dass sie wahrscheinlich nicht überleben würde, wenn sie nicht bald gefunden würde.

»Warte ab, Dev«, flüsterte sie. »Große Rettungsaktionen finden nie mitten in der Nacht statt. Sie tun wahrscheinlich das, was sie am besten können ... planen den Einsatz und bereiten alles vor, um dich zu holen. Warte einfach noch eine Nacht. Du schaffst das.«

Sie war sich nicht sicher, ob sie es schaffen würde, aber sie tat ihr Bestes, es sich einzureden.

Dann schloss Devyn die Augen und versuchte, sich vorzustellen, nicht irgendwo mitten im Wald zu sitzen. Sie dachte an Lucky. Wie sehr sie es liebte, im Bett an ihn geschmiegt zu liegen. Zu hören, wie Angel und Whiskers im Kreis herumwanderten und ihre Decken zerknüllten, bevor sie sich darauf niederließen. Beide Tiere schnarchten und mehrere Nächte lang war sie mit dem Gefühl von Luckys nackter Brust auf ihrer Wange und dem amüsanten Schnarchen der Tiere im Raum eingeschlafen.

Kurz bevor sie in einen unruhigen Schlaf fiel, hörte sie Lucky mit einer tiefen, heiseren, schläfrigen Stimme in ihrem Kopf sagen: »Ich liebe dich.«

»Ich liebe dich zurück«, entgegnete sie leise.

KAPITEL SIEBZEHN

»Wir haben ihn gefunden«, sagte Doc am nächsten Morgen um Viertel nach zehn.

Das gesamte Team war um Grovers Tisch versammelt und hörte zu, wie Doc live die Geschehnisse der Geldübergabe durchgab.

Sie waren gegen halb zehn bei den Longspur Apartments angekommen. Sie hatten den Ort erkundet und dann geparkt und gewartet. Doc hatte erklärt, er wisse, warum Rocky diesen Ort ausgewählt hatte. Überall waren obdachlose Männer und Frauen. Auf einem Feld in der Nähe gab es eine Art Zeltstadt und es würde nicht sehr auffallen, wenn ein Obdachloser am Straßenrand bettelte.

Zehn Minuten nach zehn fing Lucky zu schwitzen an, als Doc sagte, sie hätten noch niemanden mit einem Cowboys-Trikot und schwarzer Kappe gesehen.

Aber dann war er plötzlich da. Spencer stieg aus, klammerte sich an das Geld und Lucky betete, dass er nicht versuchte, etwas Dummes zu tun, und mit dem Geld davonlief.

»Spencer spricht mit dem Typen ... und er hat gerade

den Umschlag in den Eimer geworfen. Sie nicken einander zu ... jetzt kommt er zurück zum Wagen.«

»Was macht der andere Typ?«, fragte Grover.

Sie hatten an diesem Morgen darüber gesprochen, dass sie sich Sorgen machten, dass der Typ, dem sie das Geld geben, Rocky hintergehen könnte. Er könnte es behalten. Aber sie hatten buchstäblich keine Kontrolle darüber und mussten beten, dass Rockys Ruf einschüchternd genug war, dass niemand es wagte, ihn zu hintergehen.

»Er steht immer noch da.«

»Ernsthaft?«, knurrte Grover.

Gott, der Typ war entweder ein Idiot, mit sechzigtausend Dollar an der Ecke in diesem Viertel zu stehen, oder ein Genie. Lucky musste zugeben, dass es ihm wahrscheinlich gut gelang, nicht aufzufallen.

»Ja, er bittet andere Leute, die vorbeigehen, um Geld«, sagte Doc.

Sie alle hörten durch den Lautsprecher des Mobiltelefons, wie die Wagentür geschlossen wurde.

»Es ist erledigt«, sagte Spencer.

»Wir fahren jetzt zurück. Wir werden in ungefähr einer Stunde da sein«, sagte Doc. Dann war die Leitung tot.

Lucky war sich nicht sicher, ob er eine Stunde warten konnte. Er wollte Devyn sofort holen. Er betete, dass es ihr gut ging und dass Rockys Handlanger sie in den wenigen Tagen, in denen sie festgehalten worden war, nicht misshandelt hatten. Er hatte die Nacht zuvor scheiße geschlafen, war häufig aufgewacht und hatte sich gefragt, wo sie war und was sie dachte. Er betete, dass sie wusste, dass sie alles taten, um sie zu finden.

»Es wird alles gut werden«, sagte Trigger leise neben ihm.

»Sie ist hart im Nehmen«, fügte Lefty hinzu.

»Und stur«, sagte Brain.

»Sie liebt dich und wird alles in ihrer Macht Stehende tun, um durchzuhalten, bis wir da sind«, warf Oz ein.

Lucky wartete darauf, dass Grover auch etwas Positives über seine Schwester hinzufügte, aber als er zu ihm hinübersah, hatte sein Freund den Kopf gesenkt und stützte sich mit beiden Händen auf den Tisch, als wäre er das Einzige, was ihn hält.

»Grover?«, sagte Lucky besorgt. Ihm war übel und er wusste, dass es seinem Freund genauso ging.

»Ich habe dem Rest meiner Familie nicht erzählt, was los ist«, sagte Grover nach einem Moment. Er schaute auf. »Vielleicht sollte ich? Ich wäre verdammt sauer, wenn Mila oder Angela oder sonst jemandem etwas zustoßen würde und mir nichts gesagt wurde.«

»Ich denke, es ist besser zu warten«, sagte Trigger. »Wenn du deinen Eltern jetzt erzählst, dass Devyn entführt wurde, und du keine Ahnung hast, wo sie ist oder wie es ihr geht, wird sie das nur stressen. Ich würde warten, bis wir ihnen etwas Konkretes mitteilen können.«

Grover nickte und sagte dann: »Spencer wird sich behandeln lassen, und wenn ich ihn tretend und schreiend dorthin schleppen muss.«

»Ich glaube nicht, dass du das tun musst«, sagte Brain. »Er scheint von all dem ziemlich am Boden zerstört zu sein.«

»Habt ihr gesehen, wie er auf das Geld geblickt hat?«, fragte Grover in den Raum hinein.

»Sucht ist eine Schlampe«, murmelte Lefty.

Lucky stimmte allem zu, was seine Teamkameraden sagten, aber er konnte sich nicht an der Unterhaltung beteiligen. Er konnte nur an Devyn denken. Wo sie sein könnte und was mit ihr passierte.

»Halte durch, Mann«, sagte Oz leise und legte Lucky seine Hand auf die Schulter. »Über ›was wäre, wenn‹ nachzudenken ist das Schlimmste.«

Sein Freund sollte es wissen. Als sein Neffe und seine Nichte entführt wurden, musste er genauso gedacht haben wie Lucky jetzt. »Uns wurde beigebracht, alle möglichen Szenarien zu durchdenken«, erwiderte Lucky leise. »Gute, böse und besonders hässliche. Und so sehr ich positiv bleiben möchte, ich kann nicht aufhören, mir das Schlimmste vorzustellen.«

»Ich weiß«, stimmte Oz zu. »Mir ging es genauso, als Logan und Bria vermisst wurden.«

»Und dann fühle ich mich schlecht, weil ich es hasse, wie langsam die Dinge voranzugehen scheinen. Ich weiß zumindest, dass wir etwas tun, aber Devyn weiß das nicht.«

»Falsch«, sagte Lefty. »Sie weiß, dass du und Grover und der Rest von uns alles tun, um sie retten.«

Lucky holte tief Luft und nickte. Er warf einen Blick auf die Uhr. Scheiße, es waren erst drei Minuten vergangen, seit er das letzte Mal nachgesehen hatte. Er wollte, dass die Zeit schneller verging. Spencer und Doc sollten endlich zurückkommen, damit sie Rocky anrufen und die Koordinaten von Devyns Versteck erfahren könnten.

Er hasste es, herumzusitzen und zu warten. Er musste sich bewegen und etwas tun. Sie konnten nicht einmal einen Plan machen, weil sie keine Ahnung hatten, wo sie nach ihr suchen sollten. Um die Ecke? In Missouri? Mexiko? Sie könnte buchstäblich überall sein.

»Vierundfünfzig Minuten, bis sie zurück sind«, sagte Grover leise.

Es war eigentlich beruhigend zu wissen, dass er mit seiner Ungeduld nicht allein war. Die anderen Männer im

Team machten sich auch Sorgen um Devyn, aber bei ihm und Grover war es anders.

Lucky konnte nicht stillstehen und begann, auf und ab zu gehen.

Ein weiterer Tag, und sie war immer noch an diesen verdammten Baum gekettet. Devyn war sich sicher, dass sie alle Stadien der Trauer durchgemacht hatte. Leugnen, dass sie tatsächlich entführt worden war – obwohl diese Phase nicht lange gedauert hatte, da sie mit den Armen hinter dem Rücken mitten im Nirgendwo saß. Sie hatte geweint, sie hatte mit Gott verhandelt, sie war depressiv geworden, weil sie dachte, sie würde sterben, und jetzt war sie einfach nur noch wütend.

Wie konnte es jemand wagen zu denken, es sei in Ordnung, ihr ins Gesicht zu schlagen?

Wie konnte derjenige es wagen zu denken, es sei Ordnung, sie zu entführen und an diesen Baum zu ketten?

Wie konnte dieser Baum es wagen, so groß zu sein, dass sie die Arme nicht ganz darum bekam?

Wie konnte es sein, dass niemand durch diesen Waldabschnitt kam und sie fand?

Warum waren ihre Handgelenke nicht klein genug, um aus den Handschellen zu rutschen?

Sie ließ ihre Wut an allem und jedem aus.

Sie wollte von hier weg. Sie wollte nicht noch einen Tag im Wald festsitzen, und schon gar nicht noch eine Nacht.

Am schlimmsten waren die Nächte, wenn die Käfer herauskamen und über ihre Beine und ihre Arme krochen, sie nichts sehen konnte und sich Sorgen um Bären machte, die sie vielleicht als tollen Snack ansehen würden. Devyn hatte keine Ahnung, ob es hier draußen Bären gab, da sie überhaupt nicht wusste, wo sie war. Aber trotzdem wollte ihr der Gedanke nicht aus dem Kopf gehen. Sie hatte beschissen geschlafen. Sie hatte versucht, ihre Position zu wechseln, um sicherzugehen, dass der Blutfluss in ihren Armen nicht unterbrochen wurde. Aber sie hatte Schmerzen, weil sie schon so lange nach hinten verdreht waren.

Und die Vögel ... diese verdammten Vögel! Sie hörten nie auf zu zwitschern. Wussten sie nicht, wie aufgebracht sie war? Sie mussten zum Teufel noch mal die Klappe halten, aber sie taten es einfach nicht. Sie flogen um sie herum und zwitscherten, als wäre alles in Ordnung. Aber das war es nicht.

Und einfach so verflog ihre Wut und sie war wieder deprimiert. Sie hatte keine Ahnung, ob es Spencer gut ging. Sie zweifelte nicht daran, dass das alles wegen des Geldes passiert war, das er jemandem schuldete. Er hatte gesagt, dass sein Leben in Gefahr sei, und sie hatte kein einziges Mal daran gedacht, dass seine Anwesenheit auch sie in Gefahr bringen könnte. Wenn doch, hätte sie etwas zu Lucky oder Fred gesagt. Sie hätten alles in ihrer Macht Stehende getan, um sie zu beschützen.

Aber jetzt war Spencer vielleicht tot. Vielleicht hatten die Leute, die sie mitgenommen hatten, ihn getötet. Würde er ihnen immer noch Geld schulden, wenn er nicht mehr atmete? Sie hatte keine Ahnung, wie Kredithaie tickten. Vielleicht wurden die Schulden an die Familie übertragen, wenn der Kreditnehmer starb. Sie hatte ehrlich gesagt nicht so viel Geld, wie Spencer ihnen schuldete, aber sie würde es irgendwie auftreiben.

Während der gesamten Gefangenschaft erlaubte Devyn ihren Gedanken selten, sich Lucky zuzuwenden. Sie wusste, dass er versuchen würde, sie zu finden. Aber der Gedanke daran, wie am Boden zerstört er wahrscheinlich war, zerrte an ihrem Inneren. Er würde sich selbst die Schuld geben, und sie hasste es.

Devyn hatte nicht einmal Zeit gehabt, sich zu verteidigen, nachdem sie die Haustür geöffnet hatte. Sie war zu irritiert über Spencer gewesen und zu verängstigt, um vorsichtiger zu sein, was einfach dumm war. Sie wusste es eigentlich besser. Nach allem, was den anderen Frauen passiert war, und nach allem, was Fred ihr beigebracht hatte, hatte sie einfach wildfremden Männern die verdammte Tür geöffnet.

Der wievielte Tag war es? Der dritte oder vierte? Hier draußen im Wald schien die Zeit zu schleichen und Devyn fiel es schwer, sich zu konzentrieren. Sie brauchte Wasser … mehr, als sie bei den zwei leichten Regenfällen hatte schlucken können. Ihr war schwindelig und ihr Mund war trocken. Ihre Lippen waren trocken und aufgesprungen und sie konnte fühlen, wie ihr Herz ein wenig zu schnell schlug. Wenn sie nicht bald von irgendjemandem gefunden wurde, würde sie wahrscheinlich einschlafen und nie wieder aufwachen.

Dieser Gedanke erschütterte sie. »Nein!«, sagte Devyn laut. Der Albtraum, den sie gehabt hatte, als Lucky ihre Leiche an diesen Baum gekettet fand, war ihr noch immer in Erinnerung. Das wollte sie weder ihm noch Fred antun.

»Hey!«, rief sie. »Ich bin hier! Ist da draußen jemand? Hilfe! Feuer! Feuer! Feuer!« Vielleicht reagierten die Leute darauf, wenn schon nicht auf einen Hilferuf. Ein Feuer könnte sie selbst treffen, aber es war gefährlicher, sich bei einem Überfall einzumischen. Zumindest hatte Fred ihr das beigebracht.

Aber niemand antwortete auf ihre Hilferufe. Die Vögel

schienen sie zu verspotten und zwitscherten fröhlich, als wäre alles in Ordnung.

Devyn schloss die Augen und lehnte den Kopf gegen den Baumstamm hinter ihr. »Ich bin hier«, sagte sie leise. »Genau hier.«

Aber wieder antwortete niemand.

———

»Es war schön, mit dir Geschäfte zu machen«, sagte Rocky am Telefon zu Spencer. Sie hatten den Kredithai angerufen, sobald er und Doc wieder bei Grover angekommen waren. Zum Glück hatte der Mann sofort abgenommen. Er hatte den Geldbetrag überprüft, den Spencer seiner Kontaktperson übergeben hatte.

»Wo ist Devyn?«, knurrte Lucky.

»Habt ihr einen Stift?«, scherzte Rocky. »Ich habe die Koordinaten.« Dann, ohne abzuwarten, ob die Männer bereit waren, ratterte er sie herunter.

Sowohl Brain als auch Lefty schrieben schnell die Zahlen auf, während Rocky sie vorlas.

»Wenn ich du wäre, Spencer«, sagte Rocky mitfühlend, »würde ich mir eine andere Beschäftigung suchen ... weil du ehrlich gesagt kein sehr guter Spieler bist.« Dann legte er ohne ein weiteres Wort auf.

Spencer stand an der Wand und verzog die Lippen. Er sah viel älter aus als seine einunddreißig Jahre.

Im Moment war es Lucky völlig egal, was Spencer fühlte. Er konzentrierte sich voll und ganz auf seine Teamkameraden. »Habt ihr es?«, fragte er ungeduldig.

»Ja, Moment«, sagte Brain, als er seinen Laptop vor sich zog und die Koordinaten eintippte, die Rocky ihnen gegeben hatte. Er lehnte sich zurück und betrachtete stirnrunzelnd den Bildschirm. »Das kann nicht stimmen. Was hast du, Lefty?«

»Dasselbe«, sagte Lefty und blickte auf sein Handy.

»Was?«, bellte Grover.

Brain drehte seinen Laptop herum und sie starrten ihn alle an.

»Wo zum Teufel ist das?«, fauchte Lucky. Alles, was er auf dem Bildschirm sehen konnte, war ein riesiger grüner Fleck.

Brain fummelte an den Einstellungen herum und die Karte änderte sich von einer Nahaufnahme zur Ansicht des gesamten Gebietes. Lucky stellte sich hinter ihn. Langsam registrierte er, was er sah.

»Heilige Scheiße, sie ist im Osten von Texas?«

»Wenn die Koordinaten, die er uns gegeben hat, korrekt sind, dann ja«, entgegnete Brain. »Das ist der Davy Crockett National Forest. Der südliche Teil, der bei Touristen nicht sehr beliebt ist, weil er zugewachsen ist und es nicht viele Wanderwege gibt. Die Campingplätze sind alle nördlich von diesem Ort. Dort ist es auch hügeliger.«

»Scheiße«, sagte Grover und fuhr sich mit der Hand durchs Haar.

»Colonel Robinson? Hier ist Trigger.«

Lucky drehte sich um und sah, wie sein Teamkollege in sein Telefon sprach.

»Wir brauchen einen Hubschrauber ... ich weiß, es ist kurzfristig ... wir haben Grovers Schwester gefunden ... sie ist im Osten von Texas ... ja, ich verstehe ... großartig, wir wissen das zu schätzen ... geht es nicht früher? Richtig ... Wie viele? Okay ... wir werden bereit sein. Danke, Sir.«

»Was?«, fragte Grover ungeduldig, als Trigger aufgelegt hatte.

»Das war der Kommandant«, sagte Trigger unnötigerweise. »Er wird mit der Luftwaffe sprechen und eine Trainingsübung einrichten. In spätestens zwei Stunden haben wir einen Helikopter.«

Luckys Emotionen gingen auf und ab. Er war froh, dass sie einen Hubschrauber zur Verfügung gestellt bekamen, um schneller zu Devyn zu kommen, aber er hasste es, auch nur fünf Minuten darauf warten zu müssen. Zwei Stunden waren Folter.

»Er muss den Papierkram erledigen«, sagte Trigger, als könnte er Luckys Gedanken lesen. »Er braucht die Zustimmung des Generals. Aber er weiß, dass die Zeit drängt, und er wird alles in seiner Macht Stehende tun, um es uns zu ermöglichen, schneller vom Boden abzuheben. Der Hubschrauber wird nur vier von uns mitnehmen können«, sagte Trigger. »Grover, du und Lucky seid natürlich dabei. Ich denke, Doc sollte auch mit, damit er notfalls Erste Hilfe leisten kann.«

»Und du«, sagte Lucky sofort. Er vertraute allen seinen Teamkameraden, aber Trigger war ihr Teamleiter, er könnte sich etwas einfallen lassen, falls Devyn in schlechterer Verfassung war, als sie alle hofften.

Alle anderen nickten zustimmend.

»Ich bleibe hier bei Spencer«, sagte Oz. »Wir passen auf Whiskers und Angel auf.«

»Ich auch«, stimmte Lefty zu. »Brain kann nach Hause zu Aspen fahren. Wenn wir ihn brauchen, hat er seinen Laptop.«

Lucky nickte, zufrieden mit dem Arrangement. Es schien, als meinte Spencer es ernst, als er sagte, er wolle helfen, aber er wollte trotzdem nicht, dass der Mann davonlief, sobald er herausfand, dass es seiner Schwester gut ging. Und wenn Oz und Lefty im Haus bei ihm blieben, würde das nicht passieren.

Und Brain musste zu Hause bei seiner Frau sein. Lucky hasste es, dass sich dieses Drama mitten in einer der glücklichsten Zeiten für seine Freunde nach der Geburt ihres ersten Kindes abspielte. Obwohl er auch wusste, dass Brain niemals einfach zu Hause sitzen und ignorieren würde, was passierte. Er würde alles tun, um zu helfen.

»Wir fahren rüber zum Stützpunkt«, sagte Trigger. »Wir wollen in der Sekunde bereit sein, in der das Ersuchen genehmigt ist.«

Lucky war ihrem Teamleiter noch nie so dankbar gewesen wie in diesem Moment. Trigger wusste genau, was zu tun war.

In der Zwischenzeit fühlte Lucky sich verloren. Er konnte nur an diesen blauen Punkt auf dem Computer denken. Mitten im verdammten Nirgendwo. Das Satellitenbild zeigte nichts als Bäume und noch mehr Bäume. Er hoffte inständig, dass das Bild alt war und es eine Hütte oder so etwas gab. Denn die Alternative war undenkbar.

Leichen wurden in Wäldern deponiert. Mitten im Nirgendwo, damit sie nie gefunden wurden.

Lucky betete, dass sie nicht unterwegs waren, um Devyns Grab zu finden.

Er knirschte so fest mit den Zähnen, dass er wusste, er würde später Kopfschmerzen bekommen. Aber er weigerte sich, seine Bedenken laut auszusprechen. Nicht dass er das wirklich musste. Jede einzelne Person im Raum, vielleicht mit Ausnahme von Spencer, wusste, dass die Wahrscheinlichkeit gering war, Devyn lebend zu finden.

Verdammter Rocky und seine Handlanger ... Lucky würde den Rest seines Lebens damit verbringen, die beteiligten Männer aufzuspüren und dafür zu sorgen, dass sie für ihre Verbrechen bezahlten.

Als er zu Grover hinüberblickte, konnte Lucky sehen,

dass sein Freund ähnlich dachte. Ihre Blicke trafen sich und Grover nickte. Ja, sie waren sich definitiv einig.

Der Gedanke daran, was Devyn durchgemacht haben musste – immer noch durchmachte –, machte Lucky sowohl ängstlich als auch wütend. Also verdrängte er diese Gedanken. Er und die anderen gingen zur Tür und er nahm seinen Rucksack. Er hatte darin ein paar Vorräte für Devyn. Er musste positiv bleiben und daran glauben, dass sie sie noch brauchen würde. Alles andere verursachte ihm Übelkeit.

***

Devyn war müde. Sie verlor immer wieder das Bewusstsein. Sie wollte für alle Fälle wachsam bleiben, aber die ganze Zeit, in der sie an diesen verdammten Baum gekettet war, hatte sie nichts gehört oder gesehen, was ihr bei der Flucht hätte helfen können.

Sie fing wieder an, von fünftausend herunterzuzählen, in der Hoffnung, dass es sie wach halten würde.

Sie kam bei dreitausendzweihundertachtzehn an, als sie glaubte, etwas zu hören. Als sie an den Blättern des Baumes vorbei nach oben blickte, konnte sie nichts sehen, aber das Geräusch eines Rotors wurde lauter. Dann hörte sie es.

Das unverwechselbare Geräusch eines Helikopters.

Es war nicht sehr nahe, aber ihr Herz machte vor Aufregung einen Sprung.

»Ich bin hier!«, schrie sie. Sie konnte nicht aufstehen und mit den Armen wedeln. Sie konnte kein Signalfeuer zünden. Und Devyn wusste, dass es unmöglich war, sie aus einem Hubschrauber oder Tiefflieger durch die Bäume zu sehen. Aber sie schrie trotzdem und machte weiter, als wäre es möglich.

Sie drehte den Kopf und versuchte, den Hubschrauber

zu sehen, hatte aber kein Glück. Innerhalb weniger Augenblicke wurde das Geräusch leiser, bis sie es nicht mehr hören konnte.

»Nein!«, jammerte sie. »Ich bin hier!« Sie weinte. »Genau hier, bitte verlasst mich nicht!«

Aber es nützte nichts. Im Wald wurde es wieder still, die verdammten Vögel nahmen ihr Gezwitscher wieder auf, flogen über ihrem Kopf herum und verspotteten sie mit ihrer Bewegungsfreiheit.

Devyn hatte keine Flüssigkeit mehr in ihrem Körper, um zu weinen, also schloss sie die Augen und vergaß zu versuchen, wach zu bleiben. Was nützte es noch? Sie würde hier draußen sterben, allein und verängstigt.

Sie trauerte über so viele Dinge. Das Schlimmste war, dass sie nie ein Leben mit Lucky führen würde. Sie wusste tief im Inneren, dass er ein wundervoller Partner gewesen wäre, unterstützend und großzügig. Es war nicht fair, dass sie ihn gefunden hatte, nur um ihn wieder zu verlieren, bevor sie die Chance hatten, ihr gemeinsames Leben wirklich zu beginnen.

»In der Nähe des Zielgebietes gibt es keine Landemöglichkeit«, sagte der Pilot über die Kopfhörer.

Luckys Blick war auf das Gelände geheftet. Er konnte durch die Blätter nicht auf den Boden darunter sehen. Er hielt ein GPS in der Hand und wusste, dass sie etwas weniger als zwei Kilometer von den Koordinaten entfernt waren, wo Devyn sich aufhalten sollte. Der Pilot war in einem großen Kreis um ihr Ziel geflogen und suchte nach einem Landeplatz so nahe wie möglich an Devyn.

»Das wird schwierig«, mischte sich der Co-Pilot ein.

Schwierig war eine Untertreibung. Überall waren Bäume und Hügel. Der Pilot setzte sie buchstäblich auf einem Felsvorsprung ab. Um sie herum standen hohe Bäume, die sich in den Rotorblättern verfangen und den Helikopter zu Boden reißen könnten. Sie hatten überlegt, sich abzuseilen und einen Rettungskorb zu benutzen, um Devyn in den Helikopter zu ziehen, nachdem sie sie gefunden hatten. Aber der Wald war einfach zu dicht. Der Pilot schwor, dass die Landung zwar schwierig sein würde, aber dass er es schaffen könnte.

Aber Lucky machte sich darüber keine Gedanken. Die Nightstalker-Piloten gehörten zu den besten der Armee. Wenn jemand sie sicher auf den Boden bringen konnte, dann waren es diese Typen.

Lucky schnallte sich seinen Rucksack um und bereitete sich darauf vor, aus dem Helikopter zu steigen, um zu Devyn zu gelangen. Jede Sekunde, die verging, war eine weitere Sekunde, in der sie Schmerz und Leid erlitt.

Als er hinüberschaute, sah er, dass Doc ebenfalls seinen Erste-Hilfe-Rucksack auf dem Rücken hatte. Trigger und Grover waren genauso bereit, sich auf den Weg zu machen. Der Hubschrauber wackelte ein wenig, und die Rotorblätter wirbelten Staub und Wind auf, als er sich dem Boden näherte. In der Sekunde, in der die Kufen gegen die Felsen stießen, hatte Lucky die Tür geöffnet und setzte sich in Bewegung.

Seine Teamkameraden folgten ihm. Dann joggten sie durch den Wald. Niemand sagte ein Wort. Alle konzentrierten sich auf ihre Mission. Das Unterholz war dicht und es war an manchen Stellen eine Herausforderung durchzukommen. Aber die vier Männer wurden nicht langsamer. Lucky hörte die Piloten durch das Funkgerät in seinem Ohr sprechen, aber er blendete es aus. Trigger würde sie über ihren Fortschritt auf dem Laufenden halten, sobald sie Devyn erreicht hatten.

Es dauerte länger, als Lucky lieb war, die fast zwei Kilometer zurückzulegen, um zu der Stelle zu gelangen, wo sie hofften, Devyn zu finden. Aber das Team bewegte sich wie eine gut geölte Maschine. Vollkommen lautlos, in der Hoffnung, Devyn lebend und wohlauf zu finden.

Als sie sich bis auf etwa fünfzig Meter den Koordinaten genähert hatten, hob Lucky eine Faust, um die anderen hinter sich zu stoppen. Mit pochendem Herzen lauschte er.

Alles, was er hörte, war das fröhliche Zwitschern der Vögel über ihm. Er roch kein Feuer und es gab keine Hinweise darauf, dass jemand in der Nähe war.

Galle stieg in seiner Kehle auf, aber sehr langsam bahnte Lucky sich seinen Weg.

Er musste es wissen. Er musste zu der Frau gelangen, die er liebte ... selbst wenn er zu spät kam, um ihr zu helfen.

Als er auf das GPS schaute, sah er, dass er nur zehn Meter entfernt war. Er steckte das Gerät in seine Tasche und schlich vorwärts.

Drei Meter weiter ging er um einen großen Baum herum und blinzelte bei dem Anblick, der sich ihm bot.

Devyn saß unbeholfen an einen Baum gelehnt da, den Kopf zur Seite geknickt und die Arme hinter sich ausgestreckt. Ihre Augen waren geschlossen und er konnte von seinem Standort aus nicht sagen, ob sie atmete. Ihm blieb fast die Luft weg. Ihr Gesicht war geschwollen, aber er sah kein Blut und sie sah relativ unversehrt aus.

Aber es waren Tage vergangen. Und wenn sie die ganze Zeit hier draußen mitten im Nirgendwo war, angekettet an einen verdammten Baum, könnte sie sehr gut tot sein.

Er spürte mehr als dass er hörte, wie sich jemand neben ihm bewegte, und Lucky streckte automatisch die Hand aus, um Grover davon abzuhalten, auf sie zuzustürzen. Er wusste, dass er nicht das Recht hatte, Grover von seiner Schwester fernzuhalten, aber sie war seine Frau, seine Verantwortung. Er sollte sie beschützen und umsorgen. Auch wenn das bedeutete sicherzustellen, dass sie die Würde bekam, die ihr nach ihrem Tod zustand.

Er wollte Grover auch davor bewahren, derjenige zu sein, der herausfand – Gott bewahre! –, dass sie es nicht geschafft hatte.

Er trat einen Schritt vor. Dann einen weiteren.

Und dann verlor er die Fassung, stürmte auf sie zu und verursachte so viel Lärm, dass die Vögel aufhörten zu zwitschern und erschrocken davonflogen.

In einer Sekunde war er sich sicher, dass er zu spät gekommen und Devyn gestorben war. In der nächsten öffneten sich ihre schönen blauen Augen ... und sie starrte ihn ungläubig und ein wenig ängstlich an, als er näher kam.

Devyn war in einen halb bewusstlosen Zustand versunken. Ein Teil von ihr war sich bewusst, wo sie war und dass sie wach bleiben musste, ein anderer Teil war glücklich darüber, an einem glückseligen Ort zu schweben, wo nur sie und Lucky zusammen in seinem großen Bett schliefen.

Sie war sich nicht sicher, wann sie bemerkte, dass sich etwas verändert hatte, aber es war das plötzliche Aufschrecken der Vögel, von denen sie seit Tagen verspottet wurde, das sie dazu brachte, die Augen zu öffnen.

Zuerst dachte sie, die Männer, die sie entführt hatten, wären zurückgekehrt. Alles, was sie sah, war eine große Gestalt, die sich schnell auf sie zu bewegte. Dann blickte sie in die großen Augen des Mannes vor ihr – und erkannte, dass es Lucky war.

Devyn hatte keine Ahnung, wie um alles in der Welt er aus dem Nichts aufgetaucht war, aber sie war noch nie in ihrem ganzen Leben so glücklich gewesen, jemanden zu sehen.

»Lucky«, krächzte sie. Dann war er da.

Er legte seine Hände um ihr Gesicht und starrte ihr in die Augen, als wäre sie ein Geist. War sie ein Geist? Warum sagte er nichts? Wurde ihr Traum wahr? War sie wirklich gestorben und er hatte ihre Leiche gefunden?

»Dev ...«, sagte er nach einem langen Moment.

Mehr als alles andere auf der Welt wollte sie nach oben greifen und ihn berühren, aber ihre Hände waren immer noch hinter ihrem Rücken gefesselt. Sie konnte nichts anderes tun, als ihn mit Liebe, Dankbarkeit und der größten Erleichterung, die sie je erlebt hatte, anzustarren.

»Du hast mich gefunden.«

»Das habe ich«, flüsterte er.

Überrascht zuckte Devyn zusammen und blickte zu den anderen drei Männern auf, die plötzlich über ihr auftauchten.

»Hey, Schwesterchen«, sagte Fred mit erstickter Stimme. »Wenn du mehr Aufregung in deinem Leben brauchst, hätte ich auch arrangieren können, dass du wieder Fallschirmspringen gehst oder so.«

Sie schnaubte leicht. »Das merke ich mir fürs nächste Mal«, flüsterte sie.

»Möchtest du hier raus, meine Hübsche?«, fragte Trigger, als er hinter ihr aus ihrem Blickfeld verschwand.

»Ja«, sagte sie mit Nachdruck.

»Das könnte gleich wehtun, wenn wir deine Arme befreien«, warnte Doc.

»Ich habe sie«, sagte Lucky.

Devyn entspannte sich. Er hatte sie. Lucky hatte sie. Sie freute sich nicht auf den Schmerz. Sie wusste, dass Doc keine Späße machte. Aber sie wollte frei sein und etwas Unbehagen kümmerte sie wenig. Sie konnte nicht sehen, was Trigger hinter ihr tat, aber wusste es in der Sekunde, in der er die Kette, die sie gefangen gehalten hatte, durchtrennte.

Ihre Arme fielen zu Boden. Sie versuchte, sie anzuheben, und konnte das schmerzerfüllte Keuchen nicht aufhalten, das ihren Mund verließ.

Lucky vergrub seine Daumen in ihren Schultern und sie versuchte zurückzuweichen, aber sie konnte nirgendwo hin.

»Ich weiß, das tut weh. Warte einen Moment, Liebling«, murmelte Lucky, als er versuchte, den Blutfluss durch ihre Arme zu fördern, indem er die Gelenke massierte.

Devyn schloss die Augen und tat ihr Bestes, den Schmerz durchzustehen. Und dann wurde ihr klar, dass Lucky recht hatte. Es tat weh, dass er ihre Schultern massierte, aber bald spürte sie ein Kribbeln in ihren Händen und wusste, dass es ein gutes Zeichen war.

»Sie wird eine Infusion brauchen«, sagte Doc.

Lucky nickte. »Ich weiß. Gib mir eine Sekunde.«

Trigger tauchte wieder in ihrem Blickfeld auf und hielt die Kette, mit der sie an den Baum gefesselt war, in der Hand. Er kniete nieder und löste die Handschellen, die noch immer um ihre Handgelenke waren. Dann stopfte er ihre Fesseln in seinen Rucksack und pfiff. »Du hast wirklich gekämpft, um dich zu befreien, nicht wahr?«, fragte er.

Devyn nickte und drehte den Kopf, um ihr rechtes Handgelenk zu betrachten. Es sah ziemlich mitgenommen aus. Die Blutergüsse reichten fast bis zu ihrem Ellbogen und da waren tiefrote Furchen in ihrer Haut.

»Ich gebe dir ein paar Schmerzmittel mit der Infusion«, murmelte Doc.

Devyn versuchte, ihre Arme zu bewegen, und freute sich, als ihre Muskeln so funktionierten, wie sie es wollte. Sie hob ihre Hände und packte Luckys Bizeps so fest sie konnte, was ziemlich erbärmlich war. »Ich liebe dich«, sagte sie leise zu ihm.

»Ich liebe dich zurück«, erwiderte er.

Devyn schloss die Augen und seufzte zufrieden. Sie hatte so oft von diesem Moment geträumt, sie hatte angefangen zu glauben, dass es nie passieren würde. Aber es war passiert. Lucky hatte sie tatsächlich gefunden. Sie wusste nicht wie, aber sie war so verdammt dankbar.

Sie bewegte sich. Sie wollte aufstehen und ihren Rücken strecken. Dann roch sie sich selbst. Verlegenheit legte sich wie ein Leichentuch über sie. Es war dumm. Sie war so glücklich, dass sie gefunden worden war und Lucky und ihren Bruder zu sehen. Aber plötzlich wollte sie vor Scham nur noch ihr Gesicht verbergen.

»Was ist los?«, fragte Lucky. Er war immer so verdammt aufmerksam.

Devyn warf einen Blick auf die anderen Männer und dann zurück auf den Pulsschlag an Luckys Hals. Sie konnte es nicht laut sagen. Nicht vor den anderen.

Aber wieder schien Lucky in der Lage zu sein, ihre Gedanken zu lesen. »Könnt ihr uns eine Sekunde geben, Männer?«

Trigger nickte und entfernte sich.

Bevor Doc zu ihm ging, mahnte er: »Sie braucht so schnell wie möglich medizinische Hilfe, Lucky. Wir müssen uns in Bewegung setzen.«

Fred blieb, wo er war.

Lucky stand auf und drückte seinen Knöchel gegen

ihren Oberschenkel, als wollte er keinen Moment den Kontakt zu ihr verlieren. »Wir brauchen eine Sekunde«, sagte er zu ihrem Bruder.

»Sie ist meine Schwester«, sagte Fred. »Sie kann mir alles erzählen.«

Die beiden Männer starrten einander an, keiner wich zurück.

Devyn hasste es, der Grund dafür zu sein, dass ihr Bruder und der Mann, den sie liebte, aneinandergerieten, aber sie konnte nicht vor Fred darüber sprechen. Sie konnte einfach nicht.

»Mir geht es gut, Fred.«

Er sah sie an und hatte Tränen in den Augen. »Ich liebe dich, Devyn.«

»Ich weiß«, entgegnete sie und flehte ihn mit ihrem Blick an, ihr nur für eine Sekunde etwas Privatsphäre zu geben.

Er seufzte. »Ich verstehe. Ich bin nur dein Bruder.« Er beugte sich hinunter und küsste sie auf den Kopf. »Ich bin so froh, dass es dir gut geht, Kleines. Du hast mir Angst gemacht.«

Devyn nickte, ihre Kehle war wie zugeschnürt, sie konnte kaum sprechen.

»Zwei Minuten«, sagte Fred zu Lucky, der sich wieder vor sie gehockt hatte.

Er wollte zurückweichen, da fand Devyn plötzlich ihre Stimme wieder. »Fred? Geht es Spencer gut?«

Er starrte sie lange an, bevor er seufzte. »Ja, Schwesterchen. Es geht ihm gut. Du weißt, dass er der Grund ist, warum du hier bist, oder?«

Sie nickte. »Ja, aber er ist immer noch mein Bruder und ich liebe ihn. Ich nehme an, du weißt alles?«

Fred neigte den Kopf.

»Er braucht Hilfe«, sagte sie leise.

»Und er wird sie bekommen«, sagte Fred zu ihr. »Jetzt beeil dich und lass deinen Mann wissen, was dich bedrückt, damit wir nach Hause fliegen können.«

»Ihr wart in dem Helikopter, den ich gehört habe? Ich dachte, es wäre nur ein Zufall gewesen«, sagte Devyn.

»Das waren wir. Und wir haben einen ungefähr zweistündigen Flug zurück nach Killeen vor uns, also nehmt euch nicht den ganzen Tag Zeit, okay?«

»Zwei Stunden?«, fragte Devyn verwirrt. »Wo sind wir?«

»Im Osten von Texas«, sagte Lucky leise und Devyn wandte die Aufmerksamkeit wieder ihm zu.

»Ernsthaft?«

»Ja.«

»Wow, ich hatte keine Ahnung, dass ich so lange bewusstlos war«, sagte sie.

»Ich schätze, sie haben dich unter Drogen gesetzt, als sie dich in ihren Wagen verfrachtet haben. Ein Schlag ins Gesicht hätte dich nicht so lange bewusstlos gemacht, wie sie brauchten, um dich hierherzubringen. Haben sie dich angefasst? Sexuell missbraucht?«, fragte Lucky.

Devyn sah, wie Fred sich zu seinen anderen Teamkameraden zurückzog, damit sie mit Lucky unter vier Augen reden konnte. Sie schüttelte den Kopf.

»Du kannst es mir sagen, Dev. Ich werde dich deswegen nicht weniger schätzen.«

»Ich weiß, und ich sage die Wahrheit. Als ich aufwachte, war ich allein und an diesen Baum gekettet. Ich habe diese Kerle nicht wiedergesehen. Ich habe sie mir nicht einmal genau ansehen können, bevor sie mich umgehauen haben. Ich habe keine Schmerzen ... untenrum, wenn du verstehst, was ich meine. Also ich glaube nicht, dass sie mir etwas angetan haben. Am ersten Tag tat mein Magen allerdings etwas weh.«

»Einer von ihnen hat dich wahrscheinlich über seiner Schulter getragen, was für die Schmerzen verantwortlich sein könnte. Also ... was ist los? Vor einer Minute sahst du schrecklich unbehaglich aus.«

»Ich ... ich habe mich selbst gerochen«, flüsterte sie.

Luckys Gesicht verlor etwas von seiner Anspannung. »Du hast seit Tagen nicht geduscht, das ist normal.«

»Das ist es nicht ... ich ...« Gott, Devyn hasste das. Sie wollte es nicht zugeben. Aber in der Sekunde, in der sie aufstand – wenn sie nach all der Zeit überhaupt noch stehen konnte –, würde es offensichtlich werden.

»Du kannst mir alles erzählen, Liebling«, sagte Lucky sanft. »Vertrau mir.«

»Es ist peinlich. Ich war an diesen Baum gekettet. Ich konnte mich nicht bewegen. Und als ich auf die Toilette musste ... konnte ich meine Hose nicht öffnen.« Devyn wusste, dass sie wahrscheinlich rot wurde, aber sie konnte nicht anders.

Lucky zuckte mit den Schultern, während er sprach. »Ich wurde einmal als Geisel gehalten. Ich kann dir nicht sagen, wo oder was wir dort gemacht haben, aber natürlich war es kein Spaß. Meine Hände waren über meinem Kopf an einen Balken gebunden und ich musste tagelang so stehen. Sie hatten große Freude daran, mich zu verprügeln und zu lachen, als ich nichts tun konnte, um mich zu verteidigen. Als ich gerettet wurde, war ich lange genug dort gewesen, um mir mehrmals in die Hose gemacht zu haben ... und ich hatte mich auch selbst vollgeschissen.« Er holte eine ihrer Jogginghosen heraus und ein T-Shirt, das zu groß war, um etwas anderes als eines seiner eigenen zu sein. Dann ein Paar Socken, Turnschuhe und eine Packung Feuchttücher.

Lucky legte eine Hand um ihren Nacken und beugte

sich hinunter, sodass seine Stirn auf ihrer ruhte. »Du hast getan, wofür dein Körper gemacht wurde. Schäme dich deswegen nicht. Ich würde mir mehr Sorgen machen, wenn das nicht passiert wäre, während du hier draußen warst. Ich hatte keine Ahnung, in welchem Zustand wir dich finden würden, und ich bin dankbarer, als ich sagen kann, dass du bei Bewusstsein bist und es dir größtenteils gut geht. Aber ich habe ein paar Klamotten für dich mitgebracht, nur für den Fall. Ich weiß, wie es sich anfühlt, dreckig zu sein, und ich wollte alles tun, um es dir leichter zu machen. Auch wenn das nur einen Klamottenwechsel bedeutet.«

Gott, dieser Mann. Devyn wollte weinen, aber wieder einmal war ihr Körper in diesem Moment nicht dazu in der Lage. »Danke«, flüsterte sie.

»Danke mir noch nicht. Du musst mir dir erst noch helfen lassen«, sagte Lucky.

Devyn rümpfte die Nase.

»Entweder ich oder Grover ... oder Doc oder Trigger«, sagte er zu ihr.

»Du«, entschied Devyn sofort.

»In Ordnung, lass uns dich umziehen, damit wir verdammt noch mal von hier verschwinden können. Klingt das gut?«

Das tat es definitiv.

»Der erste Schritt besteht darin zu sehen, ob du stehen kannst«, sagte Lucky, ohne allzu besorgt zu wirken.

Devyn war sich nicht sicher, wie das funktionieren würde, aber sie nickte trotzdem. Lucky erledigte die meiste Arbeit, hob sie im Grunde vom Boden hoch und hielt sie dann an der Taille, bis sie aufrecht stand, wobei sie den verdammten Baum als Stütze benutzte, um sie aufrecht zu halten.

»Okay, wir müssen das schnell erledigen«, sagte Lucky.

»Erstens, weil ich nicht glaube, dass dein Bruder noch lange warten wird.«

Devyn schaute hinüber und sah, dass Trigger, Doc und Fred ihnen alle den Rücken zukehrten, was ihr etwas dringend benötigte Privatsphäre gab.

»Zweitens«, fuhr Lucky fort, »wirst du nicht lange allein stehen können. Ich werde dich festhalten, während du deine Hose und Unterwäsche ausziehst, okay?«

Das war es nicht, aber Devyn nickte trotzdem. Sie würde sich ausziehen und mit den Feuchttüchern reinigen müssen, während Lucky sie aufrecht hielt, aber das war viel besser als die Alternative ... noch eine Sekunde länger in ihren besudelten Kleidern zu bleiben.

Überraschenderweise verlief der gesamte Prozess des Umziehens und Säuberns viel schneller, als sie es sich vorgestellt hatte. Lucky blieb sachlich und gab sein Bestes, ihr ins Gesicht zu schauen, was es viel einfacher machte. Nachdem sie saubere Unterwäsche, die Jogginghose und sein T-Shirt angezogen hatte, war Devyn völlig erschöpft. Ihr ganzer Körper zitterte und ihr war schwindelig.

»Doc?«, rief Lucky, als er einen Arm unter ihre Knie und den anderen hinter ihren Rücken legte, sie hochhob und an seine Brust drückte.

Der andere Mann war innerhalb von Sekunden da. »Was ist los?«

»Wir brauchen diese Infusion.«

Lucky kniete auf dem Boden und hielt Devyn immer noch fest, als Doc sich an die Arbeit machte und versuchte, eine gute Vene zu finden, um die Infusion zu setzen.

»Sobald die Nadel drin ist, wirst du dich viel besser fühlen«, sagte Lucky zu ihr und lenkte sie von dem ab, was Doc tat. »Wir geben dir etwas Flüssigkeit, bringen dich ins Krankenhaus und du bist im Handumdrehen wieder fit.«

»Kein Krankenhaus«, sagte Devyn nachdrücklich.

»Das ist keine Option«, sagte Lucky stirnrunzelnd.

»Bitte, mir geht es gut, wirklich. Ja, ich bin dehydriert und verdammt hungrig, aber sie haben mir nicht wehgetan. Ich will nur nach Hause fahren und tagelang schlafen. Ich werde nicht in einem Krankenhaus schlafen können. Ich hasse es.« Sie sah Fred in die Augen. Er und Trigger waren zur gleichen Zeit wie Doc zu ihnen gekommen. »Bitte, Fred, sag ihm, wie sehr ich Krankenhäuser hasse.«

»Das tut sie«, bestätigte Fred leise.

»Ich muss sichergehen, dass es ihr gut geht«, beharrte Lucky. »Du könntest innere Verletzungen haben. Deine Organe könnten wegen Flüssigkeitsmangel abgeschaltet haben.«

»Ich habe etwas von dem Regen getrunken«, erwiderte Devyn. »Und ich habe keine inneren Verletzungen. Ich bin mir sicher.«

Lucky schloss die Augen und blickte in den Himmel.

Devyn liebte diesen Mann so sehr. Sie hasste es, ihm Sorgen zu bereiten, aber sie glaubte ehrlich gesagt nicht, dass sie ein Krankenhaus brauchte. Sie legte ihre Hand um seinen Hals und streichelte die empfindliche Haut. »Ich weiß, ich sehe wahrscheinlich mitgenommen aus, aber du bist rechtzeitig hier gewesen. Du hast mich gefunden«, sagte sie leise.

»Erledigt«, sagte Doc, als er die Infusionsnadel an ihrem Arm festklebte. »Es war gar nicht so schwierig, wie ich dachte, eine Vene zu finden. Ich kann sie auf dem Rückweg nach Killeen überwachen und wenn ich denke, dass es Komplikationen gibt, werde ich es dich wissen lassen.«

»Bitte«, bat Devyn. Sie wusste, dass es nicht fair war, Luckys Wunsch nicht nachzukommen und sich untersuchen zu lassen. Aber sie wollte nur nach Hause und festgehalten werden. Das war die einzige Medizin, die sie im Moment brauchte.

»In Ordnung«, sagte Lucky. »Aber wenn Doc sagt, dass du ins Krankenhaus musst, dann gehst du.«

»Okay«, stimmte Devyn zu. Sie war keine Idiotin. Sie wollte nicht sterben, nachdem sie endlich gerettet worden war. Aber obwohl sie schwach und zittrig war, fühlte sie sich wirklich so, als wäre sie in Ordnung. Sie hatte viel über ihren Körper gelernt, als sie krank war, und im Moment sagte ihr nichts, dass irgendetwas nicht stimmte, außer dass sie Nährstoffe und Wasser brauchte.

»Der Weg zurück zum Helikopter wird länger dauern«, stellte Trigger fest. »Mit dieser Infusion und da du sie trägst, wird es schwierig.«

»Wir haben dich«, sagte Doc. »Du musst nur einfach daliegen«, sagte er mit einem Augenzwinkern zu Devyn.

»Ich danke euch allen, dass ihr gekommen seid, um mich zu retten«, sagte sie zu den Männern, als sie losgingen. Sie hielt Lucky noch fester, obwohl sie wusste, dass er sie nicht fallen lassen würde.

»Es ist kein Dank nötig«, sagte Trigger. »Du bist jetzt eine von uns, und ›we'll always have your six‹.«

»Ihr habt meine was?«, fragte Devyn verwirrt.

Die vier Männer lachen.

»Das bedeutet, dass wir immer hinter dir stehen werden«, sagte Lucky zu ihr. »Das ist eine Redewendung aus dem Ersten Weltkrieg. Kampfpiloten bezeichnen das Heck ihres Flugzeugs als Sechs-Uhr-Position. Wenn du dir vorstellst, in der Mitte eines Ziffernblatts zu stehen, ist zwölf Uhr vorn, drei Uhr ist rechts, neun links und sechs hinten. Auf einem Schlachtfeld ist deine ›Sechs‹ die verwundbarste Position, weil du keine Augen im Hinterkopf hast. Wenn also jemand sagt: ›I got your six‹, meint er, dass er dir den Rücken freihält.«

»Das macht tatsächlich Sinn«, sagte Devyn, als sie den Kopf auf Luckys Schulter legte.

»Natürlich tut es das. Alles, was wir sagen, macht Sinn«, sagte Fred zu ihr.

Devyn verdrehte die Augen. »Na sicher.«

»Und da ist sie wieder«, sagte Fred mit einem breiten Lächeln. »Ich muss sagen, ich hätte nie gedacht, dass ich den Tag erlebe, an dem es mir gefällt, wenn meine kleine Schwester nervt.«

»Oh, ich bin sicher, das wird nicht von Dauer sein«, sagte Devyn mit undeutlicher Stimme. Sie lag erstaunlich bequem in Luckys Armen. Sie hatte sich nicht einmal die Mühe gemacht, einen letzten Blick auf den Ort zu werfen, an dem sie so lange gefangen gehalten worden war. Es war erledigt, zu Ende, es war an der Zeit weiterzuziehen.

»Du kannst ruhig ein Nickerchen machen«, sagte Lucky zu ihr.

»Ich werde nicht schlafen können, bis wir zu Hause sind«, sagte Devyn zu ihm. Aber durch das sanfte Wiegen von Luckys Schritten, dem Wissen, nicht mehr allein zu sein, und weil sie tagelang nicht wirklich gut geschlafen hatte, fiel sie schnell in einen tiefen Schlaf.

»Glaubst du, es geht ihr wirklich gut?«, fragte Grover Doc, als sie zum Helikopter zurückgingen. Trigger hatte die Piloten informiert, dass sie Devyn gefunden hatten und mit ihr zurückkamen. Alle vier Männer hatten die Piloten durch ihre Funkgeräte jubeln hören.

Lucky hatte seines ganz vergessen, als er Devyn beim

Umziehen geholfen hatte. Er wusste, dass sein Team und die Piloten jedes Wort ihrer Demütigung gehört hatten. Aber er wusste auch, dass niemand es jemals erwähnen würde.

Er war so verdammt dankbar, dass er daran gedacht hatte, ihr Wechselsachen mitzubringen. Es war offensichtlich, dass ihr das, was passiert war, peinlich war.

»Das tue ich«, antwortete Doc auf Grovers Frage. Dann zu Lucky: »Es besteht kein Zweifel, dass sie dehydriert ist, aber der Regen, den sie getrunken hat, muss geholfen haben. Abgesehen von den blauen Flecken auf ihrem Gesicht und ihren Armen. Hast du welche an ihren Beinen gesehen, die darauf hindeuten könnten, dass es ihr zu peinlich war, uns von einem sexuellen Übergriff zu erzählen?«

»Gott sei Dank nicht. Ich denke, Rockys Idioten haben genau das getan, was er verlangt hat. Sie haben sie hier rausgebracht und zurückgelassen. Du hast sie gehört. Sie sagte, sie habe sie nicht mehr gesehen.«

»Das wird es der Polizei schwer machen, sie zu identifizieren«, überlegte Trigger.

»Du weißt genauso gut wie ich, dass die Bullen sie nie im Leben finden werden«, sagte Grover angewidert. »Rocky mag ein Arschloch sein, aber er ist eindeutig schlau.«

Lucky nickte und verlagerte Devyn in seinen Armen. Sie mochte groß sein, aber sie war keine Last für ihn, nicht im Geringsten.

»Ich war mir nicht sicher, ob wir sie lebendig finden würden«, gab Grover leise zu. »Ich dachte, wir würden auf ein frisch ausgehobenes Grab stoßen.«

Lucky schluckte schwer und nickte. Er hatte denselben Gedanken gehabt, obwohl er sich geweigert hatte, ihn auszusprechen. »Ich weiß, dass er dein Bruder ist, aber es wird lange dauern, bis ich Spencer wiedersehen kann«, gab Lucky zu.

Grover nickte. »Ich weiß, und ich mache dir keine Vorwürfe. Aber ... Devyn ist einer der loyalsten Menschen, die ich kenne. Deshalb wollte sie sein Geheimnis nicht preisgeben. Sie ist auch eine Friedensstifterin. Sie möchte, dass alle miteinander auskommen. Sie war schon immer so. Wenn du sie in deinem Leben behalten willst, musst du einen Weg finden, ihm zu vergeben, Lucky.«

»Ich weiß«, sagte Lucky. Und das tat er. »Und das werde ich. Es wird nur nicht diese Woche geschehen, oder diesen Monat. Es kann sogar Jahre dauern. Wenn er in die Reha geht und seine Spielgewohnheiten aufgibt, wird das einen großen Beitrag dazu leisten.«

»Er wird gehen«, sagte Grover entschlossen.

Spencer sollte verdammt glücklich sein, eine Familie zu haben, die ihn so sehr liebte.

Es dauerte doppelt so lange, zum Helikopter zu gelangen wie zuvor zu Devyns Aufenthaltsort, aber niemand schien sich große Sorgen zu machen. Trigger und Grover halfen Lucky, in den Helikopter zu steigen, ohne Devyn loslassen zu müssen. Sie rührte sich, als er sich hingesetzt hatte.

»Sind wir zu Hause?«

»Nein, schlaf weiter«, sagte Lucky mit einem kleinen Grinsen zu ihr. »Ich gebe dir Bescheid, wenn wir da sind.«

»Okay. Ich möchte Angel und Whiskers sehen und ihnen einen Kuss geben«, sagte sie schläfrig.

Lucky lachte leise. »Okay, Liebling. Ich bin mir sicher, das wird ihnen gefallen.«

Er traf im Geiste Vorkehrungen, seine Tiere nach Hause zu holen. Er war sich nicht sicher, was sie davon halten würden, nach der Gewalt, die sie dort offensichtlich miterlebt hatten, wieder in sein Reihenhaus zurückzukehren. Aber er hoffte, dass Devyns Magie wieder wirken und es ihnen gut gehen würde.

»Gillian hat eine Reinigungsfirma bestellt, nachdem die Polizei mit der Sicherung der Beweismittel fertig war«, sagte Trigger. »Ich dachte mir, du wirst sicher nicht putzen wollen, wenn du mit Devyn nach Hause kommst.«

Das stimmte. Lucky schätzte seine Freunde so sehr. »Danke ihr bitte von mir.«

»Es ist kein Dank nötig«, sagte Trigger. »Aber ich werde es ihr trotzdem ausrichten.«

Doc stülpte Devyn einen Kopfhörer über die Ohren und tat dasselbe für Lucky, der seine Frau keine Sekunde lang losgelassen hatte.

Als alle Gehörschutz trugen, hob der Helikopter langsam und vorsichtig aus der unsicheren Landezone ab und flog nach Westen in Richtung Heimat.

»Du weißt, dass alle den Wunsch haben werden, sie zu besuchen«, sagte Trigger.

»Ich weiß«, sagte Lucky. »Ich brauche mindestens einen Tag, um mich davon zu überzeugen, dass es ihr gut geht. Wenn es Komplikationen gibt, bringe ich sie ins Krankenhaus, egal wie sehr sie sich dagegen wehrt.«

»Gut«, sagte Trigger. »Sag einfach Bescheid und wir halten alle fern, bis sie bereit ist.«

Lucky seufzte erleichtert. Es war nicht so, dass er Kinley, Riley und die anderen nicht bei sich haben wollte, aber er brauchte etwas Zeit allein mit Devyn, um sich zu vergewissern, dass es ihr wirklich gut ging. Er hätte sie verlieren können. Fast hätte er sie verloren. Wenn Spencer sich nicht endlich überwunden und ihnen die Wahrheit erzählt hätte, wären sie womöglich zu spät gekommen. Auch wenn es Spencers Schuld war, dass sie überhaupt entführt wurde, waren sie auch seinetwegen rechtzeitig gekommen, bevor langfristiger Schaden angerichtet worden war.

Die Männer verstummten im Hubschrauber und Lucky blickte auf die schlafende Frau in seinen Armen. Ihr blondes Haar war ein komplettes Durcheinander. Er wusste, dass Devyn es schwer haben würde, es zu waschen und zu bürsten. Aber er würde ihr helfen. Die schwarz-blauen Blutergüsse auf ihrem Gesicht hoben sich deutlich von ihrer blassen Haut ab und ihre Arme würden für eine ganze Weile wehtun. Er wusste, dass sie sich immer noch schmutzig fühlte. Feuchttücher konnten das Gefühl der Verunreinigung nicht beseitigen, obwohl sie verdammt viel geholfen hatten. Sie brauchte eine Dusche und musste unbedingt verwöhnt werden.

Aber der Gedanke, dass sie sich sicher genug fühlte, um in seinen Armen einzuschlafen, trug viel dazu bei, ihm zu zeigen, dass es ihr gut gehen würde. Ihre Brust hob und senkte sich rhythmisch, das Atmen schien ihr nicht schwerzufallen und sie hatte aufgehört zu zittern, als die Wirkung der Infusion einsetzte und ihrem Körper die verlorene Flüssigkeit zurückgegeben wurde.

Lucky beugte sich hinunter und küsste sie sanft auf die Stirn. Er ließ seine Lippen für einen langen Moment auf ihrer Haut. Er liebte sie so verdammt sehr und war höllisch dankbar, dass sie eine zweite Chance bekommen hatten. Das Leben war so verflucht kurz. Das hatte er auf die harte Tour gelernt. Von jetzt an würden er und Devyn das Leben in vollen Zügen genießen. Dafür würde er sorgen.

KAPITEL ACHTZEHN

Devyn öffnete die Augen und blinzelte.

Sie sah Licht im Badezimmer, das Lucky für sie angelassen hatte. Weil sie jetzt verdammte Angst vor der verdammten Dunkelheit hatte.

Und jede Nacht schlief sie etwa drei Stunden, dann wachte sie plötzlich auf. Sie war dann hellwach, als hätte sie gerade vier Tassen Espresso getrunken.

Es war ärgerlich.

Sie hatte wirklich gehofft, dass sie, sobald sie zu Hause und in Sicherheit war, in der Lage sein würde, über die Geschehnisse hinwegzukommen. Sie hasste es, dass Spencer verprügelt worden war, dass Lucky Angst gehabt hatte und dass Whiskers und Angel von den Männern traumatisiert worden waren, die ins Haus gekommen waren und extreme Gewalt mit sich gebracht hatten.

Obwohl Devyn nach einem Schlag bewusstlos gewesen war und sich an nichts von ihrer Entführung erinnern konnte, machte es ihr immer noch Angst, darüber nachzudenken, was passiert war. Sie versuchte, ihre Erfahrung rational zu sehen, indem sie sich sagte, es sei nicht so schlimm. Sie war an einen Baum gefesselt aufgewacht und das war alles. Es hatte keine sexuellen Übergriffe gegeben. Das Schlimmste, was ihr passiert war, waren Insektenbisse und dass sie sich in die Hose gemacht hatte.

Aber sie machte sich selbst etwas vor. Das Ganze war erschreckend gewesen. Und obwohl sie sicher und wieder zu Hause bei Lucky war und am Ende alles geklappt zu haben schien, ging es ihr nicht gut.

Seit sie gefunden und nach Killeen zurückgebracht worden war, war sie jede Nacht in den frühen Morgenstunden mit rasendem Herzen und einer Panikattacke aufgewacht. Sie wusste, dass sie vor nichts Angst zu haben brauchte. Lucky war bei ihr. Sie konnte die Tiere aus dem Bett in der Ecke des Zimmers schnarchen hören. Das Badezimmerlicht war an, also wusste sie, dass sie nicht mitten in diesem Wald war.

Es war das Zwitschern dieser verdammten Vögel.

Devyn nahm an, dass sie sie unbewusst wahrnahm und ihr Körper sie zwang aufzuwachen. Vielleicht nur, um sicherzugehen, dass sie nicht wieder gefesselt und hilflos in diesem Wald war. Was auch immer der Grund war, sie hasste es.

In den ersten Nächten hatte sie versucht, sich aus dem Bett zu schleichen, aber Lucky war aufgewacht und so aufgebracht gewesen, dass Devyn ein schlechtes Gewissen hatte. Er hatte begonnen, wieder auf dem Stützpunkt zu arbeiten, und brauchte seine Ruhe. Wenn sie jetzt aufwachte, lag sie stundenlang im Bett, starrte an die Decke und ärgerte sich, dass sie so dumm und schwach war.

Heute Abend wandten sich Devyns Gedanken ihrer Familie zu. Spencer war bereits in Missouri in der Reha. Ihre Eltern waren zu Besuch gekommen, nachdem sie erfahren hatten, was mit zwei ihrer Kinder passiert war. Sie waren von Spencer enttäuscht, aber unterstützten ihn auch. Devyn hatte heruntergespielt, was mit ihr passiert war, um den Fokus nicht auf sich zu lenken. Ihr Bruder war es, der jetzt Hilfe brauchte. Zum ersten Mal in seinem Leben stand er im Mittelpunkt der Aufmerksamkeit und es schien, dass er das wirklich gebraucht hatte. Devyn war nicht verbittert. Sie war erleichtert, dass sie nicht ernsthaft verletzt worden war, und erlaubte Mila, Angela und ihren Eltern, ihre ganze Aufmerksamkeit Spencer zu schenken.

Er machte eine dreißigtägige geschlossene Therapie in St. Louis. Danach würden die Psychologen beurteilen, ob er länger bleiben sollte. Im ersten Monat durfte er keine Besucher empfangen, sodass er sich ganz auf sich selbst konzentrieren konnte und nicht durch äußere Faktoren beeinflusst wurde.

Devyn freute sich wirklich für ihren Bruder. Nun, freuen war vielleicht nicht das richtige Wort ... sie war vielleicht eher erleichtert. Sie war aus Missouri weggezogen, weil sie Angst gehabt hatte, was er tun könnte, wenn sie ihm weiterhin das Geld verweigerte. Es schien nicht wirklich der beste Schritt gewesen zu sein. Spencer war so verzweifelt darauf aus gewesen, auf jede erdenkliche Weise an Geld zu kommen, dass er sich mit einem skrupellosen Kredithai eingelassen hatte. Aber auf der anderen Seite hatte alles, was passiert war, letztendlich dazu geführt, dass Spencer sich endlich Hilfe gesucht hatte.

Und es hatte sie zu Lucky geführt.

In den zwei Wochen, seit sie gefunden worden war, normalisierte sich das Leben für die anderen langsam wieder. Aspen und Brain hatten Chance nach Hause geholt und gewöhnten sich daran, eine dreiköpfige Familie zu sein. Riley und Oz bereiteten sich auf die Geburt ihres Kindes vor. Sie hatten noch etwa zwei Monate Zeit.

Gillian hatte für ein großes lokales Unternehmen eine Feier organisiert, die reibungslos verlaufen war. Sie bekam immer mehr lokale Kontakte und war so beschäftigt wie immer. Kinley arbeitete auch viel. Sie hatte eine Stelle als Assistentin der Geschäftsleitung angenommen und Devyn hatte gehört, dass sie vieles umgestellt hatte, wodurch der Zeitplan ihres Chefs viel effizienter war.

Alle schienen glücklich und ausgeglichen zu sein, selbst nach dem, was sie durchgemacht hatten. Und hier war Devyn ... die Angst vor einem verdammten Vogel hatte.

»Dev?«, murmelte Lucky, als er sich umdrehte und den Kopf hob.

»Schlaf weiter. Es ist noch Nacht«, sagte sie leise.

»Schläfst du nicht?«, fragte er.

»Mir geht es gut«, sagte sie automatisch.

Lucky rollte sich zu ihr und legte einen Arm um ihren Oberkörper. Er beugte sich vor und küsste ihre Schulter, bevor er den Kopf zurück auf sein Kissen legte. »Was kann ich tun, um zu helfen?«

»Gar nichts. Ich werde aufstehen und nach unten gehen und etwas lesen«, sagte Devyn zu ihm, schlüpfte unter seinem Arm hervor und warf ihre Beine über den Rand der Matratze.

»Dev ...«

Sie unterbrach ihn rücksichtslos, bevor er noch etwas sagen konnte. »Mir geht es gut, Lucky. Ernsthaft. Du musst in zweieinhalb Stunden aufstehen und zur Arbeit gehen. Schlaf.« Sie ließ ihm keine Zeit zu antworten, stand auf und ging zum Schrank. Sie schnappte sich eine bequeme Jogginghose und einen seiner Armee-Pullover, bevor sie den Raum verließ.

Obwohl sie sich ihm gegenüber wie ein Miststück

verhalten hatte, konnte sie nicht anders, als ein wenig enttäuscht zu sein, als er ihr nicht folgte.

Gott, sie war vollkommen durch den Wind. Wenn er ihr gefolgt wäre, wäre sie irritiert gewesen, aber jetzt war sie verärgert, als er es nicht tat. Sie musste sich wirklich zusammenreißen.

Später an diesem Morgen, nachdem Lucky zur Arbeit gegangen war, saß Devyn auf der Couch, Whiskers schnurrte auf ihrem Schoß und Angel saß schnarchend neben ihr. Sie hasste es, wie die Dinge mit Lucky liefen, und wusste, dass alles ihre Schuld war. Er tat alles, um ihr zu helfen und herauszufinden, was los war, aber Devyn hielt ihn auf Distanz. Sie war sich nicht sicher warum, nur dass sie sich die größte Mühe gab, wieder in die Routine ihres Lebens zurückzufinden.

Sie liebte Lucky, das stand außer Frage. Sie musste wieder arbeiten und entscheiden, ob sie inzwischen Vollzeit arbeiten wollte. Sie musste ihr Leben weiterleben. Aber sie konnte nicht. Sie steckte fest.

Draußen zwitscherte ein Vogel, und Devyn zuckte zusammen.

Scheiße. Würde sie nie wieder einen verdammten Vogel hören können, ohne zusammenzuzucken?

Ihr Handy klingelte, was Devyn fast zu Tode erschreckte, und sie lachte nervös, als sie danach griff. Als sie sah, dass es Aspen war, antwortete sie fröhlich: »Hey, wie geht es Mom und Baby?«

»Uns geht es gut und wir veranstalten heute ein Mädelstreffen. Beweg deinen Hintern hier rüber.«

Devyn blinzelte. »Was?«

»Gillian ist schon hier, Riley ist unterwegs und Kinley holt dich gleich ab. Wenn du also noch nicht aufgestanden und angezogen bist, sollten du das besser sofort tun.«

Devyn musste kichern. »Du bist heute furchtbar herrisch.«

»Das muss ich sein. Chance schläft und ich weiß nicht, wie lange er ruhig sein wird. Ich muss mit jemandem außer diesem Jungen reden, und ich habe Brain endlich davon überzeugt, heute zur Arbeit zu gehen. Du kommst also vorbei. Mach dich bereit.«

Devyn war sich nicht sicher, ob sie unter Leute gehen wollte, aber sie nickte und sagte: »Okay, okay. Habe ich noch Zeit für eine Dusche?«

Das war eine andere Sache. Devyn duschte zwei- oder dreimal am Tag. Sie konnte sich nicht sauber genug fühlen.

»Wenn es schnell geht, ja. Ich kann es kaum erwarten, etwas Zeit mit dir zu verbringen, Dev«, sagte Aspen sanfter. »Wie sehen uns gleich.«

»Bis gleich.«

Devyn legte auf und konnte sich nicht entscheiden, ob es ihr gefiel, dass ihre Freundin so aufdringlich war, oder nicht. Seufzend gab sie Whiskers eine letzte Streicheleinheit und zog sich sanft unter der Katze hervor. Sie wollte fertig sein, bevor Kinley kam. Angel und Whiskers hassten das Geräusch der Türklingel oder wenn jemand an die Tür klopfte. Sie waren traumatisiert von der Gewalt, die in ihrem Heim passiert war. Es würde eine ganze Weile dauern, bis sie vergaßen, was geschehen war.

Dreißig Minuten später war Devyn angezogen und wartete, als Kinley vorfuhr. Sie verließ das Haus, schloss die Tür hinter sich ab und steuerte auf den Toyota Corolla zu.

Kinley lächelte, als sie einstieg. »Du siehst gut aus«, sagte sie.

»Danke, du auch«, erwiderte Devyn.

Sie unterhielten sich, während sie zu Aspens und Brains Haus fuhren. Sie hatten darüber gesprochen, ein größeres zu kaufen, aber keiner schien es sehr eilig zu haben, diesen Schritt zu machen. Nachdem sie in die Einfahrt gefahren und ausgestiegen waren, winkten sie Winnie zu – Aspens älterer Nachbarin, die auf ihrer Veranda saß – und gingen zur Tür.

»Das wird aber auch Zeit!«, sagte Aspen, als sie die Tür öffnete und sie beide fest umarmte.

Devyn beäugte Aspen und nickte zufrieden. Ihre Freundin sah toll aus. Ein bisschen müde, aber das war nicht allzu überraschend, da sie gerade erst Mutter geworden war.

»Hey«, sagte Gillian und umarmte sowohl Devyn als auch Kinley. »Kommt schon, ich habe euch schon ein Glas Wein eingeschenkt und für dich alle ekligen Cashewkerne aus der Nussmischung gepickt, Dev.«

Devyn lächelte. Sie liebte es, dass ihre Freundinnen sie so gut kannten.

Eine Stunde später saßen sie alle in Aspens Wohnzimmer und Devyn fühlte sich viel besser, nachdem sie zwei Gläser Wein getrunken hatte. Chance war vor zwanzig Minuten aufgewacht und Aspen hatte ihn gefüttert. Sie hatten darüber gesprochen, wie schwer es ihr am Anfang gefallen war, ihn zu stillen und dass sie mit Säuglingsnahrung hatte zufüttern müssen. Sie hatten auch über die heikleren Aspekte der Geburt gesprochen. Devyn hatte befürchtet, dass das offene Gespräch Riley aus der Fassung bringen könnte, da sie als Nächstes ein Baby bekommen würde, aber sie schien dankbar für die Information zu sein, auch wenn es manchmal grauenvoll war.

Chance schlief jetzt wieder und Aspen hatte ihn in eine Wiege auf der anderen Seite des Raumes gelegt.

»Also ...«, sagte Gillian, nachdem das Baby eingeschlafen war, »Devyn, lass uns über dich reden.«

Devyn zuckte zusammen. »Wie wäre es, wenn wir das nicht tun?«, versuchte sie zu scherzen.

»Es geht dir nicht gut«, sagte Gillian unverblümt.

Devyn blinzelte überrascht.

»Ich bin mir sicher, du glaubst, dass du es verbergen kannst, aber das kannst du nicht. Du hast heute ungefähr fünfhundert Mal gegähnt, und das kannst du nicht dem Alkohol anlasten. Zwei Gläser Wein reichen nicht aus, um dich so müde zu machen. Schläfst du nicht gut?«

Vier Augenpaare richteten sich auf Devyn und sie rutschte unbehaglich auf ihrem Sitz herum. Darüber wollte sie nicht sprechen. Ihr ging es gut. »Mir geht es gut«, sagte sie zu ihren Freundinnen.

Alle vier sahen skeptisch aus.

»Richtig, okay, also wie wäre es, wenn ich anfange?«, fragte Gillian.

Und auf einmal wurde Devyn klar, dass sie hereingelegt worden war. Es war überhaupt kein zwangloses Beisammensein. Es war geplant. Sie wollte sich aufregen, aber sie konnte nicht. Ihre Freundinnen sorgten sich um sie, obwohl Devyn sich nicht sicher war, ob sie ihr helfen könnten.

»Nachdem ich aus Venezuela von der Flugzeugentführung nach Hause gekommen war, dachte ich, es ginge mir gut. Ann, Wendy und Clarissa versicherten mir, wie gut ich mich machte, und ich machte einfach mit. Ich war zu sehr auf Walker konzentriert und hoffte, er würde sich melden, um zu viel darüber nachzudenken, was ich durchgemacht hatte. Dann fingen Walker und ich an, miteinander auszugehen, und das lenkte mich noch mehr ab. Aber nachdem ich von Salazar entführt worden war und realisiert hatte, dass Andrea mich umbringen wollte, bin ich irgendwie zusammengebrochen. Ich hatte schreckliche Albträume. Ich kam mir dumm vor, weil ich sicher war, geliebt wurde und keinen Grund hatte, so ein Baby zu sein.«

»Ich erlebe Rückblenden«, fügte Kinley hinzu. »Ich denke, ich befinde mich wieder am Grund dieser Schlucht und habe so starke Schmerzen, dass es wehtut, überhaupt zu atmen. Es gibt Momente mitten am Tag, an denen ich innehalten, meine Augen schließen und mich zwingen muss, mich daran zu erinnern, dass ich es geschafft habe, dass es mir gut geht.«

»Ich habe eine posttraumatische Belastungsstörung. Es ist nicht so schlimm wie das, womit viele Soldaten zu tun haben«, sagte Aspen, »aber manchmal bekomme ich die Bilder von dem, was ich in der Vergangenheit getan habe, nicht aus meinem Kopf. Die Leute, die ich getötet habe. Ich komme mir irgendwie albern vor, weil das, was ich getan und erlebt habe, nicht annähernd so schlimm ist wie das, was viele Soldaten durchgemacht haben. Aber mich mit anderen zu vergleichen ist nicht gesund. Ich darf in Bezug auf das, was ich getan habe, fühlen, was ich fühle, und ich versuche immer noch, damit fertigzuwerden.«

Devyns Augen füllten sich mit Tränen und sie starrte auf die Weinrückstände in ihrem Glas.

»Ich wache immer noch mitten in der Nacht auf und muss aufstehen und nach Logan und Bria sehen«, sagte Riley sanft. »Ich weiß, dass sie sicher in unserem Haus sind. Porter hat dieses tolle Sicherheitssystem installiert und selbst ein Mäusefurz lässt das verdammte Ding losgehen. Aber ich wache immer noch mit dem Gefühl auf, dass sie weg sind.«

»Uns geht es darum«, sagte Gillian, beugte sich vor und

legte eine Hand auf Devyns Knie, »dass wir uns alle immer noch mit dem auseinandersetzen müssen, was uns passiert ist. Egal wie gut wir nach außen wirken. Wie lautet das Sprichwort, das du so gern zum Besten gibst, Kinley?«

»Man weiß nie, wie stark man ist, bis Starksein die einzige Wahl ist, die man hat«, sagte Kinley mit Nachdruck.

»Ja, genau das«, stimmte Gillian zu. »Was dir passiert ist, war schrecklich. Ich kann mir nicht vorstellen, so allein in der Wildnis zurückgelassen zu werden. Aber andererseits wette ich, dass du dir nicht vorstellen kannst, in einem entführten Flugzeug zu sitzen. Oder von einer Brücke geworfen zu werden. Oder in einem Gefecht zu sein. Es ist alles eine Frage der Perspektive. Und wenn du deine Erfahrung mit dem vergleichst, was uns passiert ist, und zu dem Schluss kommst, dass du kein Recht hast, traumatisiert zu sein, liegst du falsch.«

Devyn schluckte dreimal schwer, bevor sie sprechen konnte. »Ich wurde nicht verprügelt. Ich wurde nicht angeschrien oder bedroht. Ich wurde nicht vergewaltigt. Ich kann mich nicht einmal daran erinnern, dass ich entführt wurde. Ich wurde geschlagen und dann saß ich auf meinem Hintern und wartete darauf, gerettet zu werden. Ich sollte überhaupt nicht betroffen sein von dem, was passiert ist.«

Riley stand von ihrem Stuhl auf und watschelte zu Devyn hinüber, die auf der Couch saß. Sie setzte sich neben sie und zwang Devyn dazu, ein Stück zur Seite zu rutschen, da sie mit ihrem großen Babybauch im Moment nicht gerade klein war.

»Falsch«, sagte sie bestimmt. »Was dir passiert ist, war traumatisch. Es ist scheißegal, ob du dich an Teile davon nicht erinnerst. Aufgrund der Handlungen deines Bruders hast du Gewalt gegen dich erfahren. Das ist traumatisierend.«

»Genau«, stimmte Aspen zu, kam herüber und kniete zu Devyns Füßen. Alle fünf drängten sich jetzt praktisch aneinander, aber für Devyn fühlte es sich beruhigend an. Nicht im Geringsten einengend. »Allein zu sein ist eine ganz besondere Art der Hölle. Ich war die ganze Nacht mit Kane allein in diesem Hochwasser. Das kleinste Geräusch hat mich erschreckt. Ich hatte sowohl Hoffnung, dass jemand kommen würde, um mir zu helfen, als auch Todesangst, dass es ein Plünderer oder jemand sein könnte, der uns Schaden zufügen wollte. Es war die längste Nacht meines Lebens, und es war nur eine Nacht. Du warst viel länger allein da draußen.«

»Es sind die Vögel«, flüsterte Devyn. »Sie haben ständig gezwitschert. Man könnte meinen, es wäre eine gute Sache, dass es nicht die ganze Zeit still war. Aber ich wache mitten in der Nacht auf, höre sie und denke, ich bin direkt wieder in diesem verdammten Wald. Ich kann nur ein paar Stunden schlafen, dann liege ich wach, starre an die Decke und habe Angst. Aber ich weiß nicht, wovor genau ich Angst habe. Es ist so dumm.«

»Das ist nicht dumm«, erwiderte Gillian. »Was ist mit Lucky?«

»Was ist mit ihm?«, fragte Devyn.

»Was macht er, wenn du aufwachst?«

»Nun, zuerst habe ich versucht, vorsichtig aus dem Bett zu schlüpfen, damit ich ihn nicht aufwecke, aber ihr wisst ja, dass unsere Männer das Gehör einer Fledermaus haben. Ich denke, wegen ihrer Ausbildung. Er wollte mich trösten, mit mir aufbleiben, aber dadurch habe ich ein noch schlechteres Gewissen, dass ich seine Ruhe störe. Es ist ... wir sind ... die Dinge sind gerade angespannt«, gab Devyn leise zu. »Und ich hasse es. Ich liebe ihn so sehr. Und ich weiß, dass ich ihn wegstoße.«

»Nun, er wird nicht gehen«, erklärte Gillian ihr sachlich. »Wenn unsere Männer sich verpflichten, sind sie auf lange Sicht dabei. Kann ich dir einen Rat geben?«

Devyn konnte nicht anders, als zu lachen. »Du meinst, das tust du nicht bereits?«

Alle anderen Frauen kicherten.

»Okay, okay, kann ich dir noch einen Rat geben?«, fragte Gillian.

»Bitte. Ich bin mit meinem Latein am Ende. Ich hasse es, dass ich mich so schwach fühle. Ihr seid alle so verdammt stark. Ich kann nicht anders, als meine Situation mit eurer zu vergleichen, und ich fühle mich jedes Mal klein.«

»Zuerst einmal, hör auf mit dem Scheiß«, sagte Gillian. »Du bist nicht wir, wir sind nicht du. Ich persönlich hätte niemals das durchmachen können, was du durchgemacht hast, ohne den Verstand zu verlieren. Niemanden zu haben, um meine Angst zu teilen? Nein, einfach nein. Aber zweitens, lass dir von jemandem sagen, die selbst Schwierigkeiten hatte zu schlafen, dass du dich ablenken musst, wenn du aufwachst.«

»Das habe ich versucht. Wenn Lucky mich lässt, gehe ich nach unten und lese oder so«, protestierte Devyn.

»Nein, du musst dich von Lucky ablenken lassen«, sagte Gillian unverblümt. »Habt ihr noch Sex?«

Devyn errötete und schüttelte den Kopf. »Er war in letzter Zeit wirklich verständnisvoll.«

»Also, wenn du das nächste Mal aufwachst und nicht schlafen kannst, spring ihn an«, sagte Gillian zu ihr.

»Ähm ... ich fühle mich nicht gerade in der Stimmung dazu, wenn ich aufwache und diese verdammten Vögel höre«, sagte Devyn trocken.

»Ich weiß. Ich hatte auch nie Lust auf Sex. Aber weißt du was? Es hilft. Du hörst auf, darüber nachzudenken, was dich bedrückt. Und es hat den zusätzlichen Vorteil, dass es ermüdend ist. Ich sage nicht, dass du einen stundenlangen Fickmarathon haben sollst. Ein Quickie funktioniert genauso gut. Er bringt deine Endorphine in Schwung oder so. Ich habe keine Ahnung, wie es funktioniert, aber ich schwöre, wenn Walker mich nach einem meiner Albträume nimmt, kann ich an nichts anderes denken als daran, wie sehr ich ihn liebe und wie dankbar ich bin, ihn in meinem Leben zu haben. Es bringt mich zurück in die Gegenwart und lässt mich daran denken, wie gut ich es habe.«

»Wenn ich zurück ins Bett komme, nachdem ich nach Logan und Bria gesehen habe, lässt Porter mich meine Sorgen vergessen. Wir schlafen nicht immer miteinander, aber manchmal verwöhnt er mich auf andere Weise und bringt mich zum Orgasmus ... und es funktioniert jedes Mal«, sagte Riley.

»Bevor wir alle wie ein Haufen sexhungriger geiler Schlampen klingen, es muss auch nicht immer um Sex gehen«, sagte Aspen und alle lachten. »Es gab Zeiten, in denen ich mich in meinem Kopf verlor und Kane mich einfach festhielt und mir sagte, wie sehr er mich liebt und wie gesegnet er ist, mich und Chance zu haben. Er lässt mich erkennen, dass ich hier und jetzt alles habe, was ich je wollte. Das hilft.«

»Es ist offensichtlich, wie sehr Lucky dich liebt«, sagte Kinley sanft. »Als ich im Zeugenschutzprogramm war, sehnte ich mich danach, einfach neben Gage zu sitzen und seine Hand halten zu können. Das klingt dumm, aber ich fand es immer toll, wenn er das tat. Ich habe es sehr vermisst. Ich versuche, nichts mehr als selbstverständlich anzusehen. Das ist leichter gesagt als getan, aber ich zwinge mich, im Moment zu verweilen. Das Leben ist kurz, und wir könnten es damit verbringen, uns über jede Entscheidung, die wir in der Vergangenheit getroffen haben, und unsere Handlungen Sorgen zu machen, aber das wird nichts ändern. Wir müssen weiter vorankommen.«

Devyn nickte. »Danke, Leute. Das habe ich gebraucht.«

»Das wissen wir«, erwiderte Aspen mit einem Grinsen. »Deshalb haben wir dich hierher zitiert.«

»Du denkst vielleicht, dass das, was du durchgemacht hast, nicht so schlimm war, aber das war es, Dev«, sagte Gillian. »Steh dazu.«

»Sprich mit Lucky«, forderte Riley. »Er kann dir helfen.«

»Er will dir helfen«, korrigierte Aspen. »Es wird euch einander näherbringen, wenn du ihn lässt.«

»Du denkst vielleicht, dass du das Richtige tust, indem du ihn weiterschlafen lässt, aber ich garantiere dir, dass er nicht schläft. Er macht sich Sorgen um dich«, fügte Kinley hinzu.

»Okay, okay, ich verstehe es«, sagte Devyn mit einem Lächeln. »Ich rede mit ihm.«

»Gut«, sagte Gillian mit einem Nicken.

Kinley lächelte.

Aspen drückte liebevoll ihr Knie.

Und Riley sagte: »Gott sei Dank. Ich muss pinkeln, schon wieder. Ich schwöre, dieses Kind sitzt auf meiner Blase. Kann mir jemand aufhelfen?«

Alle lachten und der ernste Teil des Tages war einfach so vorbei. Den Rest des Nachmittags verbrachten sie damit, über ihre Arbeit, Babys und die bevorstehende Mission der Männer bei den Olympischen Spielen zu reden. Das war eine der wenigen Missionen, die nicht streng geheim waren, und die Frauen waren genauso aufgeregt wie ihre Männer. Für sie war es eine willkommene Abwechslung. Auch wenn sie auf der Hut sein mussten, um nach Gefahren Ausschau zu halten, war es nicht so, als würden sie im Schutz der

Dunkelheit in ein fremdes Land geschickt, um jemanden zu retten.

Als Kinley sie nach Hause fuhr, fühlte Devyn sich schon viel besser. Sie schwor sich im Geiste, eine bessere Freundin zu sein. Ja, sie hatte Schwierigkeiten mit dem, was passiert war, aber Lucky ging es ebenso, und sie musste sich ihm öffnen.

KAPITEL NEUNZEHN

Lucky sah Devyn an diesem Abend kritisch an. Sie sah müde aus, aber irgendwie ... erleichtert. Er hoffte wirklich, dass ihr der Tag mit den anderen Frauen geholfen hatte.

»Wie war dein Tag?«, fragte er, nachdem er sowohl Angel als auch Whiskers begrüßt hatte. Die Tiere kamen langsam, aber sicher wieder aus ihrem Schneckenhaus. Sie mochten Fremde immer noch nicht, und wenn es an der Tür klingelte, stürmten sie die Treppe hinauf, aber er hoffte, dass diese Scheu mit der Zeit nachlassen würde.

Devyn war in der Küche gewesen und hatte einen Salat zubereitet. Sie ging auf ihn zu und versank sofort in seiner Umarmung. Lucky seufzte erleichtert. Sie hatte von sich aus noch keinen körperlichen Kontakt initiiert, seit sie aus dem Wald nach Hause zurückgekehrt war.

»Es war toll. Lucky?«

»Ja, Dev?«

»Ich liebe dich.«

»Ich liebe dich zurück«, sagte er sofort.

Sie hob den Kopf. »Es tut mir leid, dass ich dir solche Sorgen bereite.«

Lucky schüttelte den Kopf. »Nein, das braucht es nicht. Du hast viel durchgemacht.«

»Aber das ist die Sache ... ich habe nicht das Gefühl, dass ich viel durchgemacht habe. Ich wurde nicht zusammengeschlagen, mir ist nichts wirklich Schlimmes passiert.«

»Du musst nicht verprügelt werden, um traumatisiert zu sein«, argumentierte Lucky.

»Das begreife ich jetzt endlich. Und ich wollte dir sagen ... danke, dass du die Kleidung für mich mitgebracht hattest. Ich habe gehört, was du gesagt hast, habe es damals aber nicht wirklich zur Kenntnis genommen. Es tut mir leid, dass du einmal in Gefangenschaft warst.«

»Danke. Es war nicht die beste Zeit meines Lebens, aber ich bin bereit, darüber zu sprechen, wenn es dir hilft.« Er hasste es, über das zu reden, was er durchgemacht hatte, aber er würde es tun, wenn es ihr half. Er würde alles für sie tun.

Devyn schüttelte den Kopf. »Nein, ich habe es nicht erwähnt, damit du darüber sprichst. Ich wollte nur sichergehen, dass du weißt, wie viel es mir bedeutet hat. Es ist mir immer noch peinlich, in die Hose gemacht zu haben, aber ich versuche, darüber hinwegzukommen. Und ... ich wollte dich um einen Gefallen bitten.«

»Alles.«

»Du weißt, dass ich Schlafstörungen habe. Ich schlafe gut ein, aber dann wache ich auf. Es sind ... es sind diese Vögel«, sagte sie schnell.

Lucky runzelte die Stirn. »Was ist mit denen?«

»Ich höre sie zwitschern und denke, ich bin wieder zurück in diesem Wald. Ich kann meinen Verstand nicht dazu bringen abzuschalten. Es fühlt sich an, als würden sie mich verspotten. Ich hasse es. Ich meine, ich mag Vögel, und früher habe ich sie gern zwitschern gehört. Aber jetzt macht das Geräusch mir Angst. Ich möchte etwas Drastisches tun. Aber ich brauche deine Hilfe.«

Lucky runzelte die Stirn. »Was hast du vor?«

»Gehst du mit mir zelten?«

»Camping?«, fragte er.

»Ja, nur im Garten«, stellte sie klar. »In einem Zelt. Hast du ein Zelt? Ich nenne es Immersionstherapie oder so. Vielleicht kann ich über diese dummen Schlafstörungen hinwegkommen, wenn ich nachts im Dunkeln mit dir allein bin.«

»Vielleicht solltest du mit einem Psychologen darüber sprechen«, begann Lucky.

Aber Devyn schüttelte den Kopf. »Nein, ich muss das tun. Aber ich weiß, dass ich nicht allein sein kann. Wirst du mir helfen?«

»Du weißt, ich würde alles für dich tun.«

Lucky hatte keine Ahnung, wie er sich dazu hatte überreden lassen. Er hatte sich ein Zelt vom Stützpunkt geliehen und es im Garten aufgebaut. Angel und Whiskers waren verwirrt und hatten sich geweigert, nach draußen zu gehen, nachdem er das Ding aufgestellt hatte. Sie waren oben in ihrem bequemen Bett und er war draußen und machte sich Sorgen um Devyn.

Sie saßen auf Campingstühlen und schauten zu den Sternen hinauf. Er hielt das für keine gute Idee, da Devyn nicht viel gesagt hatte, seit die Sonne untergegangen war. Sie sah nervös und angespannt aus und Lucky wollte nichts mehr, als sie nach oben zu bringen und sie in ihrem Bett festzuhalten. Sie hatte sich vorhin über das kleine Abenteuer gefreut, gelacht und gescherzt. Aber jetzt hatte sie ihre Schultern hochgezogen und sprach nicht.

Plötzlich blitzte eine Szene aus einem der Jurassic-Park-Filme in Luckys Kopf auf. Der mit der Frau, die den ganzen Film über Stöckelschuhe trug und durch den Dschungel lief, als würden diese Absätze nicht bei jedem Schritt in der nassen Erde versinken. Es war lächerlich. Aber wie auch immer, gegen Ende des Films drehte sich eines der Kinder zu ihr um und sagte: »Wir brauchen mehr Zähne.«

Lucky griff nach seinem Telefon und verschickte schnell ein paar SMS. Es würde einige Zeit dauern, bis sein Plan Früchte trug, und in der Zwischenzeit musste er mit Devyn reden.

Wortlos stand er auf und hob sie hoch.

»Was tust du?«

Er ignorierte ihre Frage und setzte sich wieder in seinen Campingstuhl. Das Ding knarrte und Lucky wusste, dass es ein Wunder wäre, wenn sie nicht beide auf dem Hintern im Gras landen würden. Aber er musste sie festhalten.

»Lucky? Meinst du, dieser Stuhl kann uns beide aushalten?«

»Ich habe keine Ahnung. Und es ist mir egal. Wenn er zerbricht, zerbricht er. Ich werde nicht zulassen, dass du verletzt wirst. In den letzten zwei Wochen war alles verrückt. Wir hatten nicht viel Zeit, um uns hinzusetzen und einfach nur zu reden. Du bist nicht wieder arbeiten gegangen ... können wir darüber reden?«

Devyn seufzte, aber sie zog sich nicht von ihm zurück, was Lucky dazu brachte, sich zu entspannen.

»Ich ... ich liebe meinen Job, aber ich weiß nicht, ob ich Vollzeit arbeiten möchte.«

»Dann lass es«, sagte Lucky leichthin.

»Aber ich muss.«

»Wieso?«

»Nun ... darum. Das tun Menschen so. Sie arbeiten, um Geld zu verdienen, damit sie sich Nahrung und ein Dach über dem Kopf leisten können.«

»Ich habe genügend Geld für dieses Haus und um uns beide zu ernähren.«

»Apropos ... ich kann immer noch nicht glauben, dass ihr all das Geld aufgetrieben habt.«

»Bleib bei der Sache«, schimpfte Lucky. »Das Geld spielt keine große Rolle. Spencer wird es uns allen irgendwann zurückzahlen. Grover wird dafür sorgen. Außerdem hätte ich alles bezahlt, um dich zurückzubekommen. Ich hätte Tex miteinbezogen. Er kennt Leute und hätte uns helfen können, sogar drei Millionen Dollar aufzubringen, wenn Rocky das verlangt hätte. Zurück zu deinem Job.«

Devyn bekam riesige Augen. »Warte, ernsthaft?«

»Ja, Liebling, ernsthaft. Du bist alles Geld der Welt wert, und ich würde alles bezahlen, um dich zurückzubekommen.«

Ihre Augen füllten sich mit Tränen.

»Weine nicht«, tadelte Lucky. »Und wir haben gerade über deinen Job gesprochen. Wenn du nicht arbeiten willst, dann tu es nicht.«

»Ich muss etwas tun. Ich kann nicht den ganzen Tag herumsitzen«, protestierte sie nach einer Minute.

»Du magst deine Stelle als Tierarzthelferin, oder?«, fragte er.

Sie nickte.

»Und du magst die Tierarztpraxis hier in Killeen, richtig?«

»Du weißt, dass ich das tue.«

»Warum kannst du dann nicht weiter Teilzeit arbeiten?«

Devyn schwieg einen langen Moment, während sie über

seine Frage nachdachte. Dann sagte sie: »Ich habe einfach das Gefühl, dass ich Vollzeit arbeiten sollte.«

Lucky schüttelte den Kopf. »Das brauchst du nicht. Und wenn es für dich funktioniert, vier Stunden am Tag zu arbeiten, dann tu das. Vielleicht kannst du dich ehrenamtlich im Tierheim oder so engagieren, wenn dir langweilig wird. Oder wir können andere Tiere pflegen, um sie zu sozialisieren. Es ist mir scheißegal, was du tust, ich will nur, dass du glücklich bist. Und es ist offensichtlich, dass es dich glücklich macht, in der Nähe von Tieren zu sein. Wir werden nicht verhungern, wenn du nicht Vollzeit arbeitest. Und wir werden auch nicht aus dem Haus geworfen.«

»Du weißt, dass ich noch nicht offiziell bei dir wohne, oder? Ich habe noch meine Wohnung.«

Lucky lachte. »Ernsthaft? Dev, du schläfst seit zwei Wochen in meinem Bett. Du warst kein einziges Mal zurück in deiner Wohnung. Du wohnst bei mir. Und ich lasse dich jetzt nicht zurück in deine Wohnung. Ich habe mich zu sehr daran gewöhnt, dich in meinem Bett und meinem Leben zu haben.«

»Ich weiß nicht warum. Ich bin eine Nervensäge, die dich ständig aufweckt. Scheiße, du bekommst nicht einmal die Vorteile, die eine Freundin im selben Haus dir geben sollte. Wir hatten keinen Sex mehr seit ... na ja, weißt du schon.«

»Ich brauche keinen Sex, um dich zu lieben, Devyn«, sagte Lucky zu ihr. »Dich einfach nur an meiner Seite zu haben macht mich glücklich und zufrieden.«

»Du hast nicht gefragt warum«, sagte sie leise.

»Warum was?«

»Warum ich keinen Sex haben wollte.«

Luckys Herz brach für sie. Nein, er hatte nicht gefragt. Aber es war offensichtlich, dass sie in letzter Zeit nicht in der Stimmung gewesen war. »Ich dachte mir, wenn du bereit bist, darüber zu sprechen, würdest du es tun«, sagte er.

»Ich fühle mich dreckig. Die ganze Zeit. Ich kann einfach nicht sauber werden. Bei dem Gedanken, dass du mir nahe kommen willst ... da unten ... wird mir schwindelig.«

Lucky hasste es. Es war seltsam, wie der Verstand arbeitete. Sie hatte die Tatsache, dass sie entführt und an einen Baum gekettet worden war, trotz der Vögel und der Schlaflosigkeit ziemlich gut verkraftet, aber dass sie sich in die Hose gemacht hatte, konnte sie nicht verkraften.

»Nach meiner Rettung habe ich zweimal am Tag geduscht«, gab er zu. »Mir ging es genauso. Aber dieses Gefühl vergeht, das verspreche ich dir.«

Sie nickte. »Ich liebe dich. Ich kenne nicht allzu viele Männer, die mir da draußen hätten helfen können, ohne mit der Wimper zu zucken, wie du es getan hast. Es war nicht schön.«

»Devyn, wir werden älter werden. Wir werden Leute dafür einstellen, die uns den Arsch abwischen, wenn wir es selbst nicht mehr können. Wahrscheinlich kotzen wir uns irgendwann voll, wenn wir krank sind. Ich könnte einen eingewachsenen Zehennagel bekommen, den du für mich aufstechen musst. Menschsein ist manchmal ekelhaft. Aber ich liebe dich um deinetwillen, nicht weil du die ganze Zeit frisch wie ein Gänseblümchen riechst. Und ich hoffe, dir geht es genauso ... denn Gott weiß, bei meiner Arbeit kommt es oft vor, dass ich ein ekelhaftes Durcheinander bin. Und du wirst einen Platz in der ersten Reihe haben, wenn ich von Missionen nach Hause komme.«

»Du lässt es so ... normal erscheinen.«

»Weil es das ist. Dev, ich habe die ekelhaftesten Dinge gesehen. Einige davon kannst du dir nicht einmal vorstellen.

Körperflüssigkeiten sind da das geringste Problem«, sagte Lucky nüchtern.

Sie seufzte an seiner Haut.

Ein Vogel wählte diesen Moment, um laut über ihren Köpfen zu zwitschern. Vielleicht war er nicht glücklich darüber, dass sie in seine nächtlichen Jagdgründe vordrangen, oder vielleicht sagte er nur Hallo. Aber Devyn verspannte sich aus welchem Grund auch immer.

»Ich bin hier«, sagte Lucky und festigte seine Umarmung.

»Ich weiß«, sagte sie.

»Hallo?«, rief eine Stimme von der anderen Seite des eingezäunten Gartens.

»Komm rein!«, rief Lucky zurück.

»Was hast du gemacht?«, fragte Devyn, als Oz, Logan und Bria den Garten betraten.

»Du warst nicht entspannt. Ich dachte mir, wenn wir mehr Leute dahaben und eine Zeltparty machen, könntest du vielleicht die Vögel vergessen und ein bisschen Spaß haben«, sagte Lucky zaghaft.

Das Lächeln auf ihrem Gesicht ließ seine Anspannung verschwinden. Er hatte das Richtige getan, Gott sei Dank.

»Ich liebe dich«, sagte Devyn zu ihm.

»Ich liebe dich zurück. Komm, lass uns ihnen helfen, ihre Zelte aufzubauen.« Lucky sah sich im Garten um. »Ich weiß gar nicht, ob wir genügend Platz haben werden.«

»Wen hast du noch eingeladen?«, fragte Devyn.

»Ähm ... alle«, antwortete Lucky und rümpfte die Nase. »Ich war mir nicht sicher, wer es so kurzfristig schaffen würde.«

Devyn lachte. »Gut, dass wir heute einkaufen waren und uns mit Lebensmitteln eingedeckt haben.«

»Allerdings«, stimmte Lucky zu.

Fünf Stunden später und weit nach Mitternacht lächelte Devyn, als Lucky in ihr Zelt kroch. Bria und Logan waren die beste Ablenkung gewesen. Sie hatten S'Mores gemacht und waren mit Wunderkerzen herumgelaufen, hatten gelacht und überall klebrige, geschmolzene Marshmallowreste hinterlassen. Gillian und Trigger waren gekommen, ebenso wie Kinley und Lefty, Doc und Fred. Brain und Aspen waren zu Hause bei Chance, und Oz hatte Riley ebenfalls zu Hause gelassen. Aber sie hatte darauf bestanden, dass er mit den Kindern kam. Der Garten war voller guter Freunde und Gelächter gewesen.

Devyn war hineingegangen und hatte Margaritas mit Eiswürfeln für diejenigen gemacht, die sie wollten, und Trigger hatte Bier mitgebracht. Alle waren beschwipst gewesen und ehe sie sichs versah, hatte Devyn die Dunkelheit und die Vögel vergessen und sich darin verloren, Zeit mit guten Freunden zu verbringen.

»Bist du glücklich?«, fragte Lucky, als er sie in die Arme nahm. Die Nacht war warm und Devyn konnte den Schweiß auf ihrem und Luckys Körper riechen. Der Geruch von Rauch hatte ebenfalls ihre Kleidung, Haare und sogar das Zelt durchdrungen. Aber anstatt sich auf die Tatsache zu konzentrieren, dass sie schmutzig war und duschen musste, war sie zu müde, um mehr zu tun, als sich an den Mann an ihrer Seite zu kuscheln.

»Sehr«, sagte sie seufzend.

»Die Vögel? Die Dunkelheit?«

»Welche Vögel?«, fragte sie.

»Ich war mir nicht sicher, ob es eine gute Idee war, aber ich hatte es gehofft«, sagte Lucky.

»Was? Alle einzuladen? Das war perfekt«, entgegnete Devyn.

»Gut.« Lucky küsste sie auf die Stirn und drückte sie fester an sich.

Es war wirklich zu heiß zum Kuscheln, aber Devyn konnte sich keinen Ort vorstellen, an dem sie jetzt lieber wäre.

Ein Vogel trällerte über ihr und sie zuckte nicht einmal zusammen. Sie machte sich keine Illusionen, dass sie auf magische Weise von ihrem Unbehagen geheilt war, aber im Moment war sie völlig entspannt.

»Ich liebe dich so verdammt sehr. Ich weiß, es ist schwer, über Dinge zu reden, aber du hast nichts vor mir zu befürchten. Ich werde nie über dich urteilen oder schlecht darüber denken, wie du dich fühlst. Du kannst immer mit mir reden. Über alles. Ich werde dein Herz und deinen Körper beschützen.«

Devyn nickte. Sie war so lange allein gewesen und hatte ihre Gefühle so tief vergraben, dass es schwer war, sie zu teilen. Aber nach allem, was passiert war, wusste sie, dass sie darin besser werden musste. Wenn sie Fred von ihrem Bruder erzählt hätte, wäre er vielleicht nicht in Schwierigkeiten mit dem Kredithai geraten. Vielleicht hätte er überzeugt werden können, sich Hilfe zu holen, bevor es so schlimm wurde. Und sich den anderen Frauen gegenüber zu öffnen war wirklich gut gelaufen. Sie hatte gelernt, dass sie nicht allein damit zu kämpfen hatte, sich mit dem abzufinden, was ihr widerfahren war. Die anderen hatten mit denselben Problemen zu kämpfen, auch wenn es nicht den Anschein machte. Und sich Lucky zu öffnen ließ sie erkennen, dass er wirklich hinter ihr stand.

»Ich liebe dich zurück«, sagte sie zu ihm. »Und ich werde besser darin werden, über meine Sorgen zu reden.«

»Gut. Glaubst du, du kannst schlafen?«, fragte er.

Devyn nickte. Plötzlich waren ihre Lider so schwer, dass sie die Augen keine Sekunde länger offen halten konnte.

»Okay. Ich werde gleich hier an deiner Seite sein. Du bist nicht allein. Und diese verdammten Vögel werden dich nicht kriegen. Und das Badezimmer ist im Haus. Es wird dir gut gehen.«

Das würde es. Lucky hatte all ihre Ängste in wenigen Sätzen zusammengefasst und sich dann jeder einzelnen gestellt. Sie hatte nichts zu befürchten. Nicht mit Lucky an ihrer Seite.

Und dann schlief sie die ganze Nacht durch, ohne ein einziges Mal aufzuwachen.

Devyn öffnete die Augen, sah nichts als Dunkelheit und stöhnte innerlich. Es war lange her, mindestens drei Wochen, seit sie mitten in der Nacht aufgewacht war und nicht wieder einschlafen konnte. Drei Wochen Glück. Irgendwie hatte das Zelten im Garten mit den meisten ihrer Freunde das geschafft, was sie allein nicht geschafft hatte ... sie war wieder ruhiger geworden.

Sie konnte Vögel hören, ohne auszuflippen und in diesen verlassenen Wald zurückversetzt zu werden. Sogar Angel und Whiskers ging es großartig. Fred war neulich vorbeigekommen und die Tiere waren nicht die Treppe hinaufgestürmt, um sich zu verstecken. Sie waren nicht gerade für Streicheleinheiten auf Fred zugekommen, aber sie waren auch nicht von einem Fremden traumatisiert.

Lucky ließ immer noch das Badezimmerlicht an, aber sie dachte, dass sie es bald nicht mehr brauchen würde.

Aber jetzt war es dunkel und sie war wach. War sie rückfällig geworden? Devyn runzelte die Stirn und drehte leicht den Kopf, um auf die Uhr zu sehen. Als sie die Zahlen darauf las, blinzelte sie. Fünf Uhr zwei. Sie lächelte. Es war nicht mitten in der Nacht. Sie hatte volle sechs Stunden geschlafen.

Luckys Wecker würde in ungefähr zwanzig Minuten klingeln.

Da bekam sie eine Idee. Sie waren in Sachen Sex langsam vorgegangen, vor allem, weil Lucky sie nicht hetzen wollte und sich sehr um ihre geistige Gesundheit kümmerte. Aber Devyn fühlte sich gut. Sie war bereit, sich ihr Leben zurückzuholen.

Sie hatte ihrem Chef gesagt, dass sie in Teilzeit bleiben wollte, und sie war mit ihrer Entscheidung sehr zufrieden. Sie machte sich immer noch ein wenig Sorgen um Geld. Sie wollte Lucky nicht ausnutzen, besonders nachdem er Spencers Kredithai bereits eine saftige Summe übergeben hatte, um sie zurückzubekommen. Aber sie musste zugeben, dass sie glücklicher war, nur zwanzig Stunden die Woche zu arbeiten. Sie hatte begonnen, ehrenamtlich in einem örtlichen Tierheim auszuhelfen, um dort mit den Tieren zu spielen und bei einfachen medizinischen Problemen zu helfen. Es fühlte sich gut an. Sie fühlte sich gut.

Und sie wollte Lucky. Jetzt.

Da sie wusste, dass er aufwachen würde, sobald sie sich rührte, bewegte sie sich schnell und setzte sich auf Luckys Oberschenkel. Sie zog ihr T-Shirt aus, dankbar, dass sie im Bett keine Unterwäsche trug. Dann zog sie Luckys Boxershorts herunter und senkte den Kopf.

»Heilige Scheiße«, stöhnte Lucky und griff mit einer Hand sofort in ihr Haar.

Lächelnd leckte sie seinen Schwanz und freute sich, als er sofort hart wurde. Ohne ein Wort machte sie sich an die Arbeit, leckte und saugte und tat ihr Bestes, ihrem Mann zu gefallen.

»Verflucht, Devyn, das fühlt sich so verdammt gut an.«

Das hatte sie noch nie zuvor getan. Oh, sie hatte schon ein oder zwei Blowjobs gegeben, aber nicht Lucky, weil er immer zu herrisch und ungeduldig gewesen war, um sie so mit ihm spielen zu lassen. Aber sie hatte noch nie zuvor das tiefe Bedürfnis verspürt, einem Mann auf diese Weise zu gefallen. Sie wollte Lucky dafür danken, dass er so großartig war. Sie wollte ihm ohne Worte zeigen, wie sehr sie ihn liebte und wie glücklich sie bei ihm war.

Sie schob seine Unterhose die Beine hinunter, ohne ihn dabei aus dem Mund zu nehmen.

Sie beugte sich hinunter, um seine Hoden zu lecken, und er verlor die Beherrschung.

Lucky setzte sich auf, packte sie an der Taille und warf sie praktisch neben sich auf den Rücken.

Devyn sah ihn stirnrunzelnd an. »Ich war noch nicht fertig«, beschwerte sie sich, leckte sich über die Lippen und liebte den leichten Moschusgeschmack.

»Ich war kurz davor«, sagte er zu ihr. »Bist du dir sicher?«

Devyn nickte. »Ich bin aufgewacht und dachte, es sei mitten in der Nacht. Aber ich habe die ganze Nacht geschlafen. Ich bin so glücklich und ich brauche dich, Lucky. In meinem Leben, in meinem Bett und in meinem Körper. Bitte!«

Ohne ein Wort senkte er den Kopf, nahm eine ihrer Brustwarzen in den Mund und saugte daran. Mit der anderen Hand griff er zwischen ihre Beine und testete ihre Bereitschaft. Devyn liebte es, wie rücksichtsvoll er war, aber sie war bereit für ihn. Das Saugen seines Schwanzes hatte sie so erregt, dass sie tropfnass war.

Aber Lucky nahm sich Zeit, leckte, saugte und knabberte an ihren kleinen Nippeln, während er mit ihrer Klitoris spielte. Als er fühlte, dass sie feucht genug war, setzte er sich auf, führte seine Finger an seinen Mund und leckte ihre Säfte ab.

Devyn wusste, dass sie rot wurde, aber das war ihr egal. Sie spreizte ihre Beine und sah ihn flehend an, mit den Spielereien aufzuhören.

Er grinste und verstand offensichtlich ihren Blick. Er rutschte auf seinen Knien nach vorn und schob ihre Beine noch weiter auseinander. »Ich liebe dich, Dev.«

»Ich liebe dich zurück«, flüsterte sie und griff mit ihren Händen nach seinen Schenkeln.

Dann war Lucky da, wo sie ihn brauchte, und drückte sich langsam in sie hinein, als wäre sie für ihn das Kostbarste auf der Welt. Sie konnte die Freude auf seinem Gesicht sehen, als er durch ihre Spalte glitt.

»Das wird nie langweilig«, hauchte er. »Im Ernst, du hast keine Ahnung, wie verdammt gut sich das anfühlt, nackt in dir zu sein.«

»Ich glaube, ich habe eine Ahnung«, keuchte Devyn.

Dann hatte keiner mehr Luft zum Sprechen, als er langsam und methodisch mit ihr Liebe machte. Rein und raus, ihre Erregung stetig steigernd. Dann, ohne dass sie erst betteln musste, begann er, sich schneller zu bewegen, als wüsste er, dass sie mehr brauchte. Sein Schwanz fühlte sich so groß und tief in ihr an, dass sie nur noch stöhnen konnte.

Dann, als hätte er sie nicht schon genug angemacht, begann er, ihre Klitoris zu berühren. Devyn zuckte zusammen und vergrub ihre Fingernägel in seiner Haut. Sie hielt sich an seinen Armen fest, als wären sie das Einzige, das sie zusammenhielt.

»Darf ich in dich kommen?«, fragte Lucky, ohne seine Stöße zu unterbrechen oder seine Hand von ihrer Klitoris zu nehmen. »Wenn es dir unangenehm ist, kann ich mich zurückziehen und aufs Laken kommen.«

Devyn hätte nicht gedacht, dass sie diesen Mann noch mehr lieben könnte, aber in diesem Moment schmolz sie vor Dankbarkeit dahin. Sie wusste nicht, was sie getan hatte, um ihn zu verdienen, aber sie würde alles in ihrer Macht Stehende tun, um ihn zu behalten und seiner würdig zu sein.

Sie hatten nicht mehr viel darüber gesprochen, dass sie sich schmutzig fühlte, aber natürlich wusste er es.

»Komm in mich«, hauchte sie.

»Bist du sicher?«, fragte er.

Devyn brachte ein Nicken zustande. Nichts an Lucky fühlte sich für sie schmutzig an.

»So verdammt stark«, sagte Lucky leise, stieß dann in sie hinein und hielt inne, während er ihre Klitoris massierte.

Devyn versuchte hochzustoßen, konnte es aber nicht. Lucky hielt sie mit seinen Hüften still. Sie wand sich unter seinem Griff und jeder Muskel in ihrem Körper spannte sich an, als ihr Orgasmus sich näherte.

»Das ist es. Lass los. Ich hab dich. Bei mir bist du sicher. Lass es mich fühlen. Ich möchte spüren, wie deine Muschi meinen Schwanz umschließt, als würde sie ihn nie wieder loslassen wollen.«

Fünfzehn Sekunden später tat Devyn genau das. Sie kam zum Höhepunkt und stieß einen kleinen Schrei aus. Es war so intensiv, dass es fast wehtat, und Lucky hörte nicht auf, ihre Klitoris zu streicheln, und zögerte den Moment hinaus, bis sie ihn um Gnade anflehte.

Anstatt sie hart und schnell zu ficken, wie sie es von ihm erwartet hatte, hob Lucky ihren Hintern an und kam irgendwie noch tiefer in sie hinein. Sie schwor, dass sie die Spitze seines Schwanzes an ihrem Gebärmutterhals spüren konnte. Es war fast schmerzhaft, aber auf eine gute Art und

Weise. Dann, ohne sich zu bewegen, zogen sich Luckys Bauchmuskeln zusammen und er kam.

Lang und hart, nach dem Ausdruck lustvoller Qual auf seinem Gesicht zu urteilen.

Er bohrte seine Finger in das Fleisch ihres Hinterns und seine Brustwarzen waren hart wie Stein auf seiner definierten Brust. Devyn hätte schwören können, dass sogar das Totenkopf-Tattoo auf seiner Schulter aussah, als würde es sich sehr darüber freuen.

Sie liebte es, wenn er die Kontrolle verlor und sie hart und tief fickte. Aber irgendwie liebte sie das hier noch mehr. Er war gekommen, ohne sich zu bewegen, und das fühlte sich verflucht erstaunlich an.

»Verdammt«, sagte Lucky, als er gekommen war. »Ich … verdammt.«

Sie kicherte und fühlte, wie sein Schwanz ein wenig aus ihr glitt. Er war bezaubernd, wenn er sprachlos war.

»Findest du das lustig?«, fragte er und gab vor, beleidigt zu sein.

»Nein, überhaupt nicht«, log sie.

Sie lächelten einander an, dann rollte Lucky herum, sodass sie wieder auf ihm saß. Er steckte immer noch in ihrem Körper, aber sie spürte, dass er nicht mehr hart war. Flüssigkeit floss aus ihrem Körper, bedeckte wahrscheinlich seine Hoden, aber er schien es nicht zu bemerken oder sich darum zu kümmern. Er hob die Hände und rahmte damit ihr Gesicht ein und zog sie für einen langen, sinnlichen Kuss hinunter.

Als sie beide schwer atmeten, sagte Lucky: »Ich möchte, dass du nie wieder allein nachts leidest. Ich weiß, dass du während der letzten Wochen ziemlich gut geschlafen hast, aber versprich mir, mich zu wecken, wenn du in Zukunft aufwachst und nicht mehr einschlafen kannst. Ich kann den Gedanken nicht ertragen, dass du leidend neben mir liegst.«

»Mir geht es gut«, sagte sie.

Er schüttelte den Kopf. »Nein, ich meine, ich weiß, dass es dir gut geht, aber im Ernst, ich liebe dich so sehr. Selbst wenn wir nur reden. Ich möchte nicht, dass du allein leidest. Nie wieder.«

Gott, sie liebte diesen Mann. »Okay.« Was konnte sie sonst noch sagen?

»Danke«, sagte Lucky und atmete erleichtert auf. Devyn konnte sehen, dass ihre Antwort ihm alles bedeutete.

»Ich wollte heute Morgen vor dem Training nicht duschen, aber ich denke, jetzt muss ich dafür sorgen, dass meine Frau sauber ist. Von innen und außen«, sagte er mit einem Grinsen.

»Es ist furchtbar früh«, beschwerte Devyn sich spöttisch.

»Du kannst weiterschlafen, sobald ich weg bin«, erwiderte Lucky.

Wieder einmal stellte er sicher, dass sie es behaglich hatte und nicht schmutzig aufwachte. Er war unglaublich. »Okay, was sind deine Pläne für heute?«

»Mehr Besprechungen über die Olympischen Spiele. Wir fahren nächste Woche los, das weißt du.«

»Erwartet ihr Ärger?«, fragte Devyn zaghaft.

»Nein«, antwortete Lucky, ohne zu zögern, was sie sehr beruhigte. »Aber wir wissen nie, was passieren wird, also planen wir für alle Eventualitäten. Und die Tatsache, dass mehrere Teams im Laufe des Monats, in dem die Spiele stattfinden, wechseln, erschwert die Sache. Deshalb haben wir so viele Besprechungen. Aber mal ehrlich, wir freuen uns über diese Art der Arbeit. Es ist eine schöne Abwechslung und es macht Spaß, die Athleten zu treffen.«

»Bekommt ihr Autogramme?«, neckte Devyn.

»Mir persönlich ist so etwas nicht so wichtig. Ich meine, ich bewundere ihr Engagement für den Sport und wie schwer es ist, ein Spitzensportler zu werden und sich überhaupt für die Olympischen Spiele zu qualifizieren. Aber ich brauche ihre Unterschrift nicht auf einem Stück Papier, um mich an sie zu erinnern. Aber ... wir werden alle tun, was wir können, um Shin-Soo Choos Autogramm für Logan zu bekommen.«

»Oh mein Gott! Er wird ausflippen!«, schwärmte Devyn, die alles über die Besessenheit des kleinen Jungen mit dem Baseballspieler wusste.

»Allerdings«, stimmte Lucky zu.

»Nun, mit einem Namen wie Lucky wirst du sicher derjenige sein, der ihn aufspürt und es bekommt«, sagte Devyn mit einem Lächeln.

»Weißt du«, sagte Lucky ernst, »es gab Zeiten, in denen ich meinen Namen ernsthaft gehasst habe. Ich habe mich nicht immer sehr glücklich gefühlt.«

Devyn streckte die Hand aus, hielt sich an seinen Handgelenken fest und richtete ihren Blick auf seinen. »Du warst vielleicht ein Kriegsgefangener, aber du wurdest nicht getötet, sondern gerettet. Du hast mich gefunden ... und ich war wie eine Nadel im Heuhaufen.« Sie zwinkerte. »Irgendwie haben wir es unter allen Menschen auf dieser Welt geschafft, uns zu finden. Ich würde sagen, du hast verdammt viel Glück. Und ich finde, dein Name passt perfekt zu dir.«

»Du hast recht«, sagte er leise.

»Ich weiß«, entgegnete sie selbstgefällig.

Genau in diesem Moment glitt sein Schwanz aus ihrem Körper und sie stöhnten beide.

»Gut, jetzt ist es wirklich an der Zeit aufzustehen«, sagte er zu ihr und setzte sich mit Devyn auf seinem Schoß auf. Er rutschte zur Bettkante hinüber, stand auf und hielt ihren Hintern mit beiden Händen fest.

»Ich kann immer noch nicht glauben, dass du mich herumschleppen kannst, als wäre ich so zierlich wie Riley.«

»Du bist perfekt für mich. Ich liebe deine langen Beine und deine Brüste und deinen Hintern und deine ...«

»Jaja, ich verstehe. Meine schöne Persönlichkeit«, sagte sie lachend.

»Das auch«, stimmte Lucky zu.

Er stellte sie im Badezimmer auf die Füße und griff nach dem Wasserhahn, um die Dusche aufzudrehen. Devyn konnte spüren, wie sein Sperma an der Innenseite ihres Oberschenkels heruntertropfte. Aber zum ersten Mal seit diesem schrecklichen Tag im Wald fühlte sie sich nicht schmutzig. Nicht im Geringsten. Sie fühlte sich ganz und gar geliebt. Und das übertrumpfte fast alles andere.

Sie lehnte sich an Lucky, während sie darauf warteten, dass das Wasser wärmer wurde. »Ich liebe dich, Lucky. So sehr. Ich war mir vielleicht nicht sicher, ob ich eine Beziehung mit dir eingehen sollte, als ich hierherkam. Aus so vielen Gründen. Aber keiner davon betraf dich. Ich war ängstlich. Ich hatte Angst davor, genau das zu finden, wonach ich mein ganzes Leben lang gesucht hatte, und es dann wieder zu verlieren.«

»Du steckst bei mir fest«, sagte Lucky zu ihr und drückte sie an seine Brust. »Bis in alle Ewigkeit.«

»Gut.«

Sie lächelten sich an, dann nahm Lucky ihre Hand und half ihr, über den Wannenrand in die Dusche zu steigen. Sie war nicht perfekt und er auch nicht, aber irgendwie passten sie perfekt zusammen.

Sierra Clarkson lag keuchend auf dem Lehmboden in ihrer Zelle. Als sie wusste, dass sie allein war ... lächelte sie. Sie konnte nicht glauben, dass die Manipulation ihrer Entführer funktioniert hatte. Ja, sie war immer noch im Dunkeln eingesperrt. Ja, sie hatte immer noch Hunger. Aber sie hatte sie dazu gebracht, genau das zu tun, was sie wollte.

Nämlich, ihr die Haare abzuschneiden.

Die meisten Leute würden sie für verrückt halten, weil sie wollte, dass sie ihre kastanienbraunen Locken abrasierten. Vielleicht war sie es. Aber monatelang von Taliban-Terroristen gefangen gehalten zu werden tat mit einem Menschen genau das.

Früher war sie so stolz auf ihre Haare gewesen. Sie wusste, dass es eine ihrer besten Eigenschaften war. Die Leute kommentierten sie genauso wie ihre Größe. Aber nachdem sie monatelang eine Geisel gewesen war und nicht geduscht hatte, war ihr Haar zum Fluch ihrer Existenz geworden. Wenn sie schlief, krochen Kakerlaken in die schmutzigen Strähnen und sie musste sie jeden Morgen herausschütteln. Ihre Wachen liebten es, sie an den Haaren zu packen und auf diese Weise herumzuschleifen. Und sie konnte absolut nicht ertragen, wie ekelhaft es sich anfühlte.

Sie war sich nicht sicher, wann sie entschieden hatte, dass ihre Haare gehen mussten, aber nachdem sie es getan hatte, hatte sie all ihre Energie und Aufmerksamkeit darauf konzentriert, dieses Ziel zu erreichen. Sie erinnerte sich, dass sie um sauberes Wasser zum Waschen gebeten hatte, als sie gefangen genommen worden war. Ihre Entführer hatten gelacht und es absichtlich zurückgehalten. Das Gleiche mit dem Essen. Je mehr sie um Nahrung bettelte, desto länger ließen sie sie warten, bevor sie ihr endlich ein paar Essensreste zuwarfen.

Sie hatte schnell gelernt, dass Interesse an irgendetwas

die Arschlöcher, die sie gefangen hielten, dazu brachte, es ihr vorzuenthalten, nur um sie leiden zu lassen. Also ... hatte sie einfach angefangen, ihren Haaren besondere Aufmerksamkeit zu schenken, wann immer sie in der Nähe waren. Sie hatte um einen Kamm gebeten, ein Stück Seife. Sie hatte sich über den Zustand ihrer Mähne beschwert und sie angefleht, sie nicht an den Haaren zu ziehen. Sie hatte gesagt, dass sie alles tun würde, solange sie sie nicht abrasierten. Es dauerte ungefähr einen Monat – zumindest dachte sie, dass es so lange gedauert hatte. Sie hatte keine Möglichkeit, die Zeit genau einzuschätzen –, aber an diesem Morgen waren sie mit einer Schere und einem bösen Grinsen auf ihren Gesichtern aufgetaucht.

Sierra hatte ihr Bestes getan, um sie abzuwehren. Sie wollte nicht, dass ihre Entführer glaubten, sie sei begierig auf das, was sie geplant hatten. Am Ende hatten sie sie gefesselt und genau das getan, was sie von ihnen wollte.

Sie hatten sie kahl rasiert.

Sierra fuhr sich mit der Hand über den Kopf und verzog das Gesicht angesichts der Unebenheit der schlechten Arbeit. Aber sie konnte nicht anders, als begeistert zu sein, wie viel leichter und sauberer sie sich fühlte. Die Arschlöcher dachten, sie würden sie weiter quälen, aber sie hatten ihr direkt in die Hände gespielt.

Nun, wenn sie ihr Psychologiestudium nutzen könnte, die Taliban irgendwie davon zu überzeugen, dass sie bei ihnen sein und nie mehr freigelassen werden wollte, würde sie es tun. Aber sie wusste, dass das nicht funktionieren würde. Sie war ihr Preis, auch wenn sie schlimmer behandelt wurde als ein Stück Vieh und meistens im hinteren Teil dieser Berghöhle vergessen wurde.

Als sie die Augen schloss, konnte Sierra nicht anders, als erleichtert zu sein, dass sie nicht mehr gegen die Kakerlaken in ihrem Haar ankämpfen musste, wenn sie aufwachte. Heute war ein guter Tag. Ein sehr guter Tag.

Sie musste einfach weitermachen in der Hoffnung, dass sie bald einen großartigen Tag haben und den Arschlöchern entkommen könnte. Ihr Tag der Abrechnung würde kommen, hoffte sie. Bis dahin würde sie den kleinen Sieg genießen, den sie errungen hatte.

***

Doc war nicht sehr begeistert von ihrer nächsten Aufgabe. Er wusste, dass seine Teamkameraden froh waren, eine entspanntere Mission zu haben, wo die Wahrscheinlichkeit gering war, dass auf sie geschossen wurde oder sie als Geisel genommen wurden. Er machte ihnen keinen Vorwurf. Wenn eine Frau oder ein Kind auf ihn wartete, würde er genauso denken. Aber das war nicht der Fall. Und es war irgendwie scheiße.

Er wollte, was seine Freunde hatten. Er wollte diese tiefe Verbindung mit jemandem spüren. Das hatte er mit seinem Team, aber mit einer Frau wäre das natürlich etwas ganz anderes.

Doc war ein ruhiger Mann. Er war noch nie sehr extravagant gewesen. Außerhalb von Missionen teilte er selten seine Meinung mit. Es sei denn, er wurde ausdrücklich darum gebeten. Er hoffte, jemanden wie ihn zu finden. Eine introvertierte, etwas schüchterne Person. Jemand, mit dem er ruhig zusammensitzen und ein Buch lesen konnte, ohne das Gefühl zu haben, dass er sie zurückhielt. Er hatte aus erster Hand erfahren, wie sich Soldaten auf Frauen einließen, die ihr komplettes Gegenteil waren. Es funktionierte nie.

Doc wusste nicht, wo er eine leicht unbeholfene Frau

finden sollte, die hübsch – aber nicht zu hübsch – war. Die es mochte, wie er in den Hintergrund zu treten, und seine Meinung teilte, dass der Höhepunkt ihrer Woche war, zu einem seiner Teamkameraden zu gehen, um dort abzuhängen.

Seufzend schüttelte er den Kopf. Er suchte eine Frau, die nicht existierte. Ein Einhorn. Mit vierunddreißig war er der Älteste im Team und an den meisten Tagen spürte er das auch. Seine Knie schmerzten fast die ganze Zeit und er fürchtete den Tag, an dem sie komplett aufgeben würden und er das Team verlassen müsste. Der Gedanke, kein Delta-Soldat mehr zu sein, nicht Seite an Seite mit den Männern zu arbeiten, die er als seine Blutsbrüder ansah, war äußerst schmerzhaft.

Doc zwang seine Aufmerksamkeit zurück zu der Besprechung, an der er gerade teilnahm. Sie gingen ein letztes Mal die Pläne durch, bevor sie nach Übersee zu den Olympischen Spielen aufbrachen. Sie würden bei dieser Mission einen Mann zurücklassen, weil Rileys Baby in den nächsten vier Wochen oder so erwartet wurde. Und Oz wollte nicht das Risiko eingehen, es zu verpassen. Er durfte Urlaub nehmen und diesen Einsatz schwänzen, da er keine hohe Priorität hatte und es kein hohes Risikopotenzial gab.

»Ich habe gerade herausgefunden, welchem Gebäude wir zugewiesen wurden«, sagte Trigger und gab jedem von ihnen eine Karte des Olympischen Dorfes. »Wir werden mit den amerikanischen Pentathlon-Athleten und den Wasserballteams auf derselben Etage wohnen.«

»Verdammt, nicht bei den Strandvolleyballerinnen?«, scherzte Grover.

»Besteht die Möglichkeit, dass die Baseballspieler in der Nähe sind?«, fragte Lucky. »Da Oz nicht mitkommt, liegt es an uns, Logans Idol zu finden und sein Autogramm zu bekommen.«

»Nähe ist relativ. Aber ich bin mir sicher, dass wir es schaffen werden, in das Gebäude zu kommen, in dem das Team wohnt. Das Problem ist, dass viele dieser professionellen Baseball- und Basketballspieler nicht im Olympischen Dorf wohnen. Sie mieten Zimmer in erstklassigen Fünf-Sterne-Hotels und fahren jeden Tag mit Limousinen zum Veranstaltungsort.«

»Scheiße«, murmelte Brain.

»Ich habe Vertrauen in uns«, sagte Lefty. »Wir kriegen das hin.«

»Apropos, denkt daran, dass es unsere Aufgabe ist, die Athleten und Veranstaltungsorte zu beschützen, und nicht, berühmten Spielern hinterherzujagen«, sagte Trigger.

Doc verdrehte die Augen. »Das wissen wir, meine Güte. Glaubst du, das ist unser erstes Rodeo?«

»Nein, aber es musste gesagt werden. Einige der Männer und Frauen, die dort sein werden, sind ziemlich bekannt. Vor allem in den sozialen Medien.«

Doc wollte wieder mit den Augen rollen, unterdrückte es aber. Er interessierte sich überhaupt nicht für die sozialen Medien. Er sah seine Freunde jeden Tag, und wenn er wissen wollte, was mit ihnen los war, griff er zum Telefon und rief an. Außerdem wurden Soldaten der Delta Force gebeten, aus Sicherheitsgründen keine Onlineprofile zu haben. Er hatte keine Ahnung, welche Prominenten heutzutage beliebt waren, aber es war ihm auch scheißegal.

»Es ist eine Ehre, unserem Land auf diese Weise zu dienen, und ich freue mich darauf, trotz Mission jeden Tag duschen zu können und eine warme Mahlzeit zu bekommen«, sagte Trigger.

Alle lachten und stimmten zu.

Doc stimmte mit ein, hatte aber insgeheim den Gedanken, dass er viel lieber durch den Sand im Nahen Osten stapfen und einen Terroristen jagen würde. Diese Welt verstand er. Promis und verwöhnte Sportler, die dachten, ihre Scheiße stinke nicht, war nicht gerade sein Ding. Er wusste, dass nicht alle so waren, wahrscheinlich waren sogar nur wenige so, aber er hatte genügend gesehen, die ihn dazu brachten, diesen Auftrag nicht zu mögen.

Aber wie bei jeder Mission würde er sein Bestes geben. Dafür hatte er sich verpflichtet, als er zur Armee ging.

Doc verdrängte die Gedanken an Verabredungen aus seinem Kopf und blickte auf die Papiere vor ihm. Er musste auf alles vorbereitet sein. Und obwohl seine Teamkameraden es nie sagen würden, wusste er, dass er der entbehrlichste Mann im Team war. Und damit war er einverstanden. Er würde sein Leben geben, um das seiner Freunde zu retten. Besonders jetzt, da sie alle Familie hatten.

Ember Maxwell saß in ihrem Schlafzimmer im Haus ihrer Eltern in Beverly Hills, Kalifornien. Sie sollte meditieren und sich vorstellen, wie sie den Modernen Fünfkampf bei den Olympischen Spielen gewinnen konnte, die nächste Woche begannen. Aber stattdessen saß sie auf dem bequemen Kissen auf der Fensterbank und starrte aus dem Fenster.

Sie war fünfundzwanzig Jahre alt und hatte noch nie allein gelebt. Sie war nicht zum College gegangen und hatte seit ihrer Kindheit nichts anderes getan als das, was ihre Eltern ihr gesagt hatten. Sie hatten sie im Alleingang sowohl zu einer Mediensensation als auch zu einer Spitzensportlerin gemacht. Ihr Instagram-Konto hatte über zehn Millionen Follower.

Im Alter von sieben Jahren hatte sie mit dem Schwimmen begonnen. Als sie sich als gut, aber nicht großartig erwiesen hatte, hatten sie sie Laufen geschickt, dann Reiten. Sie hatte sich in keiner dieser Disziplinen als herausragend erwiesen.

Dann hatten sie sich die Olympischen Sommerspiele angesehen ... und hatten eine Idee.

Der Moderne Fünfkampf war keine sehr beliebte Sportart, was bedeutete, dass es weniger Konkurrentinnen gab. Wenn sie ihr auch nur halbwegs anständig Schwimmen, Laufen, Reiten, Schießen und Fechten beibringen könnten, hätte sie die Chance, zu einer Olympionikin zu werden.

Das war schon immer ihr Ziel gewesen, nicht Embers. Sie waren beide gute Athleten in der Highschool gewesen, aber nicht gut genug, um Stipendien für das College zu erhalten oder es zum Profi zu schaffen. Aber anscheinend sahen sie Potenzial in ihrem Kind, was sich zu einer Besessenheit entwickelte, sie zum Star zu machen.

Wie ein braves kleines Mädchen hatte sie getan, was ihr gesagt worden war. Sie hatte von morgens bis abends trainiert, Fechten gelernt, Schießen, war endlose Bahnen geschwommen. Sie hatten ihr ein Pferd gekauft und sie zum Reitunterricht geschickt.

Doch das war den Maxwells nicht genug. Nein, sie wollten, dass ihre Tochter berühmt wird. Und als Fünfkämpferin würde sie das nicht werden. Also hatten sie Hunderttausende von Dollar ausgegeben, um ihr Follower zu kaufen. Sie hatten Influencer bezahlt, um sie vorzustellen. Sie hatten es sogar geschafft, einen befreundeten Produzenten dazu zu bringen, eine Realityshow über ihr Lebens zu drehen. Es hatte nur eine Staffel gegeben. Aber das hatte ausgereicht, um ihre Instagram-Zahlen in die Höhe zu treiben und Ember berühmt zu machen.

Das Problem war nur, dass sie nichts davon wollte.

Sie hasste es, überall fotografiert zu werden, wo sie hinging. Sie konnte nicht einmal zum Supermarkt gehen, ohne dass jemand sie erkannte und ein Autogramm oder ein Foto wollte. Und Gott bewahre, dass sie gesehen wurde, wie sie irgendwelche Lebensmittel kaufte oder aß. Sie erinnerte sich noch an das eine Mal, als sie beim Essen eines Schokoriegels fotografiert wurde. Ihre Mutter hatte sie stundenlang belehrt.

Also ja, Ember war vielleicht auf dem Weg zu den Olympischen Spielen und sie war vielleicht berühmt, aber beides war nicht ihr Ziel gewesen. Und jetzt, da sie es zu den Olympischen Spielen geschafft hatte, planten ihre Eltern – hauptsächlich ihre Mutter – bereits die nächsten vier Jahre.

Es war verdammt deprimierend ... und Ember wollte da raus. Sie wollte nichts mehr mit Kalifornien und dem Ruhm und den Olympischen Spielen und Instagram zu tun haben. Und obwohl sie in der besten Form ihres Lebens war und Muskeln über Muskeln hatte, wollte sie einfach nur ein normales Leben führen.

Seufzend zog sie die Schachtel mit den letzten Briefen, die sie erhalten hatte, heran. Ihre Eltern hatten Leute eingestellt, um ihre Fanpost zu lesen und Bilder mit ihrem Autogramm zu versenden. Aber manchmal las Ember gern selbst die Briefe. Sie wollte mit jemandem Kontakt aufnehmen, auch wenn es nur per Post ging.

Die meisten Briefe, die sie erhielt, waren nett, aber es gab immer Leute, die sie für eine Schlampe hielten und kein Problem damit hatten, ihr das zu sagen. Es überraschte Ember, wie viele Leute noch echte Briefe schrieben. Sie wusste, dass sie jeden Tag Hunderte von Nachrichten und

E-Mails über ihre Konten in den sozialen Medien erhielt, aber die wurden von jemand anderem verwaltet. Durch das Lesen der Briefe fühlte sie sich irgendwie menschlicher.

Der erste war offensichtlich von einem Kind geschrieben worden. Die Handschrift war groß und unordentlich, aber die Nachricht war berührend.

Du bist meine Lieblingssportlerin. Du bist so hübsch. Wenn ich groß bin, möchte ich so werden wie du.

Ember las noch ein paar mehr. Dann zog sie einen weiteren Umschlag heraus ... und erkannte tatsächlich die Handschrift. Der Typ schrieb ihr schon seit Jahren.

Hallo Ember. Gute Arbeit bei der Qualifikation. Du hast alle umgehauen. Ich weiß, dass du bei den Olympischen Spielen allen in den Hintern treten wirst. Ich kann es kaum erwarten, dich oben auf dem Siegerpodest zu sehen. Du wirst diese Goldmedaille sicher nach Hause bringen! Ich bewundere dich so sehr. Es ist nicht einfach, in fünf verschiedenen Sportarten gleichzeitig zu glänzen. Die meisten anderen Olympioniken sind nur in einer gut. Ich finde, das macht dich unglaublich. Viel Glück! Dein größter Fan Pat

Ember wusste es besser, als jedem, der ihr Fanpost geschickt hatte, eine persönliche Nachricht zu schreiben. Sie wusste, was in den achtziger Jahren mit Rebecca Schaeffer passiert war. Die sehr beliebte junge Schauspielerin hatte den Fehler gemacht, ihrem zukünftigen Mörder zurückzuschreiben und ihm zu sagen, dass seine Nachricht die netteste gewesen war, die sie je erhalten hatte. Das hatte ihn dazu gebracht, von ihr besessen zu werden und zu glauben, dass sie eine persönliche Beziehung hatten. Er hatte ihre Adresse herausgefunden und war zu ihrer Wohnung gefahren. Als sie die Tür geöffnet hatte, hatte er sie erschossen.

Aber sie konnte nicht anders, als über Pats Brief zu lächeln. Er war immer so süß und nett. Sie schätzte seine Nachrichten und seine Ermutigung.

Immer noch über Pats Brief nachdenkend, öffnete Ember den nächsten und begann zu lesen. Von den Worten wurde sie aus ihren Gedanken gerissen.

Du bist eine Schlampe. Du hältst dich für so hübsch und zu gut für alle. Ich hasse dich. Ich hasse alles an deinem Lebensstil. Denkst du überhaupt an all das Leid, das du um dich herum anrichtest? Dass das Geld, das du zum Fenster hinauswirfst, eine bedürftige Familie für eine Woche ernähren könnte? Ich wette, deine verdammte Maniküre kostet mehr als mancher Leute Monatsmiete. Ich hoffe, du wirst bei den Olympischen Spielen Letzte. Du verdienst es nicht, dort zu sein. Mom und Dad haben deinen Startplatz wahrscheinlich gekauft. Vielleicht schießt dir jemand in den Kopf, damit die USA sich nicht dafür schämen müssen, dass du sie vertrittst. Verrecke, Schlampe!

Ember schauderte und schob den Brief zurück in den Umschlag. Sie schob die Schachtel zur Seite, lehnte sich zurück und starrte wieder aus dem Fenster. Tränen traten ihr in die Augen. Sie konnte diese Art von Hass auf jemanden, den man nicht einmal kannte, nicht verstehen. Und egal, was die Leute im Internet oder im Fernsehen sahen, sie kannten sie nicht.

Sie wollte normal sein. Wollte eine Familie und Kinder. Sie hat nicht darum gebeten, Ember Maxwell, Internetstar und Spitzensportlerin zu sein.

Sie wusste, sie sollte dankbar sein. Sie war privilegiert aufgewachsen und hatte alles, was man für Geld kaufen konnte. Aber das Einzige, was sie mit Geld nicht kaufen konnte, war Glück. Das alte Sprichwort stimmte. Und was sie jetzt tat, machte sie nicht glücklich.

Irgendwie musste sie den Mut finden, sich gegen ihre Eltern zu behaupten. Aber zuerst musste sie die Olympischen Spiele überstehen. Ihre Eltern erwarteten, dass sie eine Goldmedaille nach Hause brachte. Aber wenn das passierte, würde es noch schwieriger werden, aus ihrem goldenen Käfig zu entkommen.

Sie würde nicht absichtlich schlecht abschneiden. Dafür war sie zu engagiert. Sie musste nur sehen, was die nächsten Wochen für sie bereithielten, und entsprechend handeln.

Ember vergaß die Briefe, stand auf und ging ins Bett. Sie musste morgen früh aufstehen, um weiter zu trainieren. Zumindest in ihren Träumen konnte sie die sein, die sie sein wollte. Normal, gewöhnlich und glücklich.

Holen Sie sich jetzt Buch 7 von Delta Team Zwei, *Ein Held für Ember*!

Zuflucht für Alaska (9 Aug)
Zuflucht für Henley (3 Jan 2023)
Zuflucht für Reese
Zuflucht für Cora
Zuflucht für Lara
Zuflucht für Maisy
Zuflucht für Ryleigh

Die SEALs von Hawaii:
Die Suche nach Elodie
Die Suche nach Lexie
Die Suche nach Kenna
Die Suche nach Monica
Die Suche nach Carly (11 Oct)
Die Suche nach Ashlyn
Die Suche nach Jodelle

Die Delta Force Heroes:
Die Rettung von Rayne
Die Rettung von Emily
Die Rettung von Harley
Die Hochzeit von Emily
Die Rettung von Kassie
Die Rettung von Bryn
Die Rettung von Casey
Die Rettung von Wendy
Die Rettung von Sadie
Die Rettung von Mary
Die Rettung von Macie
Die Rettung von Annie

Mountain Mercenaries:
Die Befreiung von Allye

Die Befreiung von Chloe
Die Befreiung von Morgan
Die Befreiung von Harlow
Die Befreiung von Everly
Die Befreiung von Zara
Die Befreiung von Raven

Ace Security Reihe:
Anspruch auf Grace
Anspruch auf Alexis
Anspruch auf Bailey
Anspruch auf Felicity
Anspruch auf Sarah

SEALs of Protection:
Schutz für Caroline
Schutz für Alabama
Schutz für Fiona
Die Hochzeit von Caroline
Schutz für Summer
Schutz für Cheyenne
Schutz für Jessyka
Schutz für Julie
Schutz für Melody
Schutz für die Zukunft
Schutz für Kiera
Schutz für Alabamas Kinder
Schutz für Dakota

Eine Sammlung von Kurzgeschichten
Ein langer kurzer Augenblick

BIOGRAFIE

Susan Stoker ist die New York Times, USA Today und Wall Street Journal Bestsellerautorin der Buchreihen »Badge of Honor: Texas Heroes«, »SEAL of Protection«, »Die Delta Force Heroes« und einigen mehr. Stoker ist mit einem pensionierten Unteroffizier der US-Armee verheiratet und hat in ihrem Leben schon überall in den Vereinigten Staaten gelebt – von Missouri über Kalifornien bis hin zu Colorado. Zurzeit nennt sie die Region unter dem großen Himmel von Tennessee ihr Zuhause. Sie glaubt ganz und gar an Happy Ends und hat großen Spaß daran, Geschichten zu schreiben, in denen Romantik zu Liebe wird.

Besuchen Sie Susan im Netz!
www.stokeraces.com
facebook.com/authorsusanstoker
twitter.com/Susan_Stoker
bookbub.com/authors/susan-stoker

instagram.com/authorsusanstoker
Email: Susan@StokerAces.com